文 化 名 家 暨
"四个一批" 人才作品文库

新 闻 界

光明，那一页

郑晋鸣　著

中华书局

图书在版编目(CIP)数据

光明,那一页/郑晋鸣著. —北京:中华书局,2019.12
(文化名家暨"四个一批"人才作品文库)
ISBN 978-7-101-13887-0

Ⅰ.光… Ⅱ.郑… Ⅲ.新闻–作品集–中国–当代 Ⅳ.I253

中国版本图书馆 CIP 数据核字(2019)第 091368 号

书　　名	光明,那一页
著　　者	郑晋鸣
丛 书 名	文化名家暨"四个一批"人才作品文库
责任编辑	王贵彬
装帧设计	毛　淳
出版发行	中华书局
	(北京市丰台区太平桥西里 38 号　100073)
	http://www.zhbc.com.cn
	E-mail:zhbc@zhbc.com.cn
印　　刷	北京瑞古冠中印刷厂
版　　次	2019 年 12 月北京第 1 版
	2019 年 12 月北京第 1 次印刷
规　　格	开本/710×1000 毫米　1/16
	印张 25¼　插页 4　字数 390 千字
国际书号	ISBN 978-7-101-13887-0
定　　价	128.00 元

出 版 说 明

　　实施文化名家暨"四个一批"人才工程，是宣传思想文化领域贯彻落实人才强国战略、提高建设社会主义先进文化能力的一项重大举措。这一工程着眼于对宣传思想文化领域的优秀高层次人才的培养和扶持，积极为他们创新创业和健康成长提供良好条件、营造良好环境，着力培养造就一批造诣高深、成就突出、影响广泛的宣传思想文化领军人才和名家大师。为集中展示文化名家暨"四个一批"人才的优秀成果，发挥其示范引导作用，文化名家暨"四个一批"人才工程领导小组决定编辑出版《文化名家暨"四个一批"人才作品文库》。《文库》主要收集出版文化名家暨"四个一批"人才的代表性作品和有关重要成果。《文库》出版将分期分批进行，采用统一标识、统一版式、统一封面设计陆续出版。

文化名家暨"四个一批"人才

工程领导小组办公室

2019年12月

郑晋鸣

　　1960 年 12 月生于山西沁源。光明日报社驻长三角地区党工委书记、江苏记者站站长，高级记者，二级教授。从事新闻工作近四十年，出版有作品集《岁月的痕迹》《记者不是官》《六进汶川》《半生流泪终不悔》《两个人的五星红旗》等，发表新闻作品一万多篇，作品多次获得中国新闻奖。2014 年和 2018 年，连续两次参加中央电视台"好记者讲好故事"节目录制。曾获全国百佳新闻工作者、全国优秀新闻工作者、全国新闻出版行业领军人才等称号，连续两届获得光明日报"十大记者"称号。曾获第十二届范长江新闻奖，享受国务院颁发的政府特殊津贴。

目　录

时代人物

文化记忆

探索之路

光明谈

时 代 人 物

两个人的五星红旗

——王继才、王仕花守岛的故事

这是一个真实的传奇故事。在一个远离大陆、荒无人烟、台风肆虐、面积不足 20 亩的小岛上，一对夫妻坚守边防，一守就是 28 年。

28 年的每一天，几乎都是同一天。枯燥、孤独、无助、绝望，夫妻俩把所有心酸、痛楚咬碎了往肚里咽，只为让五星红旗每天在孤岛上冉冉升起。

这个岛，叫开山岛，距离江苏连云港灌云县燕尾港 12 海里，虽然环境恶劣，位置孤绝，却是黄海前哨，必须有人值守。当年，日军侵占连云港时，就曾把开山岛当作登陆的跳板。

"石多水土少，台风四季扰。飞鸟不做窝，渔民不上岛。"在当地人眼中，开山岛就是一座"水牢"。

可王继才、王仕花夫妇却不但要守，而且要"守到老得不能动为止"！

"要走你走，我决定留下！""你不守我不守，谁守？组织交给我的任务，我就是要守到守不动为止。"

在渔政船上，工作了快十年的小伙子徐江一听记者是去开山岛采访的，半开玩笑地说："万一刮个台风，十天半个月都下不来，你们可别哭。"

一个小时后，馒头状的岛屿出现了。眼前的小岛，不是什么层林尽染、绿波翻涌的世外桃源，而是残垣断壁、怪石嶙峋，和海水的颜色连成一片枯黄。礁石上，两个穿着迷彩服的人挥舞手臂。高处，五星红旗迎风飘扬，呼呼作响。

岛小石多,没有专用的码头,船绕了好半天才靠近岛岸,被王继才粗大的手掌抓住的刹那,一股热腾的力量灌入心中。

跟着他,只 20 分钟,整个开山岛就转了个遍。

2 个人、3 只总跑在人前头的小狗、3 只不打鸣的公鸡、水窖里几条净化雨水的泥鳅——这是岛上全部鲜活的生命。

28 年,除了岩石缝里的蒿草,就种活了屋子前后的 3 棵无花果,长了 10 多年直径只有六七厘米的苦楝,还有撒了一山种子,毛毛糙糙冒出来的才半人高的松树。

1986 年 7 月,连续走了 4 批 10 多个民兵后,人武部政委找到了当时的生产队长兼民兵营长王继才,在大家眼里,这个老实巴交的年轻人恐怕是最后的希望。"当年大女儿才两岁,家里上有老、下有小。""王继才,这岛,只有你能守住!"政委拍了拍他的肩膀,"先别和老婆讲。"27 岁的王继才心里明白:军令如山。

"1986 年 7 月 14 日早上 8 时 40 分。"王继才把这个登岛的时间记到了"分"。

满山怪石,野草在石缝里乱颤,空荡荡的几排旧营房,一条黑咕隆咚的坑道,加起来顶多 100 多米长的台阶石道,没有淡水,没有电……这哪是人待的地方!

第一晚,海风扯着嗓子往屋子里钻。王继才害怕,一宿没敢合眼,煤油灯也亮了一夜。"就盼着天亮,第二天只要有船来,我就走。"

天终于亮了,打开房门,王继才毛骨悚然:岛上,到处是蛇、老鼠和蛤蟆!江淮流域暴发洪水,蛇、鼠和蛤蟆冲入海里,又被海水卷上了岛。"我用铁床堵住门,蜷在角落里,抽烟喝酒壮胆。"送王继才上岛的船,留下 6 条玫瑰烟、30 瓶灌云云山白酒,王继才苦笑着告诉记者,他就是从那天起学会了抽烟、喝酒。

后来,蛇、鼠和蛤蟆都莫名其妙地死在干石上了,他才敢出门。海上有渔船在捕鱼,王继才拼命地喊、拼命地挥衣服,可船都绕开了,他心生绝望,想到了跳海。很多年后他才知道,为了能让他留在岛上,灌云县武装部和边防派出所给当地渔民都下过命令:谁都不许带王继才离开岛!

"岸上的人都说我去坐'水牢'了,但坐牢还有人陪,有人说话。"王继才说自己喝醉了,倒在哪里就在哪里睡。到第 35 天,酒喝光了,烟也抽完了,就挖岛上的大叶菜,碾碎了用报纸卷着抽。

直到第 48 天,王继才盼到了一条渔船,船头,站着妻子王仕花——全村最后一个知道丈夫去守岛的人。

王继才跳上船,抱着妻子就哭。王仕花说自己当时吓傻了,面前这个胡子拉碴、满身臭气的"野人",是自己的丈夫吗?"这边是碗,那边是筷子,脏衣服到处都是。"在王仕花心里,丈夫守着家里好好的日子不过,偏要来守这巴掌大的岛,让她又气又心疼:"别人不守,咱也不守,回去吧!"

同行的领导抹了把泪,悄悄把王继才拉去后山的操场:"政委说发洪水的时候你肯定会害怕,让我转告你千万别当逃兵!""如果你逃了,很难找得到守岛的人了。"

王继才心一怔,一言不发地抽完一整包烟。

第二天,妻子拉着王继才回去,他平静地说:"要走你走,我决定留下!"

王继才告诉记者:"当时心里其实一点也不平静,小船徐徐启动,老婆也要离开了,我的心开始流血,等船走远了,我就坐在那儿放声大哭。"

但令他怎么也想不到的是,不到一个月,妻子带着包裹,又上岛了。

王继才气急败坏:你来干吗! 你怎么也不和我商量! 死一般的沉寂后,王继才一把抱住妻子,两人哭成一团,其实,他是心疼妻子。为了上岛照顾丈夫,王仕花辞去了小学教师的工作,将两岁大的女儿托付给了婆婆。

说起王继才夫妇,渔民们心里又暖又心酸:"在这片海域打鱼的人,哪个没得到过这两口子的帮助?""晚上出海时,老王会亮起信号灯,遇到雨雾下雪天,他就在岛上敲盆子,咣咣直响,引我们绕开危险的地方。"一位姓温的船老大告诉记者,大家经过小岛时,也总是会习惯地往岛上看看,"他们没粮食就会摇红旗,我们看到了,就会帮他们从岸上带"。

"有一年,连续刮了十来天大风,我心里估摸这岛上煤用光了,两口子吃什么? 可船出不了海,只能干着急。"金华平是燕尾港 300 多艘渔船主人里和夫妇俩走得最近的渔民之一。他说,等风小后上岛,夫妇俩已吃了好几天生米,饿得话都说不出。金华平心里酸透了:"都说渔民日子苦,可他们比我还苦上十倍百倍!"

过去,一盏煤油灯,一个煤炭炉,一台收音机,是岛上的全部家当。20 多年里,夫妇俩听坏了 19 台收音机。

王仕花说,看不到电视,就边听收音机边在树上刻字。记者一看,那棵长了 20 多年的无花果树上,刻着"热烈庆祝北京奥运会胜利开幕",绕到背面,一行清晰的字——"钓鱼岛是中国的"。

"以后树长大了,字也会越来越大。"王仕花腼腆地笑了。

"这么苦,为什么还守?"

"你不守我不守,谁守? 我是幸运的,我还有一个家,我不能对不起老祖宗流的血,组织交给我的任务,我就要守到守不动为止。"王继才在一旁斩钉截铁地说。

记者抬头一看,那棵无花果树,结了一树的果子。

"开山岛虽然小,但它是祖国的东门,我必须插上中华人民共和国国旗。""只有看着国旗在海风中飘展,才觉着这个岛是有颜色的。""现在对我们来说,家就是岛,岛就是国。"

早晨 5 点,天刚蒙蒙亮,王继才和王仕花就扛着旗走向小岛后山。3 只小狗跑在前面,它们对这段通往后山的台阶已太熟悉。

破旧的小操场上,王继才挥舞手臂,展开国旗,一声沙哑却响亮的"敬礼"融进国旗沿着旗杆上升摩擦的响声中,3 只玩耍的小狗也消停下来,王仕花认真地望着国旗,个头只有一米五的她,连敬礼的姿势都显得有些别扭,但这一幕在记者眼里,却美得叫人流泪。

"没人要求,没人监督,没有人看,你为什么还要如此较真?"

"国旗是我们中华人民共和国的象征,开山岛虽然小,但它是祖国的东门,我必须插上中华人民共和国国旗。"王继才转过身子对记者说,"只有看着国旗在海风中飘展,才觉着这个岛是有颜色的。"

岛上风大湿度大,太阳照射强烈,国旗很容易褪色、破损。在守岛的 28 年里,夫妇俩自己掏钱买了 170 多面国旗。

升旗结束后,夫妻俩开始一天里的第一次巡岛,他们来到哨所观察室内,用望远镜扫视海面一圈,看有无过往的船只,看一看岛上的自动风力测风仪、测量仪是否正常,王继才指着海面上几处礁石上的灯塔,告诉记者:"岛东边是砚台石,西边有大狮、小狮二礁和船山,这4盏灯每天都要看。"

同样的场景在晚上7点再次出现,不同的是,夫妇俩的手里多了一个手电筒。

一天的工作结束后,夫妇俩就要记录当天的守岛日记。一摞摞的巡查日志被王仕花装在大麻袋里,拿出来,铺满了整个桌子。那是记者看过最动人的值班簿。

2008年6月19日,星期四,天气:阴。开山又有人上岛钓鱼,老王说,上岛钓鱼可以,但是卫生要搞好。其中一个姓林的和姓王的说岛也不是你家的,卫不卫生,关你什么事,老王很生气。

2008年8月8日,星期五,天气:晴。今天是奥运会开幕,海面平静,岛上一切正常。

2011年4月8日,天气:晴。今天上午8:30有燕尾港看滩船11106号在开山前面抛锚,10:00有连云港收货船和一只拖网船也来开山前面抛锚。岛上的自动风力测风仪、3部测量仪都正常。

2014年8月6日,天气:多云,东北风6~7级。今天早晨我们俩到后山操场去升国旗,查一查岛的周围和海面,没有什么异常情况,岛上的仪器一切正常,上午10:00有燕尾港渔政船516拖光明日报记者6名来岛采访并住岛,别的一切正常。

⋯⋯⋯⋯⋯

"这里只有1999年以后的观察日志,之前十多年的堆起来有一个人高了,都被那混人烧了!"王继才点了支烟,一脸心痛。

开山岛位置独特,并且有很多地下工事,是一些犯罪分子向往的"避风港"。1999年,孙某看中了开山岛,打着旅游公司的牌子,想在岛上办色情场所。

王继才迅速报告上级。孙某眼看事情要败露,威胁王继才说:"你30多岁,死了还值,可你儿子十来岁,死了多可惜!"

"当时听到'儿子'两个字,心里真是咯噔了好几下。"王继才抿了口酒说,但自己不害怕,"少来这一套,我明白地告诉你,我是为国家守的岛,如果我家人出事了,你休想逃脱!"

见硬的不行,孙某又赔着笑脸掏出一沓钱来:"只要你以后不向部队报告,赚了钱咱俩平分。"王继才推开他:"不干净的钱我坚决不要,违法的事我坚决不干!"

　　孙某见王继才软硬不吃,又想出栽赃陷害的法子。一天,在骗王仕花离开小岛后,孙某指使一个脱得精光的女孩往王继才的值班室走,想用美色引诱他,后面还有人偷偷拿着摄像机摄像。王继才连忙关上门,气愤地骂道:"混账东西,给我滚!"孙某气愤至极,带人强行把王继才拖到码头狠狠鞭打。

　　一回头,王继才看到的是哨所值班室燃起的熊熊大火,值班室里,多年积攒的文件资料、观察记录瞬间化为了灰烬,他的心都碎了。

　　所幸的是,当地公安机关和武装部门得知情况后,组织人员赶到岛上,最终将犯罪分子绳之以法。

　　时间久了,挡人财路的夫妇俩就成了违法分子的眼中钉、肉中刺,险情时有发生。

　　回想起当年的一幕幕,还没等记者问,王继才就憨笑着说:"其实他们威胁我,我一点儿都不害怕,他们做的事是违法的,肯定会被抓。"

　　那几年,夫妇俩及时报案9次,其中6次成功破获,为国家挽回了重大经济损失。

　　升旗、巡岛、观天象、护航标、写日志……

　　28年的每一天,几乎都是同一天。

　　夫妻俩要是碰上事非得下岛回岸,也从来都是留下一个,记者问王仕花:"老王不在,你一个人待在岛上怕吗?""习惯了,一开始来岛上的时候害怕。"王继才在一旁插嘴道:"一开始,她睡觉都躲在我里边。"王仕花笑了:"后来我就不怕了,你们看这是岛,我们看这就是自己家,在自己家哪会怕。"

　　"现在对我们来说,家就是岛,岛就是国。"王继才夫妇说。

> **"老母亲说,自古忠孝不能两全,你是为国家和人民守的岛,就是我死的时候你不在身边,我也不怨你。可我心里愧疚,有时候想家人想得直掉泪,但哭过了,第二天照样升旗,继续守岛。"**

　　一阵急促的脚步把我们惊醒,打开门,冰冷的雨水和呼啸的海风灌入衣领,大夏天里也让人直哆嗦。王仕花不好意思地笑了笑:"对不起啊,把你们吵醒了。"

　　对于早已习惯孤寂的夫妻俩来说,记者一行人的到来,打破了他们平日的宁静,小岛一下热闹起来,却也慌乱起来。王仕花掏空家里所有好吃的给大家做早饭,但或许是太着急了,屋里屋外都跑了起来。

　　"你孩子很喜欢吃这些吧?""应该吧。"王仕花又一次尴尬地笑了笑,"我去给你盛饭。"端起饭碗,记者分明闻到了泪水的腥咸。

　　孩子是夫妻俩的心肝儿,也是俩人的心头痛。

　　那次,台风大作,刮了个把月,尽管每天的粥里只有稀稀拉拉几粒米,但粮食还是很快吃完了。孩子们天天拉着王仕花的手喊饿,她一点办法也没有,叫天天不应,叫地地不灵,只任泪水在眼眶打转!

　　一声不吭的王继才卷起裤脚,顶着狂风,在落潮的海水里拾海螺。几个小时后,王继才回来,叫着孩子们的名字,却怎么喊也没人答应。原来,孩子太饿,晕过去了。

　　那一次,王继才一夜无眠,在海边一直捞到天亮。

　　守岛的人,每天两顿饭,只求垫饱肚子,怎可能再有其他幻想?

　　后来,夫妻俩决定在岛上开荒,燕子衔泥般从岸上背回一袋袋泥土和肥料,在石头缝里种树种菜。第一年,种下一百多棵白杨,全死了;第二年,种下50多棵槐树,无一存活。

　　王继才说,他就是不信,人能在岛上活下来,树怎么就活不下来!第3年,一斤多的苦楝树种子撒下去,长出一棵小苗,老王喜极而泣。

　　老王说:"有树,就会有生机,有生机,就会有希望。"

　　再后来,儿子、小女儿陆续上学,夫妇俩把他们送出岛,到村里上学,跟着王继才的老母亲生活。可母亲年纪大了,自己也顾不了自己,3个孩子只能"青蛙带蝌蚪",相依为命。那一年,刚接到初中录取通知书的大女儿被迫辍学,她把眼泪全哭干了,死活不愿和父亲说话。王继才一根接一根地抽烟,最终还是狠心地开了口:"你别念书了,爸爸求你了。"那年,大女儿才13岁,在本该被父母宠爱的年纪挑起了照顾弟弟妹妹的重担。

　　有时候,姐弟仨甚至忘了,自己还有在岛上的父母。夏天的一个夜晚,滑下床沿的蚊帐被蚊香点燃,火苗蹿了起来,惊醒的姐姐一跃而起,拽起弟弟妹妹,然后一盆又一盆泼水,直到把火浇灭。看着湿漉漉的、被烧焦了的被子,三人抱着哭成一团。

女儿托渔民给岛上的父母递了张纸条,毫不知情的王仕花满心欢喜地打开,一下子僵住了:"爸爸妈妈,你们差点就再也见不到我们了。"这些字,像是用刀一笔一笔剜在夫妇俩心上,痛得血直流。

"看在三个可怜孩子的份上,为什么不申请回岸上生活? 这 28 年,你们不能像正常人那样照顾孩子,也不能为父母尽孝,值吗?"

"我走了,岛怎么办?"王继才忽然掩面而泣,"我对不起妻子,这么多年,我吃过的苦她都吃了,我没吃过的苦她也吃了。我对不起孩子,老二上学后,别人嘲笑他没父母,欺负他,他一个人躲在角落抹眼泪。我也对不起家人,父亲、母亲去世,我都不在身边,母亲曾和我说'自古忠孝不能两全,你是为国家和人民守的岛,就是我死的时候你不在身边,我也不怨你',但我怨我自己。有时候,我想家人想得直掉泪。"

王继才曾说一定要亲手把女儿交到一个值得托付的人手上。终于,这一天到来了,可是,王继才却失约了。大女儿独自一人走进结婚礼堂,明知父亲不会来,可还是忍不住放慢脚步,她想:"父亲说不定就在路上,我走慢点,就能等上他。"然而,直到婚礼结束,父亲还是没有出现,化妆间里,新娘一遍一遍补妆,眼泪却又一遍一遍把它融化。几十公里外,王继才隔着海,一遍遍抚摸着大女儿小时候的照片,那是上岛前,王继才带着妻子和女儿拍的唯一一张照片。他想象着大女儿做新娘的样子,一会儿哭,一会儿笑,酒一杯接着一杯地喝,衣襟湿成一片。

但把眼泪擦干,第二天,王继才照样去升国旗,继续守岛。

王继才说了个故事,当年,17 岁的二舅被父亲送去前线,参加了抗日战争、解放战争、抗美援朝战争,回家时,已经 30 多岁,和很多战友相比,二舅是幸运的,因为他活了下来。王继才觉得,和二舅相比,他又是幸运的,因为岛上再艰难,也没有枪林弹雨的危险,他得守好。

"我们守岛,是尽自己的本分,没想到祖国和人民却这么关心我们,这份关心,我们无以为报,只能更认真地守好每一天。"

过去,岛上没电,晚上,点着煤油灯,夫妻俩打牌,唱歌,唱给海听,唱给风听。

记者请王仕花唱一段。

"我能想到最浪漫的事,就是和你一起慢慢变老,一路上收藏点点滴滴的欢笑,留到以后,坐着摇椅慢慢聊……"

歌声未住,泪水却滚了下来。

"过去的日子,不提了,不提了。"王仕花低头转过身去。

同样的话,儿子王志国也说过。老王给儿子取名时想,"志"是一个士加一个心,代表战士的心中有祖国。这对高尚的夫妻从没想到,祖国和人民也把他们默默地记在了心里。

2013年2月,王志国和妹妹回到久违的孤岛,发现门口多了两块崭新的牌子,一块是中共灌云县燕尾港镇开山岛村党支部,一块是灌云县燕尾港镇开山岛村村民委员会。原来,县委县政府特批开山岛为全国最小的行政村,整个行政村只有父亲、母亲和两个极少出现的渔民。父亲是村党支部书记,母亲是村委会主任。

当上村党支部书记以后,王继才每年能多上一份收入,虽然不多,但相比以前每年只有5700元收入来说,涨幅已经太大。

而更令王继才夫妇感动的是,他们孤岛上升旗的故事,竟传到了北京。一次,两人被邀请做节目,天安门国旗班第八任班长赵新风说:"中国已经富强,不能再用手持竹竿升旗了,我们要送夫妇俩一座标准的旗台和旗杆。"

2011年底,一座专门制作的2米长、1.5米宽的全钢移动升旗台和6米高的不锈钢旗杆从北京来到了开山岛。

2012年元旦,一场特殊的升旗仪式在开山岛举行。

"国旗班第一任班长董立敢和天安门国旗护卫队官兵在开山岛升起了新年第一面五星红旗,他们还向我们捐赠了一面曾经在天安门广场飘扬过的国旗。"那一刻,注视着冉冉升起的五星红旗,两人觉得所有的艰难、痛苦都有了意义。

岛上的生活条件也发生了翻天覆地的变化。两年前,连云港市给夫妇俩装上了太阳能离网发电系统,岛上第一次有了电,夫妻俩也第一次看了电视。

那晚,王仕花在值班簿里写下:"我们一家人围坐在电视旁看春节联欢晚会,非常高兴,孩子们都说,今年的晚会真好看。"

后来,部队又把两人的住房修缮一新,门窗变结实了,县里给他们装上了太阳能热水器,洗澡也方便了。每年建军节、国庆节、春节等节日,政府和部队的领导还会到岛上来看王继才夫妇。

有一次王继才上岸,遇到了一桩新鲜事:路过镇文化广场时,只见广场四周围满了人,群众演员正在演唱连云港市地方剧——花船剧。

"小船浪到河滩上。哎,大姐,你这船上装这么些蔬菜水果到哪里去的呀……是去慰问守岛英雄王继才、王仕花夫妇俩的……"花船剧曲调悠扬。

"哎,这唱的怎么是我们啊。"王继才又惊又喜。

到村里后,老人告诉他:"你现在火了,花船剧、大鼓、琴书,唱的都是你哟。"回到岛上,王继才迫不及待地把这个新鲜事讲给王仕花听。

"我们守岛,是尽自己的本分,没想到祖国和人民却这么关心我们,这份关心,我们无以为报,只能更认真地守好每一天。"老王说。

"28 年来,光阴如刀,在你俩的额头刻下了难忘的记号。28 年来,岁月似笔,把你俩的双鬓涂上一层霜膏……你俩与大海结下了不解的情缘,把爱的种子栽培在开山岛……你俩无私的奉献精神,像开山岛上的灯塔永远辉煌闪耀……"

离开的前一晚,记者站在门口,听着这首《夫妻哨所颂歌》。一阵海风吹过,苦楝树哗哗作响,仿佛是为这对夫妻的坚韧和坚守热烈鼓掌。苦楝树结出的苦楝子,仔细品味,也有丝丝甜意。

(原载于 2014 年 08 月 26 日《光明日报》06 版)

坚守32年，王继才永远留在了开山岛

7月27日，全国时代楷模、开山岛守岛英雄王继才在执勤期间突发疾病，经抢救无效去世，生命定格在58岁。

老王走了？我不敢相信这个消息。虽然老王老王叫惯了，可他比我小啊，怎么说走就走了？从2014年第一次采访王继才开始，我每年都上岛看他。再过两天就是"八一"建军节了，本想这两天上岛去，没想到还没赶上过节，就已阴阳两隔。驱车赶往连云港灌云县和老王道别，三个小时的路程，漫天的大雨随着泪水一起滑下，想起和老王相识、相处的很多事。

2014年，也是在酷暑天，我第一次登上开山岛，在岛上和王继才、王仕花共处了5天，被他们夫妻俩28年坚守小岛，只为五星红旗冉冉升起的故事深深感动，写下了长篇通讯《两个人的五星红旗》，引起强烈反响。40天后，当我再次上岛时，我记得王继才给我放了一段他母亲的视频："儿子啊，你是为国守岛，就是我去世的时候你不在身边，我也不怪你。自古忠孝不能两全，但在我心中，尽忠就是尽孝，守海防就是尽大孝。"他哽咽着告诉我，老父亲、老母亲病重时，自己都在执勤，没能回去，"这视频，我反反复复看过几百遍，老母亲的叮咛，一辈子也不会忘记"。为海疆方寸土，置安危于度外，守岛便意味着要经受与亲人生离死别的考验，这一次，老王成了那个别离的人。

2015年春节，我上岛和他们夫妻俩一同吃团圆饭、迎新春。王继才当时刚从北京参加完2015年军民迎新春茶话会回来。他兴奋地告诉我，习近平总书记亲切会见了全国双拥模范代表，总书记还和他聊了天。"总书记这么关心我们，我们更要守好开山岛，组织交给我的任务，我就要守岛守到守不动为止。"每次问起老王，要守到什么时候，他总这样跟我说，说要守到守不动为止。他没有说空话,这一次,老王看来真的是守不动了。

2016年"五一",开山岛上的第30个劳动节,我再次上岛,岛上营房的门上多了副对联:"甘把青春献国防,愿将热血化丹青。"王继才乐呵呵地说是自己专门找人写的。岛上的旗杆被海风吹坏了,他急坏了,哪里顾得上睡觉,连夜修好旗杆。我问他:"没人要求,没人监督,没有人看,你为什么还要这么较真?""开山岛虽然小,但它是祖国的东门,我必须插上中华人民共和国国旗。"王继才转过身子对我说,"只有看着国旗在海风中飘扬,才觉着这个岛是有颜色的。"我忘不了他当时的认真和他眼中溢满的深情和坚定,可这一次,老王升旗时沙哑却响亮的"敬礼"声却再也听不到了。

一朝上岛,一生卫国。王继才的一生,是以孤岛为家,与海水为邻,和孤独做伴的一生,他和妻子把青春年华献给了祖国的海防事业。1986年,也是在7月,26岁的生产队长兼民兵营长王继才接到任务,第一次登上这个无人愿意值守的荒岛,人们都说,去守岛就是去坐"水牢",但王继才最终决定服从组织安排,留了下来。妻子王仕花不忍丈夫一人受苦,选择辞去工作,和丈夫一同守岛。整整32年,夫妻俩过了20多年没有水没有电,只有一盏煤油灯、一个煤炭炉、一台收音机的日子。台风大作,无船出海,岛上的煤用光了只能吃生米;没有人说话就在树上刻字或是对着海、对着风唱歌;没有人接生就只能丈夫自己接生;植物都不能在岛上存活,一斤多的苦楝树种子撒下去只长出一棵小苗;儿女在岸上无人照看,家中失火导致孩子差点儿丢命;大女儿结婚时,化了5次妆都被泪水打湿,进礼堂时,一步三回头,可父母却迟迟没有来……生活虽然苦,心里虽然苦,可王继才夫妇几十年如一日守着小岛,升旗、巡岛、观天象、护航标、写日志……每天的巡查日志堆起来已有一人多高,每个凌晨五星红旗都会冉冉升起,每次遭到上岛犯罪分子威胁甚至殴打也从不屈服。为了守岛,夫妻俩尝遍了酸甜苦辣,32年,11680天,枯燥、孤独、无助,每一天都重复着相同的日子,但王继才心中有一个信念:家就是岛,岛就是国,守岛就是卫国。

当王继才夫妇守岛事迹跨过黄海海面,伴随着各级媒体广泛宣传报道,人们才知道了开山岛,认识了王继才和王仕花,来自各方的关切也越来越多。岁月流转中,开山岛也发生着翻天覆地的变化,岛上的情况越来越好,太阳能和风力发电解决了用电难题,电视机、空调等家电一应俱全,6间旧营房做了重新整修，盖上了卫生间和浴室。夫妻俩在岩缝间的"巴掌地"里种活了青菜，栽活了 100 多株小树苗，把石头岛变成了绿岛。可就在这个和当年上岛时一样炙热的 7 月，老王却永远离开了。

到达灌云，和老王见了最后一面，我心里和他念叨："你说守到守不动，老王，现在好了，你就好好休息吧！"

每次从开山岛上回来，我都在想，人们陆续地来，陪他聊聊天，喝点小酒，但热闹终归属于外面的世界，王继才从没有离开过这个方寸小岛，喧闹走远，寂静和孤独永远是开山岛的脾性，在岛上住两三天，我都急得直抽烟，又有谁能想象、谁能忍受 32 年的孤独和坚守。

大雨还没停，开山岛在哭泣，岛上无人值守……海风吹过，苦楝树哗哗作响，无花果树已结了一树的果子，两只狗还在等主人回来，哨所里的望远镜正静眺远方，老王，礁石上的那 4 盏灯可还能照亮你回来的路？

"两个人的五星红旗"变成了一个人的，我看着掩面哭泣的王仕花，想起老王曾和我说，是妻子的陪伴，冲淡了海水的苦涩腥咸。如今，老王走了，谁来守岛，谁来升旗？

老王曾说，因为这面每天飘扬的五星红旗，这么多年的苦和痛都有了意义。我仿佛又看到，当清晨 5 点的太阳跃出海平面，王继才带着王仕花，扛着旗走向小岛后山，一人升旗，一人敬礼，没有国歌，没有奏乐，却庄严肃穆。

（原载于 2018 年 07 月 30 日《光明日报》04 版）

开山岛上温馨的元宵节

正月十五是中国人的元宵佳节。而今年是 30 多年来开山岛上第一个没有王继才的元宵节。王仕花刚在省里开完会,她连夜赶回岛上:"要继续守岛,也要和老王一起过节。"

从 2014 年开始报道王继才、王仕花夫妇至今,记者数次登上开山岛,记录夫妻俩的守岛故事,陪他们度除夕、迎春节、过"五一"……今年元宵节,本报副总编辑李春林带着年轻记者蒋新军、王子墨、孙金行、邹兰斯等 8 人再次登岛,陪王仕花和守岛民兵过元宵。

前一天傍晚,王子墨、孙金行、邹兰斯 3 位年轻记者率先登上开山岛。晚上 8 点,感动中国 2018 年度人物颁奖盛典在中央广播电视总台播出。一群人挤到王仕花的小屋里,等着节目的播出。"三十二年驻守,三代人无言付出,两百面旗帜,收藏了太多风雨……"看到颁奖词与自己在现场的画面,王仕花想到二人的岛与家、他与旗,动情地抹眼泪。

从感动中国的观众,到登上感动中国的舞台,王仕花觉得"像做梦"一样。"我们就是普通人,做着普通事。"在王仕花看来,她和丈夫王继才只是普通人,而守岛只是普通事。

"岛上物资紧缺,水要省着喝,电要省着用,睡觉都不太安稳;晚上望着远方灯火通明的海岸线,有种与世隔绝的无力感,而王继才、王仕花夫妇在这样的环境里生活了 32 年。"在开山岛住了一晚,王子墨深有感触地说,置身相同环境之后,真正体会到了触及灵魂深处的震撼,对夫妇俩的敬佩与崇敬之情油然而生。

元宵节当天,清晨 7 点,王仕花如往常一样,带着刘文金、马洪波、武建兵

3 位守岛的民兵迎着晨曦,向山顶的升旗台走去。在高昂的国歌声中,五星红旗冉冉升起,映红了整个开山岛。"每天升起五星红旗,是老王一辈子的坚守、一世的心愿,如今他不在了,我们要替他守下去!"刘文金说。

临近中午,王仕花和民兵们张罗起"团圆饭"。"元宵节就得吃汤圆,一家人团团圆圆。"王仕花给老王摆了一副碗筷,倒了一杯酒,放上一碗刚刚煮好的汤圆。"老王一辈子守岛,舍不得吃穿,就爱吃汤圆。吃上一碗圆滚滚、热乎乎的汤圆,他能高兴好几天。"王仕花说。

午饭后,连云港市委书记项雪龙、灌云县委书记左军一行带着物资也来到开山岛,慰问王仕花和守岛民兵。"老王走了,但党和人民一直没有忘记他,我替老王谢谢各位!"王仕花说,这个没有老王的元宵节,大家的关怀让她倍感温暖。

下午 3 点,报社和开山岛进行了视频连线,报社全体记者通过视频向王仕花送去节日的问候。"谢谢光明日报对老王守岛故事的报道。"王仕花说,"老王去世的半年多里,我和儿子已经讲了60多场了,我还要继续把老王的故事讲下去,把开山岛守下去!"

采访结束,岛上吹来阵阵寒风。王仕花说,今年的元宵节比往年冷,但是有大家的陪伴,觉得暖暖的。

(原载于 2019 年 02 月 20 日《光明日报》03 版)

"回家"过年

——"时代楷模"王仕花带全家春节坚守开山岛

大年三十晚上,"时代楷模"王仕花和儿子王志国受邀参加了中央广播电视总台春节联欢晚会,对着电视镜头,王仕花向全国人民认真地敬了一个礼。

从 20 多年前在收音机里听春晚,到岛上通了电在电视上看春晚,再到现场看春晚,王仕花感觉像是"在做梦"。她反反复复说自己和丈夫王继才就是"普普通通的人,做很普通的事,但是党和人民却时刻关心我们,大家没有忘记老王"。

虽然人在北京,心却在开山岛。大年初一早上 5 点多,王仕花便和儿子坐上了回江苏的飞机,辗转一整天,回到家乡连云港灌云县。年初二,王仕花匆忙捎上早已备好的年货,叫上联系好的船只,带着一家人上岛。

"老王是在岛上走的,我要回去陪他过年。"在王仕花心里,丈夫 32 年孤岛守海防凭的是心中那股不变的信念:"家就是岛,岛就是国,守岛就是卫国。"开山岛早已成了她和老王的家,过年就要回家。

往年春节,两口子迎接新年的方式,一是在岛上贴春联,挂灯笼,放鞭炮;二是早上升旗时,换上一面崭新的国旗;三是两个人包点饺子,倒上一杯酒,就算是庆祝过年了。

今年是王继才去世后的第一个春节,按照当地的习俗,王仕花没有贴春联,也没有挂红灯笼,她回到岛上的第一件事,就是拿出一面新国旗,带着全家人,和轮班值守的 3 个民兵一同去后山升旗。

"跟奶奶一起去升旗",3 岁的孙子第一次在岛上过春节,痴痴地望着国旗一点一点升起,不吵不闹。儿子王志国完成升旗仪式后,就匆匆坐来时的船下了岛，赶回部队值班，"父亲虽然去世了，但他的精神始终在我心里"，他说自己要用行动圆父亲惦念一生的从军梦。

儿媳忙着张罗起迟到的"团圆饭"。"一家人就要团团圆圆的。"王仕花给老王摆了一副碗筷，倒了一杯酒，点了一支烟，"他以前不喝酒不抽烟，上岛这么些年，太孤独了，就好个烟和酒，但一辈子守岛，舍不得吃穿"，王仕花说。

"过年了你们却不能和家人团聚，我替老王谢谢你们！"饭桌上，王仕花给自愿守岛的 3 个民兵敬了一杯酒，借着酒，把守岛的点滴讲给大家听。"他们真的很不容易，我们能做的就是好好履职，把楷模的精神传承下去。"在守岛民兵们的心中，王继才、王仕花既是榜样，也是家人，守岛既是工作，也是护家。

"老王最放心不下的就是这岛"，如今虽然老王走了，但让王仕花欣慰的是，今年过年，不但多了一同守岛的民兵，多了很多电话、短信祝福，儿媳更是特地额外多请了两天假，带着孙子在岛上陪自己。"也很愧疚，天太冷了，岛上用电紧张，空调不怎么敢开，我和老王也习惯了省电。"

春节期间，连云港供电公司专门派人到岛上保障供电。"现在 4G 信号有了、冰箱有了、电视信号也正常了。"王仕花告诉记者，"等天暖和一点，他们说要来岛上再把设备升级一下。"海水淡化也已经被提上日程，"往后不用再搜集雨水或者搬桶装水了，老王知道了，一定很高兴"。

大年初七，轮到下一班值守的民兵上岗。王仕花说，她也要和这一班民兵一同下岛，"太阳雨集团邀请我去宣讲老王的事迹，我要去，我和老王很感谢他们"！原来早在 2015 年，这家当地的太阳能支柱企业就来岛上"送温暖"，两口子第一次在岛上洗上了热水澡！

半年来，除了守岛，王仕花干得最多的事就是宣讲丈夫守岛的故事："我和儿子加起来已经讲了 60 多场，我要把老王的故事讲下去，把开山岛守下去！"

采访结束，王仕花告诉记者，其实这次上岛，她还有一个心愿："今天大年初六，是我的生日，年年过生日，老王都会给我下一碗面，我们在岛上喝点酒……今年生日，还想让老王陪我过。"岛上飘起了雪，王仕花拭去泪水，静静地说，下雪天，岛上冷，但是只要自己在岛上待着，就觉得老王还在身边，只有回到岛上，心里才踏实。

（原载于 2019 年 02 月 12 日《光明日报》04 版）

新时代最可爱的人,永远值得我们怀念和学习

——守岛卫国 32 年的王继才

深冬寒夜,桌上的日历又撕去一页:老王,你竟走了 170 天了!

你比我小一岁,我却"老王老王"叫惯了。这 170 天,如果你还活着,我能够想象,跟过去 32 年的每一天一样:守着岛,每天把国旗升起来。现在你走了,这半年发生了很多事,我想好好跟你说一说。

就在新年前夕,国家主席习近平发表二〇一九年新年贺词,特别提到了几个人,"我们要记住守岛卫国 32 年的王继才同志……他们是新时代最可爱的人,永远值得我们怀念和学习"。听到你名字的时候,我的激动和感动不可言说,两行热泪夺眶而出。你要是听到肯定也要兴奋得睡不着了吧,就像 2015 年你从北京参加完军民迎新春茶话会回来,激动得拉着我来来回回说了十几遍一样。

老王,习近平总书记和全国人民都没有忘了你! 你去世那天,我含泪写下追忆你的第一篇文章,一经登出,引起社会强烈反响。8 月初,习近平总书记作出重要指示强调,要大力倡导你的这种爱国奉献精神,使之成为新时代奋斗者的价值追求。随后,全国掀起了向你学习的热潮,你被追授为全国优秀共产党员,被评定为革命烈士……越来越多的人知道了你一辈子守岛的故事,你做到了一个人感动一个国! 人们用不同的方式纪念你,战友们向你敬礼,百姓们排了话剧,作家要写你的传记,电视里每个频道都有你。我乘高铁、坐地铁都能看到关于你的海报,南京艺术学院还找到光明日报,要通过师生创作在岛上塑一尊你的雕像——群众的眼睛是雪亮的,正能量永远是主旋律! 我经常觉得,老王你没走,离我们还很近。

　　老王，你以前总跟我说，觉得自己一辈子挣钱少，陪家人少，心里有愧。现在我要告诉你，习近平总书记指出，对像你这样长期在艰苦岗位甘于奉献的同志，各级组织要积极主动帮助他们解决实际困难，在思想、工作和生活上给予更多关心爱护。政府和社会时刻挂念着你一家老小，你大可放心。今年，王仕花来南京过元旦，她说现在一家子过得挺好的。你走后，王仕花化悲痛为力量，下了岛，我们一起走了北京、新疆和江苏很多地方，作了27场报告，她说要把你守岛卫国、坚守奉献的故事讲给全国人民听。前不久，武警边防部队成建制退出现役，王志国也从武警入了海警。他电话里跟我说："郑大爷，我得追我父亲惦念一生的从军梦，继续当个兵，保家卫国！"还有你始终惦记的两个女儿，大女儿在老家的生活已经有了很大改观，小女儿更是提交了入党申请书！现在这些孩子都主动跟着你的脚步往前走，你该欣慰！

　　我知道，你最魂牵梦萦、放心不下的是守了一辈子的开山岛。我要告诉你的是，岛每天有人守，五星红旗每天都在开山岛上高高飘扬！在你精神的感召下，刘文金、马洪波、武建兵三位民兵申请自愿守岛，每天升旗，他们还要点你的名，"王继才！""到！"铿锵有力。我要告诉你的是，岛上生活条件有了新变化，开山岛越来越漂亮！岛上新架了信号接发器，通了无线网，你种的葡萄第一次挂果摘了快20斤，桃子也有几大筐，又香又甜……看到有两株枯死的桃树，王仕花随即挖了树坑，一边仔细栽下新苗子，一边说"明年就该发新芽了"。守岛的民兵们给我们拍着胸脯保证，会照料好岛上的一草一木！我还要告诉你的是，上岛的人越来越多，开山岛成了人们心中的精神坐标！营房改造成的展馆已有近两万人前来参观，整修后的大礼堂也变成了"开山岛道德讲堂"，上万名党员在岛上宣誓入党或重温入党誓词……以前我每次去看你，都觉得开山岛是孤岛一座，现在，这个岛已经成了爱国主义教育基地，以温度激活无数人心中爱国奉献的精神种子。

　　老王，认识你10多年了，现在你成了全国人民心中的英雄，但在我心里，你是英雄，也是个有血有肉的平凡人。记得我第一次带学生上岛，我陪你喝酒，你说到因为守岛错过大女儿婚礼时，泣不成声，哭得像个孩子；每天晚上，你要拿大扫把把涨潮后爬到房前屋后的蛇虫扫回海里去，才敢睡下，我问你怕不怕，你说上岛那一年，就练出胆子来了；前些年，你终于动了想要下岛的念头，鼓起勇气，叫我陪你去找老政委，听到弥留之际的老政委一句"你守着岛我放心",你就藏起下岛的申请书,掉头又回去了……我问你这么枯燥孤独的日子怎么受得了? 你说,"谁能耐得住? 但总得有个人吧",我问你要守到什么时候? 你说,"我要守到守不动为止"。守岛成为你的事业,在默默无闻的奉献和坚守中,你用行动给我、给我们树起了标杆。

老王,算一算时间,我也快要退休了。这么多年,一路写好人、写英雄,一路感动,也一路道别。作为记者,我要做的就是能够让你们的事迹影响更多的人。4 年前第一届"好记者讲好故事",你守着电视听到我讲的故事里有你,激动得给我发了消息。去年我再一次站在台上,只讲了你一个人的故事,可惜你再也听不到了。但每次看到台下观众的热泪和他们听完故事后更加坚定的眼神,我都在想:老王,你这辈子,值!

醉里梦回开山岛,又同你坐看岛上惊涛拍岸,听漫卷红旗的猎猎雄风,东方破晓时的鸡鸣狗吠,林间枝头的海鸟啁啾……

老王,你走了,但你的灵魂永不消逝,精神永不沉默。

(原载于 2019 年 01 月 11 日《光明日报》04 版)

王仕花说:那份关怀让我暖暖的

——第一个没有王继才的元旦

2018 年的最后一天,是全国时代楷模王继才离开的第 158 天。在没有王继才的日子里,王仕花牢记丈夫的嘱托,继续担任开山岛民兵哨所的名誉所长。这个新年是开山岛上第一个没有王继才的元旦。

2018 年 12 月 31 日,王仕花被儿子王志国接到南京过新年,这是王仕花守岛 32 年来第一次在岸上过新年。晚上 7 点,王仕花在儿子、儿媳妇和二女儿的陪伴下,守在电视机前收看习近平总书记的新年贺词。当总书记提到守岛卫国 32 年的王继才时,王仕花激动得泣不成声。"总书记还记得老王,我真的太感动了!"王仕花说,"我要牢记老王的嘱托,把他的守岛精神传承好、发扬好,把国旗护好、把小岛守好,让开山岛上的五星红旗永远高高飘扬!"

王继才离开的 158 个日日夜夜,王仕花走遍北京、新疆和江苏,做了 27 场王继才同志先进事迹报告会,将丈夫守岛卫国、坚守奉献的英雄事迹讲给全国人民听。"老王常说,要一直守岛直到守不动为止。老王的承诺就是我的承诺,老王守不动了,我要继续守下去。"

新年第一天,王仕花一家人包饺子、迎新年,一旁 30 个月大的小孙子在搭积木,其乐融融。"孙儿叫王向阳,是老王起的名字,意思是向着开山岛上冉冉升起的太阳成长,温暖明亮。"王仕花说,"这是老王的祝福,也是我的期望,希望他内心充满阳光,生活充满希望。"

元旦晚上,江苏省人大常委会教育科学文化卫生委员会主任周琪和王仕花女儿所在的南京市人社局局长刘莅听闻王仕花在南京,便主动邀请他们吃了顿团圆饭。2018 年 8 月 6 日,习近平总书记强调,对王继才同志的家人,有关方面要关心慰问。对像王继才同志那样长期在艰苦岗位甘于奉献的同志,各级组织要积极主动帮助他们解决实际困难,在思想、工作和生活上给予更多关心爱护。"国家和社会的关怀不断,让我觉得自己时刻被暖流包围着。"王仕花说,"在社会各界的帮助下,我们一家的生活有了保障,老王的烈士抚恤金就有 26 万多元,开山岛上的日子也越来越好了。"

如今的开山岛,新架起了信号接发器,小岛上有了无线网络;岛上的厨房修葺一新,养了 4 只会下蛋的母鸡……"感谢国家和各级党组织对我的关照,我很感激,也很感动。这个冬天虽然冷,但大家的关心让我感到暖暖的。"

新的一年,王志国的工作也有了新变化。他被调入海警某部继续服役,用一身橄榄绿,圆父亲惦念一生的从军梦。

这一天,开山岛迎来第一个没有王继才的元旦。

7 点 03 分,天刚刚泛白,潮水从海天尽头涌来,拍打着岛岸礁石。刘文金、马洪波、武建兵三位自愿守岛的民兵迎着晨曦,向山顶的升旗台走去。在高昂的国歌声中,五星红旗冉冉升起,映红了整个开山岛。王继才那沙哑却响亮的"敬礼"声似乎穿越时空,萦绕在每个人的耳畔。

"总书记在新年贺词中特别提到了我们的守岛英雄,这让我们备受鼓舞和激励。"刘文金在电话里告诉记者,2018 年 9 月 25 日是他第一次上岛,每天早上,看着五星红旗升起,才真正理解王继才说的"守岛就是守家,国安才能家安"。"我要像王继才一样,让国旗在开山岛上永远飘扬!"

新年第一天,五星红旗照常在开山岛升起,苦楝树哗哗作响,岛上生机盎然,一切都是王继才临走前的模样。

（原载于 2019 年 01 月 03 日《光明日报》07 版）

手捧滚烫故事　　传递楷模精神

今年 7 月 27 日,王继才在开山岛去世。28 日一大早,我冒着大雨驱车赶往灌云县,在县医院太平间,见了王继才最后一面。

第二天,我再一次上了开山岛,算起来,四年多,这是我第 9 次上岛了,前面 8 次都有王继才的陪伴,而这一次,他却永远地离开了。那一天,也是开山岛 32 年来,第一次无人值守,整个小岛在哭泣。

看着岛上熟悉的一草一木,睹物思人。第二天,《坚守 32 年,王继才永远留在了开山岛》见报,这篇报道得到了中央领导的肯定,受到了全国人民的点赞。

说实在话,不是我的稿子写得好,是王继才的事迹感人。

从第一次上岛到现在,已经跨过五个年头,总有人反复问我,开山岛到底是个什么样子的岛? 王继才为什么一直在守岛? 记者为什么要跟随采访老王这么多年?

开山岛只有两个足球场大,距离最近的海岸 12 海里。五年前这里没有淡水,没有电,当然也不通手机,也不通网络。这个小岛上唯有的生命就是王继才夫妇、三只小狗、五条净化水的泥鳅和三只不会打鸣的公鸡。

这个岛为什么要值守? 首先,它的战略意义特别重要,它是黄海前线第一岛。1939 年侵华日军侵略连云港时,就在这个岛上歇的脚。

其次,这个岛由于距离最近的海岸 12 海里,说起来不远不近,如果坐快艇,只要 38 分钟就可以到达。所以,小岛成了"黄赌毒"和蛇头向往的地方。

整整 32 年,11680 天,夫妻俩每天过着同一天的生活。其中 20 多年,全部都是没有水没有电,只有一盏煤油灯、一个煤炭炉、一台收音机的日子。

每天早上,夫妻俩扛着红旗到后山升旗,男的升旗,女的敬礼。没有国歌,没有奏乐,也没有人看。升旗后,寂寞难耐就在岛上数鹅卵石,在树上刻字。20多年里,他们听坏了19台收音机,用坏了200多面红旗,60多根旗杆。

王继才曾告诉我:"别看这个岛小,又艰苦,只要我站在这里,我们国家的雄鸡版图就不缺胳膊不少腿;只要每天升起五星红旗,这个岛就有颜色;出海的渔民只要看到红旗,就回家了。"

因为这份信念和信仰,王继才用一个民的本分,完成了兵的责任。

我认识王继才算起来已经14年了,前10年,因为没有迈开腿,所以一直没上岛。

后来由于运动了脚力,5年不到、9次上岛,才知道真正的开山岛和真实的王继才;由于开动了眼力,才看到老王守岛的苦乐酸甜;因为发动了脑力,才去思考平凡英雄背后的初心伟力;也因为充分调动了笔力,才写出了全国人民点赞的好稿。

世上的路被诗人写作山高水长,世上的人被追问想要怎样一生。有人说你大半辈子都在奔波,不值!听了王继才的故事,我想问大家,怎样的人生才值!

（原载于 2018 年 11 月 09 日《光明日报》10 版）

百日再上开山岛

100 天前，全国时代楷模王继才永远留在了开山岛。98 天前，我含泪写下稿件《坚守 32 年，王继才永远留在了开山岛》，让全国人民的心再次被这座小岛牵动。

11 月 4 日，由江苏省委宣传部、省记协联合主办的"牢记新时代使命任务，坚守心中的'开山岛'"——省暨连云港市庆祝第 19 个记者节学习宣传王继才同志先进事迹、弘扬爱国奉献精神"五个一"系列活动来到开山岛。我跟随他们再次上岛。

刚下船，王仕花便迎了上来："老郑，你来了。"王仕花拉着我的手，带着我感受这 100 天来岛上发生的新变化：新架起了信号接发器，小岛上有了无线网络；其中一间营房已经改造成了王继才夫妇的事迹展馆，里面陈列着王继才生前的遗物和荣誉事迹；岛上的厨房在社会各界的关心下修葺一新，养上了 4 只会下蛋的母鸡；原本闲置的大礼堂也重新做了整修，变成了"开山岛道德讲堂"。"越来越多的人到岛上来，看展馆，看后山的国旗。"王仕花说，她数着日子，也数着到岛上来的人，100 天里，16000 多人登上开山岛，9000 多名党员在岛上重温入党誓词，600 多名新党员受到王继才事迹的感染，来到岛上宣誓入党。"岛上从没这么热闹过。"王仕花说，"大家总和我聊老王，我总感觉他没走，还在我边上。"

一群人走到后山，正是早上 10 点半，阳光铺洒在整个小岛上，一次百名记者的集体升旗仪式在这里举行。王仕花和 4 位自愿守岛的民兵升起了鲜艳的五星红旗。这一次，有国歌，有奏乐，庄严肃穆，只是再也听不到王继才沙哑却响亮的"敬礼"声。每天升起五星红旗，是王继才一辈子的坚守、一世的心愿。

在岛上,我们偶遇了 83 岁的中国核工业集团离休干部袁秀珍。在听到王继才的先进事迹后,腿脚不便的她,今天执意让子女包了艘船,将她背上了开山岛。"1958 年,我和丈夫一同前往青海西宁支持祖国的核工业建设。"袁秀珍说,如今,自己的 4 个子女也执着奋斗在祖国的核电事业中,"今天,我和他们一起到岛上来,一是瞻仰英雄事迹,二是希望他们也像王继才一样,坚守岗位,为实现中华民族的伟大复兴奋斗一生"。

今天,王继才的儿子王志国也回来了。如今,作为王继才先进事迹宣讲团的成员,他想让父亲 32 年献身海防的奉献精神感染更多的人,继续保家卫国。2013 年,研究生毕业的王志国,报考了武警江苏边防总队,选择用一身橄榄绿,圆父亲惦念一生的从军梦。"父亲把我送到部队,留下一句'在部队好好干,争取早日立功'就走了。"入伍后,王志国多次执行火灾扑救、在逃人员抓捕、重大危害公共安全事件处置、公安部赴外押解行动的出入境勤务保障及其他各类重大安保任务,并于 2016 年参加了公安部联合国常备维和警队选拔。"我的军旅路不仅是自己的,也是父亲的。"王志国说,自己一定要把岗位当战位,高标准、严要求地约束自己。

58 载短暂的生命旅程,32 年漫长的守岛生涯,王继才走了,但他的精神永远留在了人们心中。

离开前,我来到王继才生前种下的株株苦楝树旁,海风吹过,苦楝树哗哗作响,傲然挺立。岛上生机盎然,五星红旗迎风飘扬,蓬勃迸发着正能量。

（原载于 2018 年 11 月 05 日《光明日报》03 版）

王继才的故事与新闻工作者的"四力"

　　2004 年，我和王继才在江苏的一次会议上有过一面之缘，那时，王继才守岛已有 18 个年头，夫妻俩的守岛故事也开始被地方媒体发掘和报道。我当时觉得王继才夫妇不容易，也好奇：人们的日子越过越好了，他们需不需要在岛上守下去？能不能守下去？

　　此后，我去连云港采访过很多次，也到过灌云县，作为一座经济欠发达的苏北县城，灌云公民道德教育建设成果却很丰硕，2011 年，我写下一篇通讯《江苏灌云：满城皆颂道德"经"》。采访中得知，王继才、王仕花夫妇依然在守岛。我有了想要采访他们的想法，但是由于"脚力"跟不上，加之当时开山岛的条件远不如现在，所以一直没有上岛。

　　2014 年，距离我第一次认识王继才已有 10 个年头，我发现他和妻子守岛的故事已在一些媒体上引发反响，两口子还上了电视节目。但是，看完这些，我和许多人一样，更加疑惑了：这到底是个什么岛？为什么要守岛？这对夫妻到底是什么人？

　　带着好奇，带着疑惑，我决定，领着 5 个学生，上开山岛，近距离采访。

不运动脚力，就永远不知道真实的开山岛是怎样的

　　开山岛离最近的海岸有 12 海里；在上岛的渔政船上，船员告诫我们说正是酷暑天，万一刮个台风，十天半个月都下不来；一个小时后，馒头状的岛屿出现，远看如同"沧海一粟"；近看，也不是什么层林尽染、绿波翻涌的世外桃源，而是残垣断壁、怪石嶙峋，和海水的颜色连成一片枯黄；上岛后，走一圈只

要 20 分钟，岛上除了几处零零散散的树木外，全部活着的生命就是两个人、三条狗、三只不打鸣的公鸡和水窖里的几条泥鳅。

第一天晚上，我和老王坐在营房前的门口聊天。老王那日穿一件白色的背心，和寻常人家夏日搬着小板凳在门外乘凉的场景一样。他很平静，我的内心却焦虑、焦躁，一根接一根地抽烟。可以说，大半辈子习惯了在人群中行走，与城市接壤，彼时望着四面黄海、一面天，我能感受到的开山岛，全部是孤独和无助。

不开动眼力，就无法深刻体味王继才守岛的苦乐酸甜

上岛第二天早上 5 点，天刚蒙蒙亮，老王两口子就起来升旗，我们也跟着起来。我原以为因为我们来了，老王才升旗，直到看见王仕花计了数，才知道，这么多年，岛上每一天都会升旗，已经用坏了 170 多面国旗。我就问老王没人要求也没人看，为什么这么较真？老王拉着我，特别认真地往东边指，"老哥，当年日本鬼子侵略连云港，就是在开山岛歇的脚，如果当时我们有人在，鬼子就上不来"。

吃饭的时候，我陪老王喝了点小酒。好不容易有人陪喝酒，他自然高兴，我说我以前也当过兵，一直话不多的他竟和我聊得起劲。老王说话地方口音特别重，我必须凑到他身边"使劲"听，说到兴奋时，他拉着我往岛后山走，说要带我去看升旗台和灯塔。望着升旗台，王继才说了好多话，给我讲了他们夫妻俩在岛上和不法分子斗争的往事，走私的、偷渡的、打着旅游公司的牌子想在岛上办色情赌博场所的……他说，自己几次差点丢了命，但是不害怕，因为旗插在岛上，人是为国守的岛，所以不怕。老王还给我讲他们夫妻俩救人的故事，说救的最多的就是渔民，海上常有突发状况，渔民们看到岛上的旗、看到礁石上的灯亮就能心安。我频频点头，和他朝着国旗一同敬起了礼。

第二日早上，小岛上的升旗仪式准时进行，我看着王继才挥撒旗帜，王仕花在一旁敬礼，也没有奏乐，也不是最标准的姿势，背后是枯岛，迎面是朝阳，那一幕一下子让我老泪纵横，这不正是《两个人的五星红旗》！

每天清晨和傍晚，他们夫妻俩都会两次巡岛、观天象、护航标，"28 年的每一天，几乎都是同一天"。每天巡完岛后，老王就会扶一扶被海风刮歪的小树

苗,踩一踩树根处的土,王仕花就会从台阶间到岩石缝里,蹲在地上拔草,或者端着水盆,给几小块菜地浇水。他们晚上还会在值班簿上写日志,我们翻看了几乎所有的日志,没有一天间隔,日志内容也很有意思,除了岛上常规秩序、海面情况等之外,夫妻俩还会标记下北京奥运会开幕,记下有人上岛钓鱼不搞好卫生老王很生气……

傍晚,王仕花唱起了《最浪漫的事》,笑着说平日里,没有人说话,他们就唱歌,唱给海听,唱给风听,今天多了几个听众。岛上的营房旁,有棵无花果树,王仕花说她和老王把这棵树当宝贝,因为树是上岛后不久就种活了的,一直到现在。我们一看,树枝上刻着"热烈庆祝北京奥运会胜利开幕","钓鱼岛是中国的",一问才知道,20多年,岛上都没有电,看不到电视,夫妻俩就边听收音机边在树上刻字,这些字原先没有看到的那么大,是树长大了,字也越来越大。

既然是石头岛,哪里来的土?老王告诉我们,岛上的土都是他请渔民一袋袋运来的。海风大,树苗也常常长出来一点儿就死了,但他说他就是不信这岛上种不活树,才有了我们看到的岩石缝隙里的苦楝树和一些菊花、喇叭花。

他们似乎总能在我们看似苦闷的守岛生活中,寻找一丝乐趣,岛上的一草一木都装着夫妻俩以岛为家的深情,因此在我看来,都显得特别有生命力。于是才有了"记者抬头一看,那棵无花果树,结了一树的果子",也才有了"苦楝树结出的苦楝子,仔细品味,也有*丝丝甜意*"。

一次王仕花看我的几个学生天天都吃带上岛的泡面,就给他们热了几个之前烙的饼,结果学生们纷纷说:"太好吃了!妈妈的味道!"第二天,王仕花就拿出新面粉,说是要再给大家烙一次,还神秘地拿出一小包白糖,给大家一人做了一个甜饼,一个学生兴致勃勃地跟着王仕花学起烙饼来。"你孩子很喜欢吃这些吧?"学生无心的一问,却问到了夫妻俩心底最柔软的地方。

这是上岛第三天,王仕花第一次主动和我们讲起自己的几个孩子:从大女儿小学辍学照顾弟弟妹妹,到小儿子在岛上是老王冒险接的生,从刮台风下不了岛就只能捡牡蛎生吃,到下岛上学后性格孤僻受尽委屈……我们看到了王仕花滴在面粉上又被一起和进去的眼泪。提到大女儿结婚时,因为执勤没能下岛,老王坐在门口,突然一言不发地抽起烟。半晌,他说,自己亏欠家人太多,守岛期间,父母先后病重离世,他都没能守在身边,自己很愧疚,但转而又说:"子要尽孝,父要尽责。但我的家人都理解,忠是最大的孝和责。"

我好几次看到老王一个人坐在小岛最前方的礁石上,朝着云雾飘渺的远方望去。每次我都在想,老王在想什么呢? 有次我走过去问他,准备守到什么时候。他说"守到守不动为止",我的心为之一怔。

不发动脑力,就探求不出平凡英雄背后的精神力量

随着采访的深入,我把思考渐渐转向我看到的、听到的、感受到的背后。

和平年代了,这座小岛为何非守不可?

利诱和威逼没有俘虏王继才,守岛的寂寞也因为能够帮助到来往的人,而多了缕缕暖意。王继才经历的一个个爱与恨的故事告诉我们:不守岛,就无法进行海上救援和天象观测;不守岛,犯罪分子虎视眈眈,黄赌毒就容易聚集。

可是一天的坚守或许不难,一年的坚守已不易,数十年如一日的坚守太弥足珍贵,到底是一种什么样的力量,让一个人把一生最美好的年华都奉献在这样一座孤岛上?

老王好几次和我讲当初自己是受命上岛,又如何受尽煎熬,后来如何决定留下来,其中几次想下岛,直到最后决定一生守下去的心路历程。他说自己一开始只是想完成任务,后来想坚持坚持盼着有人来替换他,再后来,才决定要守一辈子。

在我这个记者眼里,这才是真实的王继才,这样的王继才有血有肉,更加立体。

我问他到底是怎么说服自己的? 他想了想,和我讲起他二舅的故事,他说二舅17岁那年就被父亲送去前线,参加了抗日战争、解放战争、抗美援朝战争,回家时,已经30多岁,和很多战友相比,二舅是幸运的,因为他活了下来。王继才觉得,和二舅相比,自己又是幸运的,26岁被送上岛,并且岛上再艰难,也没有枪林弹雨的危险。

就因为不用打仗、没有生命危险? 我起初没有弄明白他想说什么。

老王又说,上岛前,二舅说起了当年的开山岛和日本进犯连云港的往事。

二舅告诉他:"每个人心中都有一盏灯,灯照多远就能走多远,灯不灭、人不死,这个灯就是一种信仰。"他说那时候自己不明白,现在好像明白了,觉得"家就是岛,岛就是国,守岛就是卫国"。

老王心中有一盏灯,燃起的是初心的伟力。在他心中,守岛已经成为他的事业。开山岛虽然小,但它的每一寸土地,都与960多万平方公里国土休戚相关。"只有看着国旗在海风中飘展,才觉着这个岛是有颜色的。"老王心里苦,苦的是岛上的生活苦,但也甜,甜的是祖国的东门有他每天升起的国旗。一朝上岛,一生卫国。任岛上星辰,浮浮沉沉,不管多少年,都未曾改变那份纯粹。王继才坚守的不只是一片小岛,是民族的深情与祖国的大义;他搏斗的也不只是自然的艰险,更是我们这个时代可能发生的信念萎靡和精神滑坡。在他身上,彰显的是他永远都没有忘记事业起步时的承诺和誓言。

他是我们心中那盏灯,唤醒我们内心的赤诚。我的一个学生说:"爱国、奉献这些被大多数同龄人视为'高大上'的词语,却在一夜之间烙在我心底,让我第一次认真地思考青春的意义。"另一个学生说,让他印象最深刻的是,老王因为一年到头吹着海风,患上了严重的湿疹,胳膊和腿上长满了豆大的白点子,但老王却说身体是父母的,人是祖国的。还有一个学生一直在想,为什么这孤岛上的一草一木,都美得叫人流泪,后来她说自己明白了,是这对平凡夫妻对国家的赤诚大爱的浇灌,赋予了它们更加饱满的生命,"而我也被感染了:要像他们一样,爱国、敬业,做一个纯粹的人"。王继才的背后,是亿万国人不曾忘记的远大理想和崇高追求,不曾抛弃的对党和人民、对组织、对集体、对岗位的忠诚和热爱之心,不曾放下的对真善美始终不变的期盼。

王继才的事迹足以说明,正能量永远是主旋律。

不调动笔力,就无法让楷模的精气神感染更多人

我有一个座右铭:写有温度的新闻,讲有灵魂的故事。好人让新闻有温度,榜样令故事有灵魂。好的记者就是要书写人民,为人民书写,用真情和平实传播正能量。

在岛上住了5天回来后,我含泪连夜写下长篇通讯《王继才夫妇28年孤岛守海防》《两个人的五星红旗》,分别发表在2014年8月26日的《光明日

报》1 版头条与 6 版,字字都是从我肺腑里掏出来的文字,句句都是我看到的真的王继才,实的开山岛。作为一名拿笔写字的记者,我用文字记录下在开山岛上与王继才夫妇同吃同住、深入采访的点点滴滴,用文字告诉全国各地的人们,在江苏省灌云县有这样一座岛,岛上还有这样一对夫妻,他们用 28 年坚守小岛只为五星红旗冉冉升起。

喊一声守岛人,让人泪流满面;看一眼王继才夫妇,让人心如刀绞。王继才夫妇的事迹在全国引起了强烈反响,人民网、新华网、凤凰网等 30 多家媒体全文转载,4000 多名网友为王继才夫妇点赞,1500 多人评论或转发微博。我想,这主要不是因为我写得好,而是王继才、王仕花夫妇的事迹感人。我随即写下了反响稿《那是一束光照耀灵魂》。

不久后,王继才夫妇被评为全国时代楷模。

挖掘典型、传播正能量本是我作为一名记者的责任。加上一次驻岛采访,几次交流交心,让我和老王结下了不解的情缘。这份责任、这份情缘,让我不得不继续运动脚力、开动眼力、发动脑力、调动笔力。我要把开山岛的故事讲下去。

…………

40 天后,牵挂把我再次带上开山岛。这次上岛,老王家多了件喜事:小女儿王帆结婚了。王仕花把准备好的喜糖塞到我的口袋里,老王则拉着我的手说:"老郑,你能再来,我们夫妻俩都很感动。"我和他开玩笑:"出名了,感觉如何?"老王平静地说,自己守岛是尽本分,没想到祖国和人民却这么关心自己。他说自己做不了别的,只能干好本职继续守好岛。我把喜糖攥在手里,暖在心头,夫妻俩那份质朴与纯粹,再度触动我的心,于是连夜写下《每一次流泪都是新感觉》。

此后的 5 个月里,通过"好记者讲好故事"活动,我把老王夫妇守岛的故事讲到全国各地,讲到数万人心中。

来年新春,报社推出《行进中国·回家的故事》专栏,我打电话给老王的儿子王志国,让他带上我一起"回家"。那时,王继才刚从北京参加完 2015 年军民迎新春茶话会回来,他兴奋地告诉我,习近平总书记亲切会见了他,还和他聊了天。"总书记这么关心我们,我们更要守好开山岛,组织交给我的任务,我就要守岛守到守不动为止。"第二天吃完早饭,和一家人道别,看着眼前这个装上了太阳能、风力发电,盖上了卫生间、浴室,安上了电视机、空调的新小岛,我的眼眶却湿润了:开山岛的条件是变了,可环境没变,热闹一走,开山岛依然孤寂;老王的名气大了,可守岛的决心没变,支撑他的,不过是质朴的承诺和坚定的信念。当日,我写了《开山岛上的团圆饭》,我想讲好开山岛的故事,让更多的人在信仰的坚守和传承中,一天天挺拔起来。

2016年"五一",我再次上岛看老王,写下《开山岛上的第30个劳动节》。岛上营房的门上多了副对联:"甘把青春献国防,愿将热血化丹青。"光秃秃的小岛还多了许多绿意。聊起儿子王志国研究生毕业后选择成为一名戍边武警战士的往事,老王兴奋地说,自己守岛是报国,儿子从军也是报国,"一家人,两代兵,光荣!"一颗炽热的赤子之心在这个家中代代相传。

…………

2018年7月28日,老王去世的第二天,我和他见了此生最后一面。本想"八一"建军节上岛看他,没想到还没赶上过节,就已阴阳两隔。这一天,开山岛无人值守,整个小岛在哭泣。站在岛上,回想起和老王相处的点点滴滴,我怎么也不敢相信,他竟然说走就走了。写完《坚守32年,王继才永远留在了开山岛》,我已泣不成声。

稿件一经刊登,引起很大反响。习近平总书记对王继才同志先进事迹作出重要指示,王继才夫妇守岛的事迹引起社会广泛的关注和讨论。我想,这种热烈反馈,表达的是人民的情感、人民的心声。

到此时此刻,王继才的故事已写过多轮,作为一名持续多年报道王继才事迹的记者,我则开始深思,在这个舆论纷扰、人心浮动的时代,王继才的去世为什么感天动地?

9月,我写下稿件《一个人感动一个国》,我要写下的是一个有血有肉、有情有义的王继才,写下的是他朴素的大境界,写下的是对他的去世之所以感天动地的时代思考。稿件刊登后,王继才的儿子王志国给我发来一条信息,他说:郑大爷,您的文章永远是那么的朴实,但读完又情绪万千,在您的笔下,我仿佛又看到了父亲在开山岛上忙碌的身影!谢谢郑大爷!

"一个有希望的民族不能没有英雄,一个有前途的国家不能没有先锋。"习近平总书记道出了中华民族从黑暗走向光明的力量所在。37年的记者生涯,我采写了许许多多"好人""榜样":人民的好干部孔繁森、英雄机长邱光华、最美教授景荣春,当他们的事迹凝注于笔端、生命凝固成定格时,我常常叹息:要是他们活着,该有多好!

我连续 4 年,9 次上岛,采写王继才夫妇,真的很有幸,也很庆幸。我是老王夫妇守岛人生的见证者,记录者;而他们,则是赋予我记者生涯以尊严和力量的人,让我更深切地明白"勿忘人民"这句话的分量。

如今我已年近花甲,但只要是为人民书写,只要是推动社会进步、传递核心价值观的新闻,只要能让这些时代楷模精气神感染更多的人,我都会坚持下去。

(原载于 2018 年 09 月 21 日《光明日报》04 版)

一个人感动一个国

——王继才去世何以震动国人

人固有一死，或重于泰山，或轻于鸿毛。守岛英雄王继才怎么也想不到，他的死会震动国人。在这个舆论纷扰、人心浮动的时代，王继才的去世为什么感天动地？

一天的坚守或许不难，一年的坚守却弥足珍贵，王继才用32年的坚守诠释了初心的伟力，震撼着无数国人。"一个有希望的民族不能没有英雄，一个有前途的国家不能没有先锋。"习近平总书记道出了中华民族从黑暗走向光明的力量所在。时光流转，王继才就是和平年代最可爱的人。

真与实：真的王继才，实的开山岛

王继才生前说过两句话："我可以不上岛，就是说不出口。""答应了就要做到。"

开山岛是怎样一个岛？真实的王继才是什么样的？

开山岛只有两个足球场大，距离最近的海岸12海里。5年前这里没有淡水，没有电，不通手机，不通网络。这个小岛上唯有的生命就是王继才夫妇、三只小狗、五条净化水的泥鳅和三只不会打鸣的公鸡。开山岛的战略意义非常重要，是黄海前线第一岛。1939年日本侵略连云港时，正是以开山岛为跳板，通过舰船换乘，才得以从燕尾港登陆，然后结集部队向杨集、板浦、南城进犯。"如果我们这个岛上有人值守，日本士兵就上不来。"当时日本士兵在这个岛上屯兵半个联队，在距岛200米处修建了炮楼，几挺机枪控制住整个黄海海面。

灌云县人武部决定派民兵值守,先后派了9个民兵,最长的待了13天,最后都溜了。后来找到燕尾港民兵营长王继才,给他准备了30盒烟、30瓶酒和一个月的吃喝用品,把他放在了岛上。县武装部政委还命令所有的船只在一个月之内不准靠近小岛。

从来不抽烟不喝酒的王继才,把30盒烟、30瓶酒全部抽完喝完。48天以后,老政委领着王仕花来到岛上,王仕花被面前这个胡子拉碴、满身臭气的"野人"吓傻了,这是自己的丈夫吗? 放着家里好好的日子不过,偏要来守这巴掌大的枯岛! "别人不守,咱也不守,回去吧!"

看着这个杂草荒芜的孤岛,王继才一言不发地抽完一整包烟,他想起了二舅的嘱托。

"开山岛是黄海前哨的一级战备岛屿,是军事要塞连云港的右翼前哨阵地。"上岛前,政委告诉王继才,这里必须有人,保证一旦进入战时,能迅速引领官兵再次进驻。

王继才的二舅是新四军的一名战士,曾经在黄海海面与日本侵略者进行过战斗。上岛前,二舅说起了当年日本进犯连云港的往事。他告诉王继才:"每个人心中都有一盏灯,灯照多远就能走多远,灯不灭、人不死,这个灯就是一种信仰。"二舅的这番话,王继才似懂非懂,但直觉告诉他,自己应该留下。

"要走你走,我决定留下!"王继才把妻子气走了。

可他没想到,一个月后,妻子带着包裹,又来了。为了上岛照顾丈夫,王仕花辞去了小学教师的工作,将两岁大的女儿托付给了婆婆。

他们也曾一度想要离开开山岛。孩子要上小学时,他们想着已经守岛五六年了,是时候回家了。那天,王继才找到了派他上岛的武装部政委,准备辞职。但是没想到政委身患癌症即将辞世,还没等王继才开口,便拉起他的手说:"继才啊,你干得很好! 我走了,你要把开山岛继续守好,我才能放心!"政委期待的眼神让王继才硬是把话生生咽了回去,说道:"请您放心,我一定把开山岛守好,一直守到我守不动为止。"

●记者手记:

王继才不是没有犹豫过、挣扎过,和所有平凡人一样,他也害怕黑夜,害怕狂风暴雨,害怕孤独无助,放不下亲人,放不下原本热闹的生活,但再难也要守下去。不少人问,这是一种什么样的力量,能让一个人把一生最美好的年华都奉献在一座远离陆地的小岛上?信仰。王继才用一个民的本分,完成了兵的责任。

我们的行业种种,岗位种种,无数人总会面对同样的两难选择,但是永远不要低估亿万国人对党和人民、对组织、对集体、对岗位的忠诚和热爱之心。他们和王继才一样,讲政治、顾大局,他们不讲条件、不计得失,他们心中有国家、有组织、有事业、有敬畏。

大与小:为大国尽大义,弃小家忍己欲

王继才曾说:"守岛就是守家,国安才能家安。"岛再小,也是960万平方公里国土的一部分。国旗插在这儿,这儿就是中国。

守岛的每一天,都是从升旗开始的。

每天早上5点,夫妻俩就准时在岛上举行两个人的升旗仪式,王继才负责展开国旗,喊声响亮的"敬礼",个头只有一米五的王仕花站得笔直,仰着头边敬礼边注目着五星红旗。这一抹红色就是开山岛的颜色。

没有人看,没有人监督,王继才却特别较真。有一次,岛上断粮,王继才吃了生的海贝海螺,一夜跑几趟厕所。第二天,他照样爬起来去升旗。看着丈夫一脸憔悴,王仕花说:"今天我一个人升就行了,岛上就咱俩,少敬一回礼没人看到。""那怎么行?"王继才艰难地坐起来,穿好衣服,摇摇晃晃地向升旗台走去。

在王继才心里,这里是祖国的东门,必须升起国旗。迎风飘扬的五星红旗如一盏灯,既照来路,也照归途,进出海的船路过开山岛,都会主动鸣笛,既是和夫妇俩打招呼,更是向国旗致敬。

每天两次巡岛,观天象、护航标、写日志……这是岛上每一天的生活。和平年代,看似枯燥乏味的坚守,恰恰是对祖国的忠诚。

因为这份大义,王继才舍弃一己之欲,他说自己欠全家人一个道歉。

那年王仕花临产,海上却来了台风。想要离岛,却寻不来一艘船,无奈之下,王继才拿着岛上的手摇步话机联系镇上武装部长,在部长夫人的电话指导下,他当起了接生婆,亲手剪断了儿子的脐带。

为人子,为人父,王继才觉得最亏欠的就是家人。守岛期间,王继才的父母先后病重离世,他没能守在身边。母亲生前常对他说:"你为国家守岛,做的是大事,你不在妈身边,妈不怨你。"

大女儿是 80 后,但却大字不识几个。因为早早挑起家庭重担,她小学就辍了学,在家照顾弟弟妹妹。王继才答应女儿结婚时一定亲自送她。可大女儿结婚时,化了 5 次妆都被泪水打湿,进礼堂时,姑娘一步三回头,说:"我走得慢点,或许他就能赶上了。"父亲迟迟没来,她知道,父亲想来,但岛上没人。

小儿子王志国出生在岛上,生活在岛上,直到 6 岁被送下岛上学。上学后,由于长期生活在岛上,王志国的性格变得非常孤僻,很难与人交流,3 次辍学,放学后看着同学一个个被父母接走,心里很不是滋味。

"子要尽孝,父要尽责。但我的家人都理解,忠是最大的孝和责。"王继才说,身体是自己的,但人是国家的,而家就是岛,岛就是国,守岛就是卫国。

●记者手记:

王继才何尝不知儿女的苦,但在他心中,岛小,却关系国家尊严。在守岛和个人生活之间、国家和小家之间,王继才选择了把自己的一生投入到守家卫国的大义之中。

渠清如许,必有源头活水。在中国人的骨子里,从来都是有国才有家。我们的民族历经磨难,斗志弥坚。正是因为有了无数和王继才一样舍小家为大家的平凡人,执着奋斗于平凡岗位,我们的事业才能欣欣向荣。

爱与恨:对渔民的爱,对不法分子的恨

王继才也是有血有肉的平凡人,他一生的爱恨情仇都洒在了这片方寸小岛上。

爱的是谁? 恨的是谁?

对王继才夫妇来说,虽然岛上只两个人生活,但他们却用善良和纯朴,温暖了这片海。

"王继才! 王继才!"一天午饭后,王继才巡逻到开山岛的瞭望塔时,突然听到急切的呼叫声,于是迅速往山脚跑。一条渔船正在向码头靠近,船老大焦急地说:"孩子肚子疼得厉害!"王继才迅速抱来一个小木箱,里面有常用药

和应急药30多种,全是王继才、王仕花夫妇掏腰包买的,为自己,也为别人。

一次,渔民黄小国路过开山岛时发动机没了油,于是把艇靠向码头,烈日高温下,用桶加油,不慎引起大火,随时都有爆炸的危险。王继才抱来自己的两床被子,往海水里一滚,盖在发动机上把火扑灭,救了人,保了艇。

开山岛的东边是砚台石,西边有大狮、小狮二礁和船山,这四盏灯王继才每天都要看,因为它们照着四面八方来岛的船。只要海上起大雾,王继才就拿起脸盆站在崖上使劲地敲,循着咣咣的响声,渔民就能辨得出船的航行方位。"那是救命的声音!""晚上出海时,王继才还会亮起信号灯,让我们看清航道。"渔民陈玉兵说。

"在海上,大家都不容易。"王继才说,自己能帮多少是多少。但"朋友来了有好酒,若是那豺狼来了,迎接它的有猎枪"。开山岛位置独特,又有很多地下工事,不少犯罪分子对此虎视眈眈,王继才和妻子一生最恨的就是这些人。

1993年,一个参与走私犯罪的地方官员打算把60辆走私小轿车停放在岛上周转,掏出一沓钱求王继才行个方便,"只要你不向部队报告,赚了钱咱俩平分",王继才推开他:"不干净的钱我坚决不要,违法的事我坚决不干!"

1996年,一个"蛇头"私下上岛找到王继才,掏出10万元现金,要在岛上留几个"客人"住几天。王继才说:"我一辈子可能都挣不了这么多钱,但只要我在,你们休想从这里偷渡!"对方恼羞成怒,带人强行把王继才拖到码头狠狠打了一顿。王继才没有被威胁吓倒,随即向县人武部和边防部门报告。

1999年,孙某打着旅游公司的牌子,想在岛上办色情及赌博场所。王继才迅速报告上级。孙某眼看事情要败露,拿儿子威胁王继才。"少来这一套,我是为国家守岛,如果我家人出事了,你休想逃脱!"王继才回绝道。孙某气愤至极,带人把哨所烧了,看着值班室燃起的熊熊大火,多年积攒的文件资料、观察记录瞬间化为了灰烬,王继才心如刀绞。

时间久了,挡人财路的夫妇俩就成了违法分子的眼中钉、肉中刺,险情时有发生。但夫妻俩从没有退缩过,他们先后向上级报告了9起涉嫌走私偷渡等违法案件,其中6次成功破获,为国家挽回了重大经济损失。

●记者手记:

有人说,和平年代,没有再守岛的必要。但王继才经历的一个个故事告诉我们：不守岛，就无法进行天象观测和海上救援，违法分子就会肆意妄为，黄赌毒聚集。利诱和威逼没有俘虏王继才，孤岛的寂寞也因为能够帮助到别人，而多了缕缕暖意。

"知善知恶是良知，为善去恶是格物"，如王继才一样，对真善美的追求是人的本性和本能。因爱人而互爱，生命才有了温度，是非明、方向清、路子正，敢于与恶行斗争，社会才有了向上的能量。也唯有如此，我们才能真正成为精神富足的人，才能共建我们的精神家园。

变与不变：变的是环境，不变的是初心

开山岛是个荒凉的不毛之地，过去，除了嶙峋陡峭的山石外，就只有一棵长在岩石缝隙中的小冬青，那是岛上唯一的一抹绿。

王继才有个愿望，把荒岛变成绿洲。

岛上都是岩石，没有土，他就请渔民一袋袋运；海风大，树苗常常长出来一点儿就死了，他不灰心，不信这岛上种不活树！

一年又一年，就在这种犟劲下，王继才和妻子硬是在岩石间的缝隙里，先后种活了 100 多棵树和一些菊花、喇叭花。王仕花说，老王就爱用亲手种的桃和无花果招待上岛歇脚的渔民，听别人夸他的果子好吃，他比什么都开心。

岛上最多的树就是"苦楝树"，这名字听起来"苦"，岛上的生活也苦，但日子是越过越好的，小岛也越来越漂亮，所以，苦楝树结出的苦楝子，仔细品味，也有丝丝甜意。

最初的 20 多年，王继才的守岛生活是默默无闻的。伴随着各级媒体广泛的宣传报道，夫妻俩的故事跨过了黄海海面，来自各方的关切无时无刻不温暖着这座小岛。

2012 年元旦，天安门国旗护卫队国旗班首任班长董立敢等一行四人顶着风浪来到开山岛，他们给"夫妻哨所"带来了崭新国旗、《升旗手册》，还有 2008 年奥运会专用的移动式手动升旗台。

2013 年，灌云县委县政府特批开山岛为全国最小的行政村，王继才是村党支部书记，王仕花是村委会主任，村里还有两个极少登岛的渔民。夫妻俩因此每月多了 780 元的固定收入，另外还有每年 27000 元的岗位补贴。有了

这笔钱,王继才能偶尔买上几包香烟,王仕花能每年添置几件新衣。

开山岛的硬件设施也发生着翻天覆地的变化。从前的20多年,这里没有淡水没有电,王继才夫妇过了无数个一盏煤油灯、一个煤炭炉、一台收音机的日子。如今岛上的6间旧营房都被重新整修,盖上了卫生间和浴室,太阳能和风力发电解决了夫妻俩长期的用电难题,送上岛的电视机、空调等家电让他们终于能看到了一点"外面的世界"。

虽然岛上生活便利了不少,但依旧海风肆虐,气候恶劣,因此部队、政府也提出让夫妻俩下岛休息,但夫妇俩都决定继续守下去。

2015年春节前夕,王继才参加军民迎新春茶话会,受到习近平总书记的亲切接见。回来以后,他激动地说"总书记这么关心我们,我们更要守好开山岛!"

夫妻俩的精神也时刻感染着儿子。2013年,王志国研究生毕业,父亲把他送到部队,留下一句"先报国,再顾家"就走了。王志国最终成了一名戍边武警战士。他三次写信,申请参加联合国常备维和警队,到祖国最需要的地方去。

在旁人看来,王继才是献了青春献子孙,但在王继才心里,自己守岛是报国,儿子从军也是报国,"一家人,两代兵,光荣!"

●记者手记:

32年前,当登上孤岛时,王继才不会想到自己会成为"名人"。但热闹终归属于外面的世界,王继才从没有离开过这个方寸小岛。在变化的世事与不变的孤寂中,支撑他走完这段旅程的,不过是质朴的承诺和坚定的信念,在他身上,彰显的是初心的伟力。

光阴荏苒,初心不忘。对于中国共产党来说,初心就是为中国人民谋幸福,为中华民族谋复兴。对于千千万万如王继才一样坚守岗位作贡献的共产党员来说,不忘初心就是永远不要忘记远大理想和崇高追求,永远不要忘记事业起步时的承诺和誓言。

"王继才们":一寸国土不能丢!

今年8月10日,三名由共产党员、退伍军人组成的值勤班开始对开山岛常态化值守。班长汪海建介绍说,他和哨员胡品刚、王绪兵都是在王继才事迹的感召下,主动提出申请来守岛的。32 年,开山岛首次迎来换岗民兵。

我国陆地边界和大陆海岸线长达 4 万多公里。数字的背后,是高寒缺氧的高原,是孑然耸立的海岛,是黄沙遍地的戈壁。数字的背后,是一个个"王继才们"的坚守与奉献。茫茫人海,他们的选择毫不起眼。但当他们聚拢在同一个地方时,"为国坚守"的信念便会发出耐人寻味的光芒。

魏德友,新疆生产建设兵团第九师 161 团退休职工。1964 年,魏德友主动放弃留京工作机会,选择驻守萨尔布拉克。那里冬季狂风肆虐,暴雪深达 1 米多,夏天蚊虫猖獗,当地称"十个蚊子一盘菜"。从此,"家住路尽头,屋在国界旁,种地是站岗,放牧为巡边"就是生活写照。50 多年来,魏德友夫妇义务巡边近 20 万公里,劝返和制止临界人员千余人次,堵截临界牲畜万余只,书写了"西陲戍边半世纪,我伴寂寞守繁华"的壮丽篇章。

去年,中宣部主办的第六届全国道德模范及提名奖获得者名单,拉齐尼·巴依克就是其中之一。

那是我国边境上最长的陆地巡逻线之一,由于地势险要,只能借助牦牛巡逻。最危险的地方,积雪厚度几乎可以将牦牛埋没。拉齐尼·巴依克一家祖孙三代都是优秀护边员。2004 年,当了 38 年义务巡逻向导的父亲身体状况大不如从前,他拉着拉齐尼的手说:"边防官兵日夜巡逻,牧民得以安居乐业。现在我走不动了,你要把我走的路延续下去。"在拉齐尼一家的感染下,一大批农牧民也自觉地投入到守边护边当中,在帕米尔高原上形成了"家家是哨所、人人是哨兵"的钢铁边防线。

几年前,一组"天路"军礼照在网上流传,引起无数网友留言点赞。这些军礼,来自分散在青海、西藏铁路沿线的千余名铁路联防队员——这个由复转军人和当地农牧民组成的护路联防组织,担负着巡逻守护铁路的重任。

他们的工作地点都孤零零分散在铁路沿线,环境恶劣,堪称中国最孤独的守路人。无论严寒酷暑,凡列车驶过,都会收到他们的军礼。网友动情:"孑然孤独,屹立旷野,挺拔自立,瞬间感动!看惯了身边'吊儿郎当、得过且过',置身此处,除了感动还有汗颜。"

在喀喇昆仑山里,有全军海拔最高的机务站——红山河机务站。无论屋里屋外,士官张定燕总戴着一顶军帽。由于高原缺氧和辐射,不到 30 岁的张定燕几乎谢了顶,怕父母见了伤心掉泪,张定燕从不提探亲的事。

"高原那么苦,你把青春和头发都留在了红山河,后悔吗?"张定燕答:"我们每次上下山,都要经过康西瓦烈士陵园。那里安葬着100多位在边境作战中牺牲的烈士。为了保卫祖国,他们把自己的生命定格在十八九岁,到现在已经在雪域高原长眠半个世纪了。看着他们,我不敢后悔。"

●记者手记:

鲁迅曾说,我们从古以来,就有埋头苦干的人,有拼命硬干的人,有为民请命的人,有舍身求法的人……这就是中国的脊梁。瞩望"王继才们",这些平凡英雄本也是生活在现实中的普通人,但在信仰的传承中,正因他们选择了数十年如一日的坚守,才使得我们的事业一天一天挺拔起来,他们就是新时代中国的脊梁。

仗剑去国,山河万里。王继才,已成为当今社会的一个精神坐标。在追求崇高的光荣路途上,一代代共和国军人,一个个人民子弟兵,也同样和"王继才们"一道,奋力前行,不曾辍步……

（原载于2018年09月14日《光明日报》07版）

王继才的感召效应

7月27日,全国"时代楷模"、守岛英雄王继才患病去世,一篇报道引起中央领导高度重视。一时间,王继才夫妇守岛爱国的先进事迹广泛传播,感动了全国亿万群众。

习近平总书记对王继才同志先进事迹作出重要指示强调,王继才同志守岛卫国32年,用无怨无悔的坚守和付出,在平凡的岗位上书写了不平凡的人生华章。我们要大力倡导这种爱国奉献精神,使之成为新时代奋斗者的价值追求。

9月12日,中宣部、中央军委政治工作部、江苏省委共同举办学习宣传王继才同志先进事迹座谈会,中共中央政治局委员、中宣部部长黄坤明出席会议并讲话强调,要深入贯彻落实习近平总书记重要指示精神,广泛学习宣传王继才同志先进事迹和崇高精神,大力营造崇尚英雄、学习模范、争当先进的浓厚氛围。

全军和武警部队迅速行动起来,把贯彻落实习主席重要指示精神、学习王继才同志先进事迹纳入当前部队思想政治教育,进一步激励广大官兵弘扬爱国奉献精神,在本职岗位建功立业。

从黄海前哨到雪域高原、从南沙岛礁到北疆大漠,广大官兵一致表示,贯彻落实习主席重要指示精神,就是要像王继才同志那样,做新时代的奋斗者,在平凡岗位上书写不平凡的人生华章。

正在西北大漠驻训的陆军某炮兵旅,利用野战影音系统,组织2000余名官兵第一时间学习习主席重要指示,围绕"我向王继才同志学什么""如何立足基层岗位作奉献"等主题进行深入讨论,感悟王继才同志的爱国奉献精神,牢记自身使命职责。

海南省三沙警备区号召全体官兵以王继才同志为榜样,矢志卫国戍好"祖宗海"。官兵们纷纷表示,要把从王继才同志先进事迹中汲取的精神养分,化作戍边守海的精神动力,用实际行动戍好"蓝色国土"。

有网友说:"守岛卫国32年,不惧风雨不言苦。这是一种什么样的力量,能让一个人把一生年华都奉献在一座远离陆地的小岛上?"

回答只有一个:信仰。他的境界里,是"守岛就是守家,国安才能家安";他的荣誉里,是"你不守,他不守,这岛,谁守?"

8月10日,开山岛民兵哨所迎来了3人值勤班,退伍军人汪海建便是其中一员。"老王走了,但是岛还得有人来守。"汪海建说,他和胡品刚、王绪兵都是在王继才事迹的感召下,主动提出申请来守岛的。"巡岛一圈要半个小时,而这段路王继才日复一日走了32年,我们一定会踏着他的脚印尽心尽责地走下去。"

"王继才是我们这个群体的突出代表,他身上有我们戍边人的共同故事。"广西那坡县天池国防民兵哨所哨长凌尚前表示,守边防和守海岛环境虽然不同,但性质相似、任务相通。在王继才事迹感召下,凌尚前动员女婿放弃货运生意上哨所当了哨兵,还告诉儿子让他来接班。如今,哨所被评为爱国主义教育基地,凌尚前自告奋勇担任讲解员,他要把王继才和像王继才那样的戍边人故事讲给更多的年轻人听。

全国"时代楷模"、山东兰陵县下庄街道代村党委书记王传喜一步一个脚印带领村民致富,在全县第一个实行了土地流转,建起首个"国家农业公园"和"代村商贸物流城"。"王继才同志舍小家为国家,不为利益所惑,不为困难所惧,在平凡岗位做出了不平凡的业绩。"王传喜说。

全国"时代楷模"、农业专家赵亚夫正带领团队走进贵州大山深处的沿河县,为这个在脱贫攻坚一线的贫困县"把脉问诊"。4天时间走过了沿河7个镇14个农业点,除了在路上,就是在地头。"王继才用一生守岛卫国,我们也要为老百姓脱贫致富贡献所有力量。"赵亚夫说。

8月,江苏省淮安市盱眙县桂五镇敬老院焕然一新。江苏"时代楷模"李银江院长为了把养老事业服务于社会,对敬老院进行亮化、美化、净化、绿化。"我要以王继才同志精神的正能量,走完王继才没走完的路,继续为社会奉献自己的光和热。"李银江说。

中央军委国防动员部副部长王东海指出，王继才身上蕴含着 4 个方面的精神内涵：

灵魂内核是忠诚——32 年守岛，他始终听党话、跟党走，用行动铸就听党指挥的不变军魂。

质朴情怀是奉献——他无私忘我、不辞艰苦、不求回报、不计得失，把有限的生命投入到无限的爱国奉献之中。

价值追求是坚守——他每天干着巡海岛、观天象、护航标等普通的工作，日复一日、心无旁骛，在平凡的岗位上书写了不平凡的人生华章。

时代精神是奋斗——他把对祖国的感情融入工作奋斗中，始终脚踏实地、敬业务本，是我们走进新时代、实现新作为的一面镜子、一盏航灯。

网友纷纷留言，当今社会既有英雄辈出，亦有沉渣泛起。英雄们可歌可泣的事迹，理应获得全社会关注，从而增强激浊扬清的"正能量"。真善美从未随风而逝，无须包装，也不用升华，原生态的正能量最叫好，也最叫座。

事实胜于雄辩，正能量永远是主旋律。

（原载于 2018 年 09 月 14 日《光明日报》01 版）

开山岛上的第30个劳动节

两年前,王继才、王仕花夫妇28年孤岛守海防的故事让我登上了位于江苏省灌云县的开山岛。在小岛上的5天,我细细聆听这里的声音,看遍了这里的一草一木,被夫妻俩28年坚守小岛只为五星红旗冉冉升起的故事深深感动,写下长篇通讯《两个人的五星红旗》,发表在2014年8月26日的《光明日报》上。当年的除夕,我又上了岛,和王继才一家在岛上吃团圆饭。

报道王继才、王仕花的日子也是让我受感染、受教育的日子。夫妻俩身上始终有一种力量激励着我:坚守孤岛,在喧闹的世界里,保有赤子之心。这个"五一",惦念将我再次带上开山岛。

以岛为家,绿荫新生

每次上岛,我在船上,总能远远看到王继才那身迷彩越拉越近,船还未靠岸,他就冲着我招手,岛上那面鲜亮的五星红旗,依旧在夫妇俩身后迎风飘扬。

"以岛为家,苦而乐哉。"岛上房间的门槛上,新贴了副对联,夫妻俩拉着我往后山走,说是要让我看看岛上的新面貌。沿着嶙峋的山岩拾级而上,在小岛岩缝间的"巴掌地"里,竟整整齐齐地长着几排青菜!转眼一看,旁边几株瓜苗也探出头来。王继才说:"我把岛上的泥土聚集到这里,好生'服侍',终于在岛上种上了菜。"王继才负责种菜种瓜,王仕花则忙着种树。不久前,她刚栽下了50株苦楝树的树苗。"没想到今年竟然成活了16株。"王仕花笑着朝我"显摆",说自己之前花了大半天走遍小岛,把成活的树苗数了个遍:

"现在岛上有 132 棵树了。"

从岛上的灯塔往下看,光秃秃的小岛真是多了许多绿意,夫妻俩在海岛生活的苦涩中探索出乐趣来:用心栽植的小树苗、用水泥修筑的硬化路、两只活蹦乱跳的小白狗……应了王仕花那句"你们看这是岛,我们看就是家"。

保持本色,温暖常在

切菜、翻炒、出锅……回到营地,发现小小的厨房里居然有几名青年人正忙得热火朝天。被他们"赶"出厨房的王仕花,站在门口,笑得合不拢嘴:"他们是驻扎在灌云县城的解放军,常常来看我和老王。"随行的部队政治处主任殷世华介绍,每次上岛,战士们都要为夫妻俩带来充足的食材与饮用水。这已是他第 26 次带队上岛了。

当夫妻俩的故事跨过黄海海面,被更多的人知道后,来自各方的关切,无时无刻不温暖着这座小岛。

2013 年,灌云县委县政府特批开山岛为全国最小的行政村,整个行政村只有王继才、王仕花和两个极少登岛的渔民。王继才是村党支部书记,王仕花是村委会主任。这两个头衔让夫妻俩每月多了 780 元的固定收入,另外还有每年 27000 元的岗位补贴。有了这笔钱,王继才能偶尔买上几包香烟,王仕花能每年添置几件新衣。

去年,风光储一体化发电的"绿电上岛"项目在开山岛正式投运,太阳能和风力发电解决了夫妻俩用电的难题。如今,电视机、空调等家电一应俱全。

赤子之心,代代传承

升旗、巡岛、看天气、护航标、写日志。像往常一样,凌晨 5 点多,王继才夫妇便开始一天的工作,他们以对待孩子的细心与耐心,照料着岛上的一切。

不久前,值班室前的旗杆被海风侵蚀得生了锈,这可急坏了夫妻俩。王继才说:"五星红旗必须每天升起,这是我们的职责。"两人顾不上睡觉,连夜用竹竿把旗杆修好,赶在日出之前,将旗杆归位。望着自制"旗杆"上飘扬的五星红旗,我的眼角湿润了。

"甘把青春献国防,愿将热血化丹青。"今年春节,王继才专门找人写了这副对联。"家就是岛,岛就是国,我要守到老得不能动为止。"每次问起老王,你要守到什么时候,他总是认真地回答。

两年前,儿子王志国研究生毕业,有几家大公司和条件不错的研究所向他伸出橄榄枝。他把好消息告诉了父亲,不曾想王继才一言不发,低头抽起了闷烟。原来,他想让王志国当兵。老王把小王送到部队,留下一句"先报国,再顾家"就走了。就这样,王志国成了一名戍边武警战士,今年以来,王志国三次写信,申请参加联合国常备维和警队,到祖国最需要的地方去。听到这个消息,王继才很是兴奋,"我守岛是报国,儿子从军也是报国,一家人,两代兵,光荣!"

一颗炽热的赤子之心在这个家中代代相传。

（原载于 2016 年 05 月 02 日《光明日报》01 版）

开山岛上的团圆饭

——和王继才王仕花一家一起迎新春

2月11日上午,在2015年军民迎新春茶话会开始之前,习近平总书记亲切会见了全国双拥模范代表。其中,就有荣获"情系国防好家庭""爱国拥军先进个人"称号的王继才。

6个月前,一对夫妇28年坚守海岛的故事吸引我登上了江苏省灌云县开山岛。在小岛上的5天中,他们的故事让我一次又一次落泪。于是,我连夜写下长篇通讯《两个人的五星红旗》,发表在2014年8月26日的《光明日报》6版。作为一个拿笔写字的记者,我不仅用文字记录下了在开山岛采访的点点滴滴,还通过"好记者讲好故事"活动,向全国各地数万人讲述了王继才夫妇28年守岛的酸甜苦辣。

后来,中宣部向全社会公开发布"时代楷模"王继才、王仕花夫妇的先进事迹,他们的事迹感动了中国。

2月11日晚8点37分,从北京到南京的高铁抵达南京南站,王继才身着崭新的迷彩服下了车。面对前来迎接的我,他操着浓重的方言说:"太激动了!"接着,他动情地讲述了总书记在现场和他亲切交谈的情况。"总书记详细询问了开山岛的情况,还拍了拍我的肩膀说,'辛苦了,辛苦你们了!'"王继才说,"总书记这么关心我们,我们更要守好开山岛,要守到守不动为止。"

在回开山岛前,王继才忙着赶往江苏"时代楷模"发布会现场,和妻子王仕花一起为获得江苏"时代楷模"称号的南京火车站"158"雷锋服务站颁奖。"158"雷锋服务站第一代领头人李慧娟拉着王继才的手激动地说:"你们夫妻驻守海岛30年,真不容易,我十分敬佩。"王继才憨憨地笑着说:"你们风雨无阻为困难旅客服务47年,我们守岛30年,分工不同,都是守着自己的职责!"

随后,我跟随王继才、王仕花夫妇回到开山岛。他们的儿孙辈也都来了。王继才和儿子王志国忙着贴起了春联,小岛一下子多了几分喜气。王继才告诉我,今年的开山岛很特别,过年这样热闹还是第一次。"孩子们上班上学,所以一家人从来没在岛上团圆过。"王继才激动地说,"这回一家人终于可以一起过年了。"

王仕花和女儿王苏忙着张罗起团圆饭。王仕花个子不到一米五,够不到灶台,踩在两块石板上,身子吃力地向前微倾。看着母亲的背影,王苏眼眶泛了红:"小时候特别羡慕别人家孩子,过年有父母在身旁,有蜜饯糖果,还有红包拿。而我吃上一顿母亲做的年夜饭,都是特别奢侈的事儿。"

"爸妈,我要像你们一样,做一个对社会有用的人。"王志国说。"外公外婆,明年我还想来开山岛过年。"外孙纯真的话语把王继才逗乐了。

看着其乐融融的一家人,我内心十分温暖。

天色暗下来,小岛上放起了烟花。王继才说,往年这个时候,儿女都在大海那头的燕尾港给他们放烟花,夫妻俩会猜测哪个烟花是女儿放的,哪个烟花是儿子放的。他们也会在岛上给儿女放烟花。看到开山岛的方向有光,儿女就知道父母在岛上一切都好。

次日早饭时,碰上国家电网的同志为小岛送来汽油发电机。王继才兴奋不已:"这下,能踏踏实实看春晚了!"过去夫妇俩用的是小功率太阳能电板,遇上阴雨天岛上就没了电。国电的同志告诉我,过完年要给岛上安装风光储电源装置,以后不会断电了。

王志国告诉我,两年前他研究生毕业,有几家大公司和条件不错的研究所向他抛出橄榄枝。"我把好消息告诉了父亲,不曾想父亲一言不发,低头抽起了闷烟。原来,他想让我当兵。"王志国说,父亲把他送到部队,留下一句"先报国,再顾家"就走了。就这样,王志国成了一名戍边武警战士。

吃完早饭,和一家人道别,我的眼眶湿润了。身为一名记者,我能做的就是讲好开山岛的故事,让更多的人在信仰的坚守和传承中,一天天挺拔起来。

（原载于 2015 年 02 月 15 日《光明日报》01 版）

一场演出　　只为两个观众

——曲艺明星为"时代楷模"王继才夫妇送去专场演出

"周炜,咱俩腕儿小,先来个节目抛砖引玉。"央视主持人鞠萍风趣的开场白,引来一阵欢笑。随后,由鞠萍和相声演员周炜演唱的一曲《夫妻双双把家还》拉开了演出的序幕。

没有舞台,没有灯光,也没有麦克风,这是一场专门为两个人举办的演出。简陋的小操场上,演员演得格外认真。观众看得入了神,为一个个"接地气"的节目频频鼓掌。

22日上午,中国曲艺家协会主席姜昆偕相声演员戴志诚、周炜以及央视主持人鞠萍登上连云港开山岛,为守岛28年的"时代楷模"王继才、王仕花夫妇举办专场演出。

"我昨晚激动得没睡着觉!"王仕花紧紧地握着姜昆的手,"以前只在收音机里听过姜老师的相声,没想到今天能见到真人。"

"在《光明日报》上看到《两个人的五星红旗》这篇报道后,我被你们夫妻俩28年如一日坚守海防的故事深深地触动了。"姜昆说。

歌曲《战士的第二故乡》、由开山岛故事改编而来的相声、群体表演《智斗》等节目轮番上演,精彩的节目让王继才、王仕花夫妇乐得合不拢嘴。

"王大姐,你也唱一首!"在众人一致要求下,王仕花用略带沙哑的嗓音,唱起那首她唯一会的歌曲:"我能想到最浪漫的事,就是和你一起守着开山岛慢慢变老……"一曲唱完,大家看了看一旁的王继才,只见他红着脸,腼腆地说:"等到了80岁,你和开山岛还是我手心里的宝。"在一片欢乐的笑声中,夫妻俩紧紧拥抱在了一起。

相声演员周炜感慨道:"这些平凡老百姓的壮举,就是我们文艺工作者的宝,正如习总书记所说,人民是文艺创作的源头活水。"

最后,大合唱《咱当兵的人》把演出推向了高潮,"咱当兵的人就是不一样,只因为我们都穿着朴实的军装……"

飘扬的五星红旗下,望着放声高歌的王继才夫妇,姜昆感触颇深:"开山岛的故事应该让更多人知道。艺术来源于生活,王继才夫妇的故事是最生动的艺术创作素材,他们身上体现出的爱国主义精神,更是我们文艺创作永恒的主题。"

（原载于 2014 年 10 月 24 日《光明日报》04 版）

每一次流泪都是新感觉

——采访宣传王继才、王仕花夫妇事迹札记

40 天前,记者一行 6 人逆浪而行,登上开山岛,和王继才、王仕花夫妇同吃同住,五天四夜的岛上生活给我留下太多刻骨铭心的记忆。返程后,我含泪连夜写下《王继才夫妇 28 年孤岛守海防》《两个人的五星红旗》《那是一束光照耀灵魂》等 6 篇影响重大的报道。

40 天后,我冒雨再次登上开山岛,和一群记者同行,再次采访老王夫妇俩。这一次,俩人多了个"名头"——"时代楷模"。虽然我对他们的故事已烂熟于心,但每一次采访,都会有新的触动;每一次流泪,都是不一样的感觉。

终圆女儿婚礼梦

9 月 18 日上午 9 点,我们一行来到燕尾港码头,早早等候在码头上的王继才夫妇向我们使劲挥手,把大伙一个接一个拉上船。

我很奇怪,从不轻易下岛的夫妇俩这次怎么了?"老王,你们上岸了,谁守岛?""亲家公守着呢!"老王说。

船上,老王拉着我说:"这半个月,我请过两次假。一次为了小女儿结婚,一次为了昨天的媒体采访座谈会。"

我一惊:"王帆结婚了?"我不由地想起上次采访,老王饭间说起子女,一边酌酒一边偷偷抹泪,眼睛揉得通红:"大女儿和儿子都在连云港,就小女儿一个人在扬州,没人照应。"

"这下好了,嫁人了,你俩又了了一桩心事!"我拍了拍老王肩膀。

对小女儿王帆来说,父母能下岛参加婚礼,实在是太意外了。她想起小时候,爸爸捉螃蟹补贴家用,需要小鱼作饵料,大姐就每天起早贪黑去码头捡鱼,劳累过度的她落下严重的肩周炎,阴雨天气就刺骨地疼。爸妈要守岛,大姐小学毕业就辍了学,小小年纪挑起生活的重担,常常夜半凌晨摸黑去码头,托出海的渔民给岛上的父母带油、米……为了这个家,大姐付出了太多,可爸妈为了守岛,都没去参加她的婚礼。这次自己结婚,父母又怎么会来呢?

婚礼前夕,做梦都想牵着爸妈的手嫁人的王帆,在电话里,还是把已到嘴边的话硬生生咽了下去。

因而,当穿着婚纱的王帆看到父母站在自己面前时,又惊又喜,眼泪夺眶而出。

王帆并不知道,为了看上去更精神,参加婚礼前,王继才专程赶到镇上把两鬓白发染成了黑色,但岁月依旧无情地在他脸上留下了痕迹,看着额头、眼角都是皱纹的父亲,王帆心疼不已。

"傻丫头,你都结婚了,爸妈能不老吗?"王继才轻轻给女儿擦掉眼泪,王帆却哭得更伤心了。

婚礼上,司仪问王帆,有什么话想对父母说。王帆说,她要给父母唱首歌。

"昨天的身影在眼前,昨天的欢笑在耳边,无声的岁月飘然去,心中的温情永不减……"

"爸爸妈妈,我曾不理解你们,为什么非要守岛,为什么不能给我们多一点爱,今天,女儿要对你们说一声对不起,你们是这世界上最伟大的父母,你们把岛守好了,就是把国守好了,只有国家安宁,才有家的幸福。"

放下话筒,所有人站了起来,给王继才、王仕花热烈地鼓掌。

尽忠就是尽孝,守海防就是尽大孝

在岛上,王继才小心翼翼地取出一张碟片,这是 2011 年正月初五,县领导看望王继才病中的老母亲时留下的视频。

画面中,老人泪眼蒙眬:"过去,一有顺路船,我就想上岛看我儿子。现在我老了,走不动了,去不了了。好多人问我,想儿子吗? 我说不想,其实怎么会不想,但我儿子是为国守岛啊……"

"2012年10月,老母亲病情加重,等我赶上岸时,她已永远地闭上了眼睛。"守岛28年,老王始终觉得对家人有一份亏欠。

"我能把岛守到现在,有母亲一份功劳。"王继才给我讲了个小故事。

一次,母亲和岳母一起上岛看望王继才、王仕花。看到穿着一身迷彩服的女儿、石阶上的萝卜干、盆里的咸菜以及角落里的煤油灯和蜡烛……岳母的心一下子凉了。

"王继才,我们家这么好的闺女,怎么就跟你到这水牢受罪来了? 你看看她,吃不好、穿不好、住不好。"岳母气不打一处来。

"亲家母,你可别光看这些表面上的东西。这要在以前,我儿子可是守边疆的大英雄,好比杨宗保,你女儿就是穆桂英,不简单呐。"母亲赶紧圆场。

岳母被逗笑了,怒气全无。"打那以后,岳母也开始理解、支持我们了。"王继才说。

我请王继才接着放视频。

"儿子啊,你是为国守岛,就是我去世的时候你不在身边,我也不怪你。自古忠孝不能两全,但在我心中,尽忠就是尽孝,守海防就是尽大孝,你要好好守岛。"王继才说,这视频,他反反复复看过几百遍,老母亲的叮咛,他一辈子也不会忘记。

离开小岛时,王继才拉着我的手说:"老郑,你能再来,我们夫妻俩都很感动,我做不了别的,只能干好本分继续守好岛。"

一旁的王仕花,则笑嘻嘻地给我递来几块喜糖:"三年前,中国江苏网的小丁和小韦到岛上采访,现在他们结婚了,生了儿子,还托同事给我们带来了喜蛋和喜糖,真替他们高兴。"

我把喜糖攥在手里,暖在心头,老王夫妇俩的纯粹与质朴,再度让我落泪。

40天来,我一直在宣传王继才、王仕花夫妇。每一次写稿、每一次演讲,我都会有不一样的感动。我想,开山岛的故事我还会一直讲下去。

(原载于2014年09月26日《光明日报》10版)

那是一束光照耀灵魂

——王继才夫妇坚守孤岛 28 年的爱国情怀感动江淮大地

本报 8 月 26 日头版头条刊发消息《王继才夫妇 28 年孤岛守海防》、6 版整版刊发长篇通讯《两个人的五星红旗》，报道了王继才夫妇坚守海防、赤诚奉献的先进事迹，在全国引起了强烈反响，人民网、新华网、凤凰网等 30 多家媒体全文转载，4000 多名网友为王继才夫妇点赞，1500 多人评论或转发微博，夫妇俩对祖国真诚的爱、深沉的爱、恒久的爱、无私的爱深深触动了无数读者。

一个简单的故事却让人思绪万千

一早，记者就接到南京艺术学院党委书记管向群教授的电话。他说，读王继才夫妇的故事，一种久违的感动从心底涌起。"家就是岛，岛就是国，开山岛虽小，却是祖国的东门，你不守我不守，谁守？"，这是一句再也不能朴素的话，却让人读到了什么叫信念，什么叫选择，什么叫坚守，什么叫崇高！

江苏师范大学传媒与影视学院教授刘行芳说："这个简单的故事却让人思绪万千，这个看似平凡实则伟大的故事像一束光，照耀灵魂，启示人们摆正个人与国家的利益关系。"

一份坚守背后的信念支撑

"开山岛的故事，让我想到了一部名著——《老人与海》，没有收获的信念,很难想象老渔夫能在海上坚持 88 天;没有强国的信念,很难想象王继才夫妇能在岛上坚守 28 年。"著名作家、亚洲青春文学奖获得者丁捷给记者发来一封长长的邮件。"王继才坚守的不只是一片小岛,他坚守的是民族的深情与祖国的大义;他搏斗的也不只是自然的艰险,他搏斗的是我们这个时代可能发生的信念萎靡和精神滑坡。"邮件这样说。

喊一声守岛人,让人泪流满面;看一眼王继才夫妇,让人心如刀绞。王继才夫妇的执着坚守感染了读者。南京铁道职业技术学院党委书记王虹说:"他们对社会主义核心价值观作出了最生动的诠释,他们是爱岗敬业的时代楷模,他们坚守的不仅仅是孤岛的方寸土地,更是共产党人的精神高地。"

一股激励社会前行的正能量

"王继才、王仕花两个人的故事,平淡却不平凡、简明却不简单、神奇却不神秘。"南通大学党委副书记江应中说。

"一口气读罢长篇通讯《两个人的五星红旗》,为守岛夫妇甘于清苦、守岛如家、忠诚为国的事迹所感动。无论社会如何喧嚣浮躁,那些坚守'爱国、敬业、诚信、友善'价值准则的人总是令人敬仰,无论他们处在何处,无论他们从事何种职业,我们社会都不能遗忘,正是有着这些人,我们的社会才充盈着前行的正能量。"江苏省邳州市委常委、宣传部部长张东风说。

(原载于 2014 年 08 月 27 日《光明日报》10 版)

王继才夫妇 28 年孤岛守海防

——只为五星红旗每天冉冉升起

近日,一对守岛夫妻的故事在江苏广为传诵,王继才、王仕花夫妇的名字也成了网络热词,被频频"点赞"。他们在一个没有淡水、没有电、面积不足 20 亩的弹丸小岛上坚守 28 年,只为五星红旗每天冉冉升起。为此,江苏省委、省政府、省军区近期专门发出文件,授予灌云县开山岛民兵哨所"海防模范民兵哨所"称号,号召全省人民向他们学习。

开山岛虽然环境恶劣、位置孤绝,却是黄海前哨、我国的东大门。8 月 5 日至 9 日,记者一行来到开山岛,和夫妇俩住在同一屋檐下,追寻他们 28 年的足迹。

1986 年,岛上驻扎的一个边防连撤离,地方人武部开始派民兵守岛。有人干了 3 天,哭了;有人干了 13 天,几乎疯了。"就算给 100 万,也决不来!"最终,没有一人留下。

1986 年 7 月 14 日,27 岁的王继才被送到岛上。怪石嶙峋,一片枯黄,就连飞鸟都不在此停留,王继才心生绝望,从不抽烟喝酒的他一个月喝了 30 瓶酒、抽了 60 包烟。

"你不守我不守,谁来守?"朴素的信念,支撑着王继才选择了坚守。48 天后,妻子王仕花上岛探望看到完全变了模样的丈夫时,心疼不已,便辞去小学教师的工作,和丈夫一起,开始了漫长的守岛生活。

28 年来,夫妇俩只做了一件事,那就是:坚守承诺。王继才说:"妻子的陪伴,冲淡了海水的苦涩腥咸。"有人说,他们是孤岛上的夫妻哨,一辈子相守相爱。

　　清晨 5 点，太阳刚跃出海平面，王继才和王仕花就扛着旗走向小岛后山，一人升旗，一人敬礼，没有国歌，没有奏乐，却庄严肃穆。28 年的每一天，五星红旗都会在孤岛上升起，王继才说："开山岛虽小，却是国家的东门，我必须升起中华人民共和国的国旗。"

　　因为每天飘扬的五星红旗，28 年的苦和痛都有了意义。

　　每天两次巡山，怕对方出什么意外，夫妻俩都要去。风大或下雨时，他们就用绳子拴在各自腰间，互相拉着，怕滑下悬崖。老王已记不清从山崖、瞭望台上摔下来多少次，他断过 3 根肋骨，两次被山上滑落的飞石砸中头部；王仕花曾因胆囊管破裂，差点走入"鬼门关"。岛上湿气大，夫妻俩都患上了严重的风湿性关节炎，常常在夜里痛醒，互相敲打止疼。记者看到，窗台上放着两瓶止疼喷剂。

　　1987 年 7 月，王仕花临产，无奈台风大作，茫茫大海，没有一艘船只。情急之中，王继才通过手摇电话向对岸医生求救，才把儿子接生下来。

　　1997 年 8 月，一个搞偷渡的"蛇头"私下上岛找到王继才，掏出 10 万元现金，让他行个方便，在岛上留些"客人"住几天。王继才一口拒绝，对方恼羞成怒，威胁要让他"吃罚酒"。最终警方将这名"蛇头"及其同伙抓获。

　　过去，岛上无水、无电，一盏煤油灯、一个煤炭炉、一台收音机是岛上的全部家当。20 多年里，夫妻俩听坏了 19 台收音机。今天，岛上生活已有了很大改善，安装了太阳能发电机，光照好的时候，每天可以看到不同的电视节目。连云港军分区还把 6 间旧营房重新整修，盖了卫生间和浴室。

　　"要守到守不动为止。"一朝上岛，一生卫国。以孤岛为家，与海水为邻，和孤独做伴，夫妻俩把全部青春年华献给了祖国的海防事业。

（原载于 2014 年 08 月 26 日《光明日报》01 版）

郇华民：一个大写的教育者

　　在苏北鲁南地区当代教育史上，他的名字不可磨灭。从20世纪20年代创办第一所乡村学校开始，他便将革命教育视为一种信仰，并为之奋斗一生。从乡村教育到国难教育，从战时教育再到新时代的高等教育，他辗转创办10所学校，成为连云港地区近现代教育的重要奠基人和开拓者。他就是郇华民（1907—1991），以实干的奋斗精神、知行合一的道德品行，将革命教育的火种燃遍苏北鲁南；以异于常人的坚守和操劳，沉淀出丰厚的精神沃土，为中国革命和建设事业培养了大批人才，成为一个大写的教育者。

　　1948年11月7日，中国人民解放军控制了新海连（连云港市前称）全境。时任中共中央华东局秘书长、滨海地委书记兼滨海军分区政治委员的谷牧奉命接管新海连。

　　百废待兴，千头万绪。究竟该从何抓起？这一天，谷牧特意要滨海地区专员为他急召一个人。

　　这个人便是郇华民。

　　时年41岁，担任滨海中学校长的郇华民星夜兼程，抵达鲁中南军区机关。经过一番彻夜长谈，谷牧给他下达的任务是接管江苏省立东海师范（现为连云港师范高等专科学校，以下简称"海师"）并尽快复课。这也是谷牧接管新海连后下达的第一个任命。

　　"尽快让海师这座英才辈出的学校复课，不单是秩序问题，也是衡量共产党接收治理城市成败的一个重要标志。"后来，谷牧之子刘会远在撰写《谷牧画传》一书时这样写道。那么，是什么让谷牧如此看重郇华民？

报　国

时光回溯到20年前,1928年夏,刚从东海中学(海师的前身)初中毕业的郇立三(郇华民原名)做出了一个让人诧异的决定:变卖家中的50亩田地,在家乡东海县郇圩村重建郇圩小学。

彼时的郇立三一心继承父志,博施济众,造福乡里。他并不知道,这个决定改变了他一生的命运。

1928年初,徐州共产党组织遭叛徒出卖后受到严重破坏,许多党员被迫转移外地。此时的东海县党组织,在江苏省委派来的李超时、叶子钧等人的组织下,已重建"东海特别支部",其中一名成员张淦清,经组织安排到郇圩小学任教。正是因为张淦清等人的介绍,这一年秋,在郇圩小学的一间教室里,郇立三面对鲜艳的党旗庄严宣誓。

随着郇圩党支部的成立,担任宣传委员的郇立三,在思想和工作上有了更为清晰的前进方向。经党支部建议,郇圩小学白天教孩子,晚上开办农民夜校,提高农民文化知识和思想水平,教识字、学文化、分析时事……很快,郇圩以及附近的几个农庄相继建立了农民协会,郇圩党支部的力量迅速扩大。

1928年底,东海特支扩大为东海县委。此时的郇立三,正在以更充沛的激情投入新的斗争中。然而好景不长,随着1929年东海县国民党当局发动"6·1"大逮捕,郇立三被迫离开家乡前往上海。

郇立三并不知道,一场牢狱之灾正在悄然而至。

20世纪20年代末的上海,是当时中国革命的中心。为进一步学习马列理论和文化知识,提高思想素质,郇立三进入上海建南中学学习。这也是由中国共产党创办的一所培养革命干部的学校。

1930年5月29日,郇立三接到组织指示,参加了上海纪念"五卅惨案"集会游行。因为个子高,喊口号又特别起劲,他很快就被警察注意到,没等撤离就被当局抓获。

郇立三后来一直使用的名字"华民"就是在这次被捕审讯时临时报出的。"华民",即中国人,他时刻提醒自己,牢记那段苦难的历史,牢记自己是中华民族的一分子。

由于组织积极营救，加上证据不足，郇华民两个月后被释放。然而，令他痛心的是，此时的建南中学已被当局勒令解散。

虽然在建南中学仅仅就读了半年，但在郇华民后来的回忆当中，这段时间是他此生中系统学习马列理论知识最认真有效的一次，是他确立辩证唯物主义世界观的一次最重要的学习活动，也为他日后从事党的教育工作奠定了坚实的理论基础。

1930 年年底，上海白色恐怖日渐严重，组织决定：凡外地来上海的同志，如果没有公开职业的掩护，必须离开上海。在上级组织代表的动员之下，郇华民决定回乡继续开展工作，进行革命斗争。

信　仰

1933 年，随着国民党的破坏，海属地区（主要是今连云港市及属县）党组织瘫痪，革命陷入低潮。失去关系的党员虽然得不到组织的领导，但他们时刻关注着党的声音。

庆幸的是，中共中央在 1935 年发表了《八一宣言》。海属地区的一些早期党员便在这样的形势下积极活动起来，宣传党的抗日主张。1936 年 8 月，"东海抗日义勇团"成立。"卢沟桥事变"后，郇华民意识到，面对日寇侵略，必须要做出更为细致扎实的工作，而没有党的领导很容易迷失方向。这时，他想起报纸上刊载八路军在西安设办事处的消息，心中仿佛点亮了一盏明灯，于是"义勇团"研究决定，去西安找党。

1938 年元旦后，郇华民一行经"八路军驻西安办事处"介绍，全部进入泾阳县安吴堡举办的"西北战时青年训练班"学习。"青训班"的课程设政治课和军事课两大类，由胡乔木、冯文彬、刘瑞龙等党内知名学者和军事专家任教。这也使得郇华民一行在军事知识技能和思想上有了很大的提高。

徐州沦陷后，从"青训班"结业后返乡的郇华民与中共地下党工作团取得了联系，将"东海抗日义勇团"组建成为"青年救国团"，团总部设在郇圩小学，下设 24 个分团，正式团员 800 多人，不到两个月就发展至 1000 多人。

就在"青救团"抗日活动蓬勃开展之际，有一件事始终萦绕郇华民心头，在"西北战时青年训练班"结业后，组织上曾安排他前往徐州转接组织关系，然而适逢日军轰炸,徐州联络地点的组织已经转移。

1938年秋,郇华民一行赴山东郯城寻找党组织,然而此事仍然没有进展。同年10月,"青救团"指派周朝、刘凤锦等人前往郯城庄坞青救训练班学习。周朝随后进入山东沂水岸堤抗大分校学习,并于当年12月受组织安排回东海县开展工作。

至此,寻党之旅终于有了圆满的结果。

1941年初至1948年秋,对于郇华民来讲,是人生中非常特别的一段时期。此时的他,在组织的安排下,全力转移到另一条战线上,那就是根据党中央下发的《大量吸收知识分子》的指示精神,创办学校,培养进步青年,为党输送革命人才。

这段时期,郇华民苦心创建了沭宿海中学、沭海中学、滨海中学、滨南中学等学校。当时的学校流动性大,很少有固定校舍。为了适应这种战时特点,郇华民和老师们曾创造了一种随时可移动的课桌和板凳——课桌凳,实际上是由一个可以折叠的"坐扎子"和一块"课桌板"组成,转移时系好带子往背包上一绑即可出发。住下来在地头树下上课时,人往"坐扎子"上一坐,"课桌板"搁在腿上可以放书,前面老师把黑板往树上一挂即可上课。

这种轻便灵活的教学工具很快传到了根据地的其他学校。

创建沭海中学时,因为学校建在八路军一一五师师部附近,郇华民经常上门邀请师部和来视察部队的首长给学校师生作报告。大名鼎鼎的肖华、林乎加等人都曾先后做过学校的"临时教员"。

1943年春,八路军部队发动郯城战役,郇华民带领海陵县(今连云港东海县)北部几所学校120多名大龄男生和男教师,冒着枪林弹雨向前线运送弹药,送饭送水,光运送粮食就运了上万斤。在信仰的战场上,有些人时刻会把生命保持在冲锋者的状态上。郇华民无疑就是这样的人。

赤　子

时间再次回到1948年年底。此时的郇华民已受命担任海师校长一职,从在海州城的孔庙返回大仓巷北首校址分班上课时,全校已发展到9个班,学生320人,教职员30人。令人难以置信的是,20多天前,这所学校仅有教师 1 人，学生 10 多名。

1948 年，国民党从海州地区撤退时，原海师遭到了毁灭性破坏，所有图书、仪器荡然无存，甚至连教室、办公室的门窗都被卸走了。更令人痛心的是，海师大批师生或被国民党军裹挟而走，或失散无踪。

郇华民面对的，几乎是一片断壁残垣。

当琅琅书声终于在海州这座残破而亟待新生的古城上空响起时，很少有人知道，在这背后，郇华民付出了多少努力。

那段时间，为了延请名师，郇华民的脚步踏遍了海州的周边地区。为了动员学生入学，他常常往返于东海县与连云区之间，动辄步行上百公里，不知磨破了多少双布鞋。

为了尽快完成校舍建设，郇华民提出劳动建校，"自己动手，丰衣足食"。他时常说的一句话："海师出来的学生，大多要到农村教书，没有吃苦精神，不懂生产技能，就不能在那些穷乡僻壤安身立命，办好学校，实现为人民服务的志向。"

很多老校友至今都记得当年去海州火车站运木料的情景，由于缺乏运输工具，郇华民常常带领学生挥汗如雨，用简易撬杠将一根根木料从 10 多里外的火车站"撬"回学校。

海师解放后的第一届学生张学贤回忆，当时每隔一段时间，学校总务处都会组织学生到车站搬运粮草，"开始学生们很不习惯，拿着扁担走在大街上都不敢抬头，但一看身形瘦削的郇校长扛着扁担走在队伍最前头，一切顾虑也就打消了。"

为了美化校园，郇华民请学校美术老师设计校舍的壁画，有工人炼钢、农民种田、战士守疆；为了增广学生的地理知识，激发他们对祖国山河的热爱之情，他请地理老师在操场边塑出一块巨型中国地理模型；为了使学生更易掌握生物知识，他请老师做了几个屋的生物标本……

郇华民相信，十年树木，百年树人，教育是从潜移默化做起，后来的历史也证明，两万余名海师校友遍布海内外，不仅为苏北鲁南地区的教育事业作出了巨大贡献，更为国家输送了大批优秀人才。

为了教育，甘为骆驼。与人有益，牛马也做。

从 1927 年创办第一所学校刘湾小学，到 1982 年年底离休，"奉献"和"服务"，贯穿了郇华民长达 55 年的教育生涯。

1965 年，郇华民创办的"连云港水产专科学校"搬迁至江南地区，他本可调往省城工作，但他说，此生离不开三尺讲坛，更离不开家乡这片热土。为此，他宁愿降级再赴海师担任副职。有人说他"官越做越小"，而在他看来，那份教育工作他已无法舍弃。

在"文革"那段动荡岁月，为了多方保护学校师生免受戕害，他曾遭到多番凌辱攻击。但他始终相信，终有拨云见日的一天，正如他在卧病时曾赋诗作句的那样，"明月良有意，光明照病榻"。

郇华民的一生不曾为亲人托请求人，哪怕是给自己的子女，但却因为欣赏一位素昧平生的印刷厂年轻工人而破例举荐。这位工人便是后来成为中国画学科奠基人的一代大家董欣宾。董欣宾从印刷厂调到海洲医院当医师，后又调到市轻工局美术研究所搞美术设计，直到 1979 年夏天考上南京艺术学院刘海粟的山水画研究生，郇华民都给了他鼓励和帮助。

公私分明，绝不乱花公家一分钱，是郇华民一生秉持的信念。1982 年离休后，有一次家乡的郇圩小学邀请他回乡给孩子们讲革命故事，他坚决不同意教育部门派车，而是选择和老伴坐火车前往，再让大儿子借自行车到车站接送。在回乡讲课之余，看到郇圩小学图书室缺乏图书，他还特地让老伴到书店买了二百多本书籍寄回去。

1991 年 5 月 31 日，满怀赤子之心的郇华民因病逝世于新浦。他一生追求真理、坚韧不拔的革命意志，数十年充满爱心、循循善诱的教学品格，以及他严己宽人、公而忘私的高尚精神，在他生命的最后一刻凝固成永恒的崇高。

（原载于 2019 年 02 月 18 日《光明日报》11 版）

科研永恒　风范长存

——追记著名中药及天然药物化学家赵守训

除夕之夜,一位老人走完了他95年的岁月,永远离开了这个世界。老人名叫赵守训,是中国中药及天然药物化学领域的领军人物。一个月前,他还在病床上关心着中国药科大学新上马的一个药学研究。谁也没能料到,赵守训走得这么急。

初春的金陵,冬寒渐退,暖阳微旭。南京殡仪馆内,赵守训的亲友、同事、门生从四面八方赶来奔丧,向这位把一生奉献给中国医药事业的老先生告别。

格物穷理　勤奋铸就经典

还是那间办公室,还是那个老旧的保温杯,还是那一摞摞纸页泛黄的手稿……这几天,赵守训生前所在的学院——中药学院办公楼内,他的同事、中药学院副院长谭宁华在这里驻足。

"一直到93岁,赵老还坚持每天来这里办公,最少保证3个小时的工作量。"谭宁华缓缓翻开赵守训办公桌上的书籍,上面密密麻麻布满了他标注的字迹。

"这是赵老编撰的第一本专著,在学术界影响深远。"谭宁华捧着一本《生药学》回忆道,新中国成立前,学校生药学使用的都是外国教材,就连选用的中国药材,其名称用的也是拉丁文。"当时学校鼓励教师编写符合国情的教材,赵老毅然接下了这个重担。"

此后,赵守训放弃全部节假日,加班加点,埋头学习,撰写书稿。"多少个夜晚,全校只有他的办公室彻夜灯火通明。"谭宁华说。功夫不负有心人,20世纪50年代,赵守训将多年的心血与徐国钧教授编写内容合并整理,1958年正式以《生药学》为名出版,成为中国第一本以化学成分编类的教材。

凭着"板凳甘坐十年冷"的钻研功夫,70余年来,赵守训先后开展60余种中药资源品种的化学成分系统研究,在异喹啉生物碱、乌头类生物碱及三萜化学领域取得突出成果,发现新化合物200多个,先后荣获国家及省部等各类奖项10余项。与此同时,他还主力编纂了《药材学》《中草药化学》《中草药学》《中药辞海》等影响深远的著作,对中药、天然药物及其化学学科的建设作出了开拓性贡献。

如师如父　才德长存世间

在中国药科大学,赵守训的才德有口皆碑。同事朋友有事相求,他向来慨然应允;后辈朋友乃至素昧平生者上门求教,他总是倾囊相授;违背原则的事情,他一概不予。宽厚内敛、清廉坦荡是周围人对他的一致看法。

"老师的办公室极为简朴,最醒目的就是整排书架和桌子上堆放的中外药学专著和资料。"赵守训的弟子丛晓东回忆,凡经过老师研读和审阅的书刊,里面都加有许多标签,上面写着勘误、注释和心得。"他常常教育我们,要用审视的眼光读书,既要从中获取新知识,又要善于发现新问题,提出新见解。"赵守训的这番话也让丛晓东养成了"边读书边标记"的好习惯。

"名师之恩,诚为过于天地,重于父母多矣。"丛晓东说,恩师教会他的,不仅仅是严谨的治学态度,还有高尚的道德品行。

躬耕于教,育万千桃李。如今,赵守训门下的弟子们,有的被邀请加入了美国科学协会,有的成为教育部长江学者奖励计划特聘教授,还有的成为中国工程院院士。他们遍布世界各地,共同支撑起中国药学界的未来。

父爱如山　奉献汇成丰碑

回想起上个月在家照顾父亲的一幕,赵守训的儿子赵群华仍然难掩悲痛。

"我父亲把一生献给了药学研究,即便卧病在床,心里还牵挂着学生们的研究进度。"赵群华回忆,在生命的最后几天,躺在病床上的父亲常常双目紧闭,痛苦得说不出话来,只能用纸笔写下自己想说的。"因为没有力气,他的字我们也看不懂,后来才发现他写的全是学校里的事情。"

类似的场景,赵群华早已习惯。在子女眼中,正是父亲严格对待工作、对待科研的态度,才成就了他们的今天。

在女儿赵菁华眼里,父亲是他们做人的榜样。20世纪80年代,赵守训在编写《中草药学》时,收集整理了许多有关中药化学成分的卡片。但当他得知兄弟单位要撰写其他相关专著时,毫无保留地将这些资料赠予编委会。"父亲常常教导我们,对待学习与工作既要求真务实,更要无私奉献。"

树人百年留美誉,才德千载存世间。在无数同事、弟子、亲人心里,赵守训并没有走远。金陵城内,迎春花正热烈地盛开着,抬头望去,生命中的又一个春天已经悄悄来临。

(原载于 2018 年 02 月 26 日《光明日报》08 版)

实现科学界的"帽子戏法"

——记中国工程院院士、南京理工大学教授王泽山

在 2016 年度国家科学技术奖励大会上,中国工程院院士、南京理工大学教授王泽山凭借着在火炸药领域的杰出贡献,斩获 2016 年度国家技术发明奖一等奖。这位 82 岁的院士,继获得 1993 年国家科技进步一等奖和 1996 年国家技术发明一等奖后,实现了在科学界的"帽子戏法",成为名副其实的"三冠王"。

"我们小时候上的学校都是日本学校,校长、老师统统都是日本人,学校里只允许说日本话。"王泽山说,日伪政权下,很多孩子都不清楚自己是中国人,但无数中国人的奋起反抗,在王泽山年幼的心中埋下救国图存的种子。

"我们都不想有战争,都希望世界和平,但是没有强大的军事,就相当于没有自己的国门。"带着这样的信念,1954 年,年仅 19 岁的王泽山报考了哈尔滨军事工程学院。

"那时候一般人都不选陆军,更不选火炸药,但是我必须这样选。"回顾自己最初的选择,王泽山很是满意,火炸药是一个国家国防力量的重要体现,"离开它,常规武器和尖端武器都难以发挥作用"。

20 世纪 80 年代,王泽山率先攻克了废弃火炸药再利用的多项关键技术难关。90 年代,他又成功利用燃料的补偿效应发明出低温感含能材料。这两项发明创新,分别获得 1993 年国家科技进步一等奖和 1996 年国家技术发明一等奖。

王泽山并没有停下自己的步伐。他发明了等模块装药和远程、低膛压发射装药技术,突破了美、英、法、德、意五国科学家曾联合耗费巨资、历时多年

也无法突破的技术瓶颈,解决了国际军械领域长期悬而未决的难题,并建立和发展了相关理论体系。该项技术也获得了 2015 年国防技术发明奖特等奖和 2016 年度国家技术发明奖一等奖。

在王泽山的团队中,没有"星期几",也没有"节假日",有的只是实验开始与结束的时间。因为实验需要,王泽山和团队成员一年之中大半时间都在野外靶场,一心一意搞科研。

"有一次我们在内蒙古阿拉善靶场做实验,室外温度低到高速摄像机都'罢工'了,王老师还是在外面待了一整天。"王泽山团队的堵平告诉记者,王泽山本身就是一部教科书,"既然选择了,就要全身心投入去将它做好,要去做别人没做到的,做国家需要我们做的事。"

至今,王泽山团队已走出超过 90 名博士研究生,不少人活跃在院校、企业和研究所兵器研究前沿,成为新一代国防科技领军人才。

"作为从事科学工作的人,我更加明白科学技术的力量,也深深懂得重要科技领域的优势是维护国家安全的重要筹码。"王泽山说,"中华民族的伟大复兴是每个中国人渴求的,也是人人有责的。正是它始终在支撑着我。"

(原载于 2017 年 06 月 07 日《光明日报》06 版)

冯端:人生四境

冯端:1923年6月11日生于苏州,祖籍浙江绍兴。1946年毕业于中央大学,并留校任教。1949年该校更名南京大学后,历任物理系副教授、教授、固体物理研究所所长、固体微结构物理国家重点实验室主任。1980年当选为中国科学院院士。1993年当选为第三世界科学院院士。他是我国晶体缺陷研究的先驱者之一,在国际上领先开拓微结构调制的非线性光学晶体新领域。由于其杰出贡献,经国际小行星中心和国际小行星命名委员会批准,中国科学院紫金山天文台将国际编号为187709的小行星命名为"冯端星"。

傍晚的南秀村,深邃静谧,橙黄的光柱透过树层,零星洒向大地。一对老人相互搀扶,在古老的小巷依偎前行。

这是冯端和妻子陈廉方一天中最惬意的时刻。从南秀村一拐弯,就到南京大学。岁入晚年,夫妻俩每天都会到校园里走一走。

冯端92岁,陈廉方88岁。这对相濡以沫的夫妻,已携手走过了六十个春秋。

来到曾经工作过的东大楼前,冯端走走停停,凝眸沉思。这个留下他人生印痕的地方,带给他无尽的回忆。

沉潜:诗礼传家　一门四杰

"以有涯之生逐无涯之知,是人生中最有意义的事情。"

初次拜访冯端,恰逢江南梅雨季,被暴雨冲刷的城市一片喧嚣蒸腾。

走进先生家中,顿感清凉,一屋墨香,满眼尽是随意摊放的书和零散的纸片,冯端手捧书卷,寂静安然。

夫人陈廉方笑着说:"这些书动不得,虽然乱,但冯先生心中自有章法,一动就找不到了。"

采访从童年聊起,冯端语调慢条斯理,眼睛盯着一摞书,仿佛进入另一个时空。

1923年,冯端生于苏州,一周后起名,适逢端午佳节,父亲冯祖培便为他取了这个简单的名字,冯端也就一辈子端端正正地做人。

冯祖培是"末代秀才",擅诗词,工书法,但他不想将爱好强加于子女,鼓励他们自由读书,按照各自的意愿发挥潜能。而目不识丁的母亲却凭借惊人的记忆力,常背诵唐诗宋词给孩子听。宽松的家庭环境,在冯端心中播下文化的种子。

冯端读苏州中学时,就读中央大学的大哥冯焕常买科普读物送给他,使他对科学产生了兴趣。受其启发,冯端还自制望远镜观察星体和星象,探索星座的名称和位置。随着阅读范围的拓展,他不再局限于自然科学,对文史哲等领域的书籍也如饥似渴。

"要允许他人有行动或判断的自由,耐心地、不带偏见地容忍不同于自己或已被普遍接受的行为和观点。"房龙所著《宽容》一书,带给冯端深刻的启迪。

宽容之精神,也成为冯端一生的信仰。他成长为兼具科学与人文双重素质的物理学大师,无不是延续这一精神。

沉淀,是个人记忆,也刻着时代的印痕。

抗战爆发,为保存中国高等教育资源,延续民族文化血脉,面临战火威胁的大学纷纷迁往中国西南地区继续办学,培养中华民族的高等人才。这是中国近现代大学教育史上荡气回肠的一页!

冯家四兄妹都是这个时期的亲历者和见证者,也是大学精神的实践者。大哥冯焕随中央大学西迁重庆,姐姐冯慧随浙江大学西迁贵州,二哥冯康于1939年考入中央大学,单身由闽入川。冯端则于三年后侍母西行,万里跋涉,历经闽、赣、粤、湘、桂、黔、川七省,投奔重庆大哥处。这段"举家西迁"的经历,在冯端心中留下弥足珍贵的印记。

谁也不曾料想,颠沛流离的冯家四兄妹,竟创造出被科学界传为佳话的"冯氏传奇"——

长兄冯焕毕业于中央大学电机系,后留学美国,曾任通用电气公司研发中心高级工程师;长姐冯慧是中科院动物研究所研究员,与中科院院士、大气物理学家叶笃正结为夫妻;二哥冯康是中科院院士、著名数学家;冯端年纪最小,是中科院院士、著名物理学家。

1942年,冯端考入中央大学,因自幼喜爱自然科学,但对化学不感兴趣,数学又太抽象,便最终选择物理学。吴有训、赵忠尧、施士元等学术大师皆汇聚于此,在恩师的谆谆教诲下,冯端系统学习物理知识,至此终身与物理学结缘。

大学期间,冯端还选修法语和德语,新中国成立后又学了俄语,加上之前掌握的英语,数门外语为他日后的科研与教学奠定了扎实基础。

在中央大学学物理,学业艰难,学成不易。入学时班上物理系的同学有十多个,最后坚持读完四年大学毕业的仅沙频之、赵文桐与冯端三人。

回忆起中大读书的日子,冯端眼神中多了几分神采。"我一介书生,这辈子所做的无非读书、教书、写书。"在他看来,生命之所以可贵,就在于以有涯逐无涯、以有限孕无限。

徜徉知识的海洋,学生时代的冯端有企鹅的秉性,抗拒严寒,沉下去,潜入水中,聚精会神地积蓄力量。

凝聚:格物穷理　寻微探幽

"你对不可言说的进行探究,使你迷惘的生命终趋于成熟。"

1946年,冯端毕业于中央大学物理系,因成绩优异,系主任、核物理学家赵忠尧对他说:"你留下来吧。"

这一留,便是七十载。

从最初的助教到院士,再到第三世界科学院院士,从教遍物理学各个分支,到开创我国晶体缺陷物理学先河,再到成为我国金属物理学和凝聚态物理学的奠基人之一,这位科学大师清晰的奋斗轨迹,让人敬仰。

20世纪60年代末,冯端以金属材料缺陷为主要研究对象,以国外涉足不多的钼、钨、铌等难熔金属为突破口,借鉴国际上刚问世的电子轰击熔炼技术,设计并研制出我国第一台电子束浮区区熔仪,制出钼、钨单晶体,为我国国防工业作出重要贡献。

标新立异、独辟蹊径,是冯端科研的基调。

没有电子显微镜等先进设备,冯端就因陋就简,创造性地发展浸蚀法和位错观察技术,在1966年召开的北京国际物理学会讨论会上获得一致好评,而他也是南京大学首位参加国际会议的青年科学家。

"文革"后,冯端认为科学研究不能故步自封,应开拓新的领域。于是,他将视野转向晶体缺陷研究领域,同时提出将南京大学金属物理教研组改建为晶体物理教研组,开展晶体生长、晶体结构与缺陷、晶体物理性能三方面研究。

"理论脱离实践""没有发展前景"……质疑、反对和不满席卷而来。冯端的学生李齐说,从未见过先生落泪,而那段时间,先生顶着巨大压力,偷偷掉了好几次眼泪。

然而,进一步,天地宽。

帷幕拉开,作为领唱者的冯端最终在逆境中坚持下来,他带领团队开展深入研究,阐明晶体缺陷在结构相变中的作用,开创了我国晶体缺陷物理学科新领域,跻身国际前沿。

"在科学的道路上没有平坦的大道,只有不畏劳苦沿着陡峭山路攀登的人,才有希望达到光辉的顶点。"在攀登科学顶峰的道路上,冯端的步履愈发坚实。

20世纪80年代,冯端将目光聚集到凝聚态物理学与材料科学的汇合处,他通过实验论证了诺贝尔奖得主布洛姆伯根有关非线性光学晶体准位相匹配的设想,实现倍频增强效应,并进一步提出独创性设想,从研究自然界的微结构过渡到人工微结构。

20世纪90年代,冯端和严东生院士作为首席科学家主持"八五"国家攀登计划项目"纳米材料科学",开创纳米科学技术领域国家级科研项目之先河。

…………

独创性的研究成果,使冯端获得国家自然科学奖、国家科技进步奖、陈嘉庚数理科学奖等重大奖项。

谈到科研方向的选择,冯端身体坐得更正了,他轻轻按了按助听器:"只有站在高处,向下搜索,才能认准目标。"他说,科学工作者要在科研中培养鉴别能力,把握世界科技发展的脉搏,不断地调整,努力使自己站在学科前沿地带。

"文章千古事,得失寸心知。"冯端始终相信"文以载道",认为知识分子不仅要立德立功,还应立言,要将真知灼见形诸文字,传之于世。

冯端撰写的中国第一部《金属物理》专著,被誉为国内金属物理的"圣经";他主持编撰的《材料科学导论》实现了从金属物理到材料科学的跨越;他主编的《固体物理学大辞典》确立了中国固体物理学词汇体系……

年事渐高,冯端仍笔耕不辍。他还有个心愿:将毕生科研与教学经验留给后辈。

"冯先生每天一睁眼就看书、写书,从清晨到黄昏,手不释卷。"陈廉方说,天色稍暗,她就悄悄走进屋里,为先生把灯打开。每次喊先生吃饭,等半天都不来,原来他是盯着过道里书架上的书流连忘返。

在冯端91岁之际,耗时20年,长达170万字两卷本《凝聚态物理学》问世了!

巨著实现了从固体物理学到凝聚态物理学的跨越。于渌院士评价道:"凝聚态物理是一座迷宫,年轻学者最需要的是指引方向的路标,这本书勾画了一幅准确、详尽的地图。"

"你对不可言说的进行探究,使你迷惘的生命趋于成熟。"冯端最爱的奥地利诗人里尔克的诗句,是对他科学研究的生动注解。先生对未知领域的探索,不仅仅是有影响力的学术研究,更是为我国科学立言的不朽事业。

月华:教学相长　德厚流光

"冯端是月亮,周围呈现出美丽的光环——月华,更有新星相伴,交相辉映。"

2013年,冯端90大寿之际,我国物理学界20多位院士、近百位青年精英齐聚南京,为这位凝聚态物理学宗师祝寿,堪称学界盛事。

教书育人这件事,冯端做到了极致。

"作为教师，必须终身学习。"冯端始终服膺胡适的"为学当如金字塔，要能博大要能高"，同时坚持陈寅恪所倡导的"独立之精神，自由之思想"。

为人师者，教法为要。从教近 70 年，冯端采用"分类教学"法，观察学生不同兴趣，以启发为主，适当引导，注重培养学生独立思考和自学的能力。冯端也不赞同分科太细，而是要求学生进行交叉学科的学习，使科学素养和人文素养相互交融。

在学生眼中，这位高山仰止的物理学泰斗，是一位谦虚开明的老师。

学生李齐跟随冯端 50 多年，恩师诚朴治学的态度影响了他一生。李齐回忆，每回写论文或研究碰到难找的资料，他总是向冯先生请教。"恩师记忆力惊人，每次都准确告诉我图书馆某一层的某本杂志有参考价值，有时甚至精确到第几页。"李齐说，先生精湛的学识和深厚的功力，让他由衷敬佩。

更让李齐记忆深刻的是 1982 年，冯端的一项科学成果获得国家自然科学二等奖，奖项公布后，李齐发现自己的名字竟在获奖名单中。"当时我只是在读研究生，"再提往事，李齐感触颇深，"真没想到，先生居然把这个大奖与我分享。"

"青出于蓝而胜于蓝。"冯端常说，"当老师的责任是培养好年轻人，鼓励他们超过自己，如果老师带出来的研究生比自己差，社会的发展和科学的兴旺是不可能实现的。"

中科院院士、南京大学物理系教授闵乃本也是冯端的弟子。1982 年，闵乃本撰写的《晶体生长的物理基础》获得国际学术界的一致好评。光环背后，凝聚着冯端的点滴心血，从最初的书名确定、框架结构、章节顺序，到成稿后字斟句酌地润色凝练，冯端完全把它当成自己的书对待。后来，物理学前辈钱临照院士撰写书评时提到："此书成稿后，得到冯端教授仔细审阅，详加核定，更增添正确性和色彩。"但冯端本人绝口未提过自己的功劳。

还有郑有炓、都有为、王广厚、邢定钰……冯端门下走出了很多中国物理界领军人物，其中不乏这些声名卓著的院士。

在南京大学原校长蒋树声心中，冯端既是学术导师，更是人生良师。担任校长时，蒋树声在冯端所著《零篇集存》一书中作序："高瞻远瞩的科学视野、道器并重的治学方法、真诚热情的处世方略、文理通融的深厚涵养，是我们这辈人学之不尽的精神财富。如今我亦忝为人师,执掌一校,当我面对自己的学生,面对自己的工作,面对许多人和事的时候,我总是想到说说先生……"

当被问及一生培养了多少学生,冯端淡淡一笑,微微摇了摇头,嗫嚅道:"记不得了,记不得了。"

1984 年,国家重点实验室——南京大学固体微结构物理实验室正式建立。

作为实验室领军人物,冯端有多次出国进修的机会。但实验室尚在初创阶段,经费紧缺、工作繁重。他便分期分批将出国名额推荐给系里的年轻老师,并为他们指明国际上最前沿的科研方向,自己则一心扑到实验室的建设与发展上。

注重人员专业知识结构"互补效应"、突出实验室的"开放性"、创新"大师加团队"的合作机制……以冯端为核心,一批优秀的学科梯队呈辐射状向外拓展,科研成果层出不穷。早在 1997 年,实验室就被国际顶级期刊《自然》杂志列为"已接近世界级水平"的研究单位。时至今日,在历届国家重点实验室评估中,固体微结构物理实验室始终名列前茅。

此情此景,一如月亮周围所呈现出的美丽光环,故有人将其称之为冯端的"月华效应"。

守恒:钻石伉俪　诗缘铸情

"天上的星,是我的名字;心中的星,是你的名字。"

2011 年,经国际小行星中心和国际小行星命名委员会批准,中科院紫金山天文台将国际编号为 187709 的小行星正式命名为"冯端星"。

而冯端心中最亮的星,则是妻子陈廉方。

他 92 岁,她 88 岁。两人相守的日子已超过两万天。

身着深色长袍,戴着一副眼镜,温文尔雅。初见时先生的模样,陈廉方记忆犹新。那是 1952 年,南京大学和金陵大学青年教师联谊会,在南京三女中任教的陈廉方恰好去南大看望好友王亚宁,便被拉着参加了联谊会。

"新中国成立后,男士穿长袍的已经不多了,所以冯先生给我的印象很深刻。"结婚60年,陈廉方始终尊称丈夫"冯先生",话语中满是倾慕之情。

但那次两人没说一句话,连名字也没留下。

采访中,陈廉方一再强调,那只是相遇,还没有真正相识。

两年后,经王亚宁正式介绍,两人才真正开始交往。"冯先生一生钟爱诗词,相识之初就送我两本诗集,《青铜骑士》和《夜歌和白天的歌》。"陈廉方说,诗书情缘,让她和冯先生的婚姻始终充满浪漫气息。

一只红色长方形皮箱,珍藏着两位老人的爱情印记。

陈廉方是抱着皮箱从书房走进客厅的,她轻轻把箱子放在桌子正中央,小心翼翼地打开,有着仪式般的庄重,让记者心头为之一动。

打开箱子,里面整齐摆放着她和冯先生的"两地书"。60年来,只要不在妻子身边,冯端常常会半夜披衣而起,给妻子作诗写信。

最长的一封是1989年冯端从苏联寄回的,足足七页纸,还有的情诗有两三份手稿,用回形针扣着。陈廉方解释道:"如果觉得写得不好,冯先生会一遍遍重写,挑最好的一首寄出。"

聊起爱情,本以为冯端也有说不尽的话,可他吐出来的是只言片语:"她对我的照顾是无人能替代的!"

妻子陈廉方懂他。"冯先生貌不惊人、不善辞令,但外拙内慧,不露锋芒。"陈廉方说,先生像一块璞,外表是粗糙的沙砾杂质,经雕琢剥离,呈现出的则是光芒四射、晶莹剔透的晶体。

20世纪50年代末,陈廉方主动从教师岗位退下来,挑起照顾全家七口人的重担,还当起冯端的"秘书"。冯端写书时,陈廉方便为他誊稿画图。先生论著严谨,往往一改再改,数易其稿,当时没有电脑,陈廉方也就一遍一遍地手抄笔绘。至于代写通知、回执及信件往复更是不在话下。

"你背诵,我笔录。"一本薄薄的笔记本上的六个字引起了记者的好奇。原来,平日里两位老人为锻炼思维和记忆力,一人背诗,一人用笔写下来,崔颢的《黄鹤楼》、王维的《送元二使安西》……

不起眼的默契里,是守望相助的关爱。

冯端将这份真情都埋藏在动人的诗句里。

回想起1954年严冬同游玄武湖,冯端写下:"休云后湖三尺雪,深情能融百丈冰。"

1990年结婚三十五周年纪念日之际,冯端从北京寄来相思:"人海茫茫觅知音,欲寻佳丽结同心。甚喜卿卿具慧眼,能识璞玉藏纯晶。"

2005年春游天目湖,冯端即兴作《庆金婚》一首:"长忆人间四月天,樱花垂柳记良缘。五十年后牵手游,皓首深情似当年。"

…………

4月1日是夫妻俩的结婚纪念日,只要在南京,他们都会一同去观赏樱花。如果冯端出差,则会提前写好书信寄出,算准了妻子会在纪念日当天收到。

今年恰逢冯端夫妇六十周年钻石婚。回想起携手走来的风风雨雨,夫妻俩觉得很不容易。冯端要给妻子买一枚钻戒,却被陈廉方拒绝了,她说,冯先生就是她心中最光彩夺目的钻石。

冯端一生爱书,总把南京先锋书店比作陶渊明笔下的桃花源,于是夫妻俩选择在书香四溢中庆祝钻石婚。陈廉方说,4月1日先锋书店来了很多人,认识的不认识的,欢声笑语,甚是难忘。夫妻俩还将合作的诗歌《钻石颂》朗诵给大家听——

> 平仓巷内偶邂逅,白雪冰晶后湖游。
> 秋赏红叶漫栖霞,翠鸟惊艳荷枝头。
> 更喜人间四月天,梁园酒家结良缘。
> 放眼太湖碧波淼,一树樱花照清涟。
> 六十春秋恩爱笃,双双执手难关渡。
> 而今白发同偕老,朝朝暮暮永相濡。

采访接近尾声,两位老人赠予记者一本合译的诗集画册《蝶影翩翩》。陈廉方说,他们于1955年从南京外文书店购得一本《蝶影翩翩》,经历世事动荡,一直陪伴在身边。2008年,在浙江西天目山避暑时,他们不时拿出诗集画册欣赏,西天目山风景优美,时时飞过翩翩彩蝶,触景生情,就有了合译此书的念头。

"凝视这生活斑驳的痕印,我们重温种种亲切的回忆,那一同眺望过的田野与湖泊,仿佛和我们的生命交融在一起。"

这是永恒的精神乐土!

（原载于2015年07月30日《光明日报》10版）

坐拥书城为汉学

——追忆中国书史和文化史研究泰斗钱存训先生

春风和煦，却吹不散心中的哀伤。

北京时间 4 月 10 日凌晨，著名汉学家、中国书史和文化史研究泰斗钱存训先生在美国芝加哥因病辞世，享年 105 岁。

这位终身坐拥书城的老人，毕生致力于研究汉学对世界文明的贡献，是 20 世纪以来图书馆学宗师、美国东亚图书馆的奠基者和开拓者。

他在抗战期间冒生命危险将珍贵的国粹善本秘密运往美国寄存，播下中外汉学交流的种子；

他一生笔耕不辍，写下无数有关中国书史的传世之作，《书于竹帛》与《纸和印刷》两部英文专著，以西方语言介绍中国文明，开国际学术界之先河；

他活了一个多世纪，把美国芝加哥大学发展为汉学研究重镇，所教的学生大都成了大师，自己却鲜有人识。

秘运善本，保存国粹精华

1910 年，钱存训出生于江苏泰州一个书香世家。1928 年就读金陵大学时，他主修历史，副修图书馆学，同时在金陵女子大学图书馆工作，刘国钧主讲的"中国书史"吸引了他。

1937 年，钱存训应北平图书馆邀请，担任南京工程参考图书馆主任。后抗日战争爆发，被改派至北图上海办事处，保管北平南运的中文善本。不久，上海租界安全也无保障，北图馆长袁同礼、中国驻美大使胡适与美国国会图书馆协商,将存沪善本移存美国,并摄制微卷以供流传。

1941年珍珠港事件前夕,局势恶化,上海被严密封锁。钱存训不顾生命危险,想方设法躲过日军耳目,用两个月时间独自一人用手推车,分10次将三万册善本悄悄送上开往美国的轮船。次年6月,美国国会图书馆宣布北平图书馆古籍全部运抵。回忆起这段历史,钱存训晚年曾感慨:"当年奉命参与抢救,冒险运美寄存,使这批国宝免遭战祸,倏忽已70余载,其间种种,仍历历在目。"

抗战胜利之后,钱存训受教育部委派拟赴华盛顿将这批善本接运回国,但因国内战争爆发,交通中断,未能成行。1947年,钱存训以交换学者名义赴美,从此再也没能回到祖国,这批善本成了他毕生无法释怀的牵挂。

"直到1965年,这批善本书被运往台北,暂由台北中央图书馆保存。"南京大学教授张志强说,两次拜访钱存训时每每谈及此事,他总是神色黯然,怅然若失。"善本能重回大陆是先生有生之年唯一的心愿,但直到逝世终未如愿。"

"中年来美短期访问,原想镀金回国,但未料到将长眠他乡。"这是钱存训晚年的遗憾。虽身处异乡,但钱存训心里始终装着中华文化的种子,他将对汉学的坚守和传承熔铸在血液里,为之倾尽一生而矢志不渝。

抱简劬书,学究古今之变

钱存训是为汉学而生的,他怀铅吮墨的一生都与汉学息息相关。

1947年起,钱存训在美国芝加哥大学图书馆学研究院进修,同时在芝大东亚图书馆工作。从此,他的人生轨迹发生了变化。

"这是在经过八年抗战的艰苦生活后,我一生中最能安静工作和读书的一个黄金时期。"在芝大,钱存训用十年完成近十万册古籍编目工作,还积极收藏当代资料,扩充馆藏,在他苦心孤诣的经营下,芝大东亚图书馆成为研究中国以至整个东亚地区的宝库。

"钱存训成名作《书于竹帛》也在此期间完成,该书对印刷发明前的中国文字记载进行了系统而深入的研究,中文译本仅164页,但著作虽薄,学问却不薄。"张志强说,这部由钱存训博士论文改名出版的著作,曾接连多次续印,并有日文、韩文等多种译本在多国增订出版,被英国剑桥大学李约瑟博士称完全能与卡特的名著《中国印刷术的发明和西传》媲美。"读完这本书,我愈发领悟到学问要做深做厚,专著要写薄写透的治学精神。"

出于对《书于竹帛》的欣赏,李约瑟邀请钱存训参与巨著《中国科学技术史》的撰写。钱存训欣然应邀,用15年时间扎实研究中国书籍的演变史,完成三十万字的《纸和印刷》,成为《中国科学技术史》第五卷第一分册。

序言中李约瑟写道:"我们说服关于这一专题世界最著名的权威学者之一钱存训教授来完成书中这一部分的写作任务,从钱书中,读者可纵观中国造纸和印刷术的整个历史,在欧洲对此一无所知之时,它们已在中国出现了许多世纪。"

"专题研究,枯燥无味,知音者寥寥。"这是钱存训的心声,几十年来,在图书馆学这个冷门领域,钱存训用甘坐冷板凳的精神潜心钻研,留下无数中国图书史研究领域的经典之作,扩大了汉学在海外的影响。凡此成就,不仅仅是一般的学术研究,更是为中华文化立言的不朽事业。

皓首穷经,桃李遍及天下

钱存训是高山仰止的汉学大家,但后辈眼中的他却只是一位谦顺和蔼的老师。

张志强于2004年前往芝加哥拜访钱存训,钱存训儒雅的风度让他至今记忆犹新。"钱老赠送我一本他写的《中美书缘》,扉页上写的是'张志强先生惠正,钱存训敬赠,2004年初夏访问芝大纪念'。"张志强说,"'先生'二字让我无地自容。从年龄上讲,我是他的孙辈;从学术上讲,他更是我景仰的大师。或许,这就是大师的情怀。"让张志强印象深刻的是,当时钱存训已94岁高龄,但思路清晰,文笔遒劲,每天仍工作至深夜十二点,这种活到老学到老的精神让他受益匪浅。

在美国国会图书馆博士潘铭燊的记忆里,恩师做人做学问严谨求实的态度影响了他一生。"如要引用别人先提出的资料,先生都在注释中详细交代,绝不掠美,所以《纸和印刷》中有极为繁复的注释系统。我的博士论文完成在这本书之前,先生也不吝引用。"潘铭燊说,先生一生以书为伴,他山高水远的风范,也如同一本底蕴深厚的文化大书。

著名史学家许倬云曾在芝加哥大学度过五年求学生涯,也承蒙钱存训关爱,他的回忆录里字字句句饱含对钱存训大爱之情怀的敬重与感恩:"我在芝大读书时,曾做过五次骨科手术。其间,钱先生与师母给予我不啻亲人的呵护。钱先生不是偶一为之,而是每年数十次来医院接送上课,五年未曾间断。上下有积雪的台阶,他默默地搀扶,在我气力不足时,又适时扶助一把。"

钱存训一生教导了30多位硕士和博士,并开办图书馆学的研修班,培养出哈佛燕京图书馆馆长郑炯文、美国普林斯顿大学东亚图书馆馆长马泰来等图书馆学大家。直到晚年,他仍然不忘关怀后生,将私人藏书捐赠给母校南京大学,并设钱存训图书馆。他的侄子钱孝文在悼文中称:在家人眼中,先生不仅是民族英雄,是学术大师,还是一位慈爱的长辈,是后生学习的楷模。

先生已逝,音容宛在。钱存训走了,但他忠贞纯粹的人生永不落幕。中华民族博大精深的传统文化,将随着他整理著述的古籍名著在世界舞台上亘古闪耀。

（原载于 2015 年 04 月 28 日《光明日报》07 版）

信仰之花永绽放

——采访和宣传王强事迹札记

17 个月前，一个青年马克思主义者的名字出现在我的视线。采访他的事迹，我受到意外的震撼，一次又一次心痛，一次又一次落泪。于是，我连夜写下长篇通讯《用生命守望马克思主义阵地——"70 后"教授王强的人生追求》，发表在光明日报 2012 年 10 月 29 日头版头条。

17 个月里，王强的事迹被人们口口相传。作为第一个报道他的记者，我跟随王强先进事迹报告团，走进江苏的机关、高校，作了 10 多场报告，向数万人讲述采访的前前后后。他的故事讲到哪里，泪水和力量就在哪里相伴而来。

17 个月后，当我再次踏上这片熟悉的土地，追寻王强的足迹时，我发现，王强的名字依旧触动人们的心。在盐阜老区，在江苏大地，在社科界，我亲见亲闻了一个个比事迹本身更意味深长的场景和故事。

悲痛中前行的一家

"今天，我抑制万千悲痛，站在这里讲述你的先进事迹。我要告慰你：你的人生虽然已经谢幕，但你用生命和热血浇灌的马克思主义信仰之花，已经在我们的生命中绽放。"

4 月 4 日，在盐城举行的"王强同志先进事迹报告会"上，孙卫芳再一次以妻子、以同行的身份，站在报告席上。那是一双让人不忍面对的眼睛，充满着血丝，红肿得厉害，长时间的伤痛和失眠使孙卫芳显得异常憔悴。

　　"矛盾和痛苦无时无刻不在缠绕我。作为妻子,我只想悄悄保留和王强的所有回忆;可作为同行,王强不该是我一个人的,他是大家的。"

　　2012年10月,王强去世一个月,我带着他刚刚获得江苏省哲学社会科学一等奖的专著《中国共产党"劳资两利"政策研究》,第一次采访孙卫芳。她抚摸着书,就像抚摸着丈夫的脸庞:"如果能再给王强一个月,哪怕10天,这本书会更加完善。"那是一本凝聚着夫妻心血的书,在与病魔抗争的4年里,王强没有停止研究,孙卫芳站在王强的病床前,一遍遍梳理着丈夫的手稿,共同完成著书立说的愿望。

　　一年多来,我多次和孙卫芳交流。当人们被王强的精神感染之时,孙卫芳超乎常人的坚强让我肃然起敬,我看到了一个和王强一样,对家庭负责、对党的教育事业无比忠贞、对真理执着求索的"70后"青年马克思主义者。"我要感谢很多人。"孙卫芳说,"特别是老父亲,在最艰难的时期,他给了我无限的力量。"

　　王强的老父亲是一名老党员,儿子去世后,看着孙卫芳如此痛苦、辛苦,老人抑制住白发人送黑发人的悲痛说:"我还有力气,家里的事可以帮忙照顾,你放心工作!"而17个月前的那次采访,面前的老人热泪纵横:"我的孩子一直是我的骄傲。"

　　2013年9月5日,离王强去世一周年只有短短3天,老人突发心肌梗死,离开人世。饭桌上,留下一碗亲手为孙卫芳熬的热百合汤。后来,孙卫芳把百合汤放到冰箱里,直到坏了也舍不得扔。

　　接连送走两位亲人,孙卫芳觉得天都塌了。"我不愿意去承认,其实我是害怕,我想逃避。但我必须面对。"孙卫芳独自挑起家庭的重担,她最放心不下的,就是儿子昌昌。

　　在昌昌的记忆里,是父亲宽厚的肩膀、健硕的手掌,背着、牵着他一同走过似水年华。

　　"爸爸,我也蛮喜欢历史的,你说将来我选文科好吗?"

　　"好啊!"病中的王强万分惊喜:儿子也对自己的党史研究产生了兴趣。

　　"要是学文,就顺着爸爸的研究走下去,爸爸这些资料你都能用得上!"

　　"你自己不是一直在用吗?为什么给我用?"父亲差点说漏嘴的一句话,让昌昌隐约感觉到,父亲的病并非像家人告诉他的那样简单。

　　那是 2010 年,望着病榻前脸色苍白的父亲,昌昌写下《走过》:"爸爸,你我走过的日子已深深嵌入了我的成长历程,父爱已融入了我的生命中。离别只是一种常态,若命运真该如此,我相信有勇气独自走过未来的道路。"

　　2012 年 9 月,死神真的来临了。

　　理科成绩突出的昌昌最终坚持选择了文科,孙卫芳清楚,懂事的儿子是想为父亲做点什么。

　　墓碑前,默念碑文:善询常聆,已成往昔,睹物思亲,能勿悲乎!虽勒石立碑,亦不敷旌表。唯先父之言传身教永铭吾心。昌昌轻声对母亲说:"妈妈,我想一个人待一会儿。""妈妈在外面等你。"一转身,泪水夺眶而出。

　　我说:"孩子懂事,是好事。"孙卫芳轻轻地摇了摇头:"他太懂事,我才更担心。"

　　17 个月过去,一切就像是在眼前。从与王强道别,对这个家庭的考验频频降临。但是,信仰的力量、精神的力量,让一家人悲痛中前行至今。

暗香萦绕人心头

　　清明。这是我第二次来到王强墓前,青青小草已经长出。我和王强的亲人、师生一起,在墓前深深鞠躬,把一束束鲜花轻轻地放下。

　　"您的理论课,让浮躁不安的我们静静聆听,至理名言与现实接轨,使我们与信仰之神越走越近。"手抚墓碑,陈万宝念着写给恩师的诗,眼角挂满泪花。

　　1995 年的盛夏,盐城师范学院的操场上,两个人顶着烈日站军姿、踢正步,他们是王强和陈万宝。"我开学来迟了,王老师就陪我把军训补上;我得了阑尾炎,王老师就把我背到医院,一切都恍若昨天。"陈万宝说。后来,陈万宝开了个律师事务所,按照王强的建议,他在事务所成立了党支部。他坚信,把党支部的作用发挥好,是对恩师的慰藉。

　　春风拂起,花香萦绕。盐城师范学院的校园里,一老一少沿着王强生前踏过的路,并肩而行。老者,名为左用章,年过六旬,南京师范大学教授,王强的硕士生导师;少者,名为柴静,正值花样年华,江苏大学硕士生,王强生前最后一届学生。

"以前，逢年过节，王强肯定会给我发信息问候，这一年多，当我再回味的时候，才发现一切都不在了。"左用章感慨。如今，两幅画面一直交替出现在左用章的梦境里：教室里，一个大个子总坐在第一排，认真地听讲，用心地记录——这是14年前，王强在南京师大求学时的场景；病房里，满是书籍，那个大个子咬着嘴唇，在爱妻的陪伴下，写下自己的点滴思绪——这是两年前，王强在医院一边做化疗，一边做课题的场景。梦醒后，常常泪湿枕巾。左用章说："我了解我的学生，他对马克思主义的热爱是发自内心的，也正是这份真爱，让他对研究魂牵梦萦。我虽为师，但我要向我的学生学习。"

"在他的课堂上，我和他一样感受到马克思主义的魅力，辩证唯物主义令我着迷。"柴静的身上流露着一股对马克思主义的执着和热爱，她挺直腰板说："我已经决定要继续攻读博士学位，想把研究做下去，做像王老师一样的人！"

落红不是无情物，化作春泥更护花。王志国，盐城师范学院年轻教师，他以王强为镜，反复告诫自己科研工作要戒除浮躁与功利；贾后明，王强的同事，他接过王强的接力棒，申报了国家级课题——马克思主义经济学中国化历程研究；王强生前倾注无数心血的"马克思主义中国化"江苏省重点建设学科研究团队，正不断壮大，去年又拿到了4个国家级项目，教授、博士也由8人增至20人，思想政治教育专业已经获批江苏省重点专业。

音乐学院学生陆士国是纪实情景诗画《信仰之光》里的一名舞蹈演员，他说："有一束光，把王老师照亮，王老师也像一束光芒，温和而强大。对我们100多位同学来说，参与演出是一次心灵的洗礼。"经济法政学院刘雪晴同学是王强先进事迹宣讲团的一员，她告诉记者，自己正在准备思想政治教师编制的考试，希望将来自己的课堂能够和王老师的一样，具有巨大的吸引力。

未曾谋面似相识

从事新闻工作30年来，我采访报道过的英雄模范不胜枚举，他们身上都闪耀着暖人心怀的光芒。而在我写过的所有典型人物中，最让我震撼的就是王强。

作为王强事迹的报道者和宣讲团成员，在各地作报告一年来，每每动情之处，我总是哽咽难言，不免泪流满面。随着宣讲的继续和报告的深入，我对这位"70后"年轻教师有了更多的认识。我无数次思索,究竟是什么让他能够在信仰的战场上,时刻把生命保持在冲锋的状态?

我不得不说,王强是一个有血、有肉、有爱、有恨的平凡人,也是纯粹、顽强、执着的马克思主义者。他身上所折射出的人性光辉,如春雨般润泽心灵。

生于20世纪70年代,成长在改革开放的浪潮中,时代在王强心灵上播下了马克思主义信仰的种子,这颗种子生了根,发了芽,长成了树。他在病榻上指导论文,在治疗中完成书稿,将马克思主义大众化研究延续到了生命的最后一刻。

总有一些人感动心灵,总有一种精神震撼人心。王强的事迹被不断挖掘,走进了全国人民的心中,然而令我感到困惑的是,这样一位坚守马克思主义信仰的精神楷模,居然没有一段完整的影像资料。

寻访王强的师生及家人之后,我才明白"高调做事,低调做人"是王强一贯秉持的原则,他拒绝了任何能够拒绝的采访,也从不张扬自己获得的荣誉与成就。

"我深深热爱着我们的党、我的研究,我现在还有时间,对我们学科建设还可以思考,我的知识不能带到棺材里去,得让它传承和发展。人的生命是有限的,我要用活着的每一天努力工作。"这是王强病重时曾说过的话,他用"板凳甘坐十年冷"的沉默与坚守,折射出一个时代的信仰与精神之光。

王强的同事贾后明至今还保留着王强去世前两天给他发的短信,内容是希望贾老师替自己研究下去。他说:"我这儿的资料你用吧。"在回忆王强的文章里,贾后明写道:"虽然我只见过他两次面,但我与他有一生之缘。"

记者没有见过王强,一面都没有。

但数十次采访,内心却感觉无比亲近,仿佛与王强已有一世之缘,只恨此生不能见。

身为一个拿笔写字的记者,我和所有参与王强先进事迹宣传工作的人一样,唯一能做的就是讲述这些令人感喟的点点滴滴,让更多的人认识到王强的价值,也让更多的人在信仰的坚守和传承中,一天一天挺拔起来。

如此,无憾、无愧、无悔。

(原载于2014年04月10日《光明日报》01版)

三千万次挤压让人流泪

　　一次,两次,三次……隔着一层海绵垫,徐州铜山区大许镇 48 岁的村妇王秀珍双手正不停地按压着儿子邵达的胸口。

　　随着她的手,记者在心里一次次默默数着,也一次次地问自己:三千万次,到底是一个什么样的概念?

　　6 岁时,邵达被诊断为进行性肌肉萎缩,从无法行走到瘫痪在床,21 岁那年,他基本失去了自主呼吸的能力。3 年来,父母轮流蹲守在他身边,每天 24 小时,两三秒一次,用双手充当了他的人工呼吸机。

　　这是一个极其简陋的家,邻居说,这个家还保持着 10 年前的样子。十几年来,为了治疗邵达的病,家里已经花去十几万元,到处欠债。

　　但即便如此,这个家从来没有放弃过希望。面对医生多年前"活不过 18 岁"的断言,母亲王秀珍硬是靠自己乐观的性格与无微不至的照顾打破了这个魔咒。

　　在邵达一天天维系生命的同时,更大的挑战也迎面而来。

　　在邵达 21 岁时,有一次,他正闭着眼睛休息,突然脸色铁青,一下子憋醒。接着,他的呼吸变得非常困难,送到医院抢救,医生说,以后他只能靠呼吸机维持了。然而,这个家庭根本无力承担高额的住院费用,无奈之下,王秀珍只能提着氧气袋将孩子接回家。

　　从此以后,王秀珍夫妇就成了儿子的人工呼吸机。他们需要一刻不停地为儿子挤压。为了维持生计,王秀珍和丈夫进行了分工,白天,丈夫下地干活,她在儿子身边按压。到做饭时间,丈夫换班,她抓紧时间做饭,干些家务。一直到凌晨 3 点,王秀珍休息,丈夫起床轮换,3 小时后,王秀珍起床换下丈夫,丈夫去做饭,送女儿上学。

由于极度缺觉,王秀珍常常按着按着就睡着了。为了解决这个难题,她做了一个灯罩,让微弱的灯光只能照到她,借着灯光,让自己在黑暗中保持清醒;在自己有睡意时,她就咬自己的手臂和胳膊,如今,她的双臂上布满了牙印。因为长时间按压,王秀珍的双手变得肿胀,连筷子都拿不起来,她以跪姿、侧躺姿势按压时,肘部、膝盖因为长时间受力,皮肤变成了黑褐色。

妈妈长期的付出,让邵达常常泪流满面。他为此写了一首小诗《夜晚的付出》:"独自痴痴坐望着晴天,一次又一次看着时间,问黎明何时才能出现。早晨六点,崭新的一天,所有一切都不会再变……"

王秀珍说,儿子患病以后,就再也没有行走过。

儿子最大的心愿就是能像古人开拓丝绸之路一样,用双脚走在沙漠戈壁。

她要帮儿子完成这个梦想。

(原载于 2013 年 09 月 18 日《光明日报》10 版)

走不尽的山路抹不完的泪

出瑞金 50 公里,就来到拔英乡这个大山深处的乡镇。全乡 1.1 万人口中,有将近 20% 的人一生都住在山坳里,从未见过山外的天,由于地理条件恶劣,不少人家无法通电,晚上只能摸黑或点油灯。

就在如此的大山深处,有一个叫胡永钊的人。当地人对这个名字并不陌生,两年前,他身中 11 刀仍勇斗歹徒的事迹感人肺腑,却很少有人知道,作为乡村教师的胡永钊,更让人感动。

胡永钊今年 60 岁,实际看起来要老得多。他做拔英乡红门教学点的小学教师已经有 43 个年头了。从办学之初的 30 名学生到现在的 5 名学生,胡永钊送走了一批又一批山村娃,自己却坚守 43 年从未离开。

简陋的教学环境并没有阻止胡永钊的教学热情。胡永钊家住上寨村,距离学校有 5 公里的山路。由于山路崎岖不平,坑坑洼洼,碰上下雨天,道路泥泞难行,胡永钊经常在这条自己再熟悉不过的山路上摔跟头,腿脚受伤更是家常便饭。

为了体验老胡的生活,记者也走了一回这 5 公里的山路。在这条山路上:一会儿一个山头,山头连着山头,仿佛永远也走不完,一路上几乎全靠爬着走。难以想象,43 年来,胡永钊每天都往返于这条山路,算下来,已经走了 16 万公里,如今已是 60 岁的他,怎么能经得起这样的折腾。我想,一个能 43 年如一日走这样一条路的人,他所走的人生路,就注定是一条不平凡的路。

按说 60 岁的老胡也到了退休年龄了,尽可以在这个静谧的山村中安度晚年,但听说学校一时找不到合适的教师,他又不请自来,又一次站上讲台。看着朝夕相处的 5 个孩子,胡永钊给出的理由很简单:"只要学校还有一个学生来上课,我就绝不离开,只要山里的孩子需要我,不管什么时候,只要我还活着,只要我还能挪得动,我就一定会来给他们上课。"刹那间,看着老胡干瘦的身板,我扭过头去看这大山深处的天,眼泪又回到了眼眶里,我想,这是最美的山,这是最美的人。

(原载于 2012 年 07 月 01 日《光明日报》05 版)

故乡的魂

许杏虎的老家在江苏省丹阳市河阳镇高甸行政村后北洛自然村第八村民小组。这是一个宁静而美丽的小村庄。许杏虎在这里出生,在这里长大。

许杏虎1986年考上北京外国语学院后,就离开了这个充满了亲情的小村庄。因为学习、工作繁忙,许杏虎只有在逢年过节的时候,才有机会回家看看。1998年春节,许杏虎带着妻子朱颖一起回老家过年。临走的时候,这对夫妇笑吟吟地与村里的父老乡亲告别:"再见,明年再来看你们。"没想到,这一走竟成了永别!

后北洛村的一天一夜

5月8日,后北洛村似乎被一种不祥之兆笼罩着。晴朗的天空一下子变得阴沉起来,老人们的心怦怦直跳。许杏虎的二姐许琳华在河阳镇工作,因为父亲这几天身体不好,正在输液,再加上是星期六,所以一大早,她就来后北洛村照看父母了。下午,许杏虎堂嫂的弟弟从南京来电话:"……中国驻南使馆被炸了……"许琳华拿着话筒的手僵住了,脑子嗡嗡直响:"虎子出事了?"

走出堂嫂家的门,许琳华神情恍惚。她想起4月30日,许杏虎曾从贝尔格莱德打来电话,告诉她,他和朱颖一切都好,并说现在住在使馆,"那儿很安全,不用担心。"许琳华怎么也不明白,北约的导弹怎么就敢炸中国的大使馆?

为了证实这个消息,她决定马上回河阳镇。躺在病榻上的父亲看见女儿脸色苍白,推着自行车要走,便问:"你干什么去?"许琳华说:"到镇上去,厂里有事。"

女儿的举动令这对老夫妇忐忑不安。许杏虎的父亲许金荣忽然对妻子王凤英说："虎子快回来了吧。"王凤英不语,甩了甩不太灵便的右手,开始做起了晚饭。

许金荣每天晚上都要看一会儿电视,这天,不知为什么,他没有看。七点《新闻联播》开始了,王凤英隐隐听到了从别人家的电视机中传来自己儿子的名字。一种莫名的不安袭上了心头。她对正在门口吃饭的侄媳妇说:"杏虎的材料啥时候才能写完呢?""电视里在讲啥?"

而这时,几乎全村的人都从电视上知道了许杏虎遇难的消息。仿佛晴天一个霹雳,突来的噩耗惊呆了整个后北洛村的老老少少。悲伤在每一位村民的心中涌起,泪水在每一位村民的脸上流淌。

村民们怕许杏虎年迈多病的双亲承受不了这个打击,强压下心中的悲痛,悄悄地来到了许杏虎家门口,不约而同地相互转告:"不能让老两口知道。"他们远远地守望着,低低地抽泣着。

许杏虎的堂嫂范金凤因为受许琳华之托,一直在照看着两位老人,见时间不早了,她催促老人快点休息。杏虎母亲似乎心事重重,嘴里喃喃地说着什么。范金凤帮他们带上了门。过了一会儿,屋里的灯熄了。

屋外的村民久久不愿散去。见老两口睡下了,他们稍稍宽了一点心。

村干部们怕出意外,请来了队里的医生,同时劝说善良而朴实的村民们回去休息,由他们来守护两位老人。一位村民却哭着说:"这样的时候,谁还睡得着?"

这一晚,后北洛村的村民们噙着眼泪度过了一个不眠之夜。

5月9日凌晨五点钟左右,许杏虎的母亲醒了。屋外的喧哗声令她有种不祥的预感。她打开门,见到许多陌生的人,而她熟识的乡邻们则红肿着双眼,欲说还休。老人似乎明白了什么,当闻风而来的记者给她看了登有她儿子和媳妇遗像的当地报纸后,王凤英一下子瘫倒在地,伴随着一声撕心裂肺的哭声,顿时昏厥过去。

许杏虎的堂叔许正荣一边抹着眼泪一边悲愤地说:"美国、北约,你们真没有人性!我们的虎子和他的媳妇做错了什么?这么好的两个孩子,说走就走了,我心里难过啊。我们许家祖祖辈辈都是农民,好不容易出了个大学生,我们感到自豪，可谁知道，北约的炸弹却把我们的希望炸毁了，真是天理难容啊！"

在场的所有人，面对此情此景无不失声痛哭，整个后北洛村在颤抖。

村支书许其甫说："北约的炸弹，不仅落在了我们的大使馆，也落到了我们后北洛村，把我们的心都炸碎了。"

灵堂，就设在许金荣家那间养蚕的小屋。由于噩耗来得太突然，家人不得不将许杏虎夫妇的结婚照剪成两半，挽上黑纱，作为遗像。村里请来教了许杏虎6年的老师范林宝写挽联。突然间失去了心爱的学生，范老师悲不自持，拿着毛笔的手抖个不停，久久不能落笔。在写到"沉重悼念许杏虎、朱……"的时候，范老师实在写不下去了，眼泪涮涮地往下流，他说："许杏虎和朱颖的音容笑貌似乎就在眼前，我怎么会在这里给他们写起了挽联呢！"

整个上午，王凤英哭得死去活来，嘴里不停地喊着许杏虎的小名。许金荣满头白发，清瘦的脸颊看上去更憔悴了。他呆呆地坐在灵堂一侧的长条凳上，喃喃自语道："这不可能，我不相信。"这对年近七旬的老夫妇，怎么也不能接受这个事实：儿子和媳妇从此再不能生还！

许杏虎是老两口年近四十才生下的独子，他是老人的骄傲，也是老人下半辈子的指望。如今，北约的炸弹夺去了儿子、儿媳年轻的生命，也炸毁了两位老人对幸福生活的期盼。

就在设置灵堂屋子的楼上，有一间小阁楼，许杏虎从小学到高中，一直住在这里。1997年10月3日，虎子带着他心爱的妻子，就住在这间小屋。那时，靠南面墙上的那个小窗曾贴了一个大大的喜字，满屋都是欢乐笑声。如今，人去楼空，这个房间显得异常地凄凉。

屋外，麦子和油菜长势正旺，那条许杏虎走了十多年的田埂，静静地躺在绿油油的麦田中。那个许杏虎曾经戏水游泳的小池塘，默默地合着一池泪水。

老父无言的泪

在后北洛村，许杏虎一家的正直朴实、真诚善良是人所皆知的。许金荣和王凤英以他们特有的人格魅力，感染着他们的儿女们。在许杏虎的成长过程中,父亲那种无私奉献的精神和脚踏实地的工作作风,深深地影响着他。在许杏虎读高中时一本摘抄本里,有这么一句话:"一个人可以没有荣誉,但不可以没有诚实。"这应该是他对父亲的写照。

许金荣从小家境贫寒,他要过饭,放过牛,也当过雇工,因此,他比一般人更早、更深地体会到了生活的艰辛和人情的冷暖。因为家里穷,许金荣没有条件上学,他没有文化,但是,做人的道理,他却条条在心。

1963年,许金荣被选为后北洛村生产队的队长,上任后,为了报答这个养育他的村庄,他兢兢业业,鞠躬尽瘁,带领全村人将后北洛村搞得有声有色。粮食产量最高,每天的工价高出别村一倍多。因为当过电工,许金荣又第一个把电线拉进了村,使后北洛村成为当时最先通电的队。

村里曾经办过一个弹簧厂,把许金荣请去当厂长,但是干了没多久,队里又把他叫回去还是请他当队长。因为当时没有谁比他更能胜任这个职位了。结果这一当,他就当了二十多年。

村里的老人说起许金荣,哪个都有一肚子的话。范大妈说:"我们的老队长特别能干,哪家有个什么事,他都能处理得好好的。那时,我们村的生产搞得好,挣得比别人高,都是他带着大伙儿辛辛苦苦干出来的。有了钱,村里还买了台电视机,大家晚上都能看到电视,真是长了不少见识。别村的人都羡慕死我们了。"

许大妈则说:"我们的老队长心里装的,都是别人。村里的楼房一幢幢盖起来了,可他家住的还是他父亲传下来的旧房。当了这么多年的队长,他家里什么都没添。整天忙忙碌碌地尽想着村里的事。"

长年累月的操劳,使许金荣的身体每况愈下。因为小时候常常饥一顿饱一顿,他得了结肠炎,当了村长后,忙里忙外,心脏病、肺结核又缠住了他。村里的人说,"许金荣是为了我们才这样的啊,那么多年来,他从来没有抱怨过一次,也没有歇下来好好休息过一次,有时候实在撑不住了,就躺一躺,稍稍好一点,又忙开了。"

许金荣由于家里条件不好,一直没能娶上媳妇。村里的热心人给他介绍了如今的妻子王凤英。王凤英祖籍苏北。相似的命运,共同的愿望,使两颗心一下子靠近了。许金荣和王凤英开始了新的生活。

1968年的3月,许杏虎也呱呱坠地了。父亲的一言一行,许杏虎看在眼里,记在心头。他像他父亲那样,说得少,干得多。从小,他就立下大志:好好学习,考上一流的大学,报答父母的养育之恩;学好本领,报效祖国,为中国的强大而努力。

可怜天下慈母心

王凤英是个苦命的人。许琳华和许杏虎的诞生,给这位历经坎坷的母亲带来了幸福。许金荣的宽厚、朴实与善良,使王凤英破碎的心得到了宽慰。中年得子,在许家,是一件天大的喜事,全村人都跑来祝贺,说她好福气。她的心里乐开了花。

王凤英以一颗慈爱的心,哺育着她的孩子们,支撑着一个原来东倒西歪的家。公公婆婆年岁已大,干不了活,丈夫一天到晚为村里的事东奔西走,无暇顾家,王凤英默默地挑起了这个重担,从早忙到晚,从家里忙到田头,一双满是老茧的手,伤痕累累。

劳累了一天,将老人小孩侍弄好了,王凤英又拿起针和线,为全家人纳起了鞋底。就着昏暗的灯光,她穿针引线,静静的夜,只有滋拉滋拉的抽线声,在这个小屋里回响着。极度的疲劳,常常使她纳着纳着就睡着了。针刺进手里,钻心的疼痛,使她惊醒,她又开始一针针地扎起来……

王凤英在村里人缘极好。谁家有红白喜事,不用去叫她都会赶去帮忙。有一次,村里的一位妇女把脚扭伤了,正是大忙季节,大家都在田里忙着,王凤英一见,马上扔下手里的活,跑过去照看。见她一瘸一拐的撑着要挑水,王凤英二话不说,一把抢过她的扁担,把水挑到了她家。村里的人说,"王凤英话不多,但是特别能吃苦。她知道大家对她好,但不会说什么客套话,只是默默地为大家做事。她去自己田里拔草,也顺带着把别人地里的杂草给拔了。别人家造房子,她要去帮一把。谁家的茶来不及采,她又去帮。这样的事太多了。"

王凤英朴实无华的行为,潜移默化地影响着许杏虎。在许杏虎的血液里,流淌着母亲的这一份秉质。

王凤英与许金荣一样,总不希望自己给别人带来麻烦,一切的辛酸与劳苦,她都无怨无悔地独自担当着。就连右臂摔断了,她都坚持不让远在国外的儿子知道。她说："不要告诉杏虎，免得他担心，让他在外面安心工作。"

就是这样的一位母亲，培养了一位中华民族的优秀儿子。就在出事的前几天，王凤英还在跟邻居说："虎子马上要回国了，我也该要个孙子了。"许杏虎曾是母亲生活的一部分，快乐的一部分，重要的一部分。当她无私地献出了自己的全部爱心时，换回的却是老年丧子的悲哀！

姐弟间的深情厚谊

在江苏省丹阳中学的档案中，有一份许杏虎的材料。1983 年，他初中毕业，报考这所省重点中学。在一张《丹阳县 1983 年高中报名表》上，记着他当时的毕业成绩：政治 96，语文 86，数学 92，物理 90，化学 93，外语 85，总分 542。许杏虎以优异成绩考取了这所省重点中学。

村里的人都跑来向许家祝贺，然而许杏虎却心事重重。虽然当时他的父亲许金荣正任村长，但一年的工资却只有 200 元。他的姐姐许琳华去年也考取了丹阳市中学高中，家里除了田里收的粮食，没有其他经济来源。如果两人一起上学，家里的负担就太重了。

许琳华作出了一个重要抉择：退学，找份工作供弟弟上学。从此，许琳华走上了艰难的打工之路。她先是在村里的塑料厂当会计，从每月微薄的薪水中先留出给弟弟上学的生活费和学费，剩下的，就交给父母补贴家用。整整 3 年，她没有给自己添过一件像样的衣服。

姐姐无私的奉献，使许杏虎更加明白了肩上的重担。他要努力学习，来报答姐姐的一片深情。1986 年 7 月，许杏虎以 515 分的高分被北京外国语学院录取。许杏虎成了许家考上大学的第一人。

当许琳华得知弟弟终于如愿以偿考上了大学时，喜悦的泪水夺眶而出。许杏虎的心里却是悲喜交加：他的成功，是姐姐以牺牲自己的学业为代价而得来的。而姐姐，若不退学，也很可能会考上大学……

许杏虎考上大学后，只有寒暑假才能回来，父母年迈体弱，很多活都干不动了。许琳华除了上班，还要照看父母，下地种田。全家的重担压在她一个人肩上。然而，一想到弟弟那么有出息，许琳华觉得再苦再累，也没什么。

为了让弟弟安心上学，许琳华每次写信，都不提自己的苦处和难处，只是希望弟弟好好学习,告诉他家里一切都好,不用担心。那时的许琳华正是花季的少女,然而,她却没有为自己买过一件漂亮的饰品,宁可亏待自己,也不愿让弟弟吃苦。每月的生活费她都按时寄上,嘱咐他吃得好一点,不要太省钱……

假如虎子不被导弹击中

许杏虎是个好记者、好儿子、好丈夫。他的英雄之路不是偶然的。

每一位教过许杏虎的教师对他的印象都很深刻,因为他聪明、好学、乐于助人。从初一到高三,许杏虎年年都是三好学生。初中二年级时,他就加入了共青团。

丹阳中学的李霖校长说:"许杏虎在我印象里,是个憨厚老实的同学,他勤奋好学,平时少言寡语,但工作起来却实实在在。他学习很刻苦,连续三年都是三好生,最后一年还被评为丹阳市优秀学生干部。他对老师很尊重,人缘很好,在同学心中威信较高,高三时做了高三(5)班班长。""许杏虎在高一时任团支部书记,那年正好我们组织学生劳动,学校有个农场,有 20 余亩地需要肥料,要从学校拉过去。一听要将大粪担到农场,同学都不愿干。许杏虎二话不说,主动带着两个男生去拉了。"

许杏虎高三时的班主任毛纪庚说:"许杏虎上学时的生活相当艰苦,没有一件像样的衣服,每月只有 13 元的生活费,但学习成绩却非常优秀……他是班长,默默地分担了班主任老师的许多工作,把班上的工作搞得井井有条,高三(5)班被评为先进班级。"

许杏虎的一位好朋友说:"杏虎特别聪明,在高甸村上小学时候,有一次我们几个要好同学在一起打球,一不小心球把他鼻梁打断了,他回家休息了20 多天,后来上课的时候,老师发现他不仅没落下课,新的课也都会了。原来,他在家休养的时候,把书全看完了。结果,他跳了一级。"他的另一位同学说:"许杏虎数学很好,什么题目到他手里,一会儿就做出来了。初三的时候,有道题目把老师也给难住了。老师顺口就对许杏虎说,'杏虎啊,这道题你回去做一做',许杏虎第二天把答案带来了,我们当时佩服得不得了。"

许杏虎的儿时伙伴,提起好友都神色黯然:"我们都没想到虎子竟这样走了,虎子为人忠厚诚实,以前我们成绩差,他总是来帮我们。"王金秀说,"我和虎子是远房的亲戚,小时候常常一起玩,夏天我们一起在门口的塘里游泳,摸摸河蚌,打打水战,星期天还出去钓鱼。他体育很好,长跑、百米、跳远,都很出色。"

刘林峰说:"我和虎子是邻居,他有个习惯,喜欢起床后大声朗读,他一读我就醒了。虎子学习很有规律,每天课余,他必须保证 4 小时的学习,一般早上 2 小时,晚上 2 小时,玩的时候玩,种地的时候种地,学习的时候学习。"

这些昔日的亲朋好友、教师同学都痛哭着说:"北约,为什么炸我们的杏虎?!他是个可以做一番大事的人啊!"

后北洛村的村民们说起许杏虎,悲伤中无不透着惋惜:我们的杏虎,心里一直装着全村的人。每次回来,他都要问问村里乡亲们的生活。他从小就很懂事,放了学,一声不吭就下地帮父母干活了。他父母怕影响他学习,不让他去,可他还是天天下田。上了大学,暑假回来,刚到家,就衣服一脱,下地干活去了。他说,父母年纪大了,做不动了……

英雄不是一夜而成的,在许杏虎高中时的一本日记里,有一首他摘抄的诗,诗的名字叫《风流歌》:

> ……
> 我要人的尊严,要心的颖秀,
> 不愿像丑类一般鼠窃狗偷,
> 我爱松的高洁爱兰的清幽,
> 决不学苍蝇一样追腥逐臭,
> 我希望生活过得轰轰烈烈,
> 我期待事业终能有所成就,
> 我年轻,旺盛的精力像风在吼。
> 我热情,澎湃的生命似水在流,
> ……
> 多少次啊,我伴志士同登楼,
> 高声唱:"先天下之忧而忧"
> ……
> 血沃的中原呵,古老的神州。

　　有多少风流人物千古不朽?

　　……

　　敢于和残酷的命运殊死搏斗,

　　这才叫风流,这才叫风流。

　　……

　　在地雷密布的山口请战:

　　"让我先走!"

　　在完成任务撤退时高喊:

　　"我来断后!"

　　……

　　纵然是死了,也要浩气长留!

这些诗句,也许正是许杏虎的心路历程。

（原载于 1999 年 05 月 20 日《光明日报》01 版）

小院不了情

——许杏虎、朱颖和当农民的爸爸妈妈

站在两间矮小的瓦房门口,我的心情非常沉重。5 月 9 日,这是我第三次来到许杏虎老家的小院。昔日欢乐的场景不见了,取而代之的是虎子父母撕心裂肺的哭喊声。曾经和虎子夫妇一起喝茶的那间屋子,如今却成了他们的灵堂。这个只有 30 多户人家的小村庄,笼罩在凝重的空气里。

作为本报驻江苏记者,因为地域的缘故我与许杏虎夫妇结下了不解之缘。第一次与许杏虎相识在 1997 年,那时他回乡探亲路过南京,在火车站接他时,他一副简朴的装束,谦和的面容,颇得我的好感。我想留他在宁玩玩,他却表示还是要早点赶回老家。我们在车站只吃了一餐简单的早饭,接着就把他送回了家。由于时间紧凑我们没来得及深谈,但他那朴实无华、孝敬父母的品格给我留下了很好的印象。

去年春节前夕的一天下午,我突然接到从北京打来的一个电话,对方在电话里先让我猜她是谁。由于交往较多,我一听便知是广告部的漂亮女孩朱颖。她希望我第二天早上接一下从北京开往南京的 K65 次列车。第二天,我在火车站一看,原来是她和许杏虎新婚后回虎子家探亲,真是郎才女貌。我认识朱颖多年,加上她性格开朗,可以说无话不谈,便小声地说她:"看你挑来挑去,还是做了光明日报的媳妇。""我看来看去,外面的男人靠不住,还是记者靠得住。"说着留下了一串银铃般的笑声。由于新婚旅行,我本想让他们在南京住上几天,但他俩坚持不肯,执意要在当天赶回家去。我请他们在西康宾馆吃了一顿早餐,略尽地主之谊后,就送他们匆匆往家赶。

车子走了大约两个小时,我们来到了许家的村口。虎子的父母亲、姐姐、

姐夫等一大群人早已在村头翘首以待。母亲一见到虎子带回了如花似玉的媳妇,喜极而泣。小朱颖又叫爹又叫娘,没有一点生疏感。作为北京来的大家闺秀,这次他们在这个远离城镇的偏远村庄住了四个晚上。

临别时,朱颖告诉公公、婆婆,明年春节还回老家过。没想到他们受命赴南联盟采访,这一去竟再也没有回来。

虎子的母亲今年69岁,虎子的父亲66岁。他是老两口年近40才生下的独子,是老人的骄傲,也是老人下半辈子的指望。噩耗传来两位老人惊呆了,许大妈去年摔伤的右臂,一下子失去了知觉,悲痛欲绝、难以自制,嘴里喃喃地念叨着:"虎子回来吧!虎子回来吧!"虎子的二姐许琳华告诉来吊唁的人们,弟弟1986年考到北京读书,虽然相隔千里,但一直非常顾家,家里的生活条件不好,彩电等都是弟弟资助的。许琳华拿出了一封今年春节前弟弟从贝尔格莱德发来的信,这是他写给家人的最后一封信。信中写道:"妈妈的肩膀现在怎么样了?下次来信一定要告诉我,看到吴昊(外甥)有出息的样子,我们很高兴,对他的成绩应该鼓励,我这个当舅舅的回去一定会有所表示。"虎子的姑姑逢人便讲,虎子的媳妇很贤惠,去年春节结婚回来时,大包小包的给所有的亲人都带来了礼物。

如今来到这里,小院往日的欢声笑语全消失了,虎子的爸爸也不像前两次那样出来迎接我,只是呆呆地站在院子里,嘴里重复着:"这是假的,虎子会回来的。"虎子的母亲抓住我的手,哭得死去活来。看着村里大爷大娘从四面八方赶来,看着一群白发人送黑发人的情景,我的眼泪也要流下来。

9号中午,丹阳市请他家的人在西郊宾馆吃饭,我作为同事和朋友,和他们同桌而坐,一家十一口人,除了小外甥未成年外,其他都是虎子的长者。大家坐在那儿谁也无心动筷,虎子的父亲问我:"我们又没惹它,它为什么要打我们的大使馆呢?"母亲说:"你再不会送我儿子回来了吗?"接着姐姐问:"是克林顿炸死我弟弟的吗?"听着这种质问的话语,我无言以对。我再也抑制不住激动的泪水,悄悄地离开了餐桌……

我在想:这老弱病残的一家,虎子是顶梁柱啊,如今这根顶梁柱却断了……

(原载于1999年05月11日《光明日报》03版)

文 化 记 忆

南京明城墙：一座古城的文化自信

　　今年6月，作为明清城墙联合申遗的牵头城市，南京开始在中华门边建设新的南京城墙博物馆，预计2020年建成开放。新建的南京城墙博物馆将作为中国古代城墙历史与文化的专题博物馆以及申报世界文化遗产的展示地。南京希望通过各方的共同努力，争取把中国明清城墙列入我国2020年世界文化遗产申报项目，使之早日成为人类共同的文化遗产。

　　南京明城墙自明初开始大规模兴建，距今已有650余年的历史，是目前中国地面遗存最大、原真性保存最完好的城市城墙，也是南京最具知名度和影响力的国际文化名片。

　　党的十九大报告指出，加强文物保护利用和文化遗产保护传承。将南京明城墙保护好、利用好、传承好，使之彰显出新的时代精神，不仅是南京市民的共同心愿，也是关注文化遗产保护的有识之士的共同愿望。近年来，南京通过加强对明城墙的保护修缮、环境整治与创新利用，让明城墙这样的文化遗产真正活起来、传下去。

抹平皱褶　风光不与旧时同

　　朱自清曾这样评价南京："逛南京就像逛古董铺子，到处都有些时代侵蚀的遗痕。"而明城墙就是南京规模和体量最大的古董文物。

　　1356年，朱元璋攻下南京后采纳了谋臣朱升"高筑墙，广积粮，缓称王"的建议，用21年时间，终完成明王朝都城四重城垣的格局。现在完整保存了25.1公里，是世界最长、原真性保存最完好的古代城垣。

　　然而，再坚固的城墙也经不起人为的破坏和数百年光阴的打磨。由于多年的风雨侵蚀加之年久失修、几经兵乱,明城墙遭到了严重的破坏。

　　"之前的城墙墙体不牢固,上面长满了杂草,城砖上都是刻画的痕迹。"喜欢拍摄城墙的摄影师蒯超见证了明城墙"焕然一新"的变化史,"现在经过政府的修缮,我们的城墙更有味道了,拍出来的照片也更好看了。"

　　近年来,南京市坚持把保护放在首位,不断加大对城墙历史文化资源的保护力度,将城墙保护相关要求落实到实际工作中。

　　为了让明城墙"旧貌换新颜",近年来,南京市在"修、护、防、测"等方面同时发力,对明城墙进行修缮工作。在修复上,编制《南京城墙保护与修缮技术导则》,为修缮工作提供有力的依据和技术指导;在养护上,清理城墙本体,阻止和延缓城墙的劣化速度,为城墙"延年益寿";在防汛上,定期对城墙进行全面检查,对城墙险情险段做好记录;在监测上,建立南京城墙遗产监测预警平台,使用信息技术整合遗产信息资源,对城墙进行合理保护、科学管理。

　　如今的明城墙,以崭新、亮丽、古朴的新面貌重新展示在世人面前。

融文入砖　明城墙更是"民"城墙

　　夏夜,行走在武定门城墙旁,跑步的市民、跳广场舞的老人,在古城墙旁混杂出独特的市井情怀。位于城墙"腹中"的"垣里书香"书吧更是吸引了不少读者驻足。"我就住在这附近,每天晚上下班后,我都会来散散步,走累了就到书屋里来看看书。"市民张晓兰告诉记者,昏黄的书灯下,能够享受一个人的阅读时光,感受这座古老的城市中永远不变的人情书意。

　　在南京,像这样藏身于"墙肚子"里的城墙书吧共有 10 家,这一个个饱含书香、墨香、茶香的"文化驿站",让市民游客有了驻足休憩、品读金陵古韵的文化空间。

　　"南京城墙在市民心目中的感知度、认知度一直不够,针对于此,我们推行了一系列措施让古城墙融入市民的生活。"南京城墙保护管理中心专职副书记曹方卿告诉记者,除了打造城墙书吧、开设文化创意产品店、城门挂春联等文化类活动之外,他们还举办了三十六丈城墙跑、徒步城墙等体育类的活动,让市民在阅读中了解南京城墙的历史与文化,在运动中感受南京城墙的厚重与深邃。

"城门城门几丈高，三十六丈高。骑花马，带把刀，走进城口抄一抄。看你吃橘子，还是吃香蕉？"在玄武门城墙边，市民张建江教 6 岁的孙子唱关于明城墙的童谣。"我一有空就带着我的小孙儿来玄武门这边逛一逛，教他唱童谣，给他讲明城墙的故事。"张建江说。

如今的明城墙已经一改当初断壁残垣、破败不堪的惨状，不再是过去人们无法企及的高大冰冷的城市边界，而成为市民休闲娱乐、旅游者品鉴游玩的好去处。人们可以真正踏上明城墙、触摸明城墙、感知明城墙，在一砖一砾中感受其中的历史与文化。

申遗之路　传承文化记忆

作为世界上现存最长、保存最为完好的古城墙，南京城墙是人类共同的文化遗产。推动南京城墙申遗，亦是南京广大市民的心之所向。

从 2006 年江苏南京、陕西西安、湖北荆州与辽宁兴城联合申遗以来，中国明清城墙申遗已走过了十二个年头。2006 年，国家文物局公布了《中国世界文化遗产预备名单》，其中，南京、西安、荆州与兴城四地联合申报的"中国明清城墙"榜上有名，由此南京明城墙开启了申遗之路。2012 年，国家文物局对预备名单进行了更新，可喜的是"中国明清城墙"依然在列，此时联合申遗的团队中又多了四名新成员——湖北襄阳、安徽寿县、凤阳和浙江临海。2017 年 9 月 11 日，中国明清城墙联合申遗办专家聘任仪式举行，聘请多名专家学者指导申遗工作。

今年 5 月 28 日，中国明清城墙联合申遗第六次工作会议在江苏南京召开，列入中国明清城墙申遗预备名单的南京、西安、荆州、兴城、襄阳、临海、寿县、凤阳八城市代表，及拟加入中国明清城墙申遗项目的开封、正定、张家口（宣化）、长汀、肇庆、歙县六城市代表和专家学者共同为申遗出谋划策。时至今天，南京明城墙依然在申遗的道路上不断前行。

"申遗的最终目的是为了更好地推动保护和利用，让城墙成为这座城市历史发展、文化传承的物化见证。"中国明史学会副会长、南京大学历史学院教授夏维中说，政府和市民为此做出的长期不懈的艰苦努力，正是一个城市深沉的文化自信、强韧的文化自觉的体现。

（原载于 2018 年 07 月 08 日《光明日报》10 版）

文化与生态文明的交融

——从浙江"八八战略"到南京高淳慢城

初夏的高淳,山峦含翠,溪流清澈,灰白色的徽派建筑掩映在青翠的竹林中,清新的空气沁人心脾。很难想象,这里曾为了发展经济差点让青山绿水灰尘遍布,山林失色。

15年前,时任浙江省委书记的习近平同志系统地阐释了浙江发展的八个优势,提出了指向未来的八项举措——"八八战略",这个着眼发展大格局和全面小康建设的宏图大略不仅给浙江注入了新的活力,也给一衣带水的江苏南京高淳区指明了前进的方向。

一幅青山绿水、美丽和谐的生态画卷,在这江南水乡之地徐徐铺展。

生态到生态文明的探索

"雨归陇首云凝黛,日漏山腰石渗金。"范成大笔下的游子山是高淳的象征。2000多年前,孔子登临此山,见这里青山绿水,油然而生回归故里的游子情怀,遂谓之"游子山"。

2000年后,记者登上游子山,如诗如画的山水之景和底蕴深厚的历史典故让人沉醉,高淳生态文明的建设之路也令人赞叹。

改革开放之初,高淳生态环境虽优越,却长期找不到出路,一穷二白。为改变贫穷落后的面貌,高淳兴建了一批工厂,但生态环境迅速恶化,亮出"黄牌"。这让高淳人明白了一个道理:以生态环境为代价的发展是不可持续的。

20世纪90年代,高淳坚持不以牺牲环境换取经济增长,GDP在全市后列,发展缓慢。有人质疑:"环境好有什么用,吃好穿好才是硬道理。"高淳人也很困惑,不能为了发展经济而破坏环境,可守着碧水青山,一直穷下去,也不是办法。

2003 年,在浙江省"八八战略"的影响下,高淳区委、区政府从实际出发,提出"生态立区"的发展战略,既要环境美丽,又要人民富裕,确立了生态发展之路。

重视生态发展,高淳人找到了新的经济增长点:立足高效生态观光农业,发展乡村旅游;打造万亩茶园、万亩果园、万亩竹园,建成一批省级现代农业产业园区;确立"70%生态涵养区,30%生态经济区"的全域生态空间布局。这些无污染产业充分调动了农业、旅游、文化等因素,高淳的经济也活跃起来。

据统计,2017 年高淳实现地区生产总值 630 亿元,可比价增长 8.2%。

慢城与生态文明的相遇

2010 年,高淳在桠溪镇建成全国首个"国际慢城",进行以东部游子山为核心的山慢城、中部高淳老街为核心的文慢城、西部固城湖为核心的水慢城的大慢城建设。

"固城湖是我们的母亲湖,没想到我也能在这湖里捞到'金子'呢。"在固城湖旁办农家乐的张银钰的脸上笑开了花。她说,2010 年,自己和丈夫在苏州打工,后来听说家乡高淳建成了国际慢城,夫妻俩果断回家创业,办起了农家乐。随着慢城游客的增多,生意也越来越火爆。一年的利润能有 30 多万元。

据悉,近年来,为打造大慢城地标名片,捕捉慢生活时代情结,高淳实施旅游+城景一体、特色小镇、美丽乡村等十大工程,推进总投资 300 亿元的慢城风情小镇、固城湖旅游度假区等全域旅游项目建设。游客量从 2011 年的 250 万人次增长到 2017 年的 900 多万人次,旅游总收入年均增幅保持在两位数以上。

"慢下来既是经济社会转型期对发展方式的自觉选择,更是时下对生活方式的追求态度,不仅可以带来直接的生态效益,而且可以带来可观的经济、社会效益,更好满足老百姓对美好生活的期盼。"高淳区副区长施冬咏说。

既保护环境又传承文化

走在桠溪镇跃进村,一群佩戴彩纸包扎的马头、马尾,手持彩扇,在广场上摆出不同阵形的孩子们引起了记者的注意。原来,这些孩子们正在排练"小马灯"。小马灯表演是流传在跃进村的民间舞蹈,起源于明朝末年,以唐、宋、元等朝代为历史背景,由孩子扮演岳飞、穆桂英等历史人物,阵法表演有60多种,其中在表演中摆字也是一个亮点,如天、下、太、平等字,通过这些表演传承民俗和历史。

"中国源远流长的乡土文化是一种优秀的生态文化,是生态、民俗、传统、习惯等的综合文化表现形式。建设生态文明离不开生态文化的继承和弘扬。"施冬咏说,高淳有着丰厚的乡土文化资源,保护和传承像小马灯这样的非遗项目,不仅丰富农民的精神生活,还让他们在了解传统文化的同时意识到生态文明的重要性。

除了小马灯,高淳还对东坝大马灯、桠溪跳五猖、薛城花台会、高淳民歌等民俗文化项目进行全方位的延承。

如今的高淳百姓,鼓了口袋,富了脑袋,越来越多的人成为生态环境的自觉维护者。垃圾分类,用竹篮、布袋买菜,在家门口种草养花。环境至上的观念在高淳人心中扎下了根。

"绿水青山就是金山银山。"慢下来的高淳既保护了生态环境,又发展了经济;既传承了文化,又幸福了市民;实现了生态与发展的共赢。

(原载于 2018 年 06 月 17 日《光明日报》01 版)

破解两亿年前昆虫的真实颜色

两亿年前的昆虫是什么颜色？近日，中、德、英三国的科学家通过对昆虫化石结构色的研究，成功还原一种两亿年前飞蛾的真实色彩。相关的研究成果于 4 月 12 日在《科学》杂志子刊《科学进展》上发表，在学界引起轰动。

三年攻关还原古昆虫颜色

在中国科学院南京地质古生物研究所的展窗里，一张通体金黄的飞蛾图片吸引了众多目光。图片上的飞蛾就是中科院南京地质古生物研究所领衔的科研团队根据两块远古化石复原出的蛾类"老祖宗"。

昆虫是地球上物种数量最多的生物，展现了极其丰富的颜色。长期以来，以蛾类和蝴蝶为代表的鳞翅目昆虫，其翅膀上的鳞片结构精巧而复杂，学界对其的光学结构知之甚少，导致人类对鳞翅目和结构色的起源和早期演化了解甚少。

为了攻克难题，中国科学院南京地质古生物研究所研究员王博等研究人员用了三年多的时间，对 500 多块来自英国、德国、哈萨克斯坦的侏罗纪蛾类标本进行了系统调查。"我们利用显微镜、三维光学建模等一系列技术手段，终于在德国和英国两块迄今为止最早的蛾类化石中，观察分析出了可以还原其色彩的微观鳞片结构，还原出飞蛾的真实颜色。"研究团队成员张青青说。

光学软件模拟结果显示，这两块产生于 1.95 亿年前和 1.8 亿年前的鳞翅目飞蛾化石与现存最原始的鳞翅目昆虫小翅蛾非常类似，已经具有较复杂的光学结构，可以产生金黄的结构色。这一发现不仅是已知最早的昆虫真实颜色,也是最古老的昆虫结构色,并将该记录提前了至少1.3亿年。

融合型鳞片是最原始蛾类翅膀鳞片结构

在研究中,该团队不但从欧亚大陆中生代蛾类标本中发现了结构色的确切证据,还为昆虫鳞片和颜色的演化提供了全新的观点。

"经过研究发现,飘翅目昆虫具有单层的融合型鳞片,外形为窄叶性,其形态比已知鳞翅目鳞片所有类型都原始。而侏罗纪的蛾类标本的翅膀鳞片在形状、超微结构以及排列方式上与现生最原始的鳞翅目(小翅蛾科)非常相似。"张青青介绍,它们的鳞片都是融合型,即鳞片上下层均被表皮填充,不成网格状。鳞片排列方式为一型双层鳞片,即一层大的融合型鳞片(覆鳞)覆盖一层小的融合型鳞片(基鳞),排列成覆瓦状。现生的鳞翅目高等类群多具有镂空型鳞片:上、下分为两层,中间有复杂的三维结构,而呈扁囊状。"也就是说,侏罗纪的蛾类鳞片已经演化出鱼骨状的纳米级光学结构,类似的精细结构只见于现生小翅蛾科部分种类。"

"先前经典的发育生物学理论认为,镂空型鳞片是最原始的状态,但此次研究表明融合型鳞片才是最原始的类型,并且一型双层鳞片应为鳞翅目的基本构型特征。另外,昆虫的翅膀鳞片与羽毛的演化或许有一些共性。"王博称,此次研究表明具有结构色的翅膀鳞片在鳞翅目出现之前就已经在一些原始类群广泛存在。

古生物研究将从黑白世界进入彩色世界

在研究过程中,科学家们还证实了纳米级的光学结构可以保存在中生代的琥珀、压痕以及印模化石标本中,为复原远古动物和植物的结构色打开了新的窗口。

"一般来说,我们通过研究化石复原古生物的形态,但大多只是复原骨骼结构,色彩都是科学家们想象出来的。"南京大学地球科学与工程学院教授姜宝玉认为,复原生物结构色是一项能让远古世界从黑白走向彩色的开拓性研究,以后回答古生物世界是什么颜色,也许不需要靠猜,科学家就能给出准确答案。

"色彩在昆虫的求偶、防御、捕食等与其生存密切相关的行为中具有重要作用。但是由于化石材料的局限性,我们对于古昆虫的颜色知之甚少。王博团队的最新研究通过丰富的鳞翅类昆虫化石材料,充分利用昆虫结构色的产生原理,基于先进的现代形态学研究技术,重建了中生代昆虫的颜色。"中国农业大学植物保护学院教授刘星月认为,该研究增进了人类对古昆虫色彩的科学认识,未来基于这一技术将有望揭示更多不同类群古昆虫的色彩,进而可以对远古时期昆虫的生态行为有更深入的理解。

（原载于 2018 年 04 月 14 日《光明日报》09 版）

一座金陵城　千年佛脉传

　　说起南京,很多人都会称南京人为"大萝卜"。萝卜作为果蔬,固然不是南京的特产,然而对萝卜产生地方认同感的,却唯有南京人。《冶城蔬谱》里云:"萝卜,皮色鲜红。冬初,硕大坚实。"其中,"大"和"实"二字用来形容南京人的大度与敦实,再贴切不过了。

　　南京人宽厚朴实、包容耿直,这种"大萝卜"性格与南京的金陵刻经处有着不解之缘。1866年,杨仁山居士在南京创办了我国近代史上第一个佛教文化出版社——金陵刻经处,刻印经书、整理佛典,复兴佛教文化,金陵古都至此与佛结缘。在佛文化熏陶浸染下,博爱、诚朴等佛家精神已然悠悠融入了南京的血脉中,融入了百姓的骨子里,并从这座古老的城市向外开枝散叶、广为传扬。

慧炬传灯　与佛结缘

　　外地游客初至南京,都会去热闹的新街口逛一逛,但极少有人知道淮海路上的金陵刻经处。这个藏于高楼之间的古老庭院,似乎与墙外红尘纷扰的世界隔绝,颇有几分遗世独立之感。

　　"金陵刻经处是佛教复兴圣地。"南京市非物质文化遗产保护中心主任王露明介绍,佛学自宋代开始衰落,太平天国"天京事变"后,佛教文物典籍损毁殆尽,佛学几乎奄奄一息。

　　"深究宗教渊源,以为末法世界,全赖流通经典,普济群生。"为振兴佛法,1866年,归国不久的杨仁山与友人共同创办"金陵刻经处",日则董理工程,夜则潜心佛学,校勘刻印而外,开始了"印经以弘法、弘法以利生"的事业。

创办之初,刻经处首刊《净土四经》。其后,杨仁山广求经籍善本,先后从日本和朝鲜等国寻回了近300种国内早已散佚的隋唐佛教著述,刻印流布,使三论宗、唯识宗得以宗旨有续,绝学有继。

为进一步复兴佛教,1907年,杨仁山在金陵刻经处创设佛教学堂"祇洹精舍",大兴讲学、研究之风,成为中国最早的僧学堂之一。门下弟子中,济济多士,谭嗣同擅华严,桂伯华擅密宗,黎端甫擅三论,唯识学则有欧阳竟无、李证刚、梅光羲、蒯若木等,开居士佛教先河。

其中,流血变法的维新思想家谭嗣同创"仁学",把佛家的"慈悲"作为其"仁学"之根本、"平等"之基础和"思想"之归宿,从而营造一个平等的绝对虚空,以变革求新,度人向善,将佛教理念熔铸新学,提倡变法维新,轰动一时。

正是佛教的博爱之美、平和宽容吸引着杨仁山、谭嗣同、康有为等有志之士。一时间,佛教思想融会社会新知,金陵刻经处一派百家争鸣的欣欣向荣。

佛光耀城　润物无声

"释渐江南始,南朝教最兴。诸宗开先河,仪规定金陵。盛世重光日,佛佑是南京。"清晨,当南京城还静静地沉睡在微白的天空下时,僧人们的早课却已经如期开始。这些蕴含着佛陀智慧的梵语禅唱,一如他们最初的发音般,从容,悠远,穿越了千年时空,在这座东方震旦世界的古城中久久回荡。

公元247年,孙权在建业建造建初寺。这是江南地区首座寺庙,也是佛教初传江东的标志。而后,从魏晋到明清,一代代译经大师在金陵翻译了大小乘佛教经典约500部、2000多卷,南京在佛教文化中的地位一步步提升。

"佛教讲仁爱天下,普度众生。"南京在历朝历代是移民城市,既有输出也有输入。千百年来,随着佛学的渗入,佛教文化、与人为善的佛教理念浸润着南京,使得这座城市对外宽厚,对内朴拙。

"在佛教精神的浸润下,南京文化具有包容性、开放性、传承性的特点。"南京大学教授、中华文化研究院院长赖永海这样评价南京的文化。包容性最直接的特点表现在南京人没有排外性。

"南京人完全没有地域歧视,不管你是什么口音,他们都不会看不起你,反而很热情。"从福建莆田到南京求学的大四学生彭昱玲深有感触地说,她的南京舍友经常邀请她去做客。

佛教文化在南京城的发达,也孕育了南京人的性格。佛家的悲悯、博爱和诚朴融入了南京人民的生活中,融入南京人对待社会、对待生活、对待世界的态度中,并从这座古老的城市向外开枝散叶,广为传扬。

当代有评南京人为"大萝卜",其实南京人身上表现出来的质朴诚信、善良敦厚、平和无争、大度宽容的文化品格,就是千百年佛教文化无声熏陶的结果。南京,自古以来以淳朴、温和、善良见称,延续到当代成为南京人宝贵的精神财富,成就了这个城市的文化之美,铸就了一座"博爱之都"。

经典传承　初心不改

150年里,金陵刻经处几度兴衰,而始终不变的,是刻经艺人手尖上飞舞的木屑。

"金陵刻经处出版的经书,以选本精严、内容纯正、校勘严谨、版式疏朗、字大悦目、纸料讲究而著称,海内外声誉显著。"金陵刻经处常务副主任肖永明说,这一切,都离不开一代代刻经老艺人的守护与传承。

走进经版楼,金陵刻经印刷技艺国家级传承人马萌青正手握刻刀伏在案前,对着一块经版忙碌着。"别看一块经版只有两个巴掌大小,却是慢工出细活儿。"他说,一块经版总共有800个字,但就算是行家里手一天也只能刻80个字,精巧一点儿的师傅刻一块经版需要半个月,而且不能有错字。在马萌青左手的无名指上,有一块明显的残缺,那是一次雕版时用力过大,不小心削掉的。但在他看来,只要握上刻刀,这双手依旧完美。"雕版印刷的过程虽然单调、枯燥,但想到能为佛经的传承贡献自己的一点儿力量,这些都算不上什么。"他说。

肖永明介绍,金陵刻经处自创办以来,一直传承着有千余年历史的中国雕版印刷技艺,每一部经书都要经过上样、刻字、刷墨、擦印、分页、线装等二十多个环节,步步精细,有条不紊,才能最终完成流通。"传承人每天聚精会神地雕刻,用耐心和细心浇灌文明之花。"

正由于金陵刻经处对中国雕版印刷技艺的活态传承,才使得这一濒临消亡的人类文明史上最古老的印刷术得以传承。2009 年,金陵刻经雕版印刷技艺被联合国教科文组织列为"人类口头与非物质文化遗产代表作",成为全人类的宝贵遗产。

　　金陵刻经处现藏有各类珍贵的经版 125000 余块、佛像版 18 种,并珍藏有杨仁山居士从日本寻回的隋唐古德逸书及《影印碛砂藏》《嘉兴藏》《龙藏》《频伽藏》《缩刷藏》《大正藏》等各种大藏经,每年有数十万册佛教经典流通至海内外,进一步弘扬了佛教文化。

（原载于 2018 年 02 月 03 日《光明日报》12 版）

老门牌：南京城的记忆密码

　　义仓巷、大思古村、伏魔庵、剪子巷……对于老南京人来说，这些地名耳熟能详。然而，随着岁月的变迁，曾经的老房子在城市的迷宫里日渐消逝，墙上的老门牌也不知去向。

　　门牌是一座房子的身份证，从开始制造出来到挂在门楣上，进入地图，归入城市档案，最后消失，它容纳了城市街道的一切变化。当一块门牌从簇新的蓝底白字搪瓷铁片，慢慢斑驳成一块博物馆里或私人收藏的旧物，刻在上面的就不再只是一个地名符号，而是一座城市的记忆。近日，南京发起老门牌征集活动，讲述门牌背后的街巷故事，打捞老南京的城市记忆。

老门牌背后的城市印象

　　走进位于南京夫子庙景区的老城南记忆馆，老南京的气息便迎面扑来，黑白电视机、老式茶壶、旧报纸、老照片……每一件陈设似乎都在讲述着过去的故事。而其中，最引人注目的莫过于几块蓝底白字的搪瓷铁片——老门牌。

　　"我家原来就在这附近。"带着孩子前来参观的市民刘璐指着一块名为"泥马巷7-2"的老门牌告诉记者，她儿时住在南市楼，附近有很多古街巷，其中一条就是这个"泥马巷"。"小时候，奶奶曾告诉我，'泥马巷'源于'泥马渡康王'的传说。"

　　相传"靖康之变"后，宋徽宗的九儿子康王赵构被金人拘禁，后侥幸逃到建康江边，绝望之际一位老道人将自己的马匹相赠，从而脱离险境。赵构称帝后重回故地，想感谢老道人，结果看到了一座叫"崔富君庙"的大庙，庙主人崔富君长得跟老道人一模一样，手里还牵着一匹泥塑的马，顿时痛哭流涕。为表达救命之恩，赵构重修了崔富君庙，并命名此地为"泥马巷"。

不只是"泥马巷"，每块老门牌背后都有一段故事。"'宝塔山'源于大报恩寺的琉璃塔，'评事街'与元代的皮作坊有关，'破布营'原名'泼妇营'，背后是明朝开国大将徐达与其妻子的故事……"老城南记忆馆前馆长、南京城市记忆发起人高松介绍，如今，这些老门牌随着城市的变迁而褪去了颜色，其背后的故事也逐渐淡出人们的记忆。

一些路标与门牌的消失，也伴随着新居住区与建筑物的诞生，它们是城市历史的物化符号，共同组成城市的年轮。

老门牌藏着一代人的情怀

1992 年，为了缓解交通压力，南京市政府从城南保护街区中打通中山南路延伸线，老街区接连拆除的序幕由此拉开。"搬家的那天，我最后看了眼墙上的门牌——'六角井 9 号'，之后就再也没有回去过。"曾住在南京老城南一带的吴奕说，后来他通过各种方式寻找当年的老门牌，但都未能如愿。

2013 年，老门东的城南记忆馆开放，吴奕曾去参观过。"严家井""西街""南珍珠巷""老坊巷"……面对陈列馆里收藏的一个个搪瓷铁片和上面既陌生又熟悉的名字，记忆的闸门瞬间开启，儿时在街巷里的生活场景似乎在他的眼前重现了。

"城墙根下闲遛鸟、围坐长亭摆棋阵，老城南当年的生活情景，在这一块块蓝底白字的搪瓷铁片里复活了。"吴奕回忆，他幼时常常拖着鼻涕，跟着堂哥在老城南的街巷里追逐玩闹。"迷宫一样曲折的街巷，巷口打闹的孩童，家家户户飘散的饭菜香，这就是我记忆里的老城南。"

如今，这些满载着回忆的地方逐渐消失，一块块斑驳破旧的老门牌，唤醒了人们内心深处想要追忆的情怀。

收藏老门牌就是收藏城市的记忆

有人忘记，就自然有人想要拾起。2012 年，有南京市民在网上晒出《民国时期南京太平路的门牌号码》的资料,94 个老门牌被曝光:太平路 38 号,大光明钟表眼镜行;太平路 50 号,马头牌冷饮经销处;太平路 166 号,新新服装公司……当门牌号与门店的信息一一对应,昔日的繁华具象地呈现于人们眼前。

"门牌是浓缩的市井文化,背后隐藏着太多城市变迁信息,特别能代表南京人的生活历史。"高松是南京城市记忆的发起者,作为来自东北的"异乡人",他始终以自己的方式默默地守护这座城市的记忆。

1995 年,在南京读研究生的高松偶然间捡到一块被雨水冲刷得闪亮的老门牌,上面的字迹已经破旧得看不清了,但蓝色的搪瓷部分很亮,他形容"像一片茶,能泡出记忆的味道"。

从那天起,在废墟瓦砾中翻找老门牌成了高松的生活常态。从 1995 年至今,他收藏了近 3000 块南京的老门牌,几乎收藏了整个老南京城。"门牌是一座城市的记忆密码,见证了老街老房的变迁,它们虽然算不上文物,但储存着当时的邮政体系、街巷布局等各种信息。"在他看来,收藏老门牌,就是收藏城市消失的部分记忆。

(原载于 2018 年 01 月 16 日《光明日报》09 版)

找回街巷里的乡愁记忆

——南京用精细化整治留住背街小巷的老味道

背街小巷对外是城市的"里子",对老百姓而言则是自家的"面子",其面貌如何,直接反映了城市的文明水平、和谐宜居程度。

南京市启动背街小巷精细化整治工程以来,在解决环境卫生问题的同时,尊重街区历史和原住民需求,从精致上下功夫,在特色上做文章,用一个个"微而新"的举措,留住背街小巷的老味道,找回乡愁记忆。

入细入微　小巷换新颜

街边商铺的门牌店招统一换上了咖啡色的网纹背景板,并搭配黑色的字体,简洁明了;道路两旁新设置的非机动车停放处整齐地排列着几十辆共享单车;街道周围空地上新建的绿植区鲜亮清爽……走进位于南京市建邺区的茶南大街,记者看到,通过整治,沿街店铺门牌店招已经集体换上了新装,街道彻底告别了垃圾乱倒、车辆乱停、绿化缺失等"脏乱差"现象,颜值大大提升。

"统一换装,商铺看上去档次提高了,客流量也多了。"茶南大街沿街商铺店主肖金荣说,街巷整治后,他家的眼镜店生意都变好了,仅上个月的销售额就比上一年同期增加了40%。

"街巷整治并不是全部推倒重建,那样投入成本太高,老百姓也不一定认同。"南京市城管局副局长靳楠介绍,整治按照净化、序化、美化的要求,从细微之处入手,以修补、提升、维护为主,重点满足百姓的功能性需求,达到"净、洁、平、亮、序"的效果。"其中,'净''洁'指沿街立面干净整洁,'平'指路面平坦,'亮'指通过维修更换把路灯全部点亮,'序'指规范街巷停车管理秩序和沿街商铺经营秩序等。"

截至目前,南京市已有576条街巷完成整治,今年还将实施600条街巷的整治工作。

一路一策　凸显小巷特色

走进南京市迈皋桥街道老街,一座灰墙红砖、圆拱门廊的钟楼便映入眼帘。顺着街道向里走去,每一栋建筑都散发着浓浓的历史韵味。

迈皋桥原叫"买糕桥",建于20世纪30年代。从90年代开始,这里渐渐变为违建乱搭、污水乱排、杆线乱架的老街。2016年,南京对迈皋桥老街片区实施全面整治,还原老街的历史风貌。"看着现在重现历史风情的街道,总会不禁想起小时候父母带着自己缓缓行走在街上的场景。"住在迈皋桥已有70余年的老人钱伯勋看着如今整治后的街景感慨颇深。

"整治背街小巷,不能同质化。"南京市城管局局长许卫宁说,南京的很多街巷承载着各自的文化特色,因此在治理的过程中不能只追求商业化,更要有精品意识,凸显小巷特色。

为了避免街巷整治"千街一面",整治启动之初,南京就明确了各街巷的特色和定位,按照"一路一策"的原则进行设计,在不进行大规模动迁的基础上,积极探索城市"微更新",最大限度地保留街巷老味道,留住居民的乡愁记忆。

鼓楼区傅厚岗片区,依托片区内众多"民国建筑"打造的旅游街区,重现了20世纪初的风貌;六合区王家巷根据当地居民多民族的特点,用民族风格浓厚的墙壁喷绘打造出一条"最炫民族风"的小巷……如今,一个个独具特色的背街小巷已然成为南京城独特的风景线。

匠心独运　留住乡愁记忆

"街巷是城市文化重要载体,尤其对古城南京来说,每条街巷都有讲不完的历史故事。"东南大学设计学院副院长崔天剑说,街巷整治应该尊重街巷的原生态和原住民,并结合历史和建筑的功能,贴近百姓、贴近生活,彰显文化特色。

街巷出新,既需要文化依托,也需要管理者的"匠心"。南京师范大学教授屠曙光认为,一个好的设计方案,如果参与人员没有工匠精神,是完不成的。南京茶南街道施工到一半时,发现实际成品和效果图不太一样。导致信息误差的原因很多,施工质量是主因,管理者专业性缺乏也是因素。

今年南京还有600条背街小巷要整治,如何避免类似的尴尬?屠曙光认为,管理者在对街巷进行风格定位时要接地气,尊重街区原生态文化和建筑原有的格局。"因为街区的历史、文化和原住民,共同构成了街区自身的老味道。"

"街巷是文化沉淀下来的载体,涉及建筑学、色彩学等多方面知识。"崔天剑说,因此在对街巷进行整治改造时,既要了解每条街巷的历史,又要弄清每一栋建筑的风格,依据其原有的格局、材质去施工,才能还原街巷的老味道,留住乡愁记忆。

（原载于 2018 年 01 月 07 日《光明日报》02 版）

青山忠骨在　英魂励后人

11 月的南京雨花台,落花如雨,群雕叠阶。

南京中华门南侧的雨花台,是 1927 至 1949 年国民党当局处决共产党人和爱国志士的最大刑场。大半个世纪过去了,当年在雨花台牺牲的英烈,留存到今天的仅有 1519 个名字和 144 张黑白照片。他们牺牲的巨大价值被历史一一证明,而先烈们像一粒粒晶莹的雨花石,长留在时光的长河和人民的记忆中。

雨花英烈的事迹展示了共产党人的崇高理想信念、高尚道德情操、为民牺牲的大无畏精神,要使之成为激励人民不断开拓前进的强大精神力量。

近年来,结合"红船精神",南京积极实施红色文化弘扬工程,建设红色文化强市,在新的历史条件下,继承发展与弘扬雨花英烈精神。近日,记者再次走进雨花台,瞻仰烈士英魂,聆听历史诉说。

巍巍钟山春常在　郁郁青松掩芳丘

"我们吃尽苦中苦,而我们的后一代则可以享到福中福。为了最崇高的理想——共产主义,我们是舍得付出一切代价的。"

"人生自古谁无死,况复男儿失意时。多少头颅多少血,续成民主自由诗。"

"革命是我第一生命,我决不退社!"

…………

南京雨花台,这座聚集着烈士英灵的山岗上,一张张烈士的面庞,青春依旧;一声声铿锵有力的呐喊,久久回荡。正如他们选择了危险、劳顿、清贫的革命生涯,以及随时可能到来的被捕、酷刑、铁窗,他们也义无反顾地迈向刑场。如今硝烟已散,但砥砺人心的"雨花英烈精神"却永远镌刻在历史的丰碑上。

新民主主义革命时期,在争取民族独立、人民解放的历史进程中,雨花台成为国民党当局枪杀共产党人和革命志士的刑场。为了救亡图存,难以计数的爱国志士牺牲于此,他们背后的故事让人久久传唱。

"只要你愿意写自首悔过书,登报公开悔过,并声明与共产党永远脱离关系,你就可以马上出去!"面对敌人的引诱,烈士中年龄最小的袁咨桐毫不动摇。他的大哥是国民党高级军官,但他即使双脚被撬断、双臂被吊脱臼,甚至被敌人卑鄙地改了年龄处以极刑,也绝不背叛共产党。

"你我失去一人之生命,或许可以将新中国的诞生提前一个小时;万千同仁牺牲生命,则理想之国近在咫尺。"许包野是一位留洋博士。旅欧期间,他在中共旅欧支部的领导下参加斗争。这位在外为共产主义事业奋斗 11 年的烈士,在牺牲长达半个世纪后,他的妻子才知道丈夫已长眠雨花台。

"国不可以不救。他人不去救,则唯靠我自己。他人不能救,则唯靠我自己。他人不下真心救,则唯靠我自己。"为了及时从狱中送出关键情报,恽代英与潜伏在国民党军政部的红色特工冷少农争相去死,受到感化的国民党狱警也甘愿为帮助共产党而死。

…………

在灵魂与肉体的双重考验下,无数共产党人视死如归,用生命践行对党和人民的诺言。江苏省委常委、宣传部部长王燕文说,共产党人在革命实践中形成了以"信仰、忠诚、为民、担当"为价值取向的"雨花英烈精神",即"信仰至上、慨然担当、舍身为民、矢志兴邦"。

薪火相传志不改　时代不同报国同

如今,当年恐怖的刑场已变成风光如画的红色教育基地。雨花台上,有了庄严的纪念碑、纪念馆、烈士陵园、烈士群雕,还有镌刻精致的《共产党宣言》和《新民主主义论》石刻。

　　从 1927 年那个血雨腥风的年份算起,雨花台已经存在了 90 年。时空变幻,当年烈士的事迹不改,他们的精神也在新时期传承不息。雨花台烈士纪念馆馆长向媛华介绍,雨花先烈中,大多是知识分子和留洋人士,后继有人是所有烈士的最大愿望。"雨花精神与红船精神、井冈山精神、长征精神一样,都是能够涵养后人灵魂的精神谱系。"

　　90 年来,新时代的知识分子带着先烈们的遗志,初心不忘,对"雨花英烈精神"进行新的诠释和传承。

　　景荣春,江苏科技大学已故教授、致力于工程力学教学和科研工作的教育家。他放弃国外大学的就业机会,毅然回国坚守教育事业,把一生献给了三尺讲台。弥留之际,64 岁的景荣春躺在病床上满含热泪,举起右拳,郑重宣誓,在生命的最后一刻,如愿加入中国共产党。

　　新时期的"海归"也怀揣着报国梦。36 岁的王欣然从美国斯坦福大学博士毕业后,面对国外优越的物质生活和科研条件,他做出了一个让许多人惊讶的决定:回国从教!"我做出这个决定其实没有多少犹豫。"这位年轻的教授说,国家提出"科技强国""人才强国"战略,对于一个立志搞科研的人来说,是个难得的机遇,国家需要我们。"我是中国人,为祖国做事,我觉得踏实而光荣。"

　　在"雨花英烈精神"的感召下,新时期的海归用行动诠释着责任与担当。数据显示,目前江苏留学回国人员总量超过 10 万人,年增长率均超过 20%。专家预测,按照江苏近年海归人员的增长率估算,未来 5 年将迎来史上最大归国潮。

　　在千万次追寻中,精神的力量已悄然融入百姓生活。2003 年那些写在抗击非典关键时刻的"请战书";2008 年在坍塌教学楼里连续救出 4 名学生后以身殉职的人民教师谭千秋;2012 年为了 24 名乘客的安全而英勇殉职的最美司机吴斌;2016 年在盐城特大冰雹灾害中因返身救人而牺牲的基层干部们……这种舍生为民的精神,让更多人在信仰的坚守和传承中,一天天挺拔起来。

先烈遗志今犹在　红色基因代代传

　　"我不需要任何人记住我,讨论我,我只希望人们自由地活着,我只希望这个国家能够独立自由……"在话剧《雨花台》巡演现场,雨花先烈的家国情怀和革命精神让现场观众潸然泪下。

为了铭记光辉历史,传承红色基因,2015 年 9 月,江苏省委宣传部组织创作话剧《雨花台》,把英烈的事迹搬上了舞台,通过艺术形式,还原历史记忆,弘扬雨花英烈精神。

"红色戏剧,如果要感动观众,既要靠艺术感染,又要尊重历史。"向媛华告诉记者,《雨花台》的创作态度非常严谨,其中人物都是用的真名,台词大部分是从烈士的书信、诗抄、文章等文献资料中挖掘整理出来的。"这部剧不是艺术化创作的产物,而是历史再现,这种源自真实的力量最感人,也最能打动人。"

迄今,《雨花台》已赴北京、上海、武汉、广州等地演出 80 余场,走进北京大学、清华大学、上海交通大学、南京大学等数十所高校,场场爆满,超过 10 万人次现场观看了演出。《雨花台》的演出现场,一次次成为感动全场的"泪花台"。

"英烈们与家人在狱中相见那段,给我的印象特别深刻。"南京师范大学泰州学院学生许桂露说,"他们都还很年轻,有些人的家境很好,但他们为了共产主义事业,甘愿放弃优越生活,甚至愿意为此付出生命。这样的精神值得我们每一个年轻人去学习,人需要有一个信仰,才不会迷失方向。"

此外,江苏还拍摄文献纪录片《致未来书》,讲述英烈遗书、信件、诗词中的真实故事;创作出版《雨花忠魂——雨花英烈系列纪实文学》丛书 100 部,以文学的形式记录了雨花英烈的革命事迹。

隔着岁月的长河,跨越不同的时代,一次次的演出,激荡着的是青春与信仰的碰撞。通过优秀的艺术作品,信仰、忠诚、为民、担当等红色基因正代代相传。

(原载于 2017 年 11 月 07 日《光明日报》05 版)

领略这片土地独特文化魅力

近日,中宣部第十四届精神文明建设"五个一工程"入选作品名单公布,由江苏省委宣传部指导、南京市话剧团倾力打造的话剧《雨花台》名列其中。江苏有着厚重的历史文化、鲜明的民俗文化和灿烂的红色文化。近五年来,江苏通过影视、话剧、文学等多种艺术形式,讲好江苏故事,让世界领略到这片土地独有的文化魅力。

随着一束追光亮起,钟楼、古街这些带有鲜明地方特色的建筑场景逐一展现,淮剧《小镇》在南京紫金大戏院正式开场。该剧讲述了退休老师朱文轩抵住 500 万元巨款的诱惑、坚守诚信品质的故事。悬念迭起的剧情、抑扬顿挫的唱腔、具有浓烈地方特色的演出赢得了阵阵喝彩。而其中引起观众共鸣的情节,正是取材于江苏大地历来就有的诚实守信的良好风尚。

近五年来,江苏着力打造地域题材作品,先后有 40 多部戏剧被搬上舞台。滑稽戏《探亲公寓》讲述了江苏一对打工夫妻在大城市中的经历,锡剧《夕照青果巷》描绘了一群空巢老人的幸福晚年,淮剧《半车老师》刻画了一位处处为学生着想的基层教师形象……一部部取材于现实的戏剧,印证着现代江苏的繁荣。

不久前,在第四届南京民俗文化节上,南京白局、苏州评弹、传统相声、扬剧经典折子戏等传统曲目轮番上演,为人们带来了"观戏品茶"的别样乐趣;在夫子庙灯彩馆,老艺人们亲手做的灯彩精品,诉说着秦淮灯会 30 年的悠久历史;在街边随处可见的剪纸摊、面人摊、糖画摊前,各地游客看得津津有味。

"我个人喜欢听白局,女儿喜欢工艺品。"剪纸摊前,带着女儿挑选彩纸的刘璐说,民俗文化节让他们一家子都找到了自己的乐趣。

依托文化优势,近年来,江苏先后创办了紫金京昆艺术群英会、南京森林音乐会、百家金陵画展等贴近市民生活的品牌活动,不仅展示了江苏文艺的整体实力,更丰富了老百姓的精神生活。

"牢记习近平总书记有关文艺工作重要讲话精神,江苏将继续把文艺工作摆在'强富美高'新江苏建设的重要位置,用精彩的江苏故事展示文化自信。"江苏省委常委、宣传部部长王燕文说。

（原载于 2017 年 09 月 08 日《光明日报》05 版）

让千年文脉奔涌不息

——江苏推进大运河文化带建设

大运河水,延绵流淌,千年不息。

2017年2月24日,习近平总书记作出重要指示:保护大运河是运河沿线所有地区的共同责任。

江苏是大运河沿线河道最长,流经城市最多,运河遗产最丰富,列入世界文化遗产点段最多的省份。1797公里的大运河,江苏段全长690公里,占了三分之一,江苏有8个地级市、近一半的人口沿运河而居。贯彻落实习近平总书记的重要指示精神,江苏加大力度推进大运河文化带建设,保护好、传承好、利用好大运河文化。

河畅岸绿,运河保护久久为功

"每天晚饭后,沿着环古运河健身步道,从盘门到觅渡桥,既欣赏风景,又锻炼身体,心情很舒畅。"在苏州市古城区盘门皮匠浜住了近30年的陈逸云说,现在的大运河,是家门口的"绿色项链",令人心旷神怡。

和陈逸云一样,沿河居民都体会到了运河环境变化带来的满足感和舒适感。这得益于近年江苏对大运河的保护。

千百年来,依水而筑、因河而兴的城市守护着大运河,但不可否认,大运河也一度满目疮痍:河面的漂浮物、河岸的生活垃圾、滥砍滥伐的树桩岔子……

2007年9月,中国大运河联合申遗办公室在扬州揭牌,扬州成为大运河申遗牵头城市,运河沿线的 35 座城市结成了大运河保护与申遗联盟,共同发布了《世界运河城市扬州宣言》。35 座联盟城市,每年春季、秋季定期在扬州召开大运河保护与申遗工作会议,共商推进运河申遗保护大计,形成治运保运合力,跨省联动,解决了沿运河 8 省"各管一段、分省而治、各自为政"的问题。

如今的大运河,杨柳依依,堤岸更加接近运河原来的面貌。2014 年 6 月,在第 38 届世界遗产大会上,中国大运河项目成功入选世界文化遗产名录,成为中国第 46 个世界遗产项目。其中,江苏列入大运河申遗点段的河道达 6 段、历史遗存 22 处。

2016 年,江苏提出并推动江淮生态大走廊规划建设,以大运河为主干线,以扬州、泰州、淮安、宿迁和徐州等沿运河城市为规划范围,共建共享江淮生态大走廊。在坚持保护优先、生态引领的前提下,打造世界跨流域生态廊道建设的样板区和淮河流域东部生态屏障。

"要通过江淮生态大走廊规划建设,加强环境治理保护,着力推进绿色发展,让生态优势成为发展优势,为子孙后代留下重要的生态资源。"江苏省委书记李强说。

流动的文化,传承运河千年文脉

如何从流淌着的遗产中挖掘活的历史?习近平总书记给出了答案:"要古为今用,深入挖掘以大运河为核心的历史文化资源。"

历史上,长江、淮河、大运河因其航运优势,沿岸聚集了许多小船厂。但船厂的红火发展给当地带来了严重的环境污染、生态破坏等问题。2016 年 3 月,扬州槐泗镇大运河沿线的 12 家船厂,全部搬迁关闭。为了保存这一段历史记忆,该镇保留松川造船厂 3500 平方米的厂房和一台 60 万吨的龙门吊。

"我们在造船厂原址上建造国内首座运河船舶文化博物馆,希望以工业遗存作为展示内容,弘扬传承运河文化。"槐泗镇镇长孙德彪介绍,博物馆规划分两大板块:主展馆和"船之韵"文化主题公园,通过图片、视频、实物等来展示大运河边曾经辉煌的造船史、运河城市的微缩景观,传承弘扬京杭大运河船舶和运河文化。

2013 年 6 月,苏州大运河遗产展示馆开馆;2014 年 6 月,以"大运河"为主题的无锡数字博物馆开放;2017 年 6 月,常州市大运河记忆馆亮相……大运河江苏段沿线城市都建立了大运河专题展馆。

大运河流淌着的不仅是奔流不息的河水,更重要的是绵延不绝的文脉。

2014 年,由大运河遗产保护管理办公室组织专家学者成立的专家委员会,策划出版了"京杭大运河遗产保护出版工程"丛书,分运河遗产、运河文化、运河保护三卷,包括《京杭大运河历史与复兴》《京杭大运河沿线城市》《京杭大运河城市遗产的认知与保护》等 12 册。

2016 年 12 月,《运河长子的担当——扬州牵头大运河"申遗"记忆》问世。该书以细腻精致的文学语言辅之以短小精悍的生动故事,全面记述了大运河保护与申遗的全过程,表现了沿线 1.7 亿居民保护母亲河的跪乳深情,也为运河文化研究提供了鲜活的史料素材。

黄金水道,再续运河辉煌

大运河,是一个不会老去的故事。它"阅尽"历史,在当下又用自己的"身躯"继续为沿线地区带来繁荣。一艘艘货船满载着各种货物穿梭于京杭大运河上,波光粼粼,汽笛声声,一片繁忙盛景。

大运河江苏段是航运价值最高的水道之一,以长江为界分为苏南运河和苏北运河。苏南运河是大宗建材等物资的主要运输通道。苏北运河则是国家北煤南运的黄金水道,如今每年货运量已接近 1.2 亿吨,其中煤炭运量达到 7300 万吨。据介绍,水运在江苏省货运周转量中已经占到一半,在货运总量中占四分之一。

为了缓解运河开发与遗产保护之间的矛盾,江苏省坚持生态优先、绿色发展,坚持"城市建设服从古城保护,古城保护服从遗产保护"的原则,依托运河沿线遗产资源,打造最富文化内涵、最具地方特色、最具观赏价值的文化旅游精品线路,在开发利用与保护传承中走出了一条双赢之路。

"不用风吹日晒了,坐在家里就能赚钱。"扬州市邗江区方巷镇沿湖村村民颜国庆喜滋滋地说,祖辈、父辈都在湖区以打鱼为生。如今,颜国庆从一个渔民变成了一个店主,上岸搞起了生态旅游开发。渔民上岸后,住进了新渔小区别墅群,以前的渔民"棚户区"改造成了美丽的原生态湿地。凭着独特的渔文化生态旅游资源,不少渔民办起了渔家民宿、渔家餐饮,引来天南地北的游客。去年10月份,一户渔家民宿客栈接到了26万元的湖鲜订单。

退渔还湖、依靠大运河发展旅游业,保护了大运河的水生态,又改变了渔民的生活方式,勾勒出一幅水环境治理与生态富民的共赢画卷。

淮安,漕运古都,以漕运文化为主线打造了一个集休闲、度假、旅游等为一体的漕运城:漕船盛景、漕御盛世、千秋漕粮等6大景观项目,重现运河之都的繁华盛景;镇江新河街,是镇江正在打造的"运河第一街",主要呈现宋代以来南北文化交融的历史,再现京口文化、运河文化;无锡打造的"蓉湖溯源""北塘米市"等8大文化主题景区,重塑老城区历史空间架构,注入了更多的吴文化的内涵……

如今,在大运河江苏段,沿线城市各有各的定位:徐州"大汉雄风、豪情运河",无锡"太湖明珠、甜美运河",苏州"天堂苏州、苏式运河"……每一个运河城市,旅游项目各有创意,各有特色。

（原载于 2017 年 08 月 11 日《光明日报》01 版）

秦淮河再现"桨声灯影"

"梨花似雪草如烟，春在秦淮两岸边。"古老的秦淮河碎影粼粼、烟雾徐徐，是南京最负盛名的城市名片。然而，横穿城市中部的内秦淮河北段，由于污染严重、建筑遮挡、岸线不通，长期以来"养在深闺人未识"。近年来，南京市玄武区创新整治手段，把这条淹没在历史和闹市里的"水弄堂"，打造成水清岸绿景美的"滨水城市客厅"，再现秦淮河畔昔日的"桨声灯影"。

综合治污　再现碧水清波

盛夏傍晚，褪去了正午的暑气，许多行人游客沿着南京内秦淮河北段岸边的栈道散步。落日余晖映红了天空，两岸景观植物生机勃勃，河道内碧水缓缓流淌。

往来行人沉醉于这段路的美好，而长期居住在这里的市民刘长云则见证了这条古街从不美好到美好的"进化史"："之前这条河太脏太臭了，河面上漂浮着各种垃圾，我们经过都得捂着鼻子，夏天也不敢开窗户。现在经过区政府的治理，河水比原来干净太多了，环境也比以前好了。"

内秦淮河北段西起中山路，东至竺桥，全长2150米，已静静流淌了2000多年。自明代起，两岸人文兴盛、交通频繁，逐渐演变成了城市内河。时至近代，随着经济社会的发展，沿岸人居密度逐年提升，周边垃圾成堆、道路不通，居民"背水而居"，曾经贯穿城市核心区的"水动脉"繁荣不再。

治水先治污。为了重现昔日的盛况，近年来，玄武区在"截、清、修、引、管"几个方面同时发力，对内秦淮河北段河水进行除污清淤。在源头上，首先对16处河道排污口控源截污,并将汇水区范围内10家重点排水户全部办理排水许可。在河道内,清除河道淤泥垃圾约两万立方米,新建引水补水回流管道,从浮桥引水至通贤桥,促进局部水循环。

通过综合整治,碧绿的清波再次荡漾在内秦淮河北段。

水路联动　打造生态景观

"原先这里的车都是随便停放,地上都是垃圾,又脏又臭,一下雨脏水就流到河里去了……"谈起以往的环境,内秦淮河北段的居民们满是心酸。

"内秦淮河环境污染表象在河里,根源却在岸上。要让外地游人向往,首先要让本地居民满意。"玄武区住房和建设局局长章凯意识到,河道整治的目标,不仅要"宜游",还要"宜居""宜业"。为此,在实施河道整治时,玄武区结合河道两侧的功能空间,划分了不同的景观风貌,对住宅区进行整改,实施建筑立面及环境整治。而在城市商业段,则将河岸上杂乱不净的小餐饮店换成文化创意店、休闲体验店等轻时尚类商业配套,把水路交汇空间改造为文化广场、路演广场。此外,北段沿岸还多出了很多景观小品,香樟、夹竹桃、栀子花等竞相开放,一路行来,一步一景,形成了别具特色的生态美景。

据悉,目前内秦淮河北段治理工程已累计完成河道两侧人行步道整治4200米,拆违1660平方米,建筑立面整治3600平方米,绿化景观建设4500平方米,内秦淮河北段沿岸"拂去尘埃",旧貌换了新颜。

"现在空气也很好,还有花香,我每天都会沿河岸散步。"居民李玉芳的家就在河岸边,打开窗户就能看见碧水蓝天,"每天生活在画里,像是在做梦似的。"

古今相融　共筑"人文之河"

"竺桥原本名为'竹桥',始建于南唐,是明故宫护城河最西边的一座单孔石拱桥,因附近有大片竹林而得名,后因谐音改名'竺桥'……"在竺桥头的河岸景墙边,市民张文军向七岁的孙儿讲述这座桥的历史。"现在河边环境真好,我有空就带着小孙儿沿河岸逛逛,带他看秦淮夜景,给他讲秦淮故事。"张文军说。

内秦淮河北段承载着玄武区的历史记忆,河段内通贤桥、浮桥、太平北路桥、东大桥(京市桥)、太平桥和竺桥等六座古桥历史悠久,成贤街、丹凤街、珍珠河、香林寺河等多条古街巷岁月绵长,沿岸历史文化资源丰厚。为体现内秦淮河北段的文化特色,玄武区在整治水环境的同时,组织多名专家学者对整段河道近2000年的历史典故进行梳理,并将研究成果加以利用。"段内的六座古桥都有相应的历史,我们在每个桥头都设立了特色景墙,展示这座桥的历史文化。"章凯介绍。此外,玄武区还将成贤街、丹凤街、珠江路等古街巷的研究成果进行汇总,编纂"玄武古街巷、古河道文化研究系列丛书",让内秦淮河北段焕发人文生机。

如今,内秦淮河北段水清河畅、岸绿景美,沿线古桥悠悠、古巷深深,一段浸透着历史积淀与内在气质的内秦淮河重现在世人面前。

(原载于 2017 年 07 月 19 日《光明日报》09 版)

《颜氏家训》涵养千年清正家风

7月,江苏南京城内暑热蒸腾,然而,在乌龙谭公园,市民和游客并未减少。位于公园西侧的颜鲁公祠,是目前全国唯一保存完好的祭祀颜真卿的祠庙遗迹。参天古树下,一眼放生井向人们讲述着颜氏家族与南京城的千年渊源。

公元760年,颜真卿任昇州刺史时,将南京城西清凉山下的乌龙潭辟为放生池放养圣灵,以体现皇帝"仁慈好生之德",让"仁爱好生之风"流传后世。颜真卿去世后,人们在南京乌龙潭西建放生庵,祭祀颜真卿。太平天国时期放生庵毁于战火,清同治年间江宁知府涂宗瀛在旧址上始建颜鲁公祠。1982年颜鲁公祠被列入文物保护单位,1991年按清代格局修复。2013年4月,经过封闭大修后,颜鲁公祠向市民和游客重新免费开放。

"人们所熟知的颜真卿,是著名的书法家,而南京和他有着特殊的情缘。"南京市文广新局局长刁仁昌介绍,颜真卿的忠义强直,仁慈爱人,与其先祖颜之推所著《颜氏家训》的谆谆教诲密不可分,而颜之推,正是出生于建康的儒学家和教育思想家,可以算是千年前的"老南京"。

颜之推祖籍琅琊临沂(今山东临沂),出身于随晋元帝南渡的世族之家,为孔子得意门生颜回的第35世孙,官至北齐黄门侍郎。生逢乱世,历经南梁、西魏、北齐、北周、隋五朝,在《观我生赋》中,颜之推用"一生而三化,备荼苦而蓼辛"感慨自身经历。饱经乱世忧患后,颜之推晚年以"述立身治家之法,辨正时俗之谬"的现实关怀,著成《颜氏家训》,用他对人情世风、文化学术的深刻反思和独到见解,为后世子孙提出了立身、治家、处事、为学等方面的方法、主张和训诫。

《颜氏家训》全书七卷,包括《教子》《治家》《慕贤》《勉学》等共二十篇。《教子》篇中,颜之推表示"父母威严而有慧,则子女畏慎而生孝矣。"《治家》篇中,颜之推提出"夫风化者,自上而行于下者也,自先而施于后者也。是以父不慈则子不孝,兄不友则弟不恭,夫不义则妇不顺矣。"《慕贤》篇中,颜之推写道:"是以与善人居,如入芝兰之室,久而自芳也;与恶人居,如入鲍鱼之肆,久而自臭也。""结交胜己。"在《勉学》篇,颜之推以古代、当代勤学的故事勉励后世,认为"幼儿学者,如日出之光,老而学者,如秉烛夜行。""观天下书未遍,不得妄下雌黄。""积财千万,无过读书。""积财千万,不如薄技在身。"这些思想,及至当下,依旧闪耀着智慧的光芒,有深刻的现实意义。

在《颜氏家训》的影响下,家训成为中国传统文化的一大特色。后世制定家训,莫不受到《颜氏家训》的影响。宋代朱熹所著《小学》,清代陈宏谋撰写《养正遗规》,都曾取材于《颜氏家训》。历代学者更是对《颜氏家训》给予了至高评价:宋代陈振孙称其为"古今家训,以此为祖",明人袁衷表示"六朝颜之推家法最正,相传最远",清代学者王钺也认为颜氏家训"篇篇药石,盲言龟鉴"……这些评价显出《颜氏家训》对中国古代家庭教育的影响及其在中国古代教育史上的地位。

"爸爸不仅让我练'颜体',更是带着我一篇篇学习《颜氏家训》,让我从优秀传统家训中,学习为人处世之道。"在颜鲁公祠,前来参观的高一学生邢梓涵告诉记者,每年寒暑假,他们全家都会一起到这儿接受颜真卿和颜氏家族的精神洗礼。"受《颜氏家训》的影响,我家还制定了自家的家训。"

《颜氏家训》意义深远,颜氏子孙亦深受其涵养,在操守与才学方面都有惊世表现。翻开颜氏宗谱,除了以书法和仁义扬名后世的颜真卿,学问事功两称不朽、注解《汉书》的颜师古,凛然大节、以身殉国的颜杲卿等,都给后人留下了不同凡响的深刻印象,足以证明其祖所立家训之效用彰著。及至当代,颜氏后人也活跃于各个领域,一千多年家族传承绵延不绝。

"从孔子称赞颜回'一箪食,一瓢饮,在陋巷,人不堪其忧,回也不改其乐',到颜含对子孙'正、清、节'的训诫,再到颜之推撰写的《颜氏家训》,颜氏精神一脉相传,历千年而不衰,影响了一代代颜氏后人。"颜回第77代孙、南京工业大学副研究员颜艳燕感慨道,颜氏家族团结、和睦、友爱、谦恭,其凝聚力和归属感让每一个族人都引以为傲。

目前全球颜氏后人约有 200 万,每两年就会举办一次颜氏宗亲联谊大会。颜氏后人还在南京成立了颜氏文化研究中心,邀集了 100 多名族人作为研究人员,经常聚在一起,缅怀先祖,研讨古训。散居在世界各地的颜氏后人、颜氏宗亲会也会定期组织到南京参观颜鲁公祠。"正因为深受家风的浸染,颜氏后人特别注重教育,待人接物也彬彬有礼,出了很多贤达名士。"颜艳燕说,家族文化精神一直流淌在颜氏后人的血液里。

"家训是我国的特色传统文化,有着深厚的文化底蕴和传承价值。《颜氏家训》为今人整治家风、涵养正气,制定家训提供了榜样和范本。"中国伦理学会副会长、南京师范大学马克思主义研究院院长、博士生导师王小锡表示,《颜氏家训》用真挚的言语,向后人阐明深刻的道理,现在的家训也应该通俗易懂,意境深刻,用简洁而内涵丰富,教育子女将优秀传统、良好家风代代相传。

(原载于 2017 年 07 月 12 日《光明日报》09 版)

月明衣上好风多

——看十里淮扬如何涵养新家风

走在扬州南河下街区,不禁会被精心打造的家风展示区所吸引:手持一张"家风文化手绘地图",从丁家湾牌坊走进深巷,三步可见古宅先贤的家训家规、五步可闻古巷人家的家风故事,0.55平方公里的展示区内,竟有37处家风展示点。一块砖雕、一座门楼,都传递出这座古城传承千年的家风文化。

中国的"家文化"传承千年,家风虽无影无形,却是一个家庭魂魄之所在。从街坊工人到世家后人,从普通百姓到党员家庭,君子之风吹彻这座人文古城,合力造就了清和从容的扬州风貌。

寻常百姓家的正能量

扬州南河下大树巷50号,住着工人杨传庆一家三代人。近段时间,老杨没有想到,自己不起眼的家竟然成了"景点"。"万事浮云长寿,勤奋心宽多喜",横批"知足",贴在老母亲所住平房门上的对联,常引得路过的街坊和游客驻足夸赞。

杨传庆高中毕业后就开始工作了,目前是冶金厂的一名工人。"小时候每逢过年,父亲都会写对联。现在这活儿由我继承了,母亲房门上的对联就是我家今年的'门面'。"杨传庆笑着说,"虽然日子过得清苦些,但我一直没有放弃读书,只要有空就捧着书看。老一辈传给我们的家风是守法、勤奋和善良,我给儿子又加了一条,就是爱读书。"

家住康乐新村86岁的陆明星是一位有着60年党龄的老党员。每周的家庭聚会上都要开"家庭党课",这是他家雷打不动的惯例。

陆明星说,当年入党就是为了学习先进,让自己的思想得到提升。多年来,除了对自己严格要求,对子女的思想教育也是一丝不苟。以党规律己,以党章治家,便是他定下的家训。"我家现在有 14 口人,其中 10 个都是共产党员,特别是现在面对新形势、新任务,更要加强学习。我希望通过家庭党课,让我们陆家子女都充满正能量。"

家风代代传

走进扬州城内阮氏家庙,"睦族敦亲尊祖训,尊贤敬老葆宗风""忠、孝、节、义"等字句,就刻在楹联、墙壁上。一代文宗阮元为官清廉,坚持诗书传家、崇文重教的家风。城市规划设计学泰斗、"中国世遗之父"阮仪三是阮元的第五代孙,20 世纪 80 年代以来,阮仪三努力促成平遥、周庄、丽江等众多古城古镇的保护,"刀下留城救平遥"更是中国古城遗产保护的一段佳话。

阮仪三对历史名城的"乡愁"情结,正是受阮氏家风的影响。如今已 83 岁高龄的阮仪三回忆说:"小时候,父亲每年都会带我回家庙参加祭祀,就是在一次次家祭过程中,我深刻感受到了先祖阮元'励志、规约、清廉、小题、务实'的家训,祭祀过程正是对家风的传承教育。"对于故乡扬州,阮仪三一直很偏爱。从阮元家庙的申请修复到捐献阮元手迹复制件、为阮元广场做规划设计,阮仪三一直倾注大量心血。

"晚清第一园"何园内何家祠堂陈列的《何氏家训》十一则,为何氏后裔世代珍藏,遵行不悖。这份家规从孝敬亲长、隆师亲友、节义勤俭等十一个方面,详尽规范了家族成员的修身处世、待人接物之道。"花发洞中春日永,月明衣上好风多。"何氏家训伴随何园的亭台楼阁、花石林泉,带给何氏后人美好的憧憬和心灵的滋养。

"我们何家教育理念的主流是:为人正直,有正义感、责任感,有民族自尊心、爱国精神,重视科教文明。"何园第五代主人何京告诉记者,这个理念一直延续在何氏家族的后代中,无形间有一种凝聚、激励的作用。"祖孙翰林""兄弟博士""父女画家""姐弟院士",何家五代人中出了两个进士、两个博士和两个院士,都与其奉行的严格完善的家训密不可分。

家风正则政风清党风端

在扬州,家风不仅代表了家家户户的德行传承,更涵养了万千党员干部的廉政党风、清廉政风,引领了淳朴清和的淮扬民风。

扬州市把家风家训作为党风廉政建设的突破口,推进党员领导干部写家训、议家规、晒家风活动,将传统家风中的"孝、悌、慈"转化成对国家的忠诚、对他人的友善和对社会的责任,将家风建设与队伍建设、作风建设相融合。此外,通过举办大运河城市家规家训家风建设研讨会,开展"一座千年城一个幸福家"主题活动,组织以良好家风为主题的道德讲堂活动,扬州城掀起了建设领导干部优良家风的热潮。

党员领导干部的家风,是反映党风和社会风气的一个重要"窗口",也是党风廉政建设的"晴雨表"。扬州市委书记谢正义说:"开展家风建设,就是把践行社会主义核心价值观与日常生活紧密联系起来,带动社会风气,汇聚清正廉洁的正能量。"

（原载于 2017 年 07 月 10 日《光明日报》05 版）

"老祖宗的手艺要传，更要创"

——文创让南京非遗实现美丽蝶变

饶有京韵的绒花版"点翠头面"、精致的金陵十二钗云锦玩偶、茶砖堆砌而成的南京城墙……近日，在毛里求斯中国南京文化周文创非遗展上，丰富多彩的文创产品让国际友人叹为观止。

明末清初诗人吴梅村《望江南》中描绘的云锦、晚清文人甘熙《白下锁言》中追溯的剪纸、清代文豪曹雪芹笔下的"堆纱花儿"……这些珍贵的南京非物质文化遗产伴随着创意元素的融入，再度散发出夺目的光彩。

一丝一线织就锦绣金陵

在南京文博文创"大观园"南京云锦博物馆展馆，金陵十二钗云锦玩偶、云锦元素手机吊坠、云锦手包等"吉祥云锦"系列文创展品琳琅满目。前来参观的南京财经大学学生周玲玲告诉记者，以前提到云锦，首先想到的就是华贵的服装，而在这里，不仅能够让人了解云锦，还能够将云锦文创产品带回家。

"这两年，云锦文创发展很快，云锦的名气也越来越大。"南京云锦研究所所长王宝林说，从融合云锦团花图腾元素的包装设计，到云锦布囊替代装扇子的木盒，再到江苏发展大会"锦绣·苏"LOGO，云锦元素成了设计师文创时选择的香饽饽。

云锦版《蒙娜丽莎》在米兰世博会上大放异彩；著名时装设计师劳伦斯·许携手"南京云锦"推出"敦煌时装秀"，惊艳巴黎高级定制时装周……云锦文创不仅玩起了跨界融合，更将传统与现代交织，把非遗文化带出了国门。

一剪一纸舞出盛世秦淮

"以非遗技艺为载体的创新,现在越来越多。南京剪纸元素也被'嫁接'在枕头、被套、折扇等产品上。"南京市博物总馆馆长胡宁告诉记者,"南京老地名"非遗创意剪纸扇,便是非遗与文创嫁接的亮点之作。玄武湖、中山陵、总统府、莫愁湖、秦淮河等南京著名风景及街区老地名,被绘成剪纸纹样的扇面,用全新视觉诠释古都南京的历史沧桑与传奇佳话。

"相比普通剪纸,金箔剪纸更具立体感和实用性,深受现代人的喜爱。"在甘家大院,南京剪纸国家级非遗传承人张方林告诉记者,传承非遗,不仅在于手艺传承,还需注重技艺创新。他将金箔、剪纸两大国家级非遗相结合,并运用"斗香花"剪纸法,首创金箔剪纸。他的文创产品《九鱼福》将 9 条鱼藏在"福"字的笔画中,很是吉祥,剪纸工艺性与实用性都很强。

一绒一花点缀荣华古都

在甘家大院绒花坊内,熠熠生辉的"点翠头面"、以假乱真的书法、萌态百出的圣诞老人等,让不少市民流连驻足。

"老祖宗的手艺要传,更要创。我就想做别人没见过的。"江苏省非物质文化遗产南京绒花代表性传承人赵树宪凭着这种创新胆大的劲儿,让绒花技艺不断创新,走出了一条文创传承新路子。

赵树宪说,每年突破一点、创新一点,才能促成南京绒花的"花开不败"。从最初作为表现传统艺术的家庭挂饰,到创新制成京剧中的经典绒花"点翠头面",再到如今国际一线品牌的橱窗展示饰品,南京绒花因非遗技艺与创意设计的结合而散发出独有的韵味。

"非遗不能只做'活在博物馆里的古董',要让技艺传承发展,除了专心做手艺,还需要与现代创意设计融合,以时尚美观又不失实用性的作品,走进生活、贴近公众。"胡宁说,创意设计让南京非遗实现美丽蝶变,让传承"金陵匠心"的非遗技艺焕发新生。

(原载于 2017 年 06 月 10 日《光明日报》08 版)

书香致远　　故纸弥新

——文津阁本《四库全书》影印纪事

走进扬州天宁寺万佛楼的《四库全书》陈列馆，遮光门缓缓展开，128 个棕黄色楠木书架上，整齐有序地摆放着 6144 个书函，36000 余册影印文津阁本《四库全书》。"文津阁宝"的朱印，"纪昀复勘"的黄笺，雪白的宣纸，端正的馆阁体楷书，向世人展示着历久弥新的文化魅力。

十年磨剑还原貌

乾隆皇帝组织编纂的《四库全书》成本后，分抄七套存于七处，目前仅存三套半，其中文津阁本《四库全书》是 240 余年来仅有的原架、原函、原书完整传承于今的国宝。"早在二十世纪初，国人就有重修该书的计划，但都未能成功。"负责重修制作的扬州国书文化传播有限公司总经理陆国斌介绍，商务印书馆曾六次计划重修出版这部文化巨著，先后倾注了 90 多年的心血。"再次重修此书，贵在坚持'原大、原色、原样'，力求在印制、装订、陈列环节上与国家图书馆馆藏的原本一致。"

从策划构思到重新开发和复制，团队用了整整 12 年。其中，光在国家图书馆对文津阁本《四库全书》原版逐页拍照就花了两年时间。

"照片的样本还原是个精细活儿，一丝都错不得。"陆国斌说，原书 80% 有霉变，图片需要去脏，照片格式和曝光要调至一致。整个团队对照片逐一进行修复，耗时近十年，共修复 240 万张。"通过比对原版《四库全书》的样式和色彩，专业人员将黑白色毛数据图片进行一步步地精修，力求最大程度再现原书面貌。"

古今融合匠心营造

"很多人并不知道，《四库全书》是彩色的。"陆国斌说，此前流通的线装本《四库全书》，绝大多数是由台湾商务印书馆用几十年以前的缩微照片翻版而成，仅仅是"白纸黑字"。此次重修版中，黑色的正文小楷，蓝色、绿色的批注，以及金色御批，都重现了官修丛书的华丽和精致。

据了解，一套文津阁本《四库全书》3.6万余册，共240万页，一张张排开足有1000公里长，几乎是从北京到南京的距离。"这对打印机的性能具有极高的要求。"陆国斌说，传统手工宣纸纸张柔软且容易掉毛屑，对温度、湿度、碳粉等要求很高，普通激光数码打印机打印几百张就要大修，无法大规模生产。为此，团队经过反复改进，用一年的时间研制出符合传统手工宣纸印刷特殊性的数码打印机，将打印速度从最初的每天七八千筒子页提升到现在的每天四万页。"如果没有激光打印手工宣纸技术，文津阁本《四库全书》彩色再版是不可能完成的。"

除了先进的激光打印技术，影印《四库全书》也需要团队具备古籍专业知识以及高度的耐心和责任心。据了解，《四库全书》采用皇家独有的包背装样式，而这种装订工艺，是由扬州有20年以上古籍装订经验的师傅们在4年里做了几万册才试验成功的。

飞入寻常百姓家

据悉，首套文津阁本《四库全书》正式入藏扬州天宁寺内的万佛楼后，每个月慕名前来一睹风采的读者均过万人，供以观摩的四本样书已经被翻烂，不久将更换。2014年10月，《四库全书》入藏南京图书馆，公开亮相的第一天就有300多名读者闻讯而来，读者亦可在专藏室内借阅。2016年8月9日，第三套《四库全书》成功入藏故宫博物院文渊阁，时隔83年故宫再现"书阁合一"。

"盛世宏编不仅要典藏，更要飞入寻常百姓家。"陆国斌说，以《四库全书》为依托的简易版古籍线装书，定价低廉、包装简朴，让市民能更直观、更便捷地接触传统文化。此外，依托于《四库全书》推出的《笺谱雅集》《名画雅集》《绿杨笺谱》等多类别笺谱产品也展现着《四库全书》的传统文化魅力。

（原载于2017年05月24日《光明日报》05版）

南京白局:唱出一座老城的腔调

　　"秦淮十里风光好,白局一曲难画描,诸位雅士若有幸,金粉之地走一遭……"走进已有 200 年历史的南京甘家大院,若隐若现的琴弦声不断从庭院深处传来,间或夹杂着南京白局特有的唱腔,那一瞬间,时空仿佛倒退,百年前的宅院生活似乎隔着几面墙复活了,看不见却听得到。

　　白局,就是白唱一局,因演唱者不收钱而得名。600 年前,云锦工人为打发枯燥的工作时光而唱的白局,成就了南京唯一的地方曲艺。如今,历经岁月洗礼的白局逐渐抖落身上的尘埃,以独特的形式展现南京这座老城特有的神态和腔调。

织锦机房里的白局声

　　在甘家大院,身着黑色旗袍的黄玲玲双手各执两只瓷杯,端端正正地站在一台方桌前,用地道的南京方言唱着:

　　"南京的美景,那真是,草帽么得边儿——顶好;上鞋不用锥子——针好(真好)。夫子庙不但风景美,秦淮风味小吃哦——那才是,名扬天下哦!"

　　清脆的乐音与胡琴低沉悠扬的曲调缠绕在一起,将俏皮与沉稳拿捏得恰到好处。

　　这就是南京拥有 600 年历史的地方曲种:南京白局。

　　南京市非物质文化遗产保护中心主任王露明介绍,白局产生于南京的织锦行业,是从机房织工口中衍生出来的一种说唱艺术,其起源兴衰,都和南京云锦息息相关。

据相关史料记载，明清时期南京丝织业十分发达。织锦工作烦琐，一般由两人配合一台 3 米高的织机进行生产。机上坐着的人，称作"拽花工"；机下坐着的人，称作"织手"。织锦工人们每天"三更起来摇纬，五更爬进机坎"，工作枯燥而劳累，他们便用哼唱和创作民间小曲的方式来驱赶织造劳动的繁重和单调。一台织机前，拽花工唱，织手合，二人边唱边织。演唱仅是自娱自乐，不取报酬，完全是白唱一局，故名"白局"。

随着时间的推移，白局走出了织锦房，在民间流传开来，逐渐形成自己独特的表演方式：表演一般一至二人，多至三五人；形式以叙事为主，说的是南京方言，唱的是俚曲，常有二胡、三弦等乐器伴奏；表演内容涉及金陵美景、秦淮美食、历史传说等。发展至今，南京白局有曲目近百个，其独具特点的曲牌多达 54 种，传唱大江南北的《茉莉花》便出自南京白局的"鲜花调"。

白局艺人微光中的坚守

时至近代，织锦业在战乱中迅速衰落，白局也随之式微。而后的岁月里，白局虽然还留有余续，但却气若游丝，直至 2008 年，白局申请国家非物质文化遗产成功，才逐渐引起人们的重视。

这其中，离不开一代白局老艺人近 50 年的坚守与努力。黄玲玲便是其中一位。

1960 年，南京市工人白局实验曲剧团成立，黄玲玲是第一批成员。那一年，她 14 岁。同时被招进剧团的，还有 17 岁的徐春华、19 岁的周慧琴和 20 岁的马敬华。当时的"四朵金花"还不懂白局，但每个月 15 元的工资，外加两元的服装费，可以让她们告别饥饿。那时的她们没有想到，50 年后的自己，会成为这座城市仅有的几位白局传承人。

1966 年"文革"开始，白局再度被打入冷宫，剧团也随之被迫解散。大家各自散去，黄玲玲等人则留在剧团驻地文化宫工作，她们舍不得白局。

流散在南京各区县的白局老艺人相继故去，白局到了灭绝的边缘，几乎被人遗忘。1984 年，黄玲玲和徐春华、周慧琴、马敬华重新聚在一起，决定重振白局。几十年如一日，她们练习唱腔、曲牌，把文化宫当作一个练习表演的平台，用自己的力量延续白局的生命力。

"我们也想把白局做出名堂，但急不得，慢慢来，有微光，便有希望。"黄玲玲说，2003 年，甘家大院邀请她们来唱白局，每天 20 分钟，连唱了 15 天，观众却只有寥寥数人，但她们没有放弃。2008 年，南京白局终被国务院列入第二批国家级非物质文化遗产名录。

任重道远的传承之路

似水流年，当年的"四朵金花"，如今都已是年逾古稀的老太太。目前在南京还能掌握白局表演艺术的省级传承人，只有黄玲玲她们四位。

2007 年，黄玲玲在甘家大院里支出一个舞台，每天义务给游客表演白局，空闲时还免费教唱白局，她一边推广白局，一边寻找传承白局的好苗子。如此坚持了 10 年，其间确实遇到过不少"有缘人"，但真正愿意沉下心气学白局的却少之又少。

直到 2009 年，一个名叫张自卫的年轻人找上门。

"从第一次在甘家大院里听到白局，我就爱上了这门古老的曲艺。"张自卫说，白局好听但难学，自己虽是南京人，又是音乐专业出身，但白局腔调转折的韵味和老南京话的咬字发音，都需要一个音一个音地抠，学起来很不容易。为了练好白局，她将所有曲牌重抄整理，还用手机录下老师的唱腔，回去对着镜子配合动作反复练习，模仿借鉴。

年轻人的勤勉，黄玲玲全看在眼里。2011 年，张自卫正式拜黄玲玲为师，这也是黄玲玲 50 多年来首次招收徒弟。"白局总得有人来传承，我不能把它带进棺材里。"黄玲玲说。

作为传承人的弟子，又是小学音乐老师，张自卫承担起推广白局的重担。她在学校里开设特色课程，定期教小朋友唱白局。如今，黄玲玲带着弟子还在甘家大院义务唱白局，她想，只要有人愿意听，有人愿意学，白局这门艺术，就不会死。

（原载于 2017 年 05 月 06 日《光明日报》04 版）

打破非遗传承人"终身制"

近日,江苏连云港取消了"汤沟风筝制作工艺"等 4 个市级非物质文化遗产传承人的传承资格,并对"云绣"等 7 个项目的市级代表性传承人予以约谈警告,非遗传承人的"帽子"在江苏不再"一戴终身"。

2011 年《中华人民共和国非物质文化遗产法》明确提出,要建立非遗传承人退出机制。但近 6 年来,真正退出的非遗传承人几乎没有。连云港此次将非遗传承人除名,引起了不小的争议。那么,非遗传承人被除名的背后意味着什么? 这对非遗的传承保护又有何利弊?

非遗传承人被"摘帽"

作为民族文化传承的"活化石",非物质文化遗产历来受到人们的重视,但长期以来,"重申报、轻保护"却是非遗保护中碰到的顽疾,比如个别非遗传承人,在得到头衔之后,却不怎么干实事。"连云港市这次被取消资格的 4 名非遗传承人,有履职不力的,也有不再从事这一工作的。"谈起这次"罢免"事件,连云港市文广新局非遗处处长谢春芳说,这些传承人大多在当地小有名气,此次连云港的较真,不仅让业内人士惊讶,也让不少局外人有些吃惊。

其实,这不是江苏省第一次对非遗传承人亮"黄灯"。此前,苏州对非遗传承人作了一个评估,结果 9 名市级传承人不合格。对此,苏州市非遗办副主任王燕告诉记者,不合格者中有些是传承人自身意识不强,履行义务不力,而有些则是不能独立履行传承义务。"如果再有一次不合格,那么他们的传承人资格将被取消。"

江苏省文化厅非遗处处长王健告诉记者,去年年底,江苏对省级或省级以上非遗传承人实施绩效考评的办法,今后考评还将不断细化。

"退出"是为了更好保护

退出机制建立的初衷,是为了杜绝"重申报、轻保护"现象,也是为了从源头保护非遗文化。对于此次除名,有人拍手叫好,认为此举缓解了"头衔热""大师热"的乱象。有人却并不看好,认为这样"一刀切"的做法并不适用于所有类别的非遗传承人。

连云港市"云绣"项目的代表性传承人季玉青表示:"非遗代表性传承人在评定时本来有一定的标准,但此次评估无论是考核标准还是考核范围都没有对外公示。既然曾经被评定为代表性传承人,现在又被评定为不合格,不禁让人对评估的严谨性产生疑问。"

对于非遗传承人取消"终身制"的做法,江苏省非遗保护中心办公室主任赵鲁刚说,"传承人"原本只是一种称谓,但由于当前社会对类似头衔的追捧,加上金钱资本的涌动,"传承人"头衔直接提高了艺人作品的市场价格。"如此一来,非遗保护在一些人身上就显得不那么纯粹,也没有起到保护的作用。因此,退出机制的实行,就显得迫切而有必要。"

"退出机制有助于纠正短视行为和功利主义,警示人们不能以获取利益的大小来衡量非遗保护工作。如果放任投机心态和利益欲望,我们只可能离'非遗'保护越来越远。"王健说,退出制度的施行,将为盲目的申报热降温,引导各地将重心从"申报"转移到"保护"上。

非遗传承需变输血为造血

"非遗传承人的评选和管理应该是动态的。传承人如果不再有代表性,不能起到带头展示和宣传的作用,就应该被取消资格。如果有人符合传承条件,就应该被补到传承人名录中。"谢春芳说,一些传承人被取消资格并非技艺不精,而是没有传播的能力,而一些有传播能力的人,却无法得到代表性传承人的资格。"传承人不应该仅是身份,更应该是一种责任和担当。"

"退出机制本身也显示出了一些非遗传承难以为继。"赵鲁刚告诉记者,光靠让不合格的传承人退出是不够的。一些非遗传承项目失去了生存土壤,传承人光靠手艺和补贴,只能维持生活,所以传承人会选择另谋他业。为防止"人走技失",促进技艺传承,让传承人真正将手中的绝活传承下去并发扬光大,就要加大对非遗的保护力度,给传承人提供更好的条件,搭建更大的平台,做好政策扶持、招商引资和牵线搭桥等工作。"让传承人过得尊严体面,传承人才有传承的动力。"

破除传承人的终身符号,让传承有进有出,才能更高效地传承、传习、传播非遗文化,开发利用好非遗。"评选传承人只是手段,而非目的。退出机制也是为了真正用好传承人,让传承人握好手中的接力棒,让非遗留得住、传得广。"赵鲁刚说。

（原载于 2017 年 04 月 18 日《光明日报》09 版）

金陵牛首朝天阙　文化生态引客来

——江苏南京牛首山推行文化生态旅游成效显著

近日,江苏省南京市统计局发布了一组数据:2016 年,南京市旅游总收入达 1909.26 亿元,同比增长 13.1%;接待旅游者 1.12 亿人次,同比增长 9.5%。如此喜人的数据,源于近年来南京努力推行文化旅游,让旅游更有"文化"味儿。值得注意的是,2016 年南京牛首山文化旅游区共接待游客达百万人次,到文化生态旅游区感受古今文明,逐渐成为文化旅游的新选择。

2015 年,牛首山文化旅游区正式开园。牛首山历史文化遗存和自然生态景观得到全面保护。南京人还在此供奉佛顶骨舍利,并相继打造南唐文化园、郑和文化园等人文景观,将佛禅文化、儒道文化和自然生态文化相结合,让人在青山绿水间,回望金陵的文化变迁。

千古往事双阙间

牛首山,又名天阙山。名牛首,是因其山势如牛头双角,两峰对峙互立,风光秀美。名天阙,则是因东晋初年的一则儒道美谈:相传晋元帝定都建康后,为彰显至上的皇权,想要在皇宫外建立双阙。名相王导将晋元帝领到牛首山前,指着双峰对峙的牛首山,说:"此天阙也。既有浑天而出的'天阙',何须再花人力金钱建立石阙?"晋元帝听罢,若有所悟,取消了建阙计划。牛首山因此得"天阙"之名,王导仁民爱物的"治道精神",也为后世所称道。

"南朝四百八十寺,多少楼台烟雨中。"站在牛首山前,望着千年佛塔,不得不将牛首山与汉传佛教文化勾连起来。南朝初年,就有佛寺兴建于此,相传昭明太子在佛窟寺中读书,在饮马池留下印记。唐贞观年间,法融和尚在此开宗立派,建立牛头禅宗,讲经说法。至此,"学徒百千,如水归海,由其门而为天人师者,皆脉分焉。"明清年间,工匠在东峰兜率岩北崖开龛造百余座石像,以摩崖石刻表虔诚礼佛之心。幽栖寺内,僧房四百间。画僧石涛、髡残隐居石室之中,留下诸多名画。

千古兴亡多少事,烟消云散何处寻。南唐二陵位于牛首山南麓,为五代南唐先主李昪及其妻宋氏的"钦陵"和中主李璟及其妻钟氏的"顺陵"。五代十国战乱中,南唐虽存世仅 38 年,偏安一隅,但相对富强安定,为文人士大夫提供了生存发展空间。李氏三代皇帝兼具文人气质,才华横溢,提倡儒道,思想兼容,文化自由,江南诗词曲书画发展繁荣,中华传统的人文精神和审美意境得以流传延续。

牛首山头铸忠魂

晨钟暮鼓,钟偈声下,恭逢盛世,为国家苍生祈福。伽蓝殿中,伽蓝菩萨,以忠义之心,对一切人有情有义。站在牛首山上,最令人感动泪下的,无疑是青山所埋的忠骨。

牛首山扼建康之咽喉,草木青葱绿树掩映下,是岳飞抗金故垒遗址。"兀术趋建康,飞设伏牛首山待之,夜令百人黑衣混金营中抗之,金兵惊,自相攻击。"《宋史·岳飞传》中,生动形象地描绘了抗金著名战役——牛头山大捷。此一役,岳飞大败金兵,收复建康。大胜之余,武穆将军激情澎湃,仰天长啸,豪言"壮志饥餐胡虏肉,笑谈渴饮匈奴血。待从头,收拾旧山河,朝天阙!"这份精忠报国之心,怎能不令后人敬仰。故垒遗存至今,且有若干段完好,向世人展示着当年的昭昭忠魂。

郑和七下西洋,在大航海时代来临前,以走向世界的决心,点燃 15 世纪文明交流的曙光,用卓越的航海技术,辉映与引领了一个时代航路。而郑和的坟墓,就埋在牛首山。如今,"一带一路"开启了新时代的交流路径,郑和精神,又何尝不是今人的借鉴?

绿水青山好传承

　　古金陵四十八景中,牛首山独占三景,分别是牛首烟岚、献花清兴和祖堂振锡。牛首山文化旅游区,则成了古城南京的一张文化名片。近年来,牛首山的生态环境日渐向好,享有南京市郊"天然氧吧"之称。登上山头,放眼望去:祖山堂尽头南京椴成片,东峰脚下虎凤蝶翩跹,隐龙湖面天鹅腾飞……俨然一派茂林修竹、鸟鸣山涧的景致。

　　牛首山文化旅游区,将旅游生态开发和历史文化传承保护结合起来。文化旅游开放空间持续增加,文化内涵更加丰富。牛头禅文化园内既可观赏牛首双峰、双塔奇观,又可游览弘觉寺塔等古迹。即将开工的南唐文化园,4000平方米的南唐博物馆或将呈现璀璨的南唐文化。

（原载于 2017 年 03 月 27 日《光明日报》09 版）

又是一年灯会,依然十里秦淮

——秦淮灯会的文化传承

又是一年灯会,依然十里秦淮。今年 1 月 23 日,第 31 届秦淮灯会如约而至,古城南京又迎来了全国几百万名观灯游客,家家走桥,人人看灯,烟波倒影中,相逢皆为踏灯之人。

涤荡古今的盛世灯会

秦淮灯会起于魏晋,当时达官显贵多居秦淮两岸,常在元宵节效仿宫廷,张灯结彩。南朝梁简文帝萧纲、陈后主陈叔宝都曾以诗歌吟咏过秦淮灯影。诗得灯之兴致,灯传诗之情怀。秦淮灯会的存在,恰如中国古代历史长河中的一抹艳丽,点亮了六朝盛世、江南丰盈。

"南朝是灯彩发展的重要时期,南朝以后的都城建康尽管几经战乱,但在总体上一直比较繁荣,成为当时江南经济发展的一个缩影。"南京大学历史学教授贺云翱告诉记者,这是我国灯彩艺术发展的一个重要时期,南朝之后,秦淮两岸每年元宵佳节灯火满市井的景象,堪称全国之冠。

自朱元璋定鼎金陵后,秦淮灯会更是鼎盛一时。每至元宵佳节,午朝门前万盏灯叠,盛况空前。"笪桥灯市,由来已久,正月初鱼龙杂沓,有银花火树之观,然皆剪纸为之,若彩帛灯,则在评事街一带,五光十色,尤为冠绝。"《白下琐言》中寥寥几笔,描绘了秦淮灯会的盛况。胜景吸引着古往今来的王侯将相和文人雅士,陆逊、王羲之、吴敬梓等都曾于此访古。

1937 年,日寇占领南京,民生维艰,灯会习俗渐失。直至 1986 年,南京恢复灯会，秦淮灯会从夫子庙的一隅，发展到今日十里秦淮俱上灯。从此璀璨花灯年年映照秦淮河，花灯如潮、游人如织的景象再次重现。

动静之间传承文脉

每至元宵佳节，总有三四百万人从全国各地赶来南京，一览秦淮灯会胜景。在年味儿逐渐淡去的今天，为什么秦淮灯会年年办、年年兴？

"在保留传统文化底蕴的同时，我们每届灯会都能拿出新创意。"南京市秦淮区副区长程军告诉记者，今年灯会首次将外秦淮河也纳入灯展范围，实现十里秦淮全线布展；开通了西五华里画舫游线，游人可以在赏灯之余体验"桨声灯影里的秦淮河"；将"出口"英国伦敦设计周的创意花灯迎回国内，让游人在泰晤士河和秦淮河之间细品"民族的就是世界的"。

"时代在变，但无论如何也不能把老传统丢掉。"秦淮灯彩的国家级传承人陆有昌说，今年秦淮灯会特意在大报恩寺重现了六百年前恢宏一时的"鳌山灯"，让灯彩文化和佛文化交相辉映。"几百年后依然能看到祖宗先辈的文化遗产，这是灯会最吸引人的地方。"

"'动'才能跟上时代步伐，'静'则让灯彩保持中国韵味。"程军说，31 年来，秦淮灯彩的文化传承没有变，南京人对灯彩的情怀没有变。

（原载于 2017 年 02 月 11 日《光明日报》05 版）

看南京如何设计博物馆

古典意味浓厚的三星堆博物馆、别具特色的中国文字博物馆、彰显欧式风貌的黑龙江省博物馆……近日，在江苏南京博物院艺术长廊上，正在展出的"视域·空间——中国博物馆建筑摄影展"吸引了众多游客。这些空间建筑影像从近 6 万张原始影像素材中遴选而出，囊括全国 103 家博物馆。一座座饱含历史气息的博物馆，犹如一个个文化坐标，为时代断面与历史进程的交汇打下印记。

目前，全国有 5 万多家博物馆，馆藏文物总数近 4000 万件套。放眼当下，博物馆的发展还存在哪些问题？博物馆该如何走出一条既契合自身特点又满足百姓需求的发展之路？记者进行了走访调查。

方兴未艾的博物馆

"保护了文物，也就保护了历史。"说起南京地铁 5 号线给文物让路的故事，南京市文化广电新闻出版局副局长颜一平来了兴致。在南京地铁 5 号线的原规划方案中，有一站设在渡江胜利纪念碑下方，这样一来，纪念碑就需要迁移。考虑到纪念碑的历史价值，南京决定让 5 号线绕道而行，避开纪念碑。"地铁 5 号线沿线涉及 22 处不可移动文物，南京坚持'能绕则绕'的原则，没有损坏一处文物，广大市民与文化界人士对此反响颇佳。"

"给文物让路"表现了南京人强烈的文物保护意识和对城市文化的认同。如今，大大小小的博物馆正在南京的街头巷尾生根发芽：在秦淮旧巷，位于钞库街中段的李香君故居媚香楼，来往游客络绎不绝；位于紫金山南麓的南京博物院,是中国创建最早的博物馆,馆藏数量居中国前三;明城垣史博物馆融山、水、城、林于一体,刻录着这座城市的点点滴滴……

记者了解到,全南京的博物馆今年已举办了近260个各类临时展览活动,年接待参观者近三千万人次。"南京正在全力创建'博物馆之城'。全市现有各类博物馆86座,几乎涵盖了城市历史的各个经纬,满足着人们日益旺盛的精神需求。"颜一平说。

博物馆需要的不只是文物

"六朝时期的南京城是世界上第一个人口超百万的城市,和古罗马城并称为'世界古典文明两大中心'。"在近日的"六朝文化行走"活动上,导游袁幼平从城市建设、市井民生、六朝人杰等几个方面讲述了六朝帝都的昔日辉煌。

南京六朝博物馆由世界著名建筑大师贝聿铭之子贝建中领衔的贝氏团队设计。步入馆内,青竹斑影,枫月辉映,风雅气息扑面而来。青瓷器皿、墓志书法在雅致的环境中焕发着十足的灵气。袁幼平说,除了常规性的文物展览,博物馆每月还会开设读书会、报告会、亲民亲子和文物品赏等文娱活动。"这不仅仅是一座博物馆,更是市民共享的文化空间。"

但不是每座博物馆都如六朝博物馆这般兴旺。2007年,由民间收藏家高松主持开办的老城南印象陈列馆落户南京城南的秦状元故居。老门牌、门雕、古井栏、雕花大床……这里收藏了近万件富有南京时代特色的老物件。开办之初,该馆布展面积有近500平方米。然而在短短两三年时间里,博物馆几度缩减展览面积,直至两年前彻底搬出。记者得知,老城南印象陈列馆经营方式单一,缺少优质的社教活动和文创产品等"加分项目",只靠每年五六千元的门票收入维持,最终入不敷出,被迫撤出"阵地"。

展馆的外观设计、展陈的内容与数量、文创产品的开发,都是博物馆需要细细研习的新课题。颜一平表示,无论是国有博物馆还是非国有博物馆,都需要多样化发展,才能满足游客日益增长的参观需求。

让博物馆真正拥抱大众

2015年1月,国务院颁布《博物馆条例》,明确支持博物馆与文化创意、旅游等产业相结合,开发衍生产品,增强博物馆的发展能力。"增强自身的造血功能,才能让博物馆健康发展。"南京博物院院长龚良认为,除了注重馆藏和优化展陈外,研发更多富有文化内涵和生活趣味的精致文创产品,才能真正让博物馆拥抱大众。

记者从南京博物院获悉,在今年 8 月的"法老·王——古埃及文明与中国汉代文明的故事"特展中,南京博物院研发了 200 多种文化衍生品,销售收入超过 100 万元。

"在做好文创产品的同时,博物馆也万万不可忘本,只有丰富的产品才能吸引市民。"华东师范大学历史学系教授孟钟捷认为,博物馆不能只求数量不讲质量。"特色展品越多,博物馆的惠民体现及生存发展空间就越大。"南京中国近代史遗址博物馆、太平天国历史博物馆、南京雨花台烈士纪念馆等博物馆都是凭借着丰富而有特色的展品成为南京的文化名片。

博物馆是国家的"金色名片",文物是传承中华优秀文化的历史根脉。"让博物馆的丰富馆藏活起来,把祖先留下的宝贵精神财富传承下去,是我们这代人的共同守护。"龚良说。

（原载于 2017 年 01 月 15 日《光明日报》04 版）

"活"了地名　添了记忆

——南京市区划调整中地名选择的得与失

灯光渲染下的石头城,楼船夜雪中的秦淮河,车水马龙的水西门……近日,在首届南京市非物质文化遗产地名摄影展上,南京的一个个老地名在光与影中亮相,有的彰显繁华,有的凝结古意。它们从旧时光中走来,在岁月的更迭中承载与见证着南京这座城市的历史风华,同时也唤醒了人们对这座古城以及许多老地名的记忆。

消失的地名何处寻

五年来,旧物收藏者万俊共搜集了几百张南京旧门牌。在这些门牌背后,大多是已经消失了的街道、小巷,以及许多人的童年回忆。在老城南拆迁时,万俊看到很多老门牌被漫不经心地扔在垃圾堆里,"我心疼啊,评事街、马台街、箍桶巷……这些门牌是绝对的南京符号,要是丢了,可再也找不着了。"

南京的老地名有一万多个,几乎每一个老地名都能讲出一段故事。相传箍桶巷名字的由来是因为明朝时江南首富沈万三家的箍桶匠居住于此,他手艺精湛无人能及,慕名前来学艺的人络绎不绝,渐渐地人们就把这里叫作"箍桶巷"。"在很多年前,我就喜欢穿行在箍桶巷长而曲折的支巷中,古韵之风扑面而来。"万俊说,虽然现在的箍桶巷已经没有了过去的影子,但仍然是闹市中的一片清凉空间。

如果说像箍桶巷这样的老地名是城市空间文化记忆的延续,那么诸如杏花村这样已经消失的地名则是文脉支流的断层。晚唐大诗人杜牧途经江宁时,吟咏出了"借问酒家何处有,牧童遥指杏花村"的千古佳句,杏花村也随之名扬四海。但后来战火纷扰,村落日渐荒废,如今已荡然无存,杏树青旗、掩映如画的诗意画面也只能停留在人们的想象当中了。

"南京是全球第一座把历史地名列入非遗保护的城市。"中国地名城市专业委员会地名专家组组长薛光说,随着城市现代化进程的加快,如今南京消失的老地名有1900条左右,仅新世纪以来,就有200多个老地名从南京的地图上消失。为怀念这些老地名,南京市民海选出了"十大遗憾消失老地名","仁孝里、凤凰台、赤石矶……"在不少老南京眼里,这些地名寄托着他们浓浓的乡愁。

"地名改得没特色,得不偿失"

对很多人来说,有关家乡最直接的印象,首先便是它的名字。在众多远去的老地名中,下关区对于大多数南京人来说,如同古城墙上的常青藤,爬满了苍翠饱满的记忆。"南有夫子庙,北有大马路。"百年前老下关的大马路曾是南京最繁华的商业街,民国文化在这里发酵,同时与明文化、长江文化、革命文化等相互交织,滨江依城的下关区便有了"金陵北大门"之称。在2013年被撤销合并成新的鼓楼区后,下关区的名字便掩退到了历史的风尘中。

"自从3年前白下区被撤销,设立了新的秦淮区后,我到现在都没缓过神来。"作为地地道道的白下人,今年80多岁高龄的徐大爷谈起这事儿便一阵唏嘘,"我经常告诉我孙女,'秦淮'虽好,'白下'难忘"。

地名的更改,关乎百姓乡愁和情怀的安放。一个个老地名的消失,或因为在历史的长河中直接被淘汰抹去,或因为自身的变迁而更名易姓。现在的边营前身是历史气息浓厚的新民坊,莫愁湖东路是老南京记忆中温馨的二道埂子,芦席营变成了商业味浓重的金贸大街……"仅在2015年,南京各区新增和更改的地名就有514个。"薛光说,如果把地名改得没有特色,甚至丢了自身的文化符号,是得不偿失。

重新启用老地名,留住文化符号

据了解,1986年,我国颁布了《地名管理条例》,要求地名管理应从历史和现状出发;全国地名标准化技术委员会在 2004 年出台了《关于加强地名文化遗产保护的通知》,并进一步开展地名文化遗产保护工作。南京近年来为老地名建立档案和数据库,制定老地名保护规划等,并且对一些已经消失的老地名列出了建议重新启用的名单,积极给它们重新"安家"。

南京的天隆寺始建于明朝,是佛教律宗的兴盛地,后来毁于战火。现在的地铁 1 号线有一站叫天隆寺,但天隆寺其实早不存在了,只是通过这种方式让它"活"了下来。"老地名就是这座城市的历史,如果能将已消失的有实用价值的老地名重新启用或移植到新建的某些人文地理实体上,就会成为那段消失记忆的再现。"南京市地名办主任雍玉国说。

"每每从地铁 1 号线的迈皋桥站乘车,总会想起那段传说。"相较于外地人,土生土长的南京人陈国胜对南京中央门外的迈皋桥有着不一样的记忆。相传洪武年间,马娘娘的侄子马三少仗势欺人,从乡下抢来一名有孕的少妇做妾,少妇生下孩子后便自尽了,侍从丫鬟星夜带孩子逃到这里。由于她不是真娘,无奶水喂养,只得每天过一险桥去买糕,一天过桥时跌入桥下,落得终身残疾。而取名"报祥"的孩子逐渐长大,考取功名。母亲弥留之际嘱托他,成绩的取得是乡亲关怀培养的结果,功成名就后要为当地人造一座大家都能行走的桥。报祥点头同意后,母亲就闭上了双眼。不久后,桥造好了,乡亲们一致取名为迈皋桥,是"买糕"的谐音,以纪念这位慈母。现在,桥虽已不在,可老南京们却始终铭记着这一动人的传说,地名便一直沿用至今。

"郎骑竹马来,绕床弄青梅。同居长干里,两小无嫌猜。"李白的《长干行》脍炙人口,是无数文人学士吟咏长干里的代表作,寄托着人们对纯真岁月的追忆。"长干里"一直存在于民间的口耳相传中,已经有两千多年历史,但并没有具体的路段或者地块叫"长干里",只有中华门外横跨着秦淮河的那座长干桥,像是在诉说着那段历史。不久前,秦淮区对中华门街道下辖社区进行调整,将原来的西街、下码头、雨花路 3 个社区合并为长干里社区,顿时使长干里"活"了起来。

"老地名的激活与复苏,是保留文化符号、传承文脉的重要手段。"雍玉国说,长干里社区的命名之所以能够引发大量关注,就是因为它唤起了老百姓的文化记忆,让老百姓有归属感。

南京市"鼓楼"与"下关"之争,北京的要"东西"不要"文武",以及众多网民极力支持将黄山市的名字改回徽州的"正名"之举……都表明了在城市地名的管理中，应避免在地名更改上出现"恃强凌弱"和贪利媚俗行为。"一些地方受短期经济利益驱动而乱改地名，像取'威尼斯水城''新西兰小镇'这种洋地名的例子有很多，既丢了传统，也断了文脉。"薛光说，如今南京地铁5号线已进入前期筹备阶段，届时必将涉及一些地名的选定，如何保护和弘扬地名文化遗产，需要政府的高度重视。

（原载于 2016 年 12 月 14 日《光明日报》05 版）

秦淮河:桨声灯影逢盛世

素有"六朝烟月之区,金粉荟萃之所"之名的秦淮河,被称为"中国第一历史文化名河"。这里有六朝的兴废、王谢的风流和李香君的血溅桃花扇……它是南京的母亲河和护城河,同时也是石头城的文化之河。从古到今,无数的文人雅士、迁客骚人乃至王侯将相都在此追寻江南旧事,也在繁华与颓落中感叹朝代兴替,探寻治乱之道。

六朝金粉里的繁华记忆

"夜幕垂垂地下来时,大小船上都点起灯火……在这薄霭和微漪里,听着那悠然的间歇的桨声,谁能不被引入他的美梦去呢?"朱自清在《桨声灯影里的秦淮河》中以舒缓而又惆怅的笔调,借秦淮河的美寄托自己对民族前途的忧思。

如今,越来越多的人走近这条古河,秦淮两岸也再度繁华起来。内秦淮河东五华里水上游线有每年 80 万人次的画舫游客资源,夜间华灯初上之时,秦淮两岸人头攒动。

余秋雨说:"一个对山水和历史同样寄情的中国文人,恰当的归宿地之一是南京。"而秦淮河的诗韵与骚雅,则是南京的文化魂魄。秦淮河古名叫龙藏浦,汉代起称为淮水。相传秦始皇在东巡会稽路过南京的时候,认为此地有"王气",便下令在今南京市区东南一带开凿渠道,导龙藏浦的水北入长江以破之,到了唐代,人们根据这一传说,改称秦淮。

历史上南京曾是江南最奢华的一座古都,从南朝开始,秦淮河两岸商贾云集,浓酒笙歌,文人荟萃,王导、谢安两家便是东晋时期最负盛名的豪门望族。"桃叶复桃叶,渡江不用楫;但渡无所苦,我自迎接汝。"这首《桃叶歌》相传为东晋书法家王献之为爱妾"桃叶"所作,她常往来于秦淮两岸,放心不下的王献之就亲自在渡口迎送。因为王氏家族的名声太大,"桃叶渡"的名字便由此传开了。在历史的铺陈下,秦淮两岸的乌衣巷、朱雀桥、桃叶渡纷纷化作文人墨客的诗酒风流,在金粉楼台、画舫凌波中炫目生姿。

秦淮河边的江南贡院始建于南宋,是中国古代最大的科举考场,秦淮也因此成为江南的文化中心。明清年间,十里秦淮进入鼎盛时期,上演了无数才子佳人的传奇。秦淮八艳的韵事便是这灯火迷离幻影中的惊鸿一瞥,为南京这座城市添加了几分风情妩媚。

阴柔女子的爱国豪情

"旧时王谢堂前燕,飞入寻常百姓家。"唐代诗人刘禹锡在朱雀桥边、乌衣巷口感喟历史的沧桑无言。繁华落寞间,多少亭台楼榭在历史的烟雨中泯灭。后世之人在秦淮河的粼粼碎影中浅吟低唱,缅怀着六朝淡去的风景,寄托着平凡的生命个体对于国家前途命运的关照。

不同于边疆城塞的雄健刚毅,秦淮河展示给世人的是女子的爱国情怀,它似乎要证明一件事:舍生取义并非男人的专利。当山河破碎时,即使是风尘女子,也会有着夺目的侠义精神与爱国气节。"海内如今传战斗,田横墓下益堪愁。"这样情绪饱满的诗句,便出自柳如是之手。在明朝灭亡、清军兵临城下时,据说她曾劝丈夫钱谦益投江以保气节。但钱以江水太冷为由拒绝,柳如是于是孤身投水,但被钱谦益拼死拉住。柳如是虽出身卑微,一生坎坷曲折,但在国破家亡之际,却有着让许多男人也汗颜的气节,其后更是劝导和协助钱进行复明大业。除了柳如是,"秦淮八艳"中的李香君,不屈强权,以头触柱,血溅桃花扇,并与变节的丈夫侯方域分道扬镳;董小宛杜鹃啼血,苦口婆心,力劝丈夫冒辟疆不要出仕为清朝做事……"年来肠断秣陵舟,梦绕秦淮水上楼。"比起所谓的那些空腹牢骚、趋炎附势的爱国文士,秦淮河畔的这些女子高洁的人格令前者黯然失色,完整的风骨在那个易帜的时代得到凸显与张扬。

在挖掘开发中延续文脉

"对秦淮河的人文历史进行保护和挖掘至关重要。"南京地方志办公室研究员胡卓然说，随着城镇化与现代化的展开，进入 21 世纪后，秦淮两岸众多历史人物古迹逐渐湮灭。大量污水涌入秦淮，河水的颜色呈黑绿色，被老南京讥讽为"臭水沟"。

2002 年年底，南京市启动秦淮河环境综合整治工程，十几年过去，秦淮的水再次清澈起来，李香君故居、王谢故居等历史遗迹得到修复和兴建。经过一番综合治理，当下的秦淮河重现了当年的"桨声灯影"。

"目前秦淮河航道整治工程已经开通，合计里程 97 公里。"秦淮河航道整治工程现场指挥部指挥长陈龙海告诉记者，整个航道改造完成后，从南京城区可以坐船一直到安徽境内，大有"一日看尽长安花"的恣意潇洒。由相对闭塞到四通八达、由王公贵族到寻常百姓、由一度衰落到再现昌盛，经历沧桑再展新颜的秦淮河仿佛在告诉世人：文运同国运相牵，文脉同国脉相连。今日之秦淮、今日之南京，恰逢太平盛世，国运旺盛，在新的桨声灯影里，将前行得更加静远。

秦淮河的变化也映照着南京的巨变：去年，南京实现生产总值 9720.77 亿元，迈出了向"东部重要中心城市"跨越道路上的坚实一步；50 多所高校陆续在南京扎下营盘，每年培养几十万名各类人才；青奥会、名城会等国际盛事相继在这里上演，勾勒出国际化大都市的轮廓……

（原载于 2016 年 12 月 08 日《光明日报》05 版）

美术馆如何告别"开开关关"

前不久,第三届南京国际美术展在南京百家湖美术馆开幕。作为今年刚建成的一所民营美术馆,百家湖美术馆用此次展览证明了自己的实力,也让南京文化界将目光移至这些由民间自主经营的艺术场馆,关注它们的生存、发展与社会影响。近年来,随着南京文化事业的发展壮大,数十家民营美术馆在这座古城生根发芽,有些蓬勃发展,也有些中途陨落。

兼顾学术基调与市场运营

"水墨画的神韵常在形外,要细看慢品。"11月20日,在南京养墨堂美术馆的江苏名家中国画邀请展展览现场,工作人员正在向泰州学院美术学院的师生介绍中国国家画院研究员方俊的《云山四季屏》。此次展览展出了江苏画家方俊、刘二刚、朱道平等人的近百幅作品,为期20天,免费向公众开放。

像这样不收门票的展览,养墨堂每年要举办十余场。作为一家民营美术馆,养墨堂没有像人们刻板印象中那样"钻进钱眼里"。馆长吴维超介绍,成立8年来,养墨堂举办了近百次公益书画展。"美术馆承载着涵养人文艺术修养的功能。"站在养墨堂青灰色的两层小楼前,吴维超不无自豪地说,"举办一场好的展览能吸引2000多人来参观,很多美术学院的学生都把这里当作'第二课堂'。"

2008年,吴维超创办了养墨堂,并定下了学术的基调。但作为精神的殿堂,养墨堂也不得不面对经营的问题。"每年300多万元的运营成本要靠藏品转卖支持。"吴维超说,这种"艺术投资"要求经营者眼光独到,能挖掘出有升值潜力的画作。吴维超说,如何兼顾提供公共艺术服务与维持场馆运营几乎是所有民营美术馆必须处理好的问题。

资金紧张更应放弃"一夜成名"

随着人们文化消费水平持续攀升,一股民营美术馆的创办热潮渐渐蔓延开来。据调查,我国有超过一半的民营美术馆是在 2010 年之后创办的。而这些如雨后春笋般涌现的美术馆都面临着一道难题:资金短缺。由全球领先的艺术市场资料库 Larry's List 与雅昌艺术市场监测中心携手进行的《私人美术馆调研报告》显示,60%的私人美术馆认为资金缺乏是限制其发展的重要因素之一。

几年来,南京的民营美术馆开开关关,多数场馆都倒在了"缺钱"上。三川当代美术馆便是其中之一。该馆 2012 年成立,2014 年投资方终止投资后,只能关门。因为资金短缺,不少民营美术馆虽然开放,但是展览次数少,艺术格调不高且缺乏辨识度。展厅中的艺术品大同小异,面目雷同,难以吸引观众。

由于没有政策指导和主管部门,民营美术馆的经营往往要靠经营者"摸着石头过河","触礁"是常有的事,特别是随着民营美术馆数量激增,各馆之间都在争夺圈内的"大腕",导致办展成本直线上升。著名艺术家的个人展花费往往高达数百万元,美术馆开幕斥千万元巨资搞大展也已屡见不鲜。不少人呼吁,当下民营美术馆应该放弃"一夜成名"的想法,冷静下来找到一条可持续发展之路。

潜力归于艺术市场

南京文化底蕴深厚,书画传统绵延不断,孕育出"新金陵画派"与"金陵四老"。这座拥有丰厚文化资源与市场潜力的古城,正是民营美术馆大有作为的地方。

"在这里,我们摆正了自己的位置,也找到了发展的方向。"古岸美术馆执行馆长庄抒书说,作为一座相对年轻的民营美术馆,古岸美术馆坚持做精美的文化创意，做有意义的展览。"我们注意到南京有不少新锐画家，我们尤其注重为这部分群体提供展示的平台。"庄抒书说，美术馆注重迎合市民的审美追求，力争做到"小而美"。"我们每月举办一次体验活动，有花鸟工笔体验课、版画体验课、茶道体验课等，很受市民欢迎。"

"民营美术馆的潜力终究要回归所在城市的艺术市场潜力，只有贴合城市文化发展的路径需求与市民的审美趣味，才能更好地发掘出自身潜力。"百家湖美术馆馆长顾丞峰说，美术馆的功能不仅仅是办展览，还有公共教育，通过展览服务于社区文化、城市文化，充分发挥文化辐射作用。"就拿南京来说，这里的文化消费水平节节攀升，找准市民的消费热点，我们能开辟出很大的市场空间。"

"我希望有一天，当人们辛苦工作一天后，能到美术馆静下心享受艺术。"这是庄抒书的一个梦想，她对南京的文化市场有信心，"市民的生活水平在提升、精神品味在提高，终有一天美术馆会成为人们生活中的一部分。"

（原载于 2016 年 11 月 24 日《光明日报》05 版）

舞台要戏　校园要艺

"我失骄杨君失柳,杨柳轻飏直上重霄九……"日前,在江苏师范大学的马可音乐厅,苏州弹词、徐州琴书、数来宝等传统曲艺轮番上演,婉转悠扬的唱腔、优美舒展的曲调,引得近千名大学生喝彩连连。

这是江苏"戏曲艺术进校园"的日常一幕。作为文化大省,江苏的本土剧种多达15种,扬剧、淮剧、锡剧均是享誉全国的戏种。随着传统戏曲的传承发展写入江苏省"十三五"规划纲要,江苏也加大送戏曲、送文化的力度。让戏曲文化成为校园精神文明建设的载体,让校园成为传承戏曲的舞台。

新戏带来新变化

1998年,江苏把昆曲折子戏送到南京大学,首开全国把戏曲送进校园的先河。从1998年的一年30场发展到2015年的一年500场,江苏已累计将5000多台戏送进各中小学和大学校园,戏曲教育已经成为江苏教育的一棵"常青树"。

但"常青树"也面临新问题,纵使民族文化底蕴深厚,可流行文化的冲击一波波袭来,一成不变的老腔老调难以引起现代大学生的兴趣。为了让戏曲艺术活力不减,江苏各剧团在"创新"上下足功夫,尤其注重因地制宜、量体裁衣,结合地域特色、配合主题教育不断编排新剧目,使"老腔老调"唱出"新词新意"。

淮剧《刘胡兰》是淮安涟水县淮剧团结合中小学语文课文编排的新戏。从2012年开始,涟水县淮剧团走遍了涟水所有中小学,《刘胡兰》演出40多场,场场爆满,师生好评不断。"这是我们第一次将学生的教材排成戏,没想到反响这么好。"团长陆前生说。

《血色秋风》《冲天鸟》《飘逸的红纱巾》……从 2008 年开始,江苏累计投入近千万元,每年至少推出 20 台新戏进入各中小学与大学,让青年学生从新曲新调中品味当下的精彩。一台台结合时事的新戏,说新人讲新事,又一次在校园引燃听戏、爱戏、学戏的热潮。

传扬走出传承路

"儿别亲娘长街之上去乞讨,到长街双膝跌跪诉苦情……"饱满的情感、传神的动作,竟来自于扬州市邗江区一名叫秦小杰的小学生,12 岁的他已经拜在扬剧名家汪琴门下。

这得益于邗江区送戏曲进校园的独特举措。自 2015 年下半年开始,邗江区开设培训班,对全区音乐老师进行培训,让老师能唱戏、会教戏,并编印相关教材,以此将扬剧、弹词和评话等送入课堂。极大激发了学生对戏曲的兴趣,不少学生还找到戏曲名家登门拜师,成为戏曲文化的接力人。

明年,江苏将在 150 所中小学开设戏曲兴趣班,由专业剧团演员开堂授课,再从中挑选出好苗子加以培养。届时,15 个本土剧种与 5 个外来剧种都能找到传承弘扬的主阵地。戏曲进校园,不仅让青年学生受到传统民族文化的雨露滋润,也让戏曲文化找到了发挥施展的舞台,逐渐走出一条弘扬传承之路。

戏曲涵养精气神

戏曲文化进校园已经列入江苏"十三五"规划。江苏省委常委、宣传部部长王燕文明确提出,要把戏曲进校园作为涵养学校文化内涵、提升学生素质的有力抓手。

"现在南京大学、东南大学、河海大学等高校的大学生都组建了戏曲社团。"东南大学艺术学院老师赵天为告诉记者,原先她开设的选修课《戏曲文化解读》没人上,每学期选课的学生只有十几个,但现在却成了学生热捧的

"香饽饽",选课学生多达 300 多人。

南京大学教授傅谨给记者举了个例子,从前在江苏高校内,如果宿舍里有同学说,晚上要去看某明星演唱会,大家都很羡慕;如果说去看一场黄梅戏,同学们会觉得你很奇怪,所以只能偷偷去看,不好意思和别人说自己喜欢戏曲。

"近年来,江苏的戏曲艺术进校园彻底改变了这个现象。"傅谨用"旧貌换新颜"来形容戏曲给高校带来的变化,"从参与到参加再到学生自己组织,学生欣赏高雅艺术的积极性大为提高,校园的文化氛围得到了改善,文化品位得到提升。"

（原载于 2016 年 10 月 27 日《光明日报》09 版）
——"2016 年度江苏教育新闻奖"一等奖

穿越百年的艺术魅力

——南京太平天国壁画艺术馆首次对外开放

细腻的线条、生动的描摹、气势磅礴的画风……5月16日，南京太平天国壁画艺术馆正式对外开放，吸引众多百姓的目光。

该馆位于南京堂子街108号，此处原为太平天国东王杨秀清的属官衙署，后改为小王府。1952年，这里发现了十多幅壁画，轰动史学界。经过半个多世纪的保护与修复，终于得以在世人面前一展风采。此次展出的壁画共有24幅，不仅囊括了堂子街太平天国原址的18幅壁画，还融汇了来自南京其他地区、苏州、宜兴、金华、安庆等地有代表性的太平天国壁画与彩画。与壁画一道展出的，更有太平天国的建筑构件、木石砖雕、屏风门等艺术品，多方面地展示了这一时期的艺术成就。

太平天国壁画，技法喜用墨笔勾勒，然后再填充颜色，无论是山水花鸟还是纪实风物，皆注重对现实景物的刻画。这次展出的作品中，最受关注的是曾被画家傅抱石赞为"写实主义佳作"的《防江望楼图》。讲解员告诉记者，望楼是太平天国时期的防御建筑，望楼下方可以看到扬帆急驶的船只，平时用于瞭望和侦察敌情，作战时用于指挥出击或者鸣金收兵。该壁画笔法细腻、线条丰满流畅，具有极高的艺术价值。正因为如实记录了当时真实的社会风貌，这幅壁画也因此成为镇馆之宝。

"从未见过如此细腻的壁画。"张伟是一名摄影爱好者，他说，自己生长在南京，甚至能从这些壁画中找到相对应的南京风景，"我要用镜头将它们永久记录保存下来！"18日"国际博物馆日"当天，前来参观的市民大多数为中老年人群，其中包括不少带着孩子来的家长。年过六旬的杨萍说："这个艺术馆开得好,等周末我一定要带小外孙来,近距离地感受历史与艺术的魅力。"记者了解到,5 月 16 日至 31 日为艺术馆的试运营期,游客只要携带身份证,在门口领票即可免费参观。

　　"太平天国的领袖大多出身农家,非常喜欢壁画,太平天国设置了专门负责绘制壁画的机构,称作绣锦衙。"太平天国历史博物馆研究员张铁宝向记者介绍,太平天国壁画主要有两大特点,"首先,由于太平天国信仰拜上帝教,禁止偶像崇拜,所以壁画内容多以山水花鸟为主,基本没有人物。但是到了运动的后期,随着社会的衰落,关于这方面的戒律也松散起来,加上民间画匠的自我创作,人物壁画也渐渐流行起来。其次,壁画风格受到江南水乡文化的极大影响与浸润,无论是画风还是画面内容,无不充满着浓浓的江南气韵。"

　　　　　　　　（原载于 2016 年 05 月 19 日《光明日报》09 版）

佛像的"时空对话"

——"犍陀罗佛像艺术展""青州佛像艺术展"南京开展

一个被誉为世界美术宝典和人类文明精华,另一个被誉为可以改写中国艺术史的杰作。1月16日,在南京大报恩寺遗址博物馆,"犍陀罗佛像艺术展"和"青州佛像艺术展"同时开展。沿着丝绸之路,不同历史时期的佛像如何跨越时空进行"对话"?

佛像艺术始于犍陀罗

进入报恩文化艺术馆,记者看到一尊坐佛,高鼻深目,嘴角上扬,神态慈祥。中国社会科学院研究员、北京大学客座教授丁明夷告诉记者,这尊佛坐像距今已有1900多年的历史,一般犍陀罗佛造像不足1米高,而这尊结禅定印趺坐的佛陀像高达1.24米。

千百年来,犍陀罗佛像饱经沧桑,历史厚重。公元前六世纪,古印度地区出现了释迦牟尼佛,佛陀涅槃后,人类开始出现佛的象征物崇拜。在此之后,古印度犍陀罗地区(今巴基斯坦、阿富汗一带)深受古罗马文化和中亚文化浸染的佛信徒和艺术家们,打破无佛像崇拜的传统,创造出既拥有土著文化印痕,又带有希腊罗马艺术风尚的犍陀罗佛像,并出现成片佛教建筑。但不幸的是,公元460年前后,它们在白匈奴嚈哒人铁蹄的蹂躏下全部化为废墟。1849年英国驻印度考古队在旁遮普地区发掘出犍陀罗佛像,从此,犍陀罗艺术惊艳世界。

本次"犍陀罗佛像艺术展"共展出犍陀罗造像43件,题材内容涉及佛本生故事、佛传故事及各种佛造像等。大报恩寺遗址博物馆馆长王兴平指着一尊八分舍利浮雕说:"佛陀火化后形成的舍利,弥足珍贵,古印度地区的很多国家为了争夺舍利不惜发动战争,最后在八个国家的共同商议下,将佛舍利分成了八份,分别供奉于八国。这个精美的浮雕就反映了这个故事。"

精美绝伦的古青州佛像

两汉之际,佛教自古印度传入中国,历经数百年的演变,至魏晋南北朝时获得长足发展。在中国的东部,以青州为中心,出现了另一种佛教艺术的表现形式——单体佛教造像。王兴平告诉记者:"最有代表性的是 1996 年青州龙兴寺遗址窖藏出土的佛教造像,其数量达 400 余尊,时代跨度从北魏晚期至北宋。"

此次"青州佛像艺术展"共展出 31 件北魏、东魏、北齐三个时期的佛造像,突出反映了中国早期佛像艺术的精湛风貌。记者看到,有的佛像面部雕刻细微、神态端庄;有的饰品遍身、雍容华贵;有的衣纹重叠、飘逸自然……据介绍,更珍贵的是,这批造像绝大多数施有彩绘、贴金,彩绘的颜色有朱砂、宝蓝、孔雀绿等天然矿物质颜料,贴金主要在皮肤裸露部分,菩萨、供养人、飞天、火焰纹、龙体等也有部分装饰件贴金。

"这批窖藏佛教造像是古代青州工匠采用本地的青石材料,对佛像这种外来艺术形式进行再创作的见证,集中而典型地体现了'北朝规制、南朝影响和地方特色杂错交织'的特定历史时期的特定文化内涵,极具历史与艺术价值。"王兴平说。

"此次展览将两个不同历史时期、不同地区的佛像展串联起来,反映了古代丝绸之路的基本内涵。"王兴平说。

丁明夷认为,此次展览不仅仅是一般的文物展,更是世界文化遗产的重要见证,弘扬了丝路精神。

（原载于 2016 年 01 月 18 日《光明日报》09 版）

揭开隋炀帝墓真容

日前,江苏扬州市文物考古研究所所长束家平在一场讲座中,介绍了隋炀帝墓发掘和研究的最新成果。自 2013 年扬州曹庄隋炀帝墓被发现以来,考古人员共完成勘探面积 109000 平方米。隋炀帝墓里埋藏着什么奇珍异宝? 价值几何? 如何评价隋炀帝其人? 带着疑惑,记者采访了束家平。

残存砖墓发现惊人

2013 年 3 月,考古人员在扬州市西湖镇司徒村曹庄一带发现两座残存的隋末唐初砖室墓,墓葬规模不大,他们以为很快就能结束工作。然而,墓中出土的一套十三环金玉蹀躞带,令考古人员大为震惊。因为史书记载,南北朝至隋代,天子革带附十三环。随后出土的刻有"随(隋)故炀帝墓誌"的墓志和两颗男性牙齿证实,墓葬主人是隋炀帝。

隋炀帝墓是方形砖室墓,墓室旁另有一船形砖室墓,里面沉睡着隋炀帝的妻子萧皇后。两座墓葬都是由主墓室、东西耳室、甬道、墓道五部分组成。其中,隋炀帝墓的主墓室仅有 3.92 米长、3.84 米宽,远远达不到帝王墓的规格。联想到他生前三征高句丽、开通大运河的好大喜功,隋炀帝死后的居所很是寒酸。束家平说,这种"寒酸感"与隋炀帝死因和多次迁移有关。公元 618 年,隋炀帝被宇文化及缢死后草草下葬,历经多次迁移,最后葬于曹庄。公元 648 年萧皇后病死与之合葬。

截至目前,隋炀帝墓和萧后墓一共清理出墓志、玉器、铜器、陶器、漆器等珍贵文物 400 余件(套),其中萧皇后冠饰尤为引人注目——大小铜钗 12 件、额托1个、博鬂2个、花朵若干以及其他残片,饰件有水滴形、荷花形等多种造型。研究表明,萧皇后冠饰的制作工艺包括锤揲、掐丝、镶嵌、珠化、鎏金、抛光等,工艺繁复,精美绝伦。

考古价值填补空白

萧皇后冠饰交由陕西省文物保护研究院进行实验室考古后,近期已取得阶段性成果。"铜钗断裂处露出疑似棉花的填充物,经显微观察及红外光谱分析即是棉花。"束家平介绍,"SEM图像清晰显示,铜钗中棉的显微特征与现代棉一致,这在考古学上有重大意义。目前出土的唐代棉花极为罕见,萧后铜钗内棉花的出现,一定程度上填补了空白。"

"出土的陪葬品具有极高的历史价值、艺术价值和科学价值,对推动隋代历史的研究大有裨益。"束家平说。隋炀帝墓里出土的最重要陪葬品当属十三环金玉蹀躞带。它不仅是目前国内出土的唯一一套最完整的十三环蹀躞带,也是古代带具系统最高等级的实物。而萧皇后墓里出土的16件成套编钟、20件编磬,则是迄今为止国内唯一出土的隋唐时期编钟编磬实物。

在扬州市文物考古研究所,束家平给记者展示了隋炀帝墓出土的4件鎏金铜铺首,兽面直径达26厘米。在以往的考古中,以建筑构件作为陪葬的并不多,历代皇帝更是少见,隋炀帝墓为何以建筑构件作为陪葬呢?束家平推测,隋炀帝在江都宫被逼缢死后草草下葬。后来,隋炀帝的旧部迁葬隋炀帝时,也拿不出像样的陪葬品,无奈之下,很可能把江都宫宫门上的门环拆下来,嵌于棺、椁或墓内木门上,权且作为隋炀帝的陪葬品。束家平说:"此前在唐代大明宫遗址出土过类似的鎏金铜铺首,由此可以想象当时江都宫的规模之浩大。"

是非功过后人评说

千百年来,对于隋炀帝杨广的评价,一直存在极大争议。而在束家平看来,杨广的三个谥号是对其帝王生涯极好的概括。

唐高祖李渊赐杨广谥号"炀",《周书·谥法》中记载:"去礼远众曰炀,好内远礼曰炀,好内怠政曰炀,肆行劳神曰炀。"杨广弑君父、杀兄弟、逼姐妹,犯下不伦之罪。据唐史学者胡如雷估算:在隋炀帝即位后的八年内,他一共兴修了22项大的公共工程,平均每年征用400万人次的劳动力,这样大兴土木,滥用民力,最终导致百姓起义,天下大乱。

自封"大夏王"的窦建德谥杨广为闵帝,"闵"字同"悯"和"愍",有怜恤、哀伤之意。杨广第三次下扬州时,见天下大乱,无法挽回,命修治丹阳宫(今南京)。然而从驾的都是关中卫士,他们怀念家乡,积怨颇深。终于,宇文化及发动兵变,逼缢隋炀帝。萧皇后和宫人仓促中用床板做了一副棺材,偷偷将其葬在江都宫的流珠堂下。其后,杨广数次迁葬,一代帝王结局却如此悲惨。

皇泰主杨侗谥杨广为"明帝","明"指照临四方。杨广极富政治抱负,雄图大略,《资治通鉴》评价:"隋氏之盛,极于此矣。"他掘长堑、置关防、开驰道、筑长城、置粮仓,"三驾辽左",开凿并沟通大运河……一项项工程背后是他锐意改革的大手笔和大气魄,也可说是利在千秋。

关于对隋炀帝的评价,扬州市双博馆名誉馆长、研究员顾风说,之所以在人们的固化印象中,隋炀帝是个反面教材,是因为隋以后的朝代出于政治需要,放大了隋炀帝所犯的错误,又因为一些艺术作品的介入,将他丑化、妖魔化。长期以来,隋炀帝的建设和开拓之功被人忽视。扬州曹庄隋炀帝墓的发现给人们重新认识隋炀帝提供了契机。

(原载于 2016 年 01 月 06 日《光明日报》09 版)

"无言之泪"走出岁月封尘

12 月 1 日,南京利济巷慰安所旧址陈列馆正式开馆。这个亚洲最大、保存最完整的慰安所旧址,用一份份浸满血与泪的铁证,向世人揭露日本军国主义的暴行,讲述"慰安妇"不堪回首的屈辱经历。在参观者凝重的目光中,南京利济巷的封尘岁月逐渐清晰。

流不尽的眼泪

从墙体里挣脱出半个身子的老人,表情异常痛苦,满脸是泪。参观者纷纷拿起一旁的手帕,为老人拭去泪水。然而不久后,泪水又汩汩流出——在陈列馆"流不尽的泪"老人雕塑面前,人们驻足、凝望、沉思。

侵华日军南京大屠杀遇难同胞纪念馆馆长张建军告诉记者,"泪"是整个陈列馆的灵魂。该馆以"泪"为主线,设计了"泪洒一面墙""泪湿一片地""泪滴一条路""无言的泪""流不尽的泪"五大部分,以此刻画受害者在以泪洗面中度过的一生。

"陈列馆由 8 幢两层建筑组成,总建筑面积 3000 多平方米。"南京大屠杀史研究会顾问经盛鸿教授说,陈列馆分为 A 区、B 区、C 区三个板块,共展出1600 多件文物、400 多块图板、680 多幅照片。A 区是陈列馆的基本陈列,以"日军'慰安妇'制度及其罪行展"为主题,揭露了日本"慰安妇"制度建立、破灭的过程。B 区是陈列馆的旧址陈列,重点介绍了日军在南京陆续建立 40 多处慰安所。C 区由 4 个专题陈列组成,记录了来自中国、朝鲜半岛等地的受害者对日军的控诉。

命途多舛的旧址

从"拆"字上墙到变成文物保护单位,再到修旧如旧、对外开放,南京利济巷慰安所旧址的命运可谓一波三折。

南京利济巷慰安所旧址,原由国民党中将杨普庆于1935年至1937年间建造,是两层砖木混合结构的建筑物,名为"普庆新村"。1937年底,日军占领南京后,将"普庆新村"改造为"东云慰安所"和"故乡楼慰安所"。这个饱经战火摧残的历史遗址,在现代化的洪流中几近湮灭:2004年6月,面临拆迁;2008年2月,因烟花爆竹引发大火,破损严重;2013年11月,沦为垃圾中转站。2014年6月,经各方努力,旧址成功申请为南京市文物保护单位。2015年5月,修缮工程开启,半年后,南京利济巷慰安所旧址陈列馆正式对外开放。

"先后有十多家单位参与了修缮保护、陈列布展等工作。"张建军说,他们坚持"修旧如旧"的原则,最大限度还原了南京利济巷慰安所旧址的原貌,为研究"慰安妇"历史保存了一处珍贵的历史遗迹。

揭露罪行的利器

今年10月9日,联合国教科文组织发文称,中国2014年申报的《南京大屠杀档案》入选《世界记忆名录》,但《"慰安妇"——日军性奴隶档案》未能入选。经盛鸿认为这次申报失败,一方面是由于日本右翼势力的破坏和阻挠,另一方面则是对该段历史的宣传力度不够。

经盛鸿说,利济巷不仅是目前发现规模最大、保存最完整的日军慰安所旧址,也是全国甚至全亚洲唯一一处经"慰安妇"亲自指认的慰安所。开放南京利济巷慰安所旧址陈列馆,可以最大力度向世人揭露、宣传"慰安妇"史实和日军侵华过程中的反人类罪行。

南京大屠杀研究中心主任张连红教授说:"中国是二战中受日军伤害最深,女性受害人数最多的国家,但日本右翼势力却一再否认与抹杀自己的罪行。通过公开'慰安妇'史实,可以警醒世人,防止此类暴行再次发生。"

"南京利济巷慰安所旧址是日军当年实行'慰安妇'制度的铁证,将其设为文物保护单位并建成侵华日军慰安所旧址陈列馆就是要告诉国人,铭记历史,珍爱和平,开创未来。"南京市委常委、宣传部部长徐宁说。

（原载于 2015 年 12 月 09 日《光明日报》09 版）

三问"明皇宫遗址上建高楼"

近日，网上曝出一则"南京明皇宫遗址上建高楼"的消息，称早在2006年南京市文物部门就在龙蟠中路以东发现了明代皇宫西墙的墙基，却从未向社会公开，而是在遗址上建起了大楼。这引起社会各界的广泛关注。

面对质疑，南京市文物部门日前回应称，该地块地下的宫墙遗址没有保护价值，所以才允许施工，而且对这个地段的考古结论也已在2009年南京出版社出版的《南京明故宫》一书中对外发布，不存在"秘而不宣"。事件的真实情况究竟是什么？在此处进行商业开发又是否合理？对此，记者进行了走访调查。

明故宫宫墙遗址是否有价值？

在明故宫皇宫遗址西南角40万平方米的地块上，总投资额达200亿元的商业地产项目中航科技城正在建设。事情的起因是中航科技城宣传海报中的一句广告词——"皇城内的风水宝地"。这句"高大上"的广告词立刻引起多方关注，首先是网民，而后是媒体，最后是文物专家与南京本地的文化人士。众人纷纷质疑：皇城里怎么能搞商业开发呢？

为了解答这个疑惑，记者拨通了南京市文广新局宣教管理处一位林姓处长的电话，他告诉记者，因为这段宫墙特征不明显且破损严重，不符合文物保护条件，"中航科技城的规划是没有问题的"。针对为什么只在《南京明故宫》一书中发布消息，这位处长表示，文物信息不是政府必须对外发布的信息，而且层层审批也很麻烦，所以当时并未发布信息。

但令人奇怪的是,就在中航科技大厦旁边,考古发掘的工作还在继续。林处长承认:"只是科技城那一块土地下的宫墙没有文物价值,其余部分的宫墙正组织专家对其价值进行考证。"

对南京文化颇有研究的知名作家薛冰告诉记者,这段墙基的文物价值不容置疑。"中航科技城地块不仅是明代皇宫的一部分,还是清代满族人聚居的八旗驻防城,清廷在此设立将军衙门和都统衙门,必然会留下大量建筑遗迹。"薛冰认为,姑且不论这面宫墙的重要性,就算没有价值,搞建设前也要经过充分论证,而不是大干快上。"城市不能野蛮生长,我们不缺高楼大厦,但缺乏对历史文化的敬畏。"

商业开发是否合法合理?

中航科技城项目为何建到了明皇宫遗址上?据中航工业科技城发展有限公司推广主任董晗介绍,2012 年 8 月 4 日,南京市规划局公示"南京老城白下区 Mca030-20 地块(中航工业科技城)控制性详细规划调整",显示该地块原为金城集团厂址。2013 年,该公司拿下金城集团的工业用地,并进行土地性质变更,用于集商业、研发、居住等为一体的项目开发。这块土地,正是如今饱受争议的明代皇宫西墙所在地。

这份规划局的公示表明,该地块处于南京老城,北临西安门遗址、东近明故宫历史城区,其"特殊历史环境""现状资源特征",都决定了此次规划调整"应格外慎重"。那么在此进行商业开发是否合法合理?记者特别采访了相关专家。

南京航空航天大学人文学院社会学副教授邱建新表示,对于该项目是否合理合法主要看两点:首先,是否有第三方证实这处遗址没有文物价值。其次,相关信息是否及时发布。"政府本身就是土地转让的既得利益者,怎么能够证明这段宫墙没有文物价值,可以用于商业用途呢?然后,就是政府的信息发布,政府有义务向公众发布这处遗址的考古结论,文物部门只在一本书里进行了说明,实在不能说是一次公开透明的信息发布,如此遮遮掩掩,不能不让人怀疑项目审批程序的合法性。"

"圆明园不是付之一炬了吗?可它依旧价值连城。文物破损了依旧是文物,不能武断地说它没有价值。"南京师范大学城市治理与政策分析研究所所长陈辉说,"没有听证会,没有充分的论证,只是几位文物学者的一面之词就断定没有文物价值,然后急急忙忙地上工程。如此项目就算合法也不合理。"

毁旧盖新几时休?

在城市建设中,毁旧盖新早已不是新鲜事。第三次全国文物普查显示,我国已登记不可移动文物共 766722 处,其中,17.77%保存状况较差,8.43%保存状况差,22 年间约 4.4 万处不可移动文物已消失。究竟如何才能让宝贵的文物古迹免遭拆、毁、损的厄运?

对此,陈辉给出了三条意见:第一,摆脱急功近利的浮躁心态。"不能光考虑地方的经济发展,更要想到一座城市的文化品牌。如果文物都没了,怎么谈文化?"第二,科学规划城市布局。"例如,可以开辟新的区域建设新城区,而对老城区进行适当的改造,既不破坏古建筑,又能使它们多一些现代化的功能。"第三,合理划分城市功能。"把城市的文化、行政、居住等功能划分开来,能够有效缓解人口过于集中的现状,进而达到保护城市古迹的目的。"

"我们对文物破坏的惩处力度明显是不够的。"江苏省社科院研究员徐琴表示,"《文物保护法》中多是规定性条款,惩罚性条款不仅少,而且缺乏力度。另外,文物监管不应划在行政部门的管理范围内。就拿这次事件来说,政府是土地转让的推动者,又是文物的监管者,既当裁判员又是运动员,如何加强监管力度?"徐琴认为,只有加大对破坏文物行为的惩处力度,再将监管文物的职责划归司法部门,才能切实有效地保护城市的文化遗产。

(原载于 2015 年 09 月 14 日《光明日报》09 版)

一只元青花梅瓶背后的文化交融

青花瓷,源于唐宋、盛于元明,乃瓷器中的珍品,全国馆藏不过百件,绘有人物故事的更是难得。南京市博物馆的镇馆之宝——元青花"萧何月下追韩信"梅瓶,就是一件举世无双的至宝。

梅瓶巧工妙丹青

"萧何月下追韩信"梅瓶由景德镇窑烧制,高44.1厘米,底部直径为13厘米,口径仅为5.5厘米。小口丰肩,斜腹平底,造型优美,线条圆润,雍容华贵,给人以凝重的美感。白釉洁净莹润,青料浓艳幽雅,二者相互映衬。加之遒劲的拓抹绘瓷笔法,使画面有丹青之妙。

这件梅瓶的妙处在于瓶身腹部绘有的"萧何月下追韩信"这一故事:秦末农民战争中,韩信弃项羽奔刘邦。在与韩信的多次交谈中,刘邦重臣萧何十分赏识韩信。但一直不受重用的韩信渐生不满,在刘邦至南郑途中离去。萧何发现后连夜策马追赶,终于劝得韩信回心转意。随后萧何向刘邦举荐韩信,刘邦遂拜韩信为大将。

梅瓶从上到下描绘了6层疏密有致的青花纹饰,所饰的西番莲、杂宝覆莲纹、变形莲瓣纹、垂珠纹等都很好地为"萧何月下追韩信"这个主体纹饰服务,从而使得整个器物浑然一体,主题鲜明突出。这副图案创作的灵感来自于元杂剧中对这段历史故事的演绎。作为汉家史学经典《史记》中的典故,"萧何月下追韩信"被元杂剧的创作者进行艺术加工后搬上舞台,受到蒙古、契丹等各民族的喜爱,并被援引到诸如瓷艺等众多艺术门类中。

名瓶名将两相宜

"萧何月下追韩信"梅瓶于 20 世纪 50 年代出土于长江下游城市南京。富有传奇色彩的是,这件梅瓶不是被文物专家考古所得,而是经盗墓贼之手,几经辗转才被收入南京市博物馆。

提起梅瓶的来历,就不能不提明朝开国功臣沐英。

沐英自幼父母双亡,8 岁那年,流浪至濠州城,被当时的农民起义军将领朱元璋收留。朱元璋见沐英机灵可爱,加之当时膝下无子,便认沐英为义子。沐英 18 岁时任帐前都尉,随朱元璋南征北战,被授镇国将军一衔。公元 1392 年,沐英病逝于云南,年仅 48 岁。朱元璋追封其为黔宁王,命令将其遗体运送回南京,赐葬南京牛首山,牛首山的别号"将军山"由此而来。

"萧何月下追韩信"梅瓶就是沐英的陪葬物品之一。韩信是著名的军事家,其成就被历代武将所敬仰推崇,而这件青花梅瓶所描绘的,正是军事天才被帝王发掘重用、最终成就一世荣光的故事。这样的际遇,正暗合了沐英的事迹。将如此宝物赐予沐英陪葬,足见朱元璋对这位义子的重视和哀思。

1950 年,沐英墓被盗,多件文物流落民间,"萧何月下追韩信"梅瓶就是被盗文物之一。当时在南京文物公司工作的陈新民看到有人在南京市新街口附近兜售这件梅瓶,一眼认出此乃稀世珍宝,便出 5 根金条买下。后经文物专家鉴定,此瓶是一级国宝,由南京市博物馆保存。

文化交汇铸大器

作为中原大地上特有的艺术瑰宝,青花瓷缘何能在元朝达到鼎盛时期?

元代是一个大一统的时代,战争的洗礼与王朝的更替,让唐宋延续的传统文化艺术趋于平淡。大批归隐的汉家文人,在历史夹缝中创作出新的文化形式,元杂剧就是其代表。北方蒙古人对元杂剧故事非常着迷,元人开始将故事凝固在厚重结实的瓷罐上,成就了元青花最具魅力的特色,"萧何月下追韩信"梅瓶就是典型的代表。

元青花普遍器型挺拔,带有"圆口葵口、大盘大罐"的工艺特色,大改传统瓷器含蓄内敛风格,彰显出大气豪迈的气魄,这和蒙古族的"大口吃肉、大碗喝酒"的豪放习惯有直接联系。另外,元人还注重对青花原料、瓷坯的引进,根据社会背景,对青花器形、纹饰等进行调整创新,使其符合蒙古族和汉族的审美需求。可以说,元青花之所以能在唐宋的基础上更进一步发展,得益于农耕文化与游牧文化二者的交融贯通。

公元 12 至 13 世纪,蒙古军多次西征,与此同时也打通了中西文化的交流通道,这也给元青花添上了一抹外域文化的色彩。例如波斯古代清真寺中的装饰花纹与金银器的装饰风格等,都直接影响了元代青花瓷的装饰风格。

从工艺纹饰到自由写意,从单纯的纹饰到选择中国古代历史题材作为器身图案,在汉蒙文化、中西文化大交融的背景下,元青花完成了蝶变。沧海桑田 800 余年,元青花依然闪耀着"入窑一色、出窑万彩"的艺术光芒。

(原载于 2015 年 09 月 07 日《光明日报》05 版)

歌剧《运之河》:中国故事的国际表达

6月30日,为庆祝联合国成立70周年,中国大型原创歌剧《运之河》在日内瓦莱蒙剧院进行首场演出,拉开欧洲巡演的序幕。

《运之河》是江苏为纪念大运河申遗成功而排演的歌剧,以隋炀帝开掘京杭大运河和隋唐朝代更迭为主线,阐述了"水能载舟亦能覆舟"的道理。作为"感知中国·江苏文化欧洲行"的重要内容,《运之河》在纪念中国与欧盟建交40周年、米兰世博会等国际活动中都有演出任务。

波澜壮阔的史诗呈现

"这是一条河,千里长河,连两三河可通四海,船行天下物畅诸国,将承载着大隋国运,将流淌着万民的福泽。修一条河哟,一条梦中的河,这是我此生最美的宏愿……"整场演出,音乐雄浑而不失感染力,既展现史诗的大气磅礴,也有人物刻画的婉约细腻,恍若一幅流动的历史画卷,在舞台上徐徐展开。

歌剧由著名作曲家、中央音乐学院教授唐建平作曲,著名编剧冯柏铭、冯必烈撰写剧本,国家一级编导邢时苗执导。作为一部历史题材的歌剧,主创团队格外注重突显"史诗品格",翻阅大量历史资料,力求人物表现到位、有感染力。

同时,舞美、服装等方面也别具历史韵味。"萧后的首饰设计就是以隋炀帝墓出土文物为蓝本。"舞美刘科栋说,舞台还特意设计出一个大翻板,一面是金色的铜镜,一面是银色的水纹,图案均仿照隋朝的文物设计,铜镜表达的是"以史为鉴",水纹则有"水能载舟亦能覆舟"的深意。

这段波澜壮阔的史诗,在 2014 年捧得第二届中国歌剧节 7 个大奖,从江苏走向全国,走向世界。

家国命运的现实思考

这条贯通南北的"运输之河",更是一条承载家国荣辱兴衰的"命运之河"。"在大运河申遗成功之际,《运之河》反思历史情境下修建河流给人民带来的苦难,具有很大的现实意义。"该剧导演邢时苗说,这部剧在展现大运河这一中华民族伟大创造的同时,更侧重呈现大运河赋予家国命运的现实思索,让《运之河》的底蕴更加厚重。

知名影评人舒克曾发微博感慨:"隋炀帝开凿大运河成功却又失去江山的故事,揭示了'宏图大展'与'天下归心'的命题,令人深思!"

"一条大河的诞生,两个朝代的兴亡。"南京市民王凡说,历史不容忘却,历史背后的经验教训和现实意义值得我们理性反思,隋炀帝修建大运河就是历史留给后人的一面镜子,它警醒一个亘古不变的真理:纵观前贤国与家,成由勤俭败由奢。

地方元素与国际化交相辉映

2013 年 11 月,扬州曹庄隋唐墓葬被确定为隋炀帝与萧后最终葬所。去年 6 月,由江苏牵头的大运河申遗获得成功。大运河与江苏密不可分,因此,歌剧中不乏江苏元素。

《运之河》的音乐大气磅礴,其主旋律就取自地道的扬州民歌《拔根芦柴花》。团队在编曲中对其进行改编,把舒缓的江南小调变成了宏伟的交响乐,让这首江苏民歌的气场强大了起来,为人称道。

歌剧在欧洲的首场演出在日内瓦。瑞士著名音乐家克伊奈·米歇尔看完歌剧后评价道:"《运之河》用歌剧艺术的形式呈现大运河贯通南北的开凿历史,虽然讲的是中国历史故事,但采用现代音乐的表达形式,欧洲人会从这样的演出中感知中国。"

"大运河不仅连接中国的'两江三河',而且流入大海与世界文明交汇交融。"歌剧艺术总监、江苏省对外文化交流协会副会长李朝润说,歌剧表现的立意和主题既有民族性也有世界性,而采用歌剧的形式,正是想通过地域化的元素和国际化的视野,呈现中华民族这一伟大创造中所蕴含的丰厚价值。

（原载于 2015 年 07 月 06 日《光明日报》09 版）

山水不语　自成传说

——江南水乡宜兴见闻

宜兴,古名"阳羡",有 2200 多年建城史,在这个 2038 平方公里的土地上,坐落着 3000 多个自然村落。来到宜兴,通透明澈的天空、如诗如画的风景、宁静闲适的意境,让记者的心也沉静下来。身在繁华的长三角都市圈,宜兴并没有被席卷而来的现代化浪潮所淹没,依然保持清水芙蓉般的天然气质,她像一首绵绵的诗,牵动着人们的情思。

龙背山的遐想

深壑幽深、飞瀑流泉、奇峰插天……漫步龙背山森林公园,不远处的山脉犹如一条长长的青龙蜿蜒卧伏。相传晋朝时,宜兴有一条蛟龙常发山洪祸害百姓,一次洪水退后,留下两个大水塘,据说是蛟龙两只前爪抓出来的,久旱不涸,终年不竭。后来,蛟龙被周处斩杀,这一带山岗形似蛟龙伏着的背脊,故得名"龙背山"。

千百年来,龙背山的典故被人们口口相传。为守护好这份文化遗产,宜兴 2000 年起修建龙背山森林公园,将丰富的自然人文景观融在一起。随行的宜兴市市委书记王中苏告诉记者,对历史文化的保护与传承,延续着古城阳羡持久的文化魅力,也将独特的文化基因熔铸到宜兴人的血脉里。

"紫砂工艺始于北宋,盛于明清。用紫砂沏茶'不夺香,又无熟汤气'。"在龙背山森林公园紫砂馆,工匠告诉记者,紫砂壶虽小,却浓缩了这座城市的文化脉络。在岁月流转中,这门手艺被传承至今。紫砂陶制作技艺入选全国非物质文化遗产，宜兴也被授予"世界制壶中心"和"茶壶之都"的称号，家家捶泥、户户弄陶、人人制壶的画面随处可见。

在宜兴，保护历史文化遗产是一种信仰。宜兴相继制定《宜兴市历史文化名城保护办法》《宜兴市国家历史文化名城保护发展"五年行动计划"》，宁可少盖一栋楼，也绝不砍一棵有历史元素的树。在宜兴，改造一条老街，动古城的一砖一瓦，都会引来争议。记者想起黄土寺村一个早已废弃的作坊烟囱，依然矗立在那里。村民说，这是几代人的记忆。

护住城市的记忆，宜兴有寸步不让的"守"，也有保护性开发的"攻"。

宜兴根据各村不同的地貌特征、历史积淀和发展现状，把乡村规划成山村风貌型、田园风光型、文化保护型等6种形态。周铁镇筹资将老街、城隍庙等文保单位"修旧如旧"，让历史文化元素融入生活，成为全国探索历史文化街区保护的生动样本。

宜兴还致力老城区保护性改造，在保留历史元素的同时，挨家挨户进行实地勘察，为每幢老楼"量身订制"改造方案，除了立面出新、地面整修外，还根据小区实际，新增停车位，完善排水、燃气、电话等管线，把宜居的生活环境"送"进老小区。

龙背山带给记者太多遐想，站在山脚驻足仰望，记者一再回味着她的纹理、她的内涵、她的智慧。

善卷洞的思考

这次来宜兴，适逢蝴蝶节，祝陵善卷洞彩蝶翩跹，分外热闹。古书《慎子》记载，四千多年前，原始氏族社会有一位名叫善卷的贤人，舜要将天下让给他治理，善卷答："余逍遥于天地之间而心意自得，吾何以天下为哉？"他不远万里，来到宜兴这荒山石洞隐居，后人为纪念他，就把这个洞称为善卷洞。

老人张建国告诉记者，过去这里是茅草丛生的荒山野岭，后来各地逃荒的人在此安家，渐而形成善卷村。他说，大自然馈赠了宜兴极美的自然风光，善卷贤善的精神也浸润人心。

走在乡间小路上，村民扶老携幼、出入相友的场景让记者心头一暖。宜兴市委常委、宣传部长沈晓红告诉记者，善卷村建设"德文化"品牌，通过开展道德讲堂、学习道德模范、制定村规民约等措施,营造尚德向善的文明新风。"如果说基础设施建设是'城乡一体'的筋和骨,那文化建设就是气和神,只有内外兼修、形神兼备才能将文明的触角延伸到乡村。"沈晓红说,宜兴选取 18 个村作为试点,开展"一村一品"文化建设,挖掘村史村情、提炼村庄文化,建立善行义举榜,培育精神家园。

和桥镇的"和文化"、芳桥镇的"孝文化"、黄土寺村的"红色文化"⋯⋯城镇化进程中,宜兴没有大拆大建,而是尽量保留乡村形态,留住乡土文化记忆。

文化熏陶下,崇真尚美的精神特质根植于宜兴人的灵魂里。善卷村村民万汉强 11 年献血 65 次,累计 64300 毫升,可供正常人全身换血近 10 次,他还建立无偿献血志愿者队伍,带动志愿者义务献血。在万汉强感召下,善卷村还成立全市首个村级老年事业发展基金,敬老助残,结对助学等好事层出不穷。

文化的力量,融化在"阳羡"这张古老美丽的宣纸上,醇和无迹,却又温润人心。

阳羡湖的启示

山峦相间、花海怡情,漫步堪称"江南明珠"的阳羡湖,记者愈发体味到苏东坡"买田阳羡吾将老,从初只为溪山好"的美好愿景。

"阳羡湖是一座人工修建的山区蓄水、防洪和饮用型水库。"王中苏告诉记者,阳羡湖四周负氧离子很丰富,初来此处的外地人,常常因吸氧多而产生"醉氧"的感觉,阳羡湖所在的湖滏镇也被称作"深氧界"。

阳羡湖是宜兴走绿色崛起道路的缩影。历史上宜兴多山石,村民以开山采矿为生,过去高耗能、高污染、低附加值的企业遍地可见,2007 年爆发的"太湖蓝藻污染事件",让宜兴人尝尽苦头。而如今,玉潭凝碧、磬山幽谷,宜兴的绿化覆盖率已达 43.2%,除去广袤的水域,绿地面积远远超出陆地面积的一半。

太湖蓝藻危机爆发后,宜兴痛下决心实施生态补偿机制,关停化工企业近 600 家、拆除冲天炉 90 多台,禁止开采陶土等矿产资源,所有"三高两低"

企业全部退出宜兴,从源头上杜绝了污染。"不搞万亩良田""不赞成大拆大建""不逼农民上楼",宜兴将"生态至上"的发展理念一以贯之,把财力和精力花在不能立即收效的地方,坚持走可持续发展道路。

为提高农村公共服务,宜兴投入200多亿元,让农村交通、供水、供气、污水处理、垃圾处理实现"五个城乡一体化"。宜兴的农村污水管埋了1500多公里,相当于从北京铺到上海的距离。在听取项目汇报时,国家发改委工作人员怎么也不相信,说没有哪个县会把这么多钱花在看不见的地下,还问是不是漏了小数点。这个插曲传遍宜兴大地,成为一段佳话。

畅谈间,不知不觉走到西岸人文咖啡篱笆园,悠扬的音乐声中,土咖啡的醇香扑鼻而来。篱笆园是宜兴民宿业中较为成功的一家,通过对28户民居统一装修、管理、标识和营销,促进了乡村旅游、农副产品的发展。2014年,宜兴接待游客1700万人次,旅游收入179亿元。

天色渐渐暗下来,山林寂静,雨从天际来,滴滴答答敲打在窗棂上,平添了几分情调。

这是最美的宜兴。

（原载于2015年06月29日《光明日报》05版）

乌衣巷:历史深处走来的文化记忆

千百年来,追寻刘禹锡笔触而来的文人墨客络绎不绝。从兴盛到衰败再到后来的重建,乌衣巷里的一砖一石,都述说着东晋以来的王朝更迭、韶华流逝。那些流传于地名背后的故事,更承载着历史深处走来的文化记忆,让后人对这个静默的小巷充满遐思和想象。

在寻访中溯源

南京地方志办公室的研究员胡卓然对乌衣巷颇有研究。据他介绍,乌衣巷的得名有多种说法,学界比较认可的有两种:其一,东吴时期的禁军曾驻扎此地,由于军士都身着乌衣,因此得名乌衣营,后改为乌衣巷;其二,乌衣巷曾为东晋王导、谢安两大家族的聚居地,两族子弟都喜欢穿乌衣以显身份尊贵,因此得名。

"后一种说法在民间流传更广。"胡卓然说,"千古人物,首推魏晋人物晚唐诗。王导和谢安,一位是东晋开国元勋,一位是救社稷于将倾的功臣,他们的府邸都在乌衣巷。"

踏在小巷的青砖上,王导的丰功伟业浮现在脑海中。西晋末年爆发八王之乱,王导审时度势,认为唯有琅琊王司马睿能振兴晋室,于是团结江南士族,辅佐他建立东晋政权。据说司马睿登基当天,王导与他同受百官朝贺,民间更有"王与马,共天下"的说法,可见王导的权势如日中天。

王导后二十年,东晋政坛上鲜有俊才,直到谢安出现。少年隐居东山、以孔明自喻的谢安,四十多岁才出任丞相,成语"东山再起"说的就是他。后来谢安指挥了中国历史上妇孺皆知的淝水之战：以八万精兵击败前秦苻坚百万大军，奠定了南朝三百年的安定局面，进而改变了中国的历史进程。

"乌衣巷当时是王谢两家豪门大族的住宅区，门庭若市，冠盖云集，更是走出了王羲之、王献之，以及中国山水诗派鼻祖谢灵运等文化巨匠。"南京师范大学历史系教授李天石说，乌衣巷见证了"王家书法""谢家诗"的艺术成就，与两大家族的历史，乃至整个中国文化的历史紧密相连。

在文脉中不朽

有人感慨，如果说王导和谢安令乌衣巷不凡，王羲之、谢灵运令乌衣巷不俗，那么刘禹锡、周邦彦则令它不朽。

这份不朽，沉淀在文人墨客流芳千古的诗词歌赋中。六朝古都金陵几多磨难，隋文帝灭陈后为防政权割裂，竟将金陵夷为平地，乌衣巷也化为废墟。唐朝诗人刘禹锡途经此地，见到的是"朱雀桥边野草花，乌衣巷口夕阳斜"的衰败场景，感伤繁华不再，人事无常，发出"旧时王谢堂前燕，飞入寻常百姓家"的感慨。

这发自肺腑的感慨让乌衣巷得以永恒。

此后，愈来愈多的文人骚客慕名而来，乌衣巷由此在中国文学史上留下浓墨重彩的一笔。宋代词人周邦彦在《西河·金陵怀古》中写道："想依稀、王谢邻里，燕子不知何世，入寻常、巷陌人家，相对如说兴亡，斜阳里。"元代词人萨都剌在《满江红·金陵怀古》中感怀："王谢堂前双燕子，乌衣巷口曾相识。听夜深、寂寞打孤城，春潮急。"……一首首令人铭记的诗词，编织成一支幽婉绵长的挽歌，为乌衣巷注入新的生命，也让金陵怀古远远超越诗词体裁，成为中国文学史上声势浩大的文化奇观。

如果说诗词让乌衣巷永恒，耳熟能详的成语则赋予它更多文化趣味。东晋大臣王珣家住乌衣巷，一天他梦见有人送了一枝大笔给他，有架着屋顶的木条那么大。醒来后，他预感有事情发生。果然，一会儿有人来报告说孝武帝驾崩了，王珣被任命负责起草哀册等重要文书，于是有了"大笔如椽"这个成语，用以形容著名的文章或有名的作家。

自唐以来，乌衣巷的原址已消失不在，但独特的文化韵味却让它经久不衰。直到今天，文人依旧纷至沓来，在此沉思默想，点墨成金，古都金陵的人文脉络在发展中延续。

在怀古中以史为镜

从豪门聚居地到断壁残垣的废墟，乌衣巷阅尽千年时光，已然成为金陵兴亡的象征。

二十世纪八十年代，乌衣巷开始重建，除了青砖路面和仿古民居，还新增了王导谢安纪念馆。一时间，沉寂千百年的乌衣巷同十里秦淮一起，再度喧嚷起来。纪念馆包括来燕堂、听筝堂和鉴晋楼等建筑。"来燕堂"取自谢安以燕传信的故事，"听筝堂"传是当年晋孝武帝临幸谢宅听取谢安弹古筝之地，"鉴晋楼"则喻义"以史为鉴，可以知兴替"。如今的乌衣巷，早已没有了豪门士族的觥筹交错，取而代之的是游人探访的脚步。纪念馆内陈列的东晋雕刻展、淝水之战壁画和王羲之书法复制作品等，无声地诉说着那段悠远的历史。

东晋国运多舛。淝水之战击垮前秦百万大军后，谢安挥军北上收复了徐、兖、青、司、豫、梁六州，取得了东晋北伐史上首次重大胜利。然攘外未已而内患又起，"九品中正制"令官吏制度僵化，门阀士族垄断政权，地方官僚大兴贪贿之风，朝纲渐腐。孙恩、卢循、桓玄等大族、重臣趁机起兵造反，经过30多年混战，北府兵将领刘裕最终取代了东晋，立刘宋，王谢后人也难逃日薄西山的命运。"不死于外敌之手而丧于内乱，乌衣巷的兴废折射出东晋王朝的悲哀。"站在巷口，游客王帆感慨万千。

"乌衣巷之所以能流芳百世，不仅因为刘禹锡诗句绝佳，更在于它能引发后人对历史兴衰变化的深刻思考。"李天石说，乌衣巷是历史留给后人的一面镜子，从盛极一时到残败衰落，它警醒后人一个亘古不变的真理：纵观前贤国与家，成由勤俭败由奢。

（原载于 2015 年 04 月 25 日《光明日报》12 版）

秦淮河文保古宅被毁，谁之过

20世纪80年代，秦淮河清代老宅因作为电视剧《秦淮人家》的取景地而名声大振。可如今，秦淮河畔的老宅渐渐销声匿迹，只剩下当年颜料坊牛市的老宅子。前不久，记者了解到，这座古宅只剩下残垣断壁。古建筑为何连遭毁坏？怎样保护这些城市的记忆？记者进行了调查采访。

百年老宅毁于一旦

几天前，在南京洋珠巷南侧的一片工地里，机器轰鸣，灰尘漫天。工地的深处孤立着一栋残破不堪的大宅，很难想象，这是一座有220年历史的清代古宅。

"这么漂亮的一座古宅被毁，太可惜了。"围观市民纷纷叹息。记者看到，被毁的古宅墙面上依旧刻着"秦淮区文物保护单位，牛市清代住宅，一九八四年九月公布"和"南京市文物保护单位，牛市古民居建筑，二零零六年十月公布"的文保标志牌。

被毁老宅的碎砖乱瓦随处可见，大堆的木料和青砖块东倒西歪地压在颜料坊49号的残垣断壁上。贯穿东西的房屋主体墙面，已经出现4条肉眼可见的墙体裂缝。一个高达20米的打桩机紧挨着房屋，机器的一头插在已经挖了数米深的坑洞里。

附近居民告诉记者，老宅原是清道光年间一位秀才的居所。明清时期，颜料坊一带是南京手工业"十八坊"之一，史载"街坊栉列，客商如梭"，5万织工操作两三万台织机，盛极一时。

2006 年和 2009 年，南京老城南曾有过两轮拆迁，牛市和颜料坊地块最终被拆成一片空地，唯独这座清代古宅被保留，因为它有个身份——"南京市文物保护单位"。如今，颜料坊老宅连墙体都没有了。

野蛮施工致断壁残垣

在清代，牛市 64 号和颜料坊 49 号是连为一体的宅子，牛市 64 号是老宅的西门，颜料坊 49 号是老宅的东门。

如今，受颜料坊旁施工的影响，牛市 64 号门前的地上到处是泥浆。说起这里的施工，家住牛市 64 号的蒋克言心有余悸："大型机器动工的时候，感觉整个房子都在晃，我们房顶的瓦片也被震下来几块。"蒋克言告诉记者，3 月 8 日下午，她听到"轰"的一声闷响，灰尘散了，颜料坊的老房子也没了。

事发后，南京市文化综合执法总队当即会同秦淮区文化执法大队赶赴现场，发现南京吉庆房地产有限公司正在古宅旁进行桩基施工。执法人员当场下达停工通知书，然而工地却没有负责人出来接收停工通知书，依旧继续施工。开发商声称，房子是打桩震倒的，与他们的拆迁无关。

"这是野蛮施工造成的。"南京市文化综合执法总队二支队队长姜继荣告诉记者："打桩的点距老宅的围墙有 3.5 米，从现场残垣断壁破损程度看，不可能仅仅是震倒的，应是拆迁所致。"

日前，记者再次来到老宅，发现施工已经停止。"老房修缮好才能开工。"南京市文广新局文物处处长吴靖告诉记者，老房修缮加固后，要在 3.5 米保护范围内做加固围挡措施，之后施工过程中要边施工边监测，一旦有险情要立刻调整施工方案。

莫让古建筑成逐利牺牲品

"悲哀啊！挺过了 2006 年和 2009 年的两轮拆迁，竟然还是被拆了。"南京博物院原院长梁白泉心痛难掩。

《江苏省文物保护条例》第 41 条规定："未经考古调查、勘探进行工程建设的，由文物行政部门责令改正，造成严重后果的，处以 5 万元以上 50 万元以下的罚款。"姜继荣表示，"根据法规，破坏得这么严重，可能要罚到四五十万元"。

高压惩戒下，为何地产商还敢对古建筑"动粗"？在南京大学教授张凤阳看来，50万元最高限额的罚款根本不足以对破坏文物的行为形成威慑。"在房地产市价动辄每平方米数万元的情况下，拆掉一处文物建筑，就可以为房地产项目腾出上千万甚至上亿元的利润空间。"张凤阳表示。

"某些开发企业为了利润最大化，宁可拆了真文物再建假文物。归根结底，还是文物保护法不够硬。"南京航空航天大学人文与社会科学学院赵玲教授建议，对于企业故意损毁文物，应该追究责任人刑事责任，并将违法企业列入"黑名单"。

（原载于2015年03月19日《光明日报》01版）

歌剧《秋子》：用理性反思战争

日前，由南京艺术学院复排的反战歌剧《秋子》在南京市文化艺术中心公演。歌剧通过一对日本新婚夫妇的悲惨经历控诉了战争的残酷和日本军国主义者的暴行。

一部永垂不朽的经典之作

新婚刚三个月的日本青年宫毅被拉入伍参与侵华战争，与妻子秋子分隔两地。后来，秋子也被拐骗充当随军慰安妇来到南京，成为日军发泄兽欲的工具。

后来，一个偶然的机会，秋子和宫毅在慰安所重逢，互诉衷肠，感喟战争带来的伤痛。正在此时，驻守南京的日军大佐闯入并命令宫毅布置战斗，宫毅和士兵们坚决不从。大佐怒不可遏拔枪射向宫毅，秋子挺身掩护丈夫不幸中弹身亡。宫毅抱着怀中的秋子，悲从中来。最后，宫毅抱着秋子的尸体投河自尽，魂归故里。

"整部歌剧以反战为主题，看过后内心异常压抑，秋子和宫毅的悲剧令人反思，战争给人们带来的伤害是刻骨铭心的。"带全家来观看歌剧的南京观众何毅说。

一场直击灵魂的人性体悟

《秋子》源自一对日本夫妻的真实故事，1938年4月，《大公报》刊载了一则题为《宫毅与秋子》的报道。1939年，剧作家陈定写成了同名剧本《宫毅和秋子》。后经臧云远、李嘉作词，黄源洛作曲，最终于1941年完成歌剧的创作。

　　1942 年 1 月 31 日，《秋子》在重庆国泰大戏院完成首演，周恩来、郭沫若等曾莅临观看。在随后 4 年里，《秋子》相继在重庆、成都、昆明等地公演 52 场。后来由于种种原因，《秋子》逐渐淡出人们的视野，几乎被遗忘。

　　时隔 70 余年，今年 9 月，南京艺术学院对《秋子》进行复排，演员全部由南艺师生组成，这也是该歌剧告别舞台后首次复排。

　　"70 多年前，《秋子》的创作者们正遭受日本军国主义的铁蹄践踏，能够如此理性、深入地反思战争实属难能可贵。"谈起复排的初衷，总导演钱态表示，"复排这部歌剧具有强烈的历史和现实意义，不是为了延续仇恨，而是为了以史为鉴，提醒人们珍惜来之不易的和平安宁。"

　　钱态说，此次复排不仅要向观众展现秋子对丈夫宫毅的思念与爱意、对战争的控诉与反感，更要体现出这二者交融时碰撞出的火花，即在生与死之间的挣扎和对人性的反思。

一段客观理性的历史反思

　　在首个南京大屠杀死难者国家公祭日来临之前，歌剧《秋子》再次与观众见面，再现了日本军国主义的罪行，引发了观众对这段血泪历史的反思。

　　南京师范大学南京大屠杀研究中心主任张连红教授认为："《秋子》用艺术的形式，加深了人们对日本军国主义暴行的认识。一方面，歌剧充分揭露了战争的残暴性及战争对人性的扭曲。正是军国主义推动日本年轻人来到战场犯下滔天罪行，也正是军国主义迫使日本女性陷入耻辱的魔窟；另一方面，两个年轻人的个案也是对军国主义的嘲讽，反映了日本青年对军国主义的抗争。由此可见，战争给两国人民带来的都是痛苦的记忆。"

　　"歌剧《秋子》是有历史依据的，它充分暴露了日本军国主义和慰安妇制度的残忍与罪恶。"南京大屠杀史研究会顾问经盛鸿教授说，历史的真相震撼着后人，我们要理性反思南京大屠杀的历史教训和现实意义。

　　南京艺术学院党委书记管向群说："历史不容忘却。在国家公祭日前上演这样一部作品，契合了缅怀逝者、铭记历史、抵制战争的主题，既宣扬了反对战争、珍爱和平的时代主题，也是对人性和良知的呼唤。"

（原载于 2014 年 12 月 13 日《光明日报》02 版）

校园话剧吹皱话剧市场一池春水

最近,江苏南京多所高校的校园话剧为一度沉闷的南京话剧市场注入了活力。南京大学话剧《蒋公的面子》吸引近万名观众,收获千万元票房和"神剧"称号。同样是来自南京大学的话剧《〈人民公敌〉事件》,10月份在校内连演8场,票房节节高升。南京艺术学院的话剧《乱套了》原计划演3场,因为太受欢迎,最终演了9场,连周边居民都买票前来观看。

校园话剧为何能赢得如此喝彩? 是否能打破当前南京话剧市场沉寂的局面?

校园话剧火热,话剧市场沉闷

《蒋公的面子》是校园话剧风生水起的领头羊。自今年3月开始全国巡演后,已在全国16个城市演出80余场,今年年底,话剧还将在美国纽约、洛杉矶、旧金山等多座城市巡演。

与之形成鲜明对比的是南京话剧市场的惨淡。据南京江南剧场市场部工作人员介绍,多年来,每次南京上演话剧时,演出门票几乎没有卖完过。

记者了解到,南京一年的话剧演出数量只有三四十部,这几乎相当于北京、上海等地一天的演出数量。甚至在今年年初演出黄金期,南京市场上也仅有《真爱,就像幽灵》一部话剧上演。

话剧市场不是不景气,而是没有好作品

"20世纪80年代末举办的南京小剧场戏剧节,全国10个院团齐聚金陵,

10天内,两个剧场每天演出两场,场场爆满。"在南京市话剧团团长赵家捷心中,当年南京话剧市场红火的场景犹在眼前。然而,如今优秀作品越来越少,上座率低等现状让他痛心不已,"思想是话剧的灵魂,没有思想、没有创新的作品难以有长久的生命力"。

"向金钱与娱乐折腰,让话剧创作过程也大打折扣。"一位南京知名剧作家向记者透露,现在的剧本创作,作者们的行话叫作"砍"戏剧,一些作者每天晚上会聚集在一起,每人想出一个让人发笑的事情来,然后把这些事结合起来,用在构好框架的结构上。

记者调查发现,江苏43所高校创办了53个校内剧社,而南京的话剧市场上却没有一个民营话剧团,只靠省、市两个官方话剧团演出。"官方话剧团创作剧目有限,缺乏新意,观众不爱看,只能依靠引进巡演大戏。"江苏省话剧院院长杨宁说,就像今年来自北京的《喜剧的忧伤》,还有此前从英国引进的阿加莎·克里斯蒂的话剧《无人生还》,现场也都很火爆。但是在这些"舶来品"巡演结束后,南京话剧市场又陷入低迷状态。

"上座率不高的深层次原因不是话剧市场不景气,而是没有高质量的话剧作品。"著名话剧导演孟京辉表示,市场上的话剧大多都靠刺激、搞笑、无厘头的情节博观众哈哈一笑,这些快餐式的文化甚至损害了年青一代对经典话剧艺术的憧憬和印象。

校园话剧为话剧市场注入新活力

《蒋公的面子》从校园走向市场,再一次证明"好戏不怕没市场"的道理。《蒋公的面了》导演吕效平表示,很多地方院团抱怨没市场,没观众,其实应该更多地从自身找原因,踏踏实实排出几部好戏,才能得到观众的认可。

南京大学新推出的话剧《〈人民公敌〉事件》将于今年年底进行公演,这部话剧全部由艺术专业硕士生担任演员,剧本经历了10年打磨,采用"戏中戏"形式,现实主义与表现主义手法交替,整部剧充满张力。此外,南京大学艺术硕士剧团在南京市栖霞区注册两年来,已缴税几十万元。

"有了高质量的作品,校园话剧市场化水到渠成,这些优秀的校园作品无疑给南京沉闷的话剧市场带来新的生机。"在赵家捷看来,校园话剧能够走向市场,在于有深刻的人文关怀和艺术创新。"首先是聚集了一大批热爱话剧的老师和学生,他们有着强烈的人文情怀,不会为追求票房刻意迎合观众口味,其次,校园话剧的创作者是一批有想法的年轻人,敢于进行艺术创新,创作自由度高,没有束缚。"赵家捷说。

南京航空航天大学人文与社会科学学院教授赵玲认为,高校是话剧的根基,像《蒋公的面子》这类在高校萌芽,在社会上开花结果的优秀话剧的出现,会带动更多话剧观众,也有望让南京话剧市场逐渐升温。

（原载于 2014 年 11 月 24 日《光明日报》09 版）

继往圣绝学　续古籍新生

——200 部国家珍贵古籍亮相南京图书馆

近日，"册府千华——江苏省藏国家珍贵古籍特展"在南京图书馆举办，200 部极具代表性的古籍珍品向公众展出，从名家手稿到皇室刻书，从宋元旧椠到明清抄本，册府千华，珍品迭现。《永乐大典》残页、宋拓《灵岩寺宋贤题诗题名集拓》、研究明代南京马政的重要典籍《南京太仆寺志》等珍贵古籍均是首次亮相。此次展览至 11 月 21 日结束。

"国运昌则文运兴。古籍是传承文化知识的载体，一方面，古籍记载的历史和文明很珍贵；另一方面，经历战乱、天灾，以及光阴的冲刷涤荡之后，能留存至今，古籍本身也是见证历史的'活化石'。"南京图书馆馆长徐小跃说。

稀世古籍走出"深闺"

在"册府千华"的展厅，一本残页善本微微发黄，红色朱砂标注的句读依然清晰可见，一横一撇，字迹清秀。"大家以为这是一本，实际上只有一页纸。"南京图书馆历史文献部副主任周蓉向观众解释，这一页纸来头不小，它出自赫赫有名的《永乐大典》。《永乐大典》比英国《大英百科全书》早 300 多年，是迄今为止世界最大的百科全书。

此次展出的 200 部古籍善本都是珍宝，在中国印刷史上占有一定地位的泾县翟金生泥活字印《仙屏书屋初集诗录》、曾选为南京图书馆十大珍藏古籍的元刻本《乐府新编阳春白雪》等也展出供读者观赏。

"所谓藩府，是指明王朝分封的各个亲王府。明代皇诸子受封为王的先后有 62 人,而建藩之国者 50 人。朝廷为了防止亲王造反,让他们修身养性,读书著述,这些亲王都习文昌艺,故而藩王宗室中出了不少人才。"在展厅,南京师范大学的老师正在给学生讲解明代藩府刻书背后的故事。面对精美的古籍,学生季明翀不禁感叹:"在这里看了一圈,恍若阅尽万古千年。"

残页善本中藏了多少谜团

图书馆展出的《永乐大典》残页是 600 多年前明成祖朱棣在南京编纂的吗？为什么只留下了一页？剩下的去了哪里？说起《永乐大典》,人们心中总是留着解不开的谜团。而此次展览,为观众提供了一睹瑰宝真容的机会。

"这是后来嘉靖时期的手抄本,算起来,它已经有 400 多岁了。过去,这一页'国宝'一直保存在恒温恒湿的库房里,连工作人员都没有见过它。"南京图书馆历史文献部研究馆员孙迎春介绍说,"《永乐大典》收录了上自先秦、下迄明初的各种图书 8000 余种,内容包罗万象。在南京修纂完成后,仅抄录了一部,被称为'永乐正本'。到嘉靖年间,怕有损毁,重录了一部,成为'嘉靖副本'。"

对于《永乐大典》的去向,周蓉分析,多半是因为嘉靖皇帝太过喜爱,成了他的陪葬品,"不过,嘉靖入葬的永陵经遥感探测已证实内部全部积水。"此外,《永乐大典》正本为 1 万多册,而嘉靖的抄本只有 8000 册。

除了《永乐大典》残页,首次亮相的《南京太仆寺志》也颇受观众喜爱。它是明代雷礼任南京太仆寺少卿时所撰写的一部志书,也是明代唯一记述南京太仆寺的志书,再没有见过其他刻本存世,因此十分珍贵。周蓉告诉记者,这部志书是研究明代南京地区马政的重要典籍,保留了当时马政实施以来的第一手材料。马政是古代交通运输和军事武备方面的重要政务,明代官马牧养及官马的多寡是衡量国力强弱的一种标志,有所谓"马政即国政"之说。

在翰墨书香中品读历史

此次南京图书馆展出了不少珍贵古籍,其开放的意义何在？

徐小跃告诉记者,这些古籍是祖先留给我们的宝贵财富,记录着中华民族的情感、思想、言行以及生产生活情况,具有珍贵的史料价值和文物价值,不仅是中华文明延续发展的历史见证,也为中华文明的薪火相传发挥着重要的作用。

说到此次古籍特展的亮点,徐小跃如数家珍:"此次展出的200部珍贵古籍善本中,宋本4部、元本3部、明本173部、清本20部,包括了刻本、稿本、抄本、活字印本、套印本、拓本、钤印本、彩绘本等各种版本,涵盖了内府、藩府、儒学、书院、私人、家塾、书坊等多方刻书机构。"

关于古籍的保存问题,南京图书馆副馆长全勤向记者介绍,古籍的保存不同于普通书籍,不宜摆在书架上,尽管是在恒温恒湿的室内,但还是要用樟木箱子保管,做好密封等工作。

典籍文献不仅忠实地记载着中华民族绵延数千载的历史,传承着中华文化的血脉,典籍的收藏与散佚,也是民族文化兴衰变迁的缩影。南京图书馆200部珍贵古籍的展出,为传承中华传统文化燃起了燎原之火。

（原载于2014年11月04日《光明日报》09版）

两座古城的约定

——扬州博物馆与故宫博物院在扬州联合办展

北京和扬州,一个是幽燕古都,一个是运河明珠。它们一北一南,演绎着独特的文化品质。7月26日,为期3个月的"紫禁城·扬州·大运河——故宫博物院、扬州博物馆馆藏文物展"在江苏扬州博物馆正式开幕。展出的文物或带有浓厚的扬州元素,或直接由扬州制造,贯穿南北的大运河通过文物将这两座拥有不同历史、不同个性的古城紧密联系在一起。

时隔30年再度"联姻"

26日一早,博物馆还未开门,市民就排起了长队。"不用到北京,就能欣赏到故宫博物院的藏品,这样的机会太难得了。"退休教师张千说。

这次展览共展出文物120件(套),其中有70件(套)来自故宫博物院,展品类型丰富,包括玉器、漆器、书画、陶瓷器等。为了安置这些宝贝,扬州博物馆特意拿出二楼的古代艺术厅和八怪书画厅这两个展厅办展,共计800多平方米。

扬州博物馆名誉馆长顾风告诉记者,30多年前,扬州博物馆一行人携带以"扬州八怪"为主的扬州画派精品来到故宫,与故宫博物院首次联合办展,一时引起轰动。2013年12月,在故宫博物院院长单霁翔的建议下,双方再次达成合作意向,并将主题确定为"紫禁城·扬州·大运河"。

此次故宫博物院精选的70件藏品既体现了扬州元素,又融入运河文化,其中玉器20件,杂件5件,陶器18件,古籍书画27件。展厅内,一件名为"乾隆款青玉卧马"的藏品让不少参观者驻足,这件藏于故宫博物院的玉雕马马尾自后向前收于左后肢处,头顶及背部刻画着鬃手,腹部刻着篆书"乾隆年製"四字款。顾风告诉记者,有刻款的官窑器比较多,但有刻款的玉器则非常罕见,这说明这件青玉卧马非常精致、珍贵。为配合这只青玉卧马的展出,扬州博物馆则特意挑选了一件名为"清代羊脂白玉羊"的玉雕藏品,白玉羊的线条、姿态和青玉卧马极其相似,并且,其底部也刻有"乾隆年製"的标识。

独步天下的"扬州工"

高 224 厘米的玉山巍然矗立,其上山石林立,山石间飞流直下,山石上人群聚集。展厅入口,一幅被誉为故宫镇馆之宝的大型玉雕"大禹治水图"的展牌引人注目。"大禹治水图"玉山制作精湛,被誉为中国"玉中之王"。由于玉雕体型太过庞大,运输不便,无缘此次展览。但仅观看展牌照片,记者就被这个由扬州玉工雕琢而成的绝世精品震撼不已。

"扬州玉雕擅长将中国的绘画、雕塑技艺融入构图,勾勒出意境深远的玉雕造型。最可贵的是,它还巧妙利用玉料天然的纹理、皮色、裂痕化瑕为瑜,雕琢出浑然天成的稀世珍品,令人拍案叫绝。'大禹治水图'玉山便是其中的杰出代表。"扬州博物馆副馆长宗苏琴说,扬州玉雕素以大件著名,但精致的小摆件也是"扬州工"的拿手好活。

扬州玉雕历史悠久,乾隆年间发展到巅峰,形成了"浑厚、圆润、儒雅、灵秀、精巧"的基本特征。两淮盐政在扬州建隆寺设玉局,大量承办宫廷玉器,并按岁例向朝廷进贡,据清宫档案《进单》不完全统计,两淮盐政在乾隆年间进贡玉器 300 余件。此次故宫博物院的 20 件玉器均是两淮盐政当年的进贡品,规格极高。

天下玉,扬州工。这是对于扬州玉雕地位的极大肯定,然而扬州工并不仅限于玉雕上。在漆器制作方面,扬州也是全国闻名。在扬州制作雕漆的名匠中,大师卢葵生尤其闻名。展厅深处,幽暗灯光下,卢葵生制作的棕色漆刻梅花纹鼻烟壶精致小巧,腹部一面浅刻的一株折枝梅花与另一面阴刻行书"好花清影不须多"相呼应,表现出江南文化情调和文人意趣。

富庶的经济带来扬州文化的繁荣

走进书画展厅,首先引起记者注意的是一套摆放整齐的由故宫博物院收藏的《全唐诗》。对于扬州人而言,这套《全唐诗》一点也不陌生,因为它是在扬州刊刻的。宗苏琴向记者介绍道,康熙四十四年(1705年),扬州诗局奉旨刊刻全唐诗,当时,扬州刊刻名家以精工细楷写成,雕刻上版,又以柔润洁白的开化纸精印,纸白墨黑,精美绝伦,开创了清代雕版印刷史上别具风格的"康版"刻书,反映了清代扬州地区高超的雕印水平。

实际上,这只是扬州当时文化繁荣的一个缩影。17世纪中叶至18世纪末,清代康熙、雍正、乾隆三朝,政治稳定,经济繁荣,文化昌盛,史称"康乾盛世"。在这一时期,扬州文化艺术活动非常活跃,兴起了一股新的艺术思潮,诞生了一批以卖画为生的所谓"星散落拓"之辈的画家群体——"扬州八怪"。

这次合作办展,自然少不了"扬州八怪"的作品。如高翔的《扬州即景图册》,郑燮的《兰竹石图》,汪士慎的《梅花图》,黄慎的《钟进士图》等。"这些作品都是'扬州八怪'的得意之作。"宗苏琴说。

如果说"扬州八怪"的作品从故宫博物院来到扬州参展是"回娘家"的话,那么,瓷器的参展则体现了大运河对扬州的重要性。顾风告诉记者,扬州本不产瓷器,也不制作瓷器,但它自唐代以来就是全国最有名的瓷器市场,这就与大运河息息相关。时至今日,扬州仍是全国瓷器的重要市场。

(原载于2014年07月29日《光明日报》09版)

历史不是可以随意捏的橡皮泥

——南京市旅游委员会"调整民国文化讲解词"引争议

近日,南京市旅游委员会的一份红头文件在网上热传,文件称,为了照顾台湾游客的感受,体现对台湾同胞的尊重,将适当调整南京民国文化景区的讲解词,例如"解放后"要改为"1949 年后","淮海战役"改为"徐蚌会战"。此文件一经发布,引起广泛关注。

红头文件岂能擅自发布?

这份红头文件名为《关于适当调整民国文化讲解词的通知》,由南京市旅游委员会下发,印发日期为 2014 年 7 月 21 日。

文件表示,"接南京市政协委员反映情况:台商参观我市景区时,导游的讲解词中明显带有'大陆色彩''解放色彩',台湾朋友感觉'听得不是太舒服'"。文件提出,鉴于南京与台湾特殊的历史渊源,各相关景区(旅行社)可结合实际,对民国文化导游讲解词适当调整,制作出接待台湾同胞的讲解版本。

26 日 17 点 05 分,南京市旅游委员会官方微博证实了该文件的存在,称文件是行业内部通知,本意是想请相关人员在接待台胞时酌情调整讲解用语,尽可能选择中性词,兼顾台胞的语境和感受,以促进两岸人民相互理解和包容。

然而,离上述微博发布时间还不到 24 小时,27 日 14 点 08 分,南京市旅游委员会则再次通过官方微博发布通知:"调整部分景点导游词一事,经调查,属个别工作人员假借市委领导要求之名,未按规定程序审核和批准,擅自发布的违规行为。现决定立即撤回该通知。目前,我委会同有关部门正进一步调查,启动问责机制,追究相关责任人责任。"

南京市旅游委员会的这个最新通知与之前的说法存有差异,质疑之声随之而来:什么时候红头文件也能随便假借领导名义乱发了? 单位的公章岂是个别工作人员能够加盖的? 更有网友直言不讳地指出:"又把责任推给个别工作人员,个别工作人员的权力大到令人发指,居然可以擅自发红头文件了。"由此可见,南京市旅游委员会对"调整民国文化讲解词"一事的处理确实经不起推敲,让人疑心重重。

追溯历史

历史及军史研究者告诉记者,淮海战役是解放战争时期中国人民解放军华东、中原野战军在以徐州为中心,东起海州,西至商丘,北起临城(今枣庄市薛城),南达淮河的广大地区,对国民党军进行的战略决战,与辽沈战役、平津战役并称解放战争三大战役。淮海战役于 1948 年 11 月 6 日开始,1949 年 1 月 10 日结束,历时两个多月。当时,徐州"剿匪"总司令部刘峙指挥的中华民国国军 5 个兵团部、22 个军部、56 个师以及一个绥靖区共 55.5 万人被消灭、改编。在此次战役中,中国人民解放军共阵亡 25954 人,伤 98818 人,失踪 11752 人,合计 136524 人。淮海战役是三大战役中解放军牺牲最重、歼敌数量最多、政治影响最大、战争样式最复杂的战役。

为纪念淮海战役的伟大胜利,弘扬老一辈革命家的丰功伟绩和英雄们的革命精神,1959 年,国务院决定在江苏徐州南郊凤凰山兴建淮海战役烈士纪念塔。2007 年 7 月,徐州市淮海战役纪念馆新馆建成,并免费对外开放。

有专家这样解释"淮海战役","淮"是指江苏的两淮:淮阴和淮安;名字中的"海",是指海州,新中国成立后被并为连云港市的一个区。"淮海战役"这样一个战役名字的存在,清清楚楚地反映出了这场战役在策划和指挥者那里战略构想的转变过程。至于国民党将淮海战役命名为"徐蚌会战",则与他们当时以徐蚌线为战场以及"守江必守淮"的设想相关,但最终中国人民解放军取得了胜利,国民党的设想也被粉碎,因此"淮海战役"这个名词流传后世,也将这场战役的一个"变"和"复杂"的特性,明白无误地载入了史册,我们要尊重历史,不可随意改变这种特定的历史名词。

带有历史观的特定名词不能随意改变

这份文件提到,要把"解放后"改为"1949 年以后","淮海战役"改为"徐蚌会战","以充分照顾台湾客人的感受"。这种说法合理吗?

有网友这样反问道:"要不要把 1949 年改为民国三十八年?你们问过老百姓了吗?"也有网友认为,"台湾同胞不明白'解放前'和'淮海战役',那就想办法解释给他让他明白,而不是一味地跟随别人的话语模式"。

对此,记者采访了南京师范大学历史系教授张连红,他表示:"对导游讲解词的调整一定要尊重历史,要从历史客观性的角度出发,而不是刻意地去迎合游客。在旅游讲解时,导游可以尽可能使用一些中性词,比如'解放后'可以改为'1949 年以后',因为公元纪年法是世界通行的方式。但是像'淮海战役'这种带有历史观的特定名词,不能随意改变。"

南京师范大学历史系教授经盛鸿则认为,"应从两个方面来分析导游讲解词的调整。一方面,在带有政治性、带有历史观的用词上要慎重,要坚持原则性、历史观不容动摇。比如在讲'淮海战役'时,要加强对台湾游客的解释,这样既坚持了原则性,又能兼顾大陆和台湾游客的感受;另一方面,不带有特定历史含义的用词可以适当调整,比如大陆叫'旅游'台湾叫'观光',这类可以适当调整。"

(原载于 2014 年 07 月 28 日《光明日报》05 版)

深夜书房　为读者留盏灯

　　继北京三联韬奋书店 24 小时营业后,全国各地多家书店也相继延长营业时间。作为一家民营书店,南京先锋书店自 6 月 14 日起延长营业时间至凌晨零点,并推出"午夜文学""午夜视觉""午夜行走"等主题文化活动。有人质疑,一家民营书店延时,是为了赚更多的钱,还是为了给读者留盏灯? 如何在保证经济利益的同时,做到社会效益最大化? 午夜活动模式是否可以在实体书店推广? 对此,记者夜访南京先锋书店。

为热爱阅读的人留一盏灯

　　埋首书海的读者徜徉在阅读之中;抱着吉他的流浪歌手尽情唱着属于自己的歌;拖着行李的旅人若有所思地走走停停……6 月 14 日,南京先锋书店零点打烊的首个夜晚,牵动着每一位来访者的心。书店创始人钱小华告诉记者,延长的两个小时里,赚了 1800 多元,其中卖书赚了 630 多元,咖啡和文化创意产品卖了 1170 多元。对于一个有 17 名员工的先锋书店来说,这个数额并不多,但钱小华已经很满足。他说,为热爱阅读的人留盏灯,是先锋书店延时营业的初衷。

　　晚上十点多,书店的咖啡馆仍坐着不少读者。在午夜活动现场,已经进行了两个多小时的《环城七十里》音乐电影分享会气氛依旧热烈,不时传出阵阵掌声。特意从安徽铜陵赶来的读者朱立莉说:"早就听说过南京先锋书店了,今天在这里和一群志同道合的人一起听音乐、看电影、聊人生,实在是一个幸福的夏夜。"

家住三牌楼的周璇是先锋书店的常客,她偏爱文学、励志类的书籍,"这里比家里更有阅读氛围,现在营业时间延长,我就能多看一会儿了。"

会员价、抽奖、换购,先锋书店为前来夜读的读者提供了特别的优惠。"午夜运营最让我们激动的不是营业额的多少,而是读者们不变的热情。"南京先锋书店五台山店店长李明江说。

晚上11点,书店里仍然有121位读者,大多是年轻人。不知名的藤蔓环绕着昏黄的灯光,芬芳的书香和醇厚的咖啡香扑鼻而来,当凌晨渐渐来临,"先锋书店"四个大字在夜色中明亮如初。

勇气之外更需要实力支撑

在实体书店生存堪忧的今天,很多书店维持日间经营都捉襟见肘,先锋书店哪儿来的底气零点不打烊?

"勇气之外更需要实力的支撑。"钱小华自信地说,先锋书店历来注重社会效益和经济效益的平衡,在肩负社会责任的同时,"先锋"探索出了一条转型的新路,由单纯的贩售式传统书店模式转换为以文化企业自身的创新提升、生产高附加值文化产品和创意产业升级的新型书业模式。"书店的营业利润像滚雪球一样越变越大,这也为深夜运营创造了条件。"钱小华说。

"在这样一个数据化、信息化的年代,人们适应了快速的浅阅读,先锋就是想把读者拉回纸质书籍的阅读中,让白天忙于工作的爱书人在书的海洋中寻找自我的力量。"钱小华说。他认为,今年首次将倡导全民阅读写进政府工作报告,这为书店深夜运营提供了强大动力。

"深夜书房"是否值得推广?

在全国,书店运营至午夜已不是新鲜事,有些地方甚至出现扎堆深夜经营的现象,担忧之声也随之而来,深夜运营是否是实体书店扭转形式的有效途径?当这股新鲜劲儿过去后,又有多少书店能长久坚持?

从事媒体工作的周颖为"深夜书房"点赞:"这让我们年轻人的'夜生活'多了一种选择,而且这种选择是积极向上的,在这种'深夜书房'氛围下,必将有越来越多的人把阅读作为常态化的生活方式。"

"实体书店的形式扭转还是需要依靠产业的升级与转型,在于为读者营造一种具有人文关怀和诗意之美的阅读体验空间,而深夜运营只是其中的一部分。"钱小华说,"一切跟着读者走"是先锋18年来不变的信条,只要读者欢迎,先锋会将这种模式延续下去。

那么,这种"深夜书房"的模式是否值得推广?

南京大学教授王运来表示,"深夜书房"模式承载着更多的社会责任,是值得推广的。"一个城市有没有文化内涵,不是看它夜晚的娱乐消费多么前卫时尚,而更应该关注文化消费在夜生活中的分量。像南京这样文化韵味浓厚的城市,更应该有这样一个精神家园。"对于书店该如何权衡经济效益和社会效益,王运来认为,两者应该兼顾,公益也是利益,很多人在谈公益的时候很避讳利益,其实这应该是相辅相成的,当夜读模式形成了品牌效应,经济效益便会随之而来。

"一座城市夜生活的状态、夜间消费的能力是衡量书店是否适合深夜运营的重要因素。'深夜书房'这种模式值得肯定,但是书店不应盲目跟风。"南京新华书店总经理陈建国认为,像北京、上海、广州等这种人流量大,夜生活丰富的城市,更适合有实力的书店进行深夜运营。

也有专家认为,"深夜书房"可以促使人们养成良好的阅读习惯,从而提升一座城市的精神气质,从这个角度上说,它值得推广。但是,考虑到当下实体书店的运营现状,政府不妨给予政策和资金支持,并引导书店自己"造血",让更多书店加入到"夜营"的行列中。

(原载于 2014 年 06 月 18 日《光明日报》09 版)

南京：新建城门连接明城墙，值不值

　　连日来，关于"南京 9 座复建、新建城门均未批先建"的消息传得沸沸扬扬，同时也引发了对南京斥巨资修建城门的讨论，支持声和反对声此起彼伏。支持者认为，这有利于维护南京的历史风貌；反对者则认为，修建城门违背了国家文物保护相关条例，破坏了明城墙的原真性。南京修建城门到底值不值？修建城门究竟要花多大代价？对此，记者进行了调查采访。

既不在古城门遗址上，又没按古城门图纸建，更没有破坏文物，要不要文物局批准？

　　南京新建的城门，既不在古城门遗址上，也没有按古城门图纸进行，因而从 2001 年南京启动明城墙修缮以及风光带建设工程以来，只有南京住建局和城墙管理处参与这项工程，文物部门没有参与。有分析者认为，南京修建城门和修马路一样，是纯粹的市政工程。然而，由于城门确实在明城墙保护带，所以，当国家文物部门获知南京的行为后，立即采取了措施。在南京鸡鸣寺不远处，一座钢筋搭起的三拱"城门通道"已具雏形，这是南京太平门复建现场。由于被国家文物局确认属于"违建"，已经被责令停工。

　　作为明城墙 13 座城门之一，太平门于 20 世纪 50 年代被拆除，原址被开辟为龙蟠路。此次复建抛弃了原来的单孔门的外观，改为"三孔门"。中间的主门洞设 4 股车道，两旁的门洞各设 2 股车道。在门洞旁还将修建非机动车道和人行道。据南京市玄武区住建局相关人士介绍，城门的主体结构完成后，外表会贴上古香古色的城墙砖，"实现与东侧老城墙的无缝对接，城墙砖由文物部门专门审定的城墙砖生产商生产,其外形完全可以以假乱真"。

算上太平门,明城墙沿线先后复建、新建的城门达9座,分别为光华门、通济门、三山门、草场门、定淮门、钟阜门、金川门、中央门、太平门。这9座城门中,有五六座已建好。城门建成并实现贯通后,明城墙的本体将成为一道"成环"的独特旅游观光主线,将南京市内多个风景名胜串联起来,实现"城上脚下处处是景"。

事实上,此次修建城门并不是第一次。一般认为,除了此次修建,历史上,南京明城墙还有过两次大规模修建。

明城墙的第一次修建是在明朝,从1366年到1386年,历时21年,朱元璋在南唐都城的基础上修建明都城墙,扩建原有的3座城门,另开10处城门,共计13座,是我国甚至世界上留存至今最大的一座古代城垣。

第二次修建是在民国时期。那时,南京修建了挹江门、中山门、玄武门以及解放门四个城门。其中,中山门是当时最大的一个城门,宽40多米,高约15米,共三孔。

花费数十亿,历时近 10 年,在现代化城市修建城门值不值?

参与南京城门复建项目的东南大学建筑系教授周琦告诉记者,由于大部分城门早已被拆毁,因此这次虽说是复建,但实际上,大部分都是在原址附近进行新建。在他看来,新建城门是件好事。他打了个比方,城门建好后,大部分城墙将连接成片,市民和游人走在城墙上,脚下的砖从明朝的变成民国的再到21世纪的,这种穿越历史的感觉非常奇妙。

周琦还认为,应该从历史的角度分析新建城门工程。"南京历史上曾有过三次城门大修建,从历史的角度看,100年后,我们现在修建的城墙也是文物,有很高的价值。"周琦说。

周琦教授的观点得到不少南京老百姓的认同。5月5日下午,记者在已经停工的太平门工地采访。张明是从小生活在城墙根下的"老南京",他对明城墙有一份特殊的感情,他说,自己的愿望就是能看到明城墙全部连通,他想登上城墙顶部,绕着城墙慢走一圈,感受这座城市的历史。

然而人为串联明城墙、破坏城墙原真性的做法,在很多文物、古建筑专家眼中是非常不可取的。南京明城垣史博物馆专家杨国庆表示,南京《城墙保护条例》中早已清楚地规定,任何规划都必须对现存城墙及城墙遗迹、遗址实行保护,严禁一切损毁、破坏城墙的行为。明城墙是全国重点文保单位,对其如此大兴土木,已经破坏了文物的原真性。

南京大学文化与自然遗产研究所所长贺云翱教授认为,如果纯粹为了城市美观而新建城墙,则要格外慎重,以免留下后遗症。言下之意,南京明城墙正在申报世界文化遗产,如果修建城门破坏了明城墙文物的原真性,则会对申遗造成负面影响。

南京工业大学建筑系汪永平教授认为,修建城门是弊大于利。以太平门为例,首先,历史上的太平门只是个1孔的小城门,而按照计划,修建后的太平门是个三孔城门,宽40米左右,高1.8米左右,与历史上的模样大相径庭,完全没有必要造个"假古董";其次,如今的太平门东邻紫金山、南通九华山隧道、北靠玄武湖,是南京的交通要塞,修建太平门,会堵塞交通。

城门"复建"这笔账怎么算?

5月5日,江苏省委门口聚集了一帮上访的群众,记者采访发现,他们是太平门附近太平花园小区的居民,他们此次上访的目的是为了阻止太平花园被拆迁。为了将龙脖子段城墙和九华山段城墙连起来,太平花园被纳入拆迁范围。

该小区一位姓宋的居民告诉记者,太平花园向东50米左右有中山陵风景区、向南50米左右是北京东路小学等众多名校、向西50米左右是鸡鸣寺、向北50米左右是玄武湖,周边环境之优美、交通之便利、设备之齐全,在整个南京可以称得上是数一数二的好地段,小区居民大多不愿意搬迁。

"这个小区才建成不久,拆掉太浪费资源了。"小区居民李贤说,太平花园1996年才建成投入使用,小区里的大部分居民是1998年以后才陆续搬进来的,基本才住了十几年,就这么拆掉,太可惜了。

"拆迁耗资太大了!"居民王然细细地给记者算了一笔账,整个小区总建筑面积达1.5万平方米,有780多户居民,目前,拆迁以每平方米3.9万元的价格进行拆迁赔偿,算下来光这个小区的拆迁就至少要花费6亿元。复建太平门,将龙脖子段城墙和九华山段城墙连起来,不仅仅要拆掉太平花园,其他小区也在拆迁范围内。

有专家告诉记者,太平门复建已经耗资1亿元。而复建太平门只是连接龙脖子段城墙和九华山段城墙中的一步。为了连接两段城墙,还需要拆迁附近的部分小区,甚至从景观视线方面考虑,还可能会拆除附近的高楼大厦,也就是说,仅连接这两段城墙,就要花费10亿元左右。而政府的计划是修建9座城门,将南京的大部分明城墙连起来,这花费至少是龙脖子段城墙和九华山段城墙连接费用的9倍以上,这笔钱由谁承担,谁又能承担得起?

(原载于 2014 年 05 月 06 日《光明日报》05 版)

流星王朝的遗辉

近期，备受关注的江苏扬州曹庄隋炀帝墓在获得社科系统评选的"六大考古新发现"之后，又入选"全国考古十大发现"。随着隋炀帝墓出土文物在扬州博物馆亮相，隋炀帝墓再次引起公众的关注。隋炀帝墓到底迁葬过几次？隋炀帝真如传说中那样荒淫无道？隋炀帝亡国源于"政绩工程"？隋炀帝墓的发现对当代有什么启示？日前，"流星王朝的遗辉——隋炀帝墓出土文物特展"在江苏扬州博物馆开展，记者参观了该特展并采访了扬州博物馆名誉馆长顾风研究员。

顾风告诉记者，就目前出土的文物来说，可以判定这两座墓的主人就是隋炀帝和萧皇后。最有力的证据就是一号墓内出土的墓志，墓志明确记载墓主为隋炀帝，开头即写道"隋故炀帝墓志。惟隋大业十四年太岁……帝崩於扬州江都县"，这与史书中记载的江都宫政变隋炀帝被弑于扬州的时间、地点相吻合。同时，墓内出土了两颗牙齿，经体质人类学专家鉴定属于 50 岁左右的男性，这也与隋炀帝遇害时的年纪一致。墓中出土的十三环蹀躞金玉带、鎏金铜铺首等高规格的随葬品都与隋炀帝的身份相匹配。

尚存的几点争议

虽然墓主人身份已经确定为妇孺皆知的隋炀帝，但关于墓葬本身还存在不少争议：隋炀帝墓是否被盗？隋炀帝墓到底迁过几次？发现的墓志是在什么时候由什么人放进去的？此次展出的隋炀帝两颗牙齿引来了很多关注。有人质疑，为何只剩两颗牙齿，隋炀帝尸骨去哪了？如果是盗墓者所为，他们又怎么可能盗取尸骨？

顾风认为，二号萧后墓已发现明显的盗洞，但一号隋炀帝墓被盗的可能性不大。隋炀帝墓由于当时仓促修建，加之建筑材料粗劣，可能早期就发生塌顶。不仅墓主人身份不易判断，也给盗墓造成了困难。另外，隋炀帝墓没有被盗最有力的证据就是十三环蹀躞金玉带的发现，这是目前国内出土的等级最高、最完整的十三环蹀躞金玉带，堪称稀世珍宝，盗墓者不可能在盗墓过程中遗漏如此珍贵的文物。

史书记载隋炀帝墓一共迁了四次，曹庄墓算哪处呢？

据《隋书》《旧唐书》《新唐书》等史籍记载，隋炀帝墓有过多次改葬的记录：大业十四年（618年），炀帝初殡于江都宫流珠堂，后江都太守陈棱将炀帝改葬于吴公台下。武德三年（620年）、武德五年（622）年，唐高祖李渊两次下诏改葬隋炀帝。因此，有专家认为，此次发现的曹庄是第五次迁葬地。但顾风认为，隋炀帝墓真正的迁葬可能只有一次，即陈棱把隋炀帝的棺椁从江都宫流珠堂迁葬于吴公台，而曹庄墓很可能就是位于吴公台附近的墓。

"改葬有两种形式：一种是迁葬，将坟墓从一个地方迁往另一个地方，另一种是墓址不变，只是在墓中又放入随葬品。"顾风说，"从江都宫迁至吴公台，这是隋炀帝墓的第一次迁葬，也可能是最后一次迁葬。根据史籍记载和对地理位置的考察研究，雷塘和吴公台应是同一个地域的两个地标建筑，唐代的改葬不是将陵墓从吴公台迁到雷塘，很可能只是将这座榛莽丛中已经塌顶的残墓重新整修，并放入了一些随葬品。"

推断曹庄隋炀帝墓为陈棱将军所造，顾风认为有两个原因：一是陈棱将隋炀帝棺椁从流珠堂重新挖出来，曾停放在江都宫内，时间长达几个月，这段时间应该是陈棱在为隋炀帝造墓。另外，曹庄隋炀帝墓使用的材料都是江都宫城墙用砖，且为江都宫工程淘汰的带有明显烧造缺陷的残次品砖，这也从侧面反映了当时造墓的仓促和草率。如果唐代按帝王规制实施迁葬的话，墓葬的形制、质量就不可能是这样的了。

至于隋炀帝墓志是什么时候由什么人放入墓中的，各方意见不一。根据墓志上出现的"贞观元年"四字，可以肯定，该墓志不是在隋炀帝初葬时放入的。肯定是在唐太宗李世民即位以后放入的，也有学者认为是在萧后与隋炀帝合葬时放入的。

功过世人说

历史上,隋炀帝一直以荒淫无道、凶残暴虐的形象出现。千百年来,他已经成为人们心目中昏君与暴君的典型。但事实真的如此吗?

隋炀帝认为光靠武力征服南方是不够的,他即位前在江都(今扬州)做扬州总管期间,就广纳江南贤才,对宗教领袖礼遇有加,还效法东晋著名宰相王导,学习南方语言,从而缓和了南方人的敌对情绪。此外,隋炀帝还从巩固政权长治久安的大局出发,规划开凿了贯通南北的大运河,使北方政治中心和南方经济中心得以联系在一起。运河的开通,更直接促进了扬州的繁荣昌盛。

隋炀帝一直为世人诟病的一点就是荒淫无道,民间至今还流传着他三下扬州看琼花的传说。"这些都是子虚乌有的事情!是宋代以来传奇、小说、演义等民间文学作品的编排、虚构和歪曲。隋炀帝在位13年,的确马不停蹄地到处巡游,但巡游并不是为了游玩,而是为了巩固新生政权,实现有效统治。"顾风说,"隋炀帝的两个儿子都是和萧皇后生的,如果隋炀帝真像传说中那样荒淫无道,那他肯定会有很多儿女。而且正史记载,隋炀帝和萧皇后关系非常融洽,直到隋炀帝被杀,萧皇后一直陪着他。"

隋炀帝以极大的魄力进行变革。然而他急功近利,最终走向了灭亡。顾风说,隋炀帝是一个有着雄心壮志的帝王,从他"大业"的年号就不难看出。他是以尧舜为榜样,企图建立前无古人的功业。据唐史学者胡如雷估算:在隋炀帝即位后的八年内,他一共兴修了22项大的公共工程,平均每年征用400万人次的劳动力,将近全国人口的十分之一。隋炀帝急功近利,大兴土木,滥用民力,最终导致百姓起义,天下大乱。公元618年,隋炀帝在江都被部下缢杀,一代帝王就此陨落。

在展厅的最后位置,立着一个墓碑形状的留言牌,上面已写满了参观者对于隋炀帝的评价。"没有秦隋,何来汉唐""功大于过,一代英帝"……这是观众的观后感,是当代人对这一位饱受争议的历史人物发自内心的评价。

以史为鉴则明

从隋炀帝墓被发现到如今墓中文物展出,隋炀帝墓一直饱受争议,但面对质疑,考古队并没有一味争辩,而是继续专注考古,用考古证据说话;同时,又兼顾公众的期待,及时与媒体和公众对话,合法、及时、科学地公布成果。

2014年4月隋炀帝墓出土文物在扬州博物馆与公众见面。“从去年3月发现隋炀帝墓,到展出文物,仅历时1年零1个月,这在以前是不可能的。”顾风说,以前,如此重大的考古发现必须经过专家研究后才能给老百姓看,研究过程至少需要几年时间,想做相关研究的专家由于接触不到考古资料只能耐心等待。而时间一长,老百姓的热情也下去了。此次出土文物很快展出,既能满足公众的期待,提高公众对文物保护的意识,又能促进考古界与社会各界人士的交流,推动对隋代历史的研究。

“一个短的秦后面接着一个长的汉,前面一个短的隋,后面连着一个长的唐,这个现象非常值得研究。”顾风认为,在中国历史上,秦始皇和隋炀帝都扮演着非常重要的角色,他们大刀阔斧搞改革、大兴土木搞建设,这些都为封建王朝的发展奠定了坚实的基础。

作为封建帝王,秦始皇和隋炀帝都有着雄才大略,但他们有一个共同的问题,就是太急功近利,不顾百姓死活,滥用民力,把本来造福于民的伟大工程,干成了天怒人怨的“政绩工程”,“政绩工程”和百姓幸福安康形成了对立面。如何处理好民生需求和“政绩工程”,对于当代经济和社会发展也有着重要的启示和警示。

（原载于 2014 年 04 月 28 日《光明日报》09 版）

非遗传承,难在哪儿?

　　江苏省南通市非物质文化遗产热心人士宋亚军这两天伤透了脑筋,他正在给88岁的毛素娟找一个传承人,毛素娟是国家级非遗项目南通色织土布技艺的唯一传承人,由于后继无人,这项技艺正濒临失传。赶在老太太还能说会动之前找到一个合适的人选把技艺传下去成了宋亚军的当务之急。

　　和宋亚军一样着急的还有南通缂丝继承人王晓星。"过去我们的技术非嫡亲徒弟不传,现在不管了,只要有人愿意学,我们就心手相传。"王晓星说,他所从事的缂丝是一门复杂的手艺,易学难精,仅一方巾大小的上等作品,就包含几十种渐进色,需高级技师耗费数月方可完工。"年轻人都觉得这门技术太难,又赚不到钱,都不肯学。"王晓星很苦恼。

　　从闭门挑人传艺到开门求人学艺,这一变化折射出当下非遗传承的困境。非遗传承,难在哪儿? 相关专家表示,一是难学会,需要一定天赋,不是所有人都能学会;二是难学精,要精通一门技艺,少说也要5年时间,年轻人觉得时间耗不起;三是回报少,艺人辛辛苦苦花一天时间扎的一个花灯,只能卖50元,付出的劳动与得到的经济回报严重失衡。

　　如何让非遗更好地传承下去? 南通市非物质文化遗产保护中心主任曹锦扬表示,非遗传承有其特殊性,不能全靠市场,政府必须发挥主导作用。2011年6月1日,国家开始实施《中华人民共和国非物质文化遗产法》集中保护非物质文化遗产,但是落实的时候却遇到了一些问题,如经费拨款不到位,不重视宣传,对民间的非遗传承人重视不够等,例如,一些有几百万人口的大城市,每年在非遗上的经费投入只有区区几十万元,非遗传承人、研究人员想对外交流自己的技术和作品都捉襟见肘。

　　"事实也证明,凡是非遗传承做得好的地区,政府都发挥了很好的主导作用。"南京大学文化与自然遗产研究所所长贺云翱教授说。在全国,宜兴紫砂壶鼎鼎有名,而这背后,就是该地区政府力量与社会力量的有机结合。宜兴有专门的副市长、文化局副局长分管紫砂陶艺发展,政府还出资,有兴趣学习紫砂陶艺的人,都可以免费学习,每年的"陶艺节",市委书记、市长再忙也要出席,这些都提高了紫砂陶艺的社会地位和影响。

　　"非物质文化遗产能不能传承下去,归根结底要看它能否与现代人的生产、生活需求结合起来。"贺云翱教授说,"除了宜兴紫砂壶,像苏州的刺绣,南京的云锦,这些非遗项目都兼具了一定的市场价值,迎合了现代人的需要,有很多人在学。相比之下,南通色织土布就与现代生活离得稍远些,对于这些非遗项目的保护,政府就更不能缺位。非物质文化遗产是人类文化的宝贵财富,是民族文化的基因,有重要的精神价值。"

　　也有专家认为,整个社会都应该为非遗的传承出一份力,在韩国、日本,每年都会有企业家出资赞助非遗项目,定期举办一些展览,让民众认识到非遗的重要性,这也值得我们借鉴学习。

（原载于 2014 年 03 月 31 日《光明日报》09 版）

"书"途何归？

——由南京新街口新华书店升级改造带来的思考

自3月6日起，南京新街口新华书店停业4个月进行全面升级改造。这家书店已有31年历史，曾是全国最大的新华书店。当年开业之日，书店一天内接待了4万多名热爱读书的市民，一时创全国之最。随后的30年里，该书店首创了签名售书、全面开架售书等营销模式。南京新街口新华书店究竟为何要进行如此大规模的升级改造？改造后，能否为我国实体书店运营提供借鉴？对此，记者进行了调查采访。

回顾当年，书架被人潮挤翻

1983年，一座56米高的大楼在南京新街口拔地而起，毗邻孙中山铜像，这就是南京新街口新华书店。这座地下2层、地上13层的书店，是当时江苏最高最大的新华书店，也是当时全国面积最大的新华书店。

该店总经理陈寿康是书店首批100名员工之一，30多年了，他仍清晰记得当年开业的场景。"时任南京市市长张耀华为书店剪彩，很多市民来看，书店里人山人海。当时，书的品种不过两万种，但读者热情高涨，柜台前全是人，几排书架都被挤翻了，书店被迫关门一小时，整理书架，再继续营业。开业当天共接待4万多人，销售额达3万多元。"陈寿康说，这在当时是件了不得的大事。

20世纪80年代中期，该书店首次对营销模式进行改革，首创作者、读者面对面交流的签名售书活动，年轻的铁凝、苏童都曾来此签售。

20 世纪 90 年代初,改革买卖方式,全面开架售书,让新街口新华书店再次成为焦点。"这就好比以前买东西是站在柜台前,由营业员拿货,现在是自己逛超市,货架是开放的,想要什么都可以自己拿。"陈寿康说。

3 月 5 日,记者来到新街口新华书店,这是改造前最后一天营业。记者看到,书店里仍有不少读者在看书。70 多岁的顾卫国老先生告诉记者,自打书店 1983 年开业,他就经常来买书,是这里的老读者了,后来女儿大了,他就带女儿来看书,现在则经常带孙女来这里。"这么多年了,书店除了书架变了,整体风格还真没什么变化。不过,来看书的人却越来越少了,尤其是年轻人。"

读者流失,书店日渐没落

陈寿康的感受与顾卫国非常相似,20 世纪 80 至 90 年代是南京市民买书的高峰期,进入 21 世纪后,买书的人就开始出现下降趋势,别说买书了,连看书的人都少了两三成。"实体书店越来越难经营了。"这是陈寿康最大的感受。

对实体书店来说,成本主要由三部分构成:房租成本、人力成本和税收成本。南京新华书店总经理陈建国坦言,作为国有企业,虽然新华书店不用交店面租金,但税费让人吃不消。除营业税和上缴利润之外,为履行国企的社会义务,还要交纳城建基金、教育基金、防洪基金等多项费用。另外,高昂的人力成本也是一项沉重负担。如今单本图书的利润很薄,书店 5.5 折左右进货,要卖到 7 折以上才能保本,而随着读者对出版物及附加服务的需求越来越多样化、个性化,书店经营成本也不断上升。

事实上,造成实体书店经营困境的,除了日益增加的成本外,更多的是网络书店的冲击、人们阅读习惯的改变以及书目的鱼龙混杂。2013 年"第十次全国国民阅读调查"显示,国民综合阅读率为 76.3%,比 2011 年下降了 1.3 个百分点,人均纸质图书年阅读量仅为 4.39 本;相比之下,电子阅读量则明显上升,增幅达 65.5%。陈建国说:"书店停业改造最重要的原因是网络冲击。因为上网,人们的阅读时间也变少了,再加上现在书目质量参差不齐,纸质图书的消费者总体数量也就下降了。"面对传统的纸质图书经营难度进一步加大，数字化技术对传统阅读的颠覆性挑战等难题，书店必须进行全面升级改造，以全新的经营理念、空间布局迎接并应对挑战。

实体书店何去何从

南京新华书店营销业务部副主任谢光锋介绍，改造后的新街口新华书店将在一楼新增博爱讲堂；二楼是数码空间，将提供多方位的时尚体验；三楼是咖啡茶座，读者看书累了可以歇歇脚；四楼是少儿区，有手工体验基地，是孩子们的乐园；五楼则相对比较安静，主要陈列科技类图书；六楼是多功能厅，将策划一个以电影为主题的书店，定期播放怀旧老影片，举办文学座谈等活动。新的布局将把一座单一的书店改造成一座多元化的文化城。

那么，这次改造能否对我国实体书店的经营提供有益借鉴？

南京邮电大学教授王宗荣认为，现在国外不少书店通过"人、空间、活动"的互动，举办各种沙龙讲座，小型展览等，使书店的内涵更加丰富，充满了设计创意，成为备受年轻人青睐的潮流阵地。南京新街口新华书店如果也能够朝着这个方向努力，那么新街口新华书店重新开业时，一定会向读者展现一个新"新华"。

南京航空航天大学教授赵玲认为，新华书店是计划经济时代下的产物，新街口新华书店的这次改造是市场在公共资源配置中发挥决定性作用的生动表现，面对网络和民营书店的冲击，新街口新华书店开始以一种包容的姿态积极学习借鉴它们先进的经营理念和模式。

也有专家认为，新华书店作为公共服务的提供者，要密切地参与人民精神文化生活。如果南京新街口新华书店这次的升级改造可以真正地转变服务模式，实现实体书店功能的升级，提高销售书目的质量，增强销售"服务"，那么全面升级改造后的新街口新华书店，可以为全国实体书店的改革提供借鉴。

（原载于 2014 年 03 月 11 日《光明日报》13 版）

南京先锋书店:守望精神家园

这是一家极不显眼的书店,它无声地存在于一个由防空洞改造而成的地下停车场,没有路标的指引,也没有奢华的装饰,只有林荫绿叶掩映下灰底白字的店面标识。然而它却被誉为"中国最美的书店",让它散发出流光溢彩的魅力,吸引了全国各地乃至国外读者。它就是南京先锋书店。

一个开放的公共平台

迈进书店,门口罗丹的思想者雕像别具匠心,犹如一位精神的引领者。大厅的斜坡上,两条黄色的停车分割线清晰可见,斜坡两边阶梯式的放书平台上,摆放着店家精心挑选的书籍,每隔一段距离便有一盏橙色台灯点缀其上。店主钱晓华说:"我想象中的书店就像天堂一样美丽。"

眼前这个极具美感的先锋书店,成立于1996年,最初是一个名不见经传的17平方米小店,曾屡次搬迁、无人光顾、被迫关门。"一次次挫折之后,我开始重新思考书店的定位。"钱晓华说。

在不断探索下,先锋书店逐渐树立起"好书总在先锋"和"人比利润重要"的理念。先锋推崇人文,将书籍定位在人文、社科、艺术三大领域;先锋以读者为先,为读者提供无微不至的服务。17年来,先锋探索出一条以"学术、文化沙龙、电影、音乐、创意、生活"等为主题的文化创意品牌书店经营模式。"先锋存在的意义不仅是卖书,更在于为读者搭建一座可供开放、探讨、分享的公共性平台。"钱晓华希望读者把这里当作公共的图书馆,共同分享精神的盛宴。

在众多民营书店面临生存困境的今天,先锋书店独特的经营理念和经营方式,留住了读者。如今的先锋书店,已由一个 17 平方米的小店,发展到现在近 4000 平方米的五台山总店,并拥有多家分店。

一群异乡者的灵魂栖息地

"大地上的异乡者"是南京先锋书店的标识,取自奥地利诗人特拉克尔的诗句。寓意人的精神永远在寻觅一个无所在的故乡,好的书店应该是读书人的精神家园。在读者心中,先锋就是这样一所精神家园。

徜徉于书店,一股浓烈的文化气息扑面而来。百米艺术画廊上,世界名人画像无声地诠释着历史;天花板上,梵高、毕加索等大师的画像直触心灵;柱子上波德莱尔、马拉美等诗人的经典名句犹在耳畔……伴随着舒缓的音乐,这里的一切,有着洗涤心灵的力量。

钱晓华是个爱书之人,书是他全部的信仰。先锋的每一本书,都由他亲自挑选,讲究思想深度和文化品位。为给读者营造出自由舒适的阅读氛围,先锋设有读者免费阅读休闲区,可以容纳几百人在此阅读。

"找一个角落,在文脉书香中度过浮生半日,实在是一种享受。"南京师范大学学生苏羽常来这里,一待就是一天。

专程从广州赶来的刘惠燕女士买了一推车的书,她笑着说:"先锋已成了一种文化符号。虽说网上买书价格优惠些,但我更享受这里购书过程中完美的文化体验。"

有作家曾说:"好读书的人,都是些'在路上'的人,他们的灵魂四处漂泊着。在漂泊的过程中,先锋书店为他们提供了一处暂时的、舒适的栖居地。"

一座城市的文化空间

先锋在那个被忽略的废弃地下空间,塑造起了一座城市的文化空间。

17 年来,先锋坚守自己的风格:只卖人文、社科、艺术类的书籍。店员刘丹聿告诉记者,别的书店都是什么赚钱卖什么,而先锋,始终坚持人文。"我就是想向读者推广文化。我希望这份坚守,能给读者带来文化幸福感,同时也能让这座城市更有思想。"钱晓华说。

"书店是一个公共空间，我希望先锋能成为一个集聚读者感情，共享生命丰盛的空间。"如今，钱晓华创办先锋的初衷终成现实。来自五湖四海的读者在这里感受文化熏陶、聆听人生故事，碰撞思想火花。"有次赵柏田老师来讲大清海关总税务司赫德的传奇人生，读者听得兴致盎然，晚上 10 点，书店依旧挤满了相互交流的读者。"书店主管杨冬说。

"哪怕这座城市陷入一片黑暗，这里的灯也会亮着。"先锋留给读者的就是这样一种单纯又永恒的坚守。作家苏童、叶兆言等也纷纷表达过对先锋书店的喜爱。不少来南京旅行的游客，也会慕名前来寻找这个被誉为"南京文化地标"的最美书店。

（原载于 2013 年 11 月 17 日《光明日报》01 版）

扬州：二十四桥明月夜

月亮的柔美感动着灿烂的星空,牵动着文人骚客的心;而在这诗意的月里,最别致的,我想当属扬州,不然,也不会有那么多诗人留下描绘扬州月亮的诗篇。这些诗里,最为扬州人钟爱的,莫过于诗人徐凝的"天下三分明月夜,二分无赖是扬州",也就是这句诗,让人们深刻地记住了扬州这座"二分明月"城。

诗人徐凝本非扬州人,却生生地被扬州无赖的"二分明月"牵绊住了脚步。月光下的扬州,有着梦幻的情调,"二十四桥明月夜,玉人何处教吹箫",这是大诗人杜牧的吟唱。关于二十四桥,有两种说法。一说是有二十四座桥,一说是有座桥名为"二十四"。隋唐时期的扬州是当时中国最大的商业城市,一时的繁华鼎盛,仅从这些诗句中就可以略见一二。

古时明月照今人,时间静静流淌,伴着千百年来的传统文化,诗意的扬州在与现代文明的碰撞中,用她那份特有的惬意,低吟浅唱,告诉世人什么是"慢"的哲学。今天,扬州的经济地位虽不如历史上那般璀璨,只处于江苏13个地级市的中上游位置,但扬州人却依旧过得幸福、潇洒,去过扬州的人无不感慨,"这是个可以自由放飞心灵的天堂"。

扬州人的生活极其精致,讲究"早上皮包水,晚上水包皮"。早上要吃早茶,细如发丝的烫干丝和皮薄如纸、吹弹即破的蟹黄汤包是早茶中必备的两样;晚上则要泡澡沐浴,沐浴以后还要修脚。小花费,大享受,扬州人乐意在这上面花心思。

扬州人的产业十分精细,闻名遐迩的"三把刀"(厨刀、理发刀、修脚刀)正是精细文化最好的诠释。扬州曾作过一个调查:全国大中型城市几乎所有

"洗浴中心"都是扬州人操"刀"。然而,扬州人没有满足于过去的"三把刀",现在又多了"四把刀",即剪纸刀、琢玉刀、雕版刀、瓦刀,其文化含量更胜一筹。尤其值得称赞的是第四把刀——瓦刀(建筑业),已成为扬州的支柱产业之一。如今扬州的建筑大军共有 30 万人,遍布世界 10 多个国家和地区。

月华如水,梦醉扬州。徜徉在瘦西湖边,依湖而坐的一大家子有说有笑,走近了,才发现原是祖孙四代同堂。"你尝尝,这月饼才八块钱一斤,但我觉得比你去年寄回来的那一千块钱一盒的月饼好吃多了,有十年前的味道。"老人递给儿子一块月饼,说:"往年这个时候,你恐怕还在饭店陪人胡吃海喝吧,在家里过中秋,虽然吃得很普通,但一家人在一起才是真正的中秋节啊……"

"幸福就是把城市的现代化与营造美好生活结合在一起,做到慢中取胜。"于扬州人而言,家乡始终是一个醉人的梦,宁静幸福是家乡特有的精神和气质,即便身在异乡,也会在恍惚间,沿着温暖柔和的月光、深深浅浅的小路,走入一场酣畅的梦境……

（原载于 2013 年 09 月 19 日《光明日报》04 版）

南京名人故居多数闭门拒客

一座"南京城",半部"民国史"。南京拥有着大量富有独创性和代表性的民国名人故居,展示着民国时期教育文化等领域所取得的成就。而在今年全国第三次文物普查中,南京登上名录的民国时期名人故居有 250 多处,但对外开放的却不足一成。如何更好地保护利用这些丰厚的历史遗存,更好地开发展现其独特的文化魅力,引起了大家的思考和热议。

民国名人故居价值何在

文学家冯骥才曾经说过:"天下任何名城的魅力,首先都来自它独有的建筑美。这些风情独特的建筑,是城市情感与精灵的化身,是一方水土无可替代的人文创造,是它特有的历史生活的纪念碑。"

南京民国建筑异彩纷呈,其新老并存、中西交融、承上启下的建筑风格给中国建筑史增添了浓墨重彩的一笔,形成了"民国文化看南京"的独特地位。这一座座风格各异、中西合璧的民国建筑彰显着南京这座城市的独特魅力,而曾在这里生活过的各类名师大家也留下了许多有趣故事。

位于南京市傅厚岗 4 号的一座两层砖混结构的小楼,是"金陵三杰"之一、绘画大师徐悲鸿的故居。1932 年底,小楼建成时正值国家危亡之际,徐悲鸿将其取名为"危巢",并解释道:"古人有居安思危之训,抑于灾难丧乱之际,敢忘其危? 是取名之义也。"在这里,徐悲鸿创作了《田横五百士》《徯我后》等大量代表作。同时,这座小楼也见证了徐悲鸿和他的学生孙多慈的凄婉爱情。在南京求学的许嘉仪是个旅游爱好者,他说:"这些民国名人故居就是一部部触手可及的史书,我们无需查阅太多史料,只需走进去看看,置身其中就能感受到文化名人的风骨和成长历程。"

民国名人故居现状如何

"名人故居需要开放。"参观完拉贝故居后,游客黄先生连连感慨,"这里的一草一木都在诉说着历史,我更加深刻地感悟到了拉贝的正义感和人道主义精神,可惜南京许多名人故居都不开放,这种学习机会太少了。"

据统计,在全国第三次文物普查中,南京登上名录的 250 多处民国时期名人故居对外开放率不足一成。在南京,除了像拉贝故居、美龄宫等被开发成旅游景点的名人故居对外开放之外,其他大都"养在深闺人未识"。

南京市傅厚岗有李宗仁公馆、傅抱石故居等名人故居 20 余处。记者找到了吴怡芳寓所,与阎锡山故居、陈布雷故居、于右任故居等名人故居一样,这里的浅灰色铁门也是紧锁着的。"此处原为艾伟的私宅,建于 20 世纪 30年代,著名女教育家、原金陵女子大学、南京师范大学校长吴怡芳曾在此居住过",门口的介绍牌上,寥寥数语讲述着宅子的历史。透过院墙望去,米黄色的两层尖顶小楼也已修缮一新。对面粮油食品配送中心店员孙继海告诉记者,他常年居住在这里,从未发现对面的宅子对外开放过。

对此,南京市侨联副主席刘嘉表示:"名人故居体现的是名人精神的感召和文化的传递,经历了历史沧桑的南京在这些方面有着非常深厚的积淀,它们也是这个城市不可多得的一张名片,名片只有展现出来,才能够真正体现其应有的价值。"

名人故居全部开放还需努力

"动起来的文化才更有魅力。"东南大学建筑历史与理论研究所所长周琦教授表示,虽然由于政治、历史等方面的原因,不是所有民国时期的名人故居都能够开放,但闭门拒客并不是名人故居的未来出路,"对一些有艺术价值、有纪念意义的名人故居应该有选择性地开放,这也更有助于优秀民国文化的传承。"

据了解,今年,南京市将打造百子亭、大马路等 4 大民国建筑历史地区,启动并完成 20 处 49 栋近现代建筑保护利用工作。另外,还有 21 处与人物居住有关的建筑将实施挂牌保护。"只有让民国文化动起来,才能对塑造南京兼容并蓄、文明开放的城市精神提供借鉴意义。"南京市文广新局文物处处长曹志军向记者介绍,南京名人故居难以全部对外开放的原因主要集中在三个方面:

一是标准不一。民国时期,究竟哪些人才能算作名人,哪些民国故居具有开放意义,这些在业界都存在很大争议,没有形成一致的标准。

二是产权复杂。目前,南京名人故居的产权为大部分归政府部队机关所有、小部分归私人所有,还有一部分归事业单位所有。除了少部分开发成旅游景点外,归政府和私人所有的名人故居都作为办公和住宅使用,因而对外开放的可能性不大;而产权归事业单位所有的名人故居,也只是有限开放,有的还需要事先预约。

三是资金不足。民国名人故居修缮费用大,以杨廷宝故居为例,前期修缮费用就达 200 万元,其开放之后管理人员的配备、展出物品的维护都需要源源不断的资金支持。而目前政府对民国名人故居维护的资金拨款也有限,导致有些名人故居的维护工作不到位,达不到开放标准。

目前,南京市正在编制《南京民国建筑保护利用与旅游开发策划》,进一步规划南京民国建筑旅游发展项目,鼓励有条件的单位和个人把修缮出新的名人故居对外开放。

（原载于 2013 年 07 月 05 日《光明日报》09 版）

千年苏绣:寻觅绵延不绝的生命力

2日,本报头版头条刊发的《四大名绣该怎样传承》一文,引起社会各界强烈关注,人们惊叹于四大名绣神奇的技艺,同时也期盼着这一中华文化精髓流芳百世。如今,四大名绣已经走出国门,它神奇、高超的技艺令世界为之惊叹。2012年,纪念英国女王伊丽莎白二世登基60周年之际,姚建萍精心创作的苏绣作品《英国女王》被白金汉宫正式收藏。

日前,苏绣作为东方艺术的精华,中国的骄傲,再次受到世界瞩目。从英国伦敦传来消息:经过专家组严格的品鉴程序后,江苏苏州高新区镇湖绣娘邹英姿的滴滴针法绣《缠绕》、梁雪芳的虚实乱针绣《荷韵》、姚惠芬的减针绣《四美图》三幅作品正式被大英博物馆永久收藏。

"每一件作品都凝聚了我们的心血,就像孩子一样难舍难离。"邹英姿告诉记者,"苏州刺绣要走出国门,必须要有精品留在国外。我们能为苏绣的发展作些贡献,还是情愿的。"邹英姿朴素的语言道出了苏绣艺术创作者们共同的心声。

十多年来,随着绣娘从原创构思到技艺水平的不断提升,苏绣屡屡在国内外工艺美术展和大赛中收获佳绩。其中,荣获国家级、省级荣誉的作品多达1000件,金奖300多件,100多件作品被中外著名博物馆收藏。具有2000多年历史的苏绣,在传承过程中被不断创新,在保护中赢得新生。如今,她已作为一项文化产业呈现在世人面前,在刺绣市场的占有额达75%以上,生命力十足。

创新机制,延续"指尖下的传奇"

在中国四大名绣中,苏绣当属首位。如今,苏绣已不单是传统文化的象征,它的艺术价值、交流价值、学术价值决定着其保护和传承的重要性。

镇湖,是苏绣的发源地,也是苏绣最重要的产地。这个太湖边 2 万人口的小镇,如今拥有 8000 多名绣娘。20 世纪末,政府在这里投资建成长 1700 米的"绣品街",集聚近 500 家绣庄,使镇湖一改过去散兵游勇、单打独斗的生产经营方式,形成生产、加工、销售一条龙式的链条产业。

"前几年,有画家状告绣娘侵犯其版权的官司,在绣娘间引起了很大的震动。很久以来,绣娘们的创作蓝本,大都依靠画家或摄影家的作品,自己不具备构思和创作能力。"熟知内情的工艺美术大师告诉记者,多年来,作为我国四大名绣之首的苏绣,在其表面繁荣的背后,也潜藏着没有制作标准、缺乏创意等制约其发展的隐患。

为帮助绣娘们解决版权问题、规范刺绣产业版权秩序,2010 年,苏州市知识产权专项资金出资 50 万元,与苏州高新区镇湖街道共建"苏州市刺绣作品版权许可交易平台"。绣娘只要成为镇湖刺绣协会的会员,便可以在平台注册,从库中购买作品权限,将买得的白色防伪线绣成标识为"SXIP+数字"的防伪标记绣在作品中,这样既解决了绣制过程中可能涉及的原稿版权纠纷问题,也为作品贴上了独一无二的"护身符"。

平台正式运行之后,卢梅红第一个从库里购买了 15 件刺绣作品的版权:"总共只花了 50 元,买 10 个送 5 个。"镇湖刺绣协会副秘书长裘星告诉记者,收取的少量费用,完全是象征性的,目的是为了逐步培养绣娘们的版权意识。

此外,2010 年"镇湖刺绣"获得了国家地理标识和集体商标的批准与使用权;2012 年,苏绣建立起了规范的技术标准。截至 2012 年底,镇湖刺绣协会已经与国内外 40 多个学术机构、行业组织建立了技术交流联系,先后组织绣娘赴国外展览和进行交流活动 70 余次。

大师领路,为绣娘树"风向标"

走进紧邻中国刺绣艺术博物馆的梁雪芳刺绣工作室,进门处的青砖墙上，挂着"清华大学美术学院纤维艺术研究所织绣创新中心"的牌匾，显示着这个绣庄的与众不同。

"不做创意的话，绣什么？怎么绣？拿一本画家的画册去绣，苏绣能走多远？"刚一见面，江苏省工艺美术大师梁雪芳就向记者抛出了好几个问题，"苏绣从艺术创意的角度来讲，唯一不变的就是'变'。"

梁雪芳拿出一幅在真丝绡上创作的"荷韵"作品，"这是我近几年在探索的《尔若盛开》系列，在针法上不断变化，表达的趣味性也不同。"接着，她又给记者做了一个实验，在作品上倒几滴水，只见几滴水并没有在绣品上晕染，用纸把水吸掉后，绣品依然完好无损。"为了对传统绣品进行防潮、防尘处理，以及避免玻璃的反光，我们反复试验，做了5年才成功。"

近年来，像梁雪芳这样在原创构思、针法创新方面下功夫的绣娘还真不少。在政府的倡导下，许多刺绣技艺良好、艺术功底扎实的绣娘进行了大胆创新，尝试和发明了更加广泛的刺绣题材作品与刺绣针法、装饰手法，推动着苏绣技艺不断进步和发展。

作为一张耀眼的名片，苏绣在国际场合同样发挥重要作用。如中英建交40周年时，薛金娣的刺绣作品《友谊熊猫》被英国国会特拉思克莱德勋爵收藏。

如今，仅镇湖就有高级工艺美术师30人，其中姚建萍、梁雪芳、卢福英、邹英姿、朱寿珍、姚惠芬和王丽华等7人为"江苏省刺绣大师"，卢梅红等11人为"江苏省刺绣名人"，初、中、高级职称绣娘150余名。

2011年，邹英姿首创的"滴滴针法"获得国家发明专利授权，实现了镇湖刺绣发明史上零的突破，邹英姿本人也成为"原创型绣娘"的代表人物之一。以刺绣大师领衔，绣娘们的创新能力和知识产权意识日益增强，2012年上半年，刺绣产业共申报外观专利310项，申报发明专利3项。

"不能让苏绣在下一代断了脉"

"刺绣人才的吸纳是我这几年最担忧的事。"与梁雪芳交谈，这个话题是她说得最多的，"刺绣近年来蓬勃发展，并不缺技艺高超的'裁缝'，最缺的就是了解刺绣的专业设计师。但并不是懂设计、懂书画的人就能来当刺绣设计师,这个前所未有的职业首先应当充分了解刺绣,熟悉刺绣的各种针法,同时又拥有一定的美学基础,这样才能根据各种艺术灵感,创作出叫好又叫座的刺绣作品。"

2006 年起,镇湖街道与苏州工艺美术职业技术学院等多方联合创办了 5 年制苏绣大专班。如今,已有三届学生共 30 多人毕业。

苏绣大专班前 3 年是"打基础"。这些新一代的绣娘和绣郎,除了要向刺绣工艺大师梁雪芳学习各种针法外,还要和其他艺术院系的学生一样,全面学习文化理论知识、书画美工、艺术鉴赏、计算机应用、摄影摄像等基础课程。

"这些都是传统刺绣'学徒式'教学中所欠缺的,有了这些基本功,学生们才有了欣赏艺术、理解艺术和分析艺术的能力。"苏绣主题教学课程的学科带头人冯雨老师告诉记者,学生们打好扎实的基础后,从第 4 年开始就进入了主题教学环节。

"这些孩子出生在镇湖,对刺绣、对家乡很有感情,他们的成长让我看到了刺绣后继有人的希望。"梁雪芬说,但是,光靠这些为数不多的"科班"出身的继承人,苏绣的创新性还是不能得到大幅度的提升,"镇湖是偏居苏州西部的一个小镇,有多少耐得住寂寞、坐得下来的年轻人愿意到这里来发展,这些都是苏绣艺术吸纳人才的障碍。"

对此,苏州高新区党工委委员、宣传部长、镇湖街道党工委书记宋长宝透露,接下来,政府将大力打造"绣娘文化",一方面是借此推广和宣传苏绣,让更多的年轻人了解这门古老而神奇的艺术;另一方面,是为了把刺绣产业的发展更多地聚焦到绣娘本身的发展上来,树立"知识型绣娘""原创型绣娘"的典型,培养年轻一代对苏绣的兴趣,鼓励更多的年轻人投身苏绣艺术事业。

（原载于 2013 年 07 月 03 日《光明日报》01 版）

城市化，莫把历史制成标本

——南京三座文化地标的三种不同命运

在城市现代化建设的热潮中，承载着城市文明的地标成了最大受害者，有的被钢筋混凝土湮没，有的改头换面成了商业噱头。城市中的文化地标究竟还有多少在发挥"余热"，它们的命运将何去何从？

三座地标，三种命运

在古城江苏南京，有三座文化地标，分别是：隐藏民间 600 年的明朝瓮堂、幻化为《红楼梦》中"大观园"的江宁织造府、民国鼎盛时期的文化象征——大华大戏院。

关于瓮堂，有个动人的传说。明洪武四年，明太祖朱元璋抽调大量民工修筑城墙，得知民工整日汗流成河，朱元璋决定为民工修建澡堂。瓮堂的瓮形结构很是人性化，不仅能聚气保暖，还能让水珠沿瓮壁留下，不滴到人们身上。美丽的故事口口相传，瓮堂也沿用至今。然而，连日来关于瓮堂要拆除或修建博物馆的消息传遍南京城，祖祖辈辈都在瓮堂洗澡的老南京人心揪成一团，生怕哪天这座古迹湮没在城市建设中。

与瓮堂的平凡亲民不同，江宁织造府则是万众瞩目的宠儿。自 1984 年考古专家发现其遗址以来，重建江宁织造府的声音便不绝于耳。1992 年南京将其列入文物保护单位；2003 年，斥资 7 亿元的重建项目确立；2004 年，两院院士、建筑大师吴良镛确立复建方案，亲自操刀设计；2009 年，江宁织造府再造工程完工，但建成即进入空关期；今年江宁织造府更名为江宁织造博物馆，并于 2 月 7 日开馆，春节期间对公众免费开放。至此，这个历时 10 年、以保护江宁织造府遗址为由的重建工程终于竣工。

相比于这两座文化地标的或拆或重建，大华大戏院安稳不少。1936 年总建筑面积 2500 平方米，能容纳 1800 余名观众的大华大戏院一建成就吸引众多商贾名流亲临捧场，影院内 12 根大红柱子尽显恢弘气派，空调、真皮坐椅尽显豪华，开业那天京剧大师梅兰芳现场演出，半个南京城的人跑来一睹风采。到上世纪 90 年代，戏院因设施陈旧日益衰落，但依然在使用。为恢复其风采，2010 年 11 月，大华大戏院开始修缮，今年 5 月，这一独具民国风情的影院将重新开放使用。

是保护，还是毁灭

这是个耐人寻味的话题！三座文化地标，有着三种截然不同的命运，无论面临哪种命运，都是为了保护其承载的历史文化。初衷自然是好的，可保护的结果是否顺人心意？

南京市玄武区相关负责人说，目前对于瓮堂的处理，还没有定论，虽然瓮堂所处地段确实属于拆迁范围，但由于是省级文物保护单位，处理方式需要多部门协商。"让瓮堂继续正常营业，才算得上是保护，否则，就是破坏。"76 岁的"老南京"潘仁胜说，瓮堂的每块砖、每片瓦都有至少 600 年的历史，一进瓮堂，漫漫 600 年的历史变得触手可及。潘仁胜道出了南京人的心声，让瓮堂继续沿用下去才是真正的保护，若要拆除或是改建成博物馆，那就好比是把活历史打死了再制成标本，这是对传统文化的逐渐毁灭，而非保护。

说起对传统文化的保护与传承，记者不得不揪心，斥资 7 亿元、耗时 10 年重建的江宁织造府是否如愿传承了历史文化？著名红学家、南京大学教授吴新雷认为，重建江宁织造府是件好事。"江宁织造府在历史上意义重大，康熙 6 次下江南有 5 次住在里面，曹雪芹出生在这里，《红楼梦》中大观园原型就是江宁织造府。现建成的江宁织造博物馆内有江宁织造史料展、红楼梦文学馆及云锦展，这是对传统文化的传承，同时馆内的曹雪芹像也代表了后人对这位伟大作家的敬仰和纪念。"

然而，不少人也在质疑，投资 7 亿元重建的历史文物，究竟是传承文化的载体，还是一个纯粹的商业噱头？近日，一份江宁织造博物馆招商公告在网上悄然传开，公告中"项目定位：红楼文化高端餐饮"格外扎眼，原本就有市民直呼博物馆内有高楼大厦也有园林庭院反而不伦不类，现在高端消费的招牌一打出，市民不得不怀疑，这里商业味儿太浓，完全遮盖了文化气息。

在三座地标中，对于大华大戏院的边保护边利用是唯一让政府、专家和市民都满意的举措。这次修缮将大华大戏院的"前世"和"今生"完美糅合，前厅开辟出电影资料室陈列历史，后面的放映厅则按当下市场需求设置了9个放映厅，1100多个座位。"大华恢复得好啊，在这里能感受到民国风味，不知道有多少员工在这里享受过青春的欢愉。"戏院老员工孙维兴说。

文物保护，不能"挂羊头卖狗肉"

文物古迹、历史文化街区最能体现城市特色和品位，如何保护文物、科学展示文物是城市建设中亟待解决的难题。

长期研究文物保护的南京师范大学教授周裕兴认为，原址保护能最大限度避免对文物的伤害，是最好的保护方式。所谓原址保护其实就是在原址上兴建博物馆。周裕兴说，以瓮堂为例，瓮堂规模小，保护得又相对完整，因此很适合建成博物馆加以保护。建成博物馆后，瓮堂会停止运营，其内部设施和整体构造就能避免受损。

而在南京工业大学党委书记王德明教授看来，传下去是一种好的保护。他认为，在瓮堂，人们可以通过洗澡直接感受传统的澡文化，并将这一文化传承下去，这正是当下营业中瓮堂的功劳。同样，如果将来江宁织造博物馆能把南京博大精深的纺织文化推向全国甚至世界，通过馆内的时装发布厅吸引世界眼球，这不仅保护了文物，也发展了产业，一箭双雕，值得提倡。

也有专家认为，文物保护的根本在于产生社会效益，没有惠及民众的文保工作即便做得再好、措施再周密也是失败的。以不破坏文物为前提，合理利用文物、以寓教于乐的方式让老百姓接受文化教育才是文物保护的绝佳方式。

虽然对于文物保护的观点众说纷纭，但有一点是共同的，那就是文物保护决不能"挂羊头卖狗肉"。周裕兴说，保护应该做到修旧如旧，如果以保护的名义对文物大兴土木，使得文物只剩下一个牌匾、一个躯壳，那么这样的保护其实是对文物不折不扣的破坏。

（原载于 2013 年 2 月 16 日《光明日报》1 版）

探秘古泗州城

　　巨浪排山倒海地冲入,瞬间,一座城市被淹没得无影无踪……在大型灾难影片中经常出现的这一幕,曾在现实中真实上演。在 330 多年前的清康熙十九年(公元 1680 年),繁盛了千余年的泗州城,在一场持续了 70 多天的暴雨中被彻底淹没,永远从地图上消失了。

　　近日,记者从南京博物院考古所获悉,这座沉睡了数百年的"东方庞贝",有望重见天日。目前,该所考古人员正在位于江苏盱眙县境内的泗州城西南角进行考古发掘。

神秘的古泗州城

　　目前,考古人员共发掘面积 2000 平方米,轮廓像只乌龟的古泗州城,已经现出内城墙、外城墙及城门,学者初步确定了泗州城遗址的结构和布局。其中,已探明内城墙墙体长度约 338 米,外城墙长度约 132 米,城门采取的是在城墙外修筑月城的方法,月城东西最大径 118 米,南北进深 56.6 米。从规模上已能够初窥这座古城当年的繁华景象。

　　据记载,泗州城始建于北周,隋朝时毁于战乱,唐代重新兴建,曾经是淮河下游的一座重要都市,有"水陆都会"之称。

　　2010 年 12 月,南京博物院联合淮安博物馆、盱眙博物馆全面启动了对泗州城遗址的勘探发掘。其实,早在 1993 年江苏省内外专家、学者就利用高精度磁测法、探地雷达法、电法以及人工钻探法等科学方法,对水下泗州城进行过勘测,并对照史料于 2005 年完成了《古泗州城遗址考古钻探报告》。

"加上这次,已经做了3次调查。"南京博物院考古研究所所长林留根说,在这之前都只停留在调查层面,没有"打开"来看看,这次将真正揭开这座水下古城的"面纱"。

名刹普照王寺在何处

在挖掘现场,考古人员还发现了3只石香炉,炉壁文字表明,香炉是明代正德年间佛教信徒的捐赠物。从建筑风格和出土文物来看,考古人员初步断定发掘点是一座寺庙,其所处区域与史料记载都与当年的名刹普照王寺(又称大圣寺)极为相近。

据中科院湖泊所苏守德研究员介绍,古代有文献记载的泗州城共三个,分别为隋朝及以前的泗州、唐朝一直延续至北宋的泗州、南宋及以后的泗州。历史上的泗州城出现过至少三次变迁,每一次变迁都与当时的经济发展密不可分。随着唐朝经济的空前繁荣,各地的佛教庙宇也如雨后春笋般拔地而起,当时的泗州城也成了最著名的佛教圣地,全国五大名刹之一的普照王寺就建在泗州城内。

那么,这次发掘的寺庙究竟是不是名刹普照王寺?对此,苏守德研究员有自己的看法。他说,目前正在发掘的古泗州城位于盱眙郊县,洪泽湖西南方、淮河北岸的狭长滩地上,应该是南宋以后的泗州城,而名刹普照王寺应该建在盛唐时的泗州城内,也就是说,这次发掘的寺庙并非普照王寺。

针对苏守德提出的质疑,记者与南京博物院考古人员朱晓汀取得联系,她告诉记者:"这是一个反复研究的过程,虽然目前我们已经掌握了不少证据证明这就是盛唐时期的泗州城,但对于其他专家的异议,我们依然会仔细研究,也欢迎社会各界提出不同观点,毕竟线索越多,取得的成果也将越大,历史也将更真实、更快速地呈现在我们面前。"

如何开发与保护

沉睡了300多年的古泗州城已经被发掘,那么,如何对这座古城进行更深一步的发掘、利用和保护,成为了众人关注的焦点。

"300多年来,古泗州城一直是个谜,而这次通过考古发掘揭开了古城的神秘面纱,以后将作为遗址公园供大家参观。"林留根告诉记者。

"古泗州城完全具备成为世界级旅游资源的潜质,而且未来古泗州城的旅游模式将是世界上绝无仅有的历史文化盛宴。"同济大学杨国标教授娓娓道来,"古泗州城具备与意大利庞贝古城几乎相同的资源基础、吸引力和市场条件,某些方面还拥有了庞贝古城所不具备的独特优势。"

据介绍,庞贝古城和古泗州城都是曾经繁盛的历史城市,其陆上的城市格局和主要代表性建筑物表现了当时历史文化的缩影,但古泗州城因淮河和汴河穿城而过,较之庞贝古城更增添了水土、水岸、水底的特色遗存资源,有着更丰富的文物和历史积淀,从这一点上说,古泗州城比庞贝古城更具特色和吸引力。专家认为,古泗州城的未来,无疑是一个杰出的世界遗产和遗址精品,旅游开发的价值和潜力不可估量。

在开发和利用这一宝贵资源的同时,如何保护这笔文化遗产无疑是必须面对的问题。而今,无数事实表明,珍贵文化遗产的处境岌岌可危,不管是古泗州城还是普照王寺,发掘它们的最终目的是为了更好保护它们,如何撑起这把"保护伞",对文物工作者而言的确是一种挑战。专家们认为,文物应以保护为前提,但保护绝不能头痛医头脚痛医脚,除了资金和专业人才以外,更急需一整套行之有效的保护制度和措施。

（原载于 2012 年 02 月 17 日《光明日报》05 版）

探索之路

省委书记三问问醒了谁

　　为什么产业链与创新链融合不够？为什么科研成果转化与经济发展结合不紧？为什么科技发展的社会感知度不高？江苏省委书记娄勤俭在日前召开的江苏省科学技术奖励大会暨科技创新工作会议上连发三问，剑指沉疴，振聋发聩。

　　改革开放40年来，江苏经济总量增长超过100倍，但支撑高速增长的科技优势却面临创新不够、转化不足、供需脱节等问题。这是江苏的问题，更是全国的通病。娄勤俭指出，江苏的责任，就是把这一道道题目回答好，转化成实实在在、经得起检验的高质量发展成果。

一问：为什么产业链与创新链融合不够

　　"首先核心技术突破不畅，高端产业低端环节困境有待破解。"苏科创新战略研究院副院长戚湧说，江苏以加工制造业为主，绝大多数企业缺乏自主品牌和核心技术，尤其是大多数出口企业属于贴牌和代工，自主品牌比重略高于15%，而浙江达到25%，广东接近23%，韩国超过60%。

　　无锡江阴民营经济发达，现有企业多脱胎于20世纪80年代的乡镇企业，纺织、机械、化工等传统产业比重很大，原材料工业占2/3。"民营经济门槛低，收益快，在发展初期非常需要。但几十年来只知道埋头走路，人家早已鸟枪换炮，我们的烟囱还在冒黑烟。"江苏开放大学副校长吴进说，南京高新技术企业总共1850来家，深圳仅半年的新增量就有这么多。

　　"应该让政府的归政府，市场的归市场。"江苏省产业技术研究院副院长李世收认为，深圳有华为、腾讯，杭州有阿里巴巴，南京有高原却不见高峰，说到底还在于有没有适合企业生长的环境。数据显示，广东"双一流"高校数量比江苏少，两院院士数也不到江苏的一半。但在 2017 年中国区域创新榜上，广东区域创新能力位居第一。江苏虽然区域创新能力综合排名连续多年位居全国前列，但知识创新能力低于北京，知识获取能力低于上海。

科技创新离不开科技人才的努力，人才是支撑创新链发展的第一资源。但如今，杰出青年、长江学者等"帽子"成了青年学者评职称、申请项目的必需品，每天忙于写材料、准备答辩。李世收指出，急于戴"帽子"会让青年人专挑"短平快"的项目，以便早发论文。

"近几年，江苏引进了数以万计的海外人才，但实际上他们的科研重心仍在原属团队，引得进人却引不进心、引不进才，在引进过程中也很少考虑地区发展需要。"江苏省科技镇长团首届成员、南京大学教授祁林说。

扬州市邗江区围绕装备制造产业提档升级，与清华大学共建智能装备科技园，在装备制造领域智能化、柔性化发展道路上掌握主动权。清华大学缘何关注到一个县市区，将两者联系在一起？答案就在江苏科技镇长团。

清华大学副校长尤政在他研究的高端装备制造领域，与邗江有着广泛合作基础。邗江区相关部门负责人在清华大学交流时，敏锐捕捉到这一信息，希望清华大学帮助邗江装备制造产业转型升级。借助科技镇长团平台，尤政院士把得意门生、精密仪器系李滨博士派来挂职，任扬州高新技术开发区管委会副主任、邗江区科技局副局长。在双方共同努力下，科技园从规划蓝图到落地建设再到成长壮大，37 家高成长、科技型企业落户园区，与邗江主导产业紧密相关的重大科技成果落地转化 36 项。

二问：为什么科研转化与经济发展结合不紧

江苏省研发投入超过 2000 亿元，专利申请量和授权量全国领先，但科技成果转化率仅 10% 左右。病症上看是"科教资源多、成果转化少"，病理分析就是科技与经济"两张皮"。

"与发达国家相比，我们的科研活动充满浓厚的行政色彩。"李世收说，国家财政资助的科研设施和科技成果在内部封闭运行，根本不需要经历市场竞争,造成高校、研究机构的科研活动动力不足,难与市场贴近。

现行考核体系下,"重研发、轻转化""重论文、轻专利"的现象仍然存在。"一项成果在科研人员眼中完成的标准是论文多,引用率高。"祁林说,政府负责审批高校的科研项目,并向其拨款,评审标准也由官方制定,导致"管标准的不专业,专业的不管标准"。

"从论文到技术,要经过二次开发、中试放大,才能形成产品。"李世收指出,由于缺少专业中介在科研院校和企业之间牵线搭桥,科技成果转化常会因为信息不对称而付诸东流,这在江苏屡有发生。

"眼皮底下的宝贝,我们遍寻不着,硬是到国外花了一笔冤枉钱。"江苏擎天信息科技集团董事长辛颖梅说,"几年前,我们决定开发温室气体排放监测软件,但在算法研究上遇到了困难。"我首先想到的当然是和国内高校合作攻关,但找不到相关的技术成果和专家,只能到国外购买。软件推出后不久,公司的技术总监在一次学术交流会上做报告,提及这一技术,结果在场的一位大学教授站起来说,他3年前就研究出这个成果了。

"与北上广相比,江苏专门从事二次开发、转移服务的技术经理人数量少,质量低。"李世收说,大学科技处实际扮演着技术经理人的角色,但他们大多是单纯的行政工作人员,无论是专业度还是配备上都比较薄弱。在美国斯坦福大学,有专门的技术转移办公室,聚集着60多个不同专业背景的技术经理人。

为解决科技成果转化的最后一公里问题,江苏兴建了一批科技产业园。记者走访了位于南京建邺区的新城科技园,展厅内没有太多展品,但却布满了餐饮店铺。如此这般,不少地方为何还抢着申请?"除了因为政绩工程,科技园往往还带有行政级别,比地方还高半级。"吴进表示,县(市)区主要负责人往往会兼任当地科技园党工委书记或管委会主任一职,这样可以提高级别待遇。

"在科技成果转化过程中面临的最突出问题就是,科研院所的研发成果过于前沿,企业用不上;企业在生产过程中遇到的很多技术难题,高校和科研院所又不愿做。"李世收说。

值得关注的是,在本次科技创新大会上,省委书记娄勤俭、省长吴政隆共同为未来网络国家重大科技基础设施和网络通信与安全紫金山实验室揭牌。

"未来网络的这套国产网络操作系统,已完全实现自主可控,而且跟国际接轨。一旦网络受到国外攻击,未来网络可保证我国互联网不受影响。"江苏未来网络创新研究院院长刘韵洁介绍,互联网下的一个变革就是要跟实体经济融合,江苏工业经济发达,经济转型亟待与互联网深度融合。建设未来网络国家重大科技基础设施和紫金山网络通信与安全实验室,就是要把江苏的科研优势转化为产业发展的核心竞争力。

三问:为什么科技发展的社会感知度不高

2017 年,江苏专利申请量、授权量分别为 51.4 万件、22.7 万件,发明专利申请量 18.7 万件。专利申请量和授权量、发明专利申请量连续多年位居全国第一。

但从国内首份科技领域获得感报告来看,在各省(市、区)科技领域人民群众获得感的排名中,广东、北京、山东位居前三,江苏排在第七。

一边是专利拥有量年年领先,另一边是百姓对科技发展的感知度低。科研只开花、不结果。

"专利制度给智慧之火添加了利益之油。"上海交通大学原党委书记马德秀指出,不少高校教师存在以获得晋升或荣誉为目的的专利申请动机,而非技术市场化。高校很少建立对科研人员的技术转移考核指标体系,在政府资助的科研项目中,专利数量是验收标准之一,成果转化极少成为标准。

一方面是为专利而专利产生的大量垃圾专利,另一方面是脱离社会需求产生的无用专利,真正能够服务群众的技术反被束之高阁。

医院就医,挂号、检查、配药、缴费等关键小事往往事关重大。江苏、浙江的医疗水平都很高,但就医体验却差别显著。浙江用互联网构建健康医疗大数据中心、网上预约诊疗服务平台,实现看病免挂号,离院再付费,"最多跑一次"的理念延伸到方方面面。在南京,挂不上号的无奈,烦琐的就医流程,漫长的等待过程,匆忙的诊疗过程等传统弊病仍然困扰着百姓。

"虽然经过多年的市场化推进,江苏智慧城市取得了快速发展,但是建设方式采取的仍然是自上而下、以政府为主的运行机制。"从事智慧城市建设研究的东南大学副教授袁竞峰说,政府主导模式在推广运用过程中存在不少问题。比如运作维护方面,主要由政府部门内设机构直接负责,效率低,效果差,特别是公共部门不能根据老百姓实际需求或环境变化做出快速响应和调整,科技成果的存在感大大降低。

发展科技的目的是要对人有关怀,服务于人类。针对堵点难点,此次大会为科技创新松绑,出台了《关于深化科技体制机制改革推动高质量发展的若干政策》《关于推进科技与产业融合加快科技成果转化的实施方案》等一系列新政,加速推进科研成果向惠民成果转化。

江苏省老年人口总数已逾1650万,并以每年递增70万的速度不断攀升。江苏主动出击与哈佛大学合作成立"苏哈适老科技创新中心",精准开发适老产品。如针对老人味觉和嗅觉退化导致的食欲食量减退带来的健康问题,研发老人食品增味剂;为减轻护工在搬运和移位失能老人时的负担,开发软体机器人。

如何发展增量、盘活存量,让科技创新顶天立地,是江苏必须回答好的考题。"把江苏丰富的科教资源激活起来、把实验室沉淀的科技成果转化出来、把世界高端创新要素集聚过来,这是我们要重点做的三件事。"娄勤俭掷地有声。

（原载于2018年10月15日《光明日报》05版）

我们欠长江一个深深的道歉

——江苏"治已病""治未病"修复长江生态

纵观历史,人类文明莫不肇始于大江大河,并由此绵延展开。

长江,横穿江苏东西 433 公里,串联起南京、镇江、扬州、泰州、常州、无锡、苏州、南通 8 个地级市,涵养着江苏 1/6 的沿江生态,带给沿岸近 5000 万人民以灌溉之利、舟楫之便和鱼米之裕。

然而,由于过去几十年的过度开发和监管失控,长江生态系统警钟阵阵。水质持续恶化、厂房污水横流、船只肆意排放、码头砂石漫天……长江已被严重透支,江苏痛定思痛,开始反哺长江,一系列加减并举、破立相伴的举措不断落地。

依山傍水 江苏实现飞速发展

一方水土养一方人。长江的馈赠,使这片土地拥有了风光旖旎的景色,鱼米之乡的禀赋和控江扼海的优势。

自古以来文人墨客都对长江偏爱有加,无论是苏轼"竹外桃花三两枝,春江水暖鸭先知"的早春江景,还是张若虚"江流宛转绕芳甸,月照花林皆似霰"的月夜春江,无不在称赞长江俯身掬清水,仰首见蓝天的秀美灵动。家住江边的南京市民武志锦记得,多年前散步时常见到成群的江豚在江面游弋,不时跃出水面,发出"扑哧、扑哧"的呼吸声,十分壮观。

历史的画卷舒展,喊着号子的纤夫喜笑颜开,沿江百姓凭着辛勤劳作,获得年年有余的好光景。

"我家祖祖辈辈都是渔民,祖籍在河北邯郸。听我父亲说,爷爷那一辈生活艰苦,哪里有鱼就往哪里走,最终沿着京杭大运河,南下到扬州邵伯湖边。这里渔业资源丰富,后来河北、山东等地的渔民都聚集过来,发展成了小渔村——沿湖村。"在扬州邵伯湖当了大半辈子渔民的马长标告诉记者,改革开放以后,村里把水域包产到户,大家开始在湖里下网,一网捕上来的都是大鱼,加起来有300多斤重,一年能赚两三万元,这在20世纪80年代很了不起。

江苏人历来崇尚实业、勇于争先,他们以长江黄金水道为轴,把水运优势和岸线资源整合在一起,让长江流金淌银。

改革开放初期,江苏通过重点维护、分段疏浚,以长江、京杭运河为主通道,全省水路运输覆盖率达80%以上。便利的沿江货运,激发了当地家庭作坊的生命力,苏南"村村点火、户户冒烟"的发展模式由此开启。1983年,无锡港下乡荡上村党支部书记周耀庭接手港下针织厂,立即进行大刀阔斧的改革。从实行计件工资、带资进厂到一包三改,从优化产品结构到启用红豆品牌,接手当年就扭亏为盈。1988年,红豆推出第一个专利产品——护士衫,一举风靡全国,企业利润从一年几十万元到一天净赚10万元,江苏首家亿元级乡镇企业诞生。

靠着长江,全国百强县前10名有7个来自江苏,富了一方百姓。

靠江吃江　长江几被吃干榨尽

4月26日,习近平总书记在武汉主持召开深入推动长江经济带发展座谈会并发表重要讲话强调:"沿江产业发展惯性大,污染物排放基数大。长江岸线港口乱占乱用、多占少用、粗放使用的问题依然突出,流域环境、风险隐患依然突出。"这在江苏沿江表现为:市市连片化工园,县县码头连码头,镇镇采砂船连船,乡乡养殖网连网,村村捕鱼仓满仓。

肌体强健的长江怎么会遍体鳞伤?这不得不从人们长期不合理开发利用中探寻原因。

20世纪末,采江砂对沿江百姓来说就是淘金。当时沿江地区户户有砂船,村村有砂机,全村出动一次可运数十万吨江砂,为河流改道、堤坝溃败埋下了隐患。2002年,长江中下游1800余公里河段实行全线禁采江砂。但由于监管缺失,盗采江砂仍时有发生。

威胁河床结构的除了采砂,还有大量建设的过江通道。专家指出,过江大桥会改变水流和泥沙运动的天然状况,引起河床的冲淤变形,而江底隧道的修建将不可避免地对地质地貌产生影响,造成地质结构失稳。江苏目前规划建45处过江通道,密度最高的南京段有23处,而长江南京段河道主水道长约97公里,相当于平均每4公里就有一个过江通道,最密集的南京二桥与三桥之间,平均不到2公里就有一处。

长江不再是蜿蜒飞舞的水袖,随之而来的沿江开发竞赛和GDP比拼热潮,让本就不堪重负的母亲河变得满目疮痍。

20世纪初,江苏新一轮沿江大开发战略明确提出,重点发展装备制造、化工、冶金等重化工产业。记者曾驱车从南京沿江向苏中、苏南行进,几乎每一个市县都临江布局了化工园区。据统计,长江江苏段沿江共分布着700多家化工企业。

这直接带动了沿江地区的水运经济。为招揽货运生意,沿江地区不顾船舶污染争前恐后设港口、建码头。2011年,江苏省共有码头泊位7304个。常年在长江运营的船舶有21万艘,这些船舶每年向长江排放的含油废水和生活污水达3.6亿吨,排放生活垃圾达7.5万吨。

经过十几年的大开发、大建设,江苏沿江地区以占全省47%的面积,完成了全省80%的地区生产总值和96%的进出口总额。但这些能源重化工业与长江众多支流衍生连接的各类化学工业园混成一片,每年向长江排入约300亿吨的污水。仅长江江苏段较大的排污口就有130多个。

长江流域水资源保护局的调查表明,过去近20年,长江干流形成了近600公里长的岸边污染带,大量珍贵鱼类逐渐消失,白鱀豚、白鲟基本绝迹,中华鲟、长江鲟难觅踪影,江豚尽管仍有,但已成稀有品种,野生鲥鱼可能已经灭绝,长江野生刀鱼非常罕见。

"养育中华民族的母亲河长江,数千年来不图回报地付出,却被子孙后代糟蹋得不像样子。"江苏扬州一位已退休的环保局局长对此痛心疾首。

猛药去疴　再现大江万里清波

"病了,病得不轻了"这是习近平总书记对长江的痛心形容。从整个长江流域看,江苏段是生态负荷最重的区域之一。

"当前和今后相当长一个时期,要把修复长江生态环境摆在压倒性位置,共抓大保护,不搞大开发。"2016年1月5日,习近平总书记在重庆召开推动长江经济带发展座谈会时指出。

2016年9月,《长江经济带发展规划纲要》正式印发,成为推动长江经济带发展重大国家战略的纲领性文件。

2016年12月,长江经济带省际协商合作机制正式建立,形成了"三级运作、统分结合、务实高效"的合作协调机制。

2017年6月,江苏省在全国首先出台省级层面长江经济带发展实施规划,将本省推动长江经济带发展目标细化为50余项具体工作。

2018年4月26日,习近平总书记在武汉主持召开深入推动长江经济带发展座谈会并发表重要讲话,明确提出以长江经济带发展推动经济高质量发展。

2018年5月30日,江苏省长江经济带发展工作推进会在南京召开,共同探讨如何唱好新时代的"长江之歌",推动江苏在长江经济带高质量发展上走在前列。

两年来,上下同欲,协同作战。沿江非法码头被整治,非法采砂得到了监管,化工污染问题受到重点整治,水环境治理、水生态修复、水资源保护等工程建设着力推进,一批长江沿岸重点典型环境违法案件得以查处……随着一系列加减并举、破立相伴的举措不断落地,新旧动力正在加速转换。镇江世业洲,整治一新的江畔美景,美过村民家墙上挂的山水画;泰州姜堰时庄河,整治后清波荡漾,岸边绿意葱葱;曾经红极一时的张家港东沙化工园区,已经关停转型,空气中飘荡着化工味道的日子终成历史……

旧与新,破与立,加与减,鲜明的对比,彰显的正是以习近平同志为核心的党中央直面"病情"的勇气和猛药去疴的决心。

我住长江头,君住长江尾。长江沿岸百姓生于斯,长于斯;沿江地区成于此,荣于此。长江涵养着沿江生态,养育着亿万百姓。数百年来,江苏与长江相生共融,作为母亲河,她毫不吝啬地哺育着江东儿女。但一段时期以来,我们对母亲河更多的是"索取",昔日大干快上、追求规模速度的发展模式已然走到尽头。

　　面对长江之"病",我们必须道歉。过去,不少地方存在"先污染后治理"的惯性思维,认为追赶发展阶段"环境代价还是得付",生态环保与修复各唱各调。我们向长江道歉,是新时代治理长江的一场思想解放,不能浮于表面、流于形式,必须以"功成不必在我"的境界和"功成必定有我"的担当"治已病""治未病"。唯有这样,才能唱好新时代的"长江之歌",再现大江东去、万里清波。

（原载于 2018 年 08 月 14 日《光明日报》01 版）

徐州马庄：从“物质翻身”到“精神富有”

春节之后的马庄村，游人如织，年味不减。马庄村文化礼堂前，当地民俗工艺品琳琅满目，文化节目精彩非凡，一幅热闹繁忙的景象。

去年 12 月，习近平总书记赴江苏省徐州市马庄村考察调研。在参观马庄村文化礼堂时，总书记指出，实施乡村振兴战略要物质文明和精神文明一起抓，特别要注重提升农民精神风貌。

马庄村地处煤炭矿区，以往靠挖煤为生。但“富了口袋，空了脑袋”，精神文明建设在当地成为突出短板。是什么让马庄村实现了从“物质翻身”到“精神富有”？当地干部群众认准“文化兴村”这条路，以文化引领精神文明，一走就是整整 30 年。

因“文”而兴

“新乡土，新时代，马庄特色不能改，文化强村是方向，乡村振兴谋发展……”这几日，在马庄村文化礼堂内，快板《马庄香包真红火》成为村民们津津乐道的一个节目。

“句句说出了俺们的盼头。”马庄村村民张传佑坐在前头，笑容好几次挂在了他的脸上，这是老张今年在村里观看的第五场文化演出。

“农闲时就来看看，不仅能娱乐生活，还能学到知识。”节目结束后，老张赶忙拉着记者的手和村民们聊天，村民落座处，片纸未留，椅子还被码放得齐齐整整。

村民精气神的巨变，连马庄村老支书孟庆喜都想不到。

20世纪90年代前后,煤炭让马庄村的老百姓解决了温饱问题。但那段时间,村里酗酒赌博之风盛行,邻里摩擦不断,迷信屡禁不止……时任马庄村党支部书记的孟庆喜意识到,挖煤虽然让钱袋子鼓了,但脑袋空了,这不是真正的社会主义。于是,孟庆喜做出了一个让乡亲们震惊的决定,马庄村要成立一支农民铜管乐队,要把村民们的精气神搞起来。"再不抓就晚了,乐队就像是我们的救命稻草。"孟庆喜说。

没有老师教,就去外地请;没有合适的排练场所,就把村外偏远的农机站当作教学点。孟庆喜回忆:"特别是腊月,队员们大口吸进去的冰冷空气,呼出来就直接成了霜,让人看着都心疼。"

凭借着这股子顽劲,第二年春节乐队就登上县里的大舞台,一曲《西班牙斗牛士》一下子镇住了全场观众,马庄村闻名四乡。从那以后,乐队迎来了发展的春风,后来成立了马庄农民乐团,上过央视,去过国外,斩获众多大奖。

30年过去了,丰富的精神文化生活在马庄蔚然成风。每周一举行升旗仪式,周末举办农民舞会,夏季有乘凉晚会,冬季有篝火晚会,重大节日均有庆祝活动,马庄村也先后被评为"全国文明村""中国十佳小康村""中国民俗文化村"……如今的马庄人,精神文化生活过得津津有味。

由"文"而富

由农民乐团所带来的辐射效应,使马庄人尝到了文化的甜头,他们把握时机,走上了以文化致富的好路子。

"这是老鼠、兔子、大公鸡……"这两天,村民张书侠极为繁忙,她正在赶制当地民俗工艺品"面灯",准备在庙会上卖个好价钱。张书侠的手极为灵巧,揪剂子、捏型、上锅……块块白面转眼间变成了精致的工艺品。

张书侠告诉记者,她一天能做100个面塑,除去材料费,全卖完能赚500元。她笑着说,这几年马庄民俗旅游起来了,自家的面灯也赶上了好时候,由于村里正帮她在网上创销路,今年春节刚过,首笔订单已经在加快赶制当中。

像张书侠这样的手艺人,马庄村至少有180名,而在村招牌——马庄香包的带动下,他们乘上了文化致富的东风。面塑、剪纸、线艺……几十种当地民俗工艺品集中亮相,吸引着国内游客的关注。

"工艺品重在手工，是机器所代替不了的，甭管是啥，凝聚的都是我们马庄人的智慧。"村民刘燕一边向来往游客介绍马庄香包的制作工艺，一边告诉记者，马庄村的工艺品不仅好卖，而且每件东西都是独一无二的。

刘燕的话道出了马庄人文化致富的真正原因。马庄在打响民俗工艺品品牌的同时，严格倡导"遵循传统、手工制作"的理念，"靠质量不靠产量"早已经深入每一位马庄手艺人的心里。面对市场的冲击，马庄人全靠"守住底线、顶住压力"。

好在这方面问题，当地村委早已经帮村民想在了前头。马庄村党委书记孟国栋介绍，目前村里正以马庄香包为核心，免费对村里的手工艺人轮流培训。今年1月，集香包制作、展销于一体的马庄香包文化大院已经开工建设，下面还将规划民俗文化园、民俗博物馆、潘安湖婚礼小镇等项目，预计2018年全村文旅总收入可突破2000万元。"我们用民俗工艺品来带动整个文旅体系的建立，以文化反哺经济，村民的钱袋子就是这么充盈起来的！"孟国栋说。

借"文"成风

农村精神文明建设靠的是在百姓心头扎根，靠的是用乡风乡俗助力乡村善治。

在外人看来，马庄有"三宝"：乐团、香包、婆媳。特别是家风建设上，当地村民更是"一个看着一个"，互相"攀比"，甚至连婆媳关系的好坏，在当地已经形成比较具体的评价标准。

"别人都夸俺是马庄村的好媳妇，俺也不知道好在哪儿，这都是应该做的。"已经连续10年当选"十佳媳妇"的村民夏莉告诉记者，对于这份荣誉，一度让她"不太适应"。今年元宵节前夕，夏莉从市区买来了适合婆婆吃的汤圆，回到家第一件事就是煮给婆婆"尝尝鲜"。"婆婆喜欢吃汤圆，但身体不好，这个不甜，正好适合她老人家。"夏莉笑着说。

四年前，夏莉的公公患重病，夏莉果断辞掉工作回家专门照顾公婆生活。直到公公去世，她才恢复工作。"婆婆82岁了，我丈夫又长期在外跑运输，老人总得有人照顾。"夏莉的努力深得婆婆和哥嫂的欣赏，婆婆走到哪儿都会向乡亲们夸夸自家的这个好儿媳。

"我们每年都会评选十佳媳妇、十佳婆婆，切实养成和谐的家庭氛围。"马庄村村主任张书平说，夏莉已经成为家喻户晓的好典型、好榜样。"我们还为每户村民建立了家庭档案，包括尊老爱幼、家庭和谐、环境卫生、遵纪守法、好人好事等事项，年终进行量化考核，村民们的综合素质在潜移默化中不断提升。"张书平补充道。

有了"小家"才能有"大家"，马庄村在提升村民精神文明的同时，还巧妙地将家风建设与爱国教育紧密结合起来。每月1号，村里会定期举行升旗仪式，2700名村民齐聚在一起，使爱国情怀讲在国旗下、融入日常生活。

马庄人胆子大、眼光远、干劲足，在徐州市委常委、宣传部部长冯其谱看来，马庄村的成功并不是偶然的。"一'马'当先、百村争鸣，乡村振兴战略离不开精神文明建设，而马庄村的成功经验正是最好的证明。"冯其谱说。

（原载于2018年03月07日《光明日报》13版）

是什么拨动了江苏发展的琴弦

据国家统计局最新公布的数据显示：2017 年前三季度，江苏省的 GDP 总额位居全国第二；全国综合实力百强县前 10 名中，有 7 个来自江苏；江苏是唯一一个 13 个省辖市都跻身全国经济百强的省份。

在生态、科技、资源优势均不突出的情况下，江苏以只占全国 1% 的土地，养活了全国 6% 的人口，创造出全国 10% 的产值。江苏何以在"有限"中实现"有为"，以昂扬的姿态领跑全国？

"党的十九大报告提出，没有高度的文化自信，没有文化的繁荣兴盛，就没有中华民族伟大复兴。文化自信正是支撑江苏实现新发展新跨越的关键所在。"江苏省委书记娄勤俭说，近年来江苏深入挖掘文化内涵，将深厚的文化底蕴转化为经济和社会发展的现实优势，实现了发展的新跨越。

节骨眼上：文化拨动了发展的琴弦

历数改革开放以来江苏经济几次转型发展，每到关键时刻，文化的支撑作用都不可或缺。

第一次转型是改革开放初期。20 世纪 80 年代初，全国许多地方还没有摆脱"以粮为纲"的束缚。而江苏，特别是苏南地区，历史文化的积淀开启了社会新风气，针对人多地少的实际，大办乡镇企业，赢得了先发优势，造就了一批第一轮改革开放后的弄潮儿，形成闻名全国的"苏南模式"。

第二次转型是外向型经济的发展。20 世纪 90 年代，江苏紧跟国家大政方针的步伐，立足科教人才优势，抓住跨世纪经济发展和对外开放的关键，积极鼓励高校、科研院与企业"攀亲结缘",使得"散兵作战"变成"集团军",积极实施经济国际化战略,由内向型向外向型经济转轨,使得江苏的开放型经济长期走在全国前列,特别是外资成为江苏的一大特色和优势。

第三次转型是新世纪的经济结构调整。由于设备陈旧,管理落后,结构单一,江苏的经济发展在经历了十多年的兴旺后钻进了"死胡同"。发展如何爬坡过坎? 江苏凭借发达的科教资源、雄厚的科研基础,通过"腾笼换鸟"实现经济升级。

如今,我国经济已由高速增长阶段转向高质量发展阶段,正处在转变发展方式、优化经济结构、转换增长动力的攻关期。江苏经济发展面临新的机遇和挑战。

立根固本:变"人口负担"为"人才优势"

崇文重教,正是江苏文化自信的根基与底气。《二十四史》中有传者两万人,其中 6000 余人是江苏籍人;在中国科举历史中,江苏籍状元共有 357 位,是全国出状元最多的地方……氤氲千年的书香,在历史的长河中传承至今。新世纪以来,江苏继续秉承尊师重学的文化传统,全面实施"科教兴省"战略,大力发展教育。据统计,截至 2016 年年底,江苏的学前三年教育毛入园率达97.6%,义务教育巩固率达 100%,高中阶段毛入学率达 99.1%,高等教育毛入学率达 52.3%,率先在全国实现了县域义务教育发展基本均衡全覆盖。

在文化的涵养下,江苏将人口负担转化成了人才优势。目前,江苏人口密度是全国平均水平的 5.2 倍,但江苏人才资源总量达 1076 万人,其中"两院"院士 96 人、研发人员 74 万人,在校大学生近 190 万人,还有大批工作在产业一线的高新技术人才,数量居全国前列。

优质的教育将强大的人才基础转化为科技实力,让江苏创新发展的优势得以彰显。据统计,十八大以来,江苏累计获得国家科学技术奖励 244 项,拥有国家创新型试点城市 10 所、国家大学生科技园 15 家、国家高新区 18 家,数量均居全国第一。在此基础上,江苏在全国率先成立省一级产业技术研究院,打破以往财政支撑、政府主导的运行机制,进一步推动科研成果在江苏落地开花。

从全球最快的超级计算机"太湖之光",到下潜最深的"蛟龙号";从丰硕的科技成果产出,到令人瞩目的企业创新和产业蝶变——创新为江苏的经济发展注入不息动力。最新数据显示,江苏规模以上高新技术企业创造了全省26%的工业产值、30%以上的利润、47%的新产品产值和73%的发明专利,科技进步对经济增长的贡献率达到61%。

吐故纳新:让文化从幕后走到台前

十九大报告指出,健全现代文化产业体系和市场体系,创新生产经营机制,完善文化经济政策,培育新型文化业态。

江苏认识到,文化实力就是经济潜力,必须要为经济发展找到一个新支点,这个"支点"就是文化产业。2010 年,江苏在国内组建了第一只文化基金——紫金文化产业发展基金,两期 40 亿元资金已投资 29 个股权项目。与此同时,江苏于 2013 年在国内率先将文化科技企业纳入科技专项予以扶持。如今,文化产业占江苏 GDP 比重达 4.97%。

文化产业的活力持续释放。几年前,受太湖蓝藻影响的无锡雪浪轧钢厂就地变身为数字电影产业园"华莱坞"。如今,300 多家国内外知名影视企业在此落户,拍摄和制作影视剧 300 多部,仅半年税收就超过了两亿元。

党的十八大以来,江苏创新施策,助推创意、科技、金融"三驾马车"拉动文化产业发展,把文化与相关产业融合发展摆上更加突出的位置,不仅创造了产业新业态,而且也找到了经济新空间。据统计,2016 年年底,江苏文化产业增加值 3488 亿元,从业人员超过 220 万人,规模以上文化企业 6800 多家,总资产规模、主营业务总收入均突破 1 万亿元……文化产业发展指数仅次于北京和上海。

"过去是'文化搭台,经济唱戏',经济发展缺乏内涵,也缺乏后劲。"江苏省委常委、宣传部部长王燕文说,而江苏是文化既搭台,又唱戏,经济与文化相得益彰,推动江苏的发展更具活力、更有竞争力。

势如破竹:让文化气质成发展动力

江苏独特而多元的文化孕育了江苏人开放包容、开拓进取、创新创优的精神。从 30 年前首家台资企业常升丝网有限公司落户江苏,到目前累计批准台资项目超过 2.6 万个,总投资千万美元以上项目超过 6000 个,实际到账台资超过 729 亿美元,江苏吸引利用台资占大陆台资总量的近三分之一,苏台贸易约占两岸贸易总额的五分之一。很多台湾投资商坦言,除了江苏的投资环境,江苏深厚的历史文化和科教人文家底,江苏人的诚实守信与亲和包容,也是他们选择江苏的理由。

"丰饶的水土环境和深厚的文化积淀,造就了江苏人方正有信、好学聪慧的内在气质。"娄勤俭说,这样的文化气质成为今天江苏经济发展的动力。纵观江苏经济发展的数次转型便会发现,伴随着每一次经济转轨,文化软实力的支撑作用总是不可或缺。

文化气质总是能让江苏在转型中用智慧把握方向和速度,实现发展从"量"到"质"的飞跃。2016 年,江苏全社会研发投入占 GDP 比重达 2.61%,高新技术产业产值占规模以上工业总产值的比重为 41.5%,万人发明专利拥有量 18.4 件,区域创新能力连续 8 年位居全国首位。

如今,浩荡的长江在江苏省内连缀起一串文明城市链,构成了扬子江全国文明城市群。宿迁、徐州、盐城……2017 年,新一届全国文明城市评选中,扬子江全国文明城市的队伍进一步扩充。如今,江苏南北文明风尚的旗帜一起飘扬。

如果说昨天的文化是今天的经济,那么今天江苏文化的发展,必将为明天江苏经济的腾飞注入新的活力。

（原载于 2017 年 11 月 25 日《光明日报》01 版）

先富怎样帮后富

——探寻江苏共同致富的文化基因

5月19日,来自全球1500余位江苏籍和在江苏学习、工作过的知名人士应邀齐聚家乡,共叙桑梓情,共话家乡发展。江苏的发展缘何能情牵众多海内外游子,唤起游子的思乡情绪和家乡情怀? 这一切,无不与他们身上深植于江苏土壤内的文化基因紧密相连。

抱团取暖　从文化共生到合力发展

长江横贯东西,运河纵穿南北。多种各具特色的区域文化共生,构筑了江苏独具特色的历史文化魅力。

江苏人抱团取暖以善积传家。宋代范仲淹在苏州建立的范氏义庄,开启了江南乡村宗族间的赡老扶贫助学。及至明清,江苏富家大户开始效仿建立施惠于本族的义庄。宗族间的抱团取暖,使明清江南成为状元文人荟萃地,书香文脉得以延续,文化根基得以传承。

在民族存亡之际,江苏的抱团取暖文化发挥出深厚的力量。面对列强入侵,江苏人喊出实业救国的口号,并投身于实业兴国的实践中。常州人盛宣怀,南通人张謇,无锡人荣德生、荣宗敬兄弟……江苏实业家用实业抗击洋货的入侵。

灾难中,抱团取暖总是给江苏人带来力量。"6·23"盐城阜宁特大风灾后,记者在阜宁现场,感受到了抱团的温暖,一切救援工作紧张有序。近期,记者得知部分灾区居民已经乔迁新居……这一切,都离不开抱团的力量。

抱团取暖，还要找准特色。江苏省委书记李强在江苏省制造业大会上强调，越是特色的东西越具有不可替代性，越具有竞争力和生命力。目前，江苏人靠着共同致富的文化基因，不仅自己富裕了，精准扶贫的援手还伸向了新疆、西藏、宁夏、贵州、陕西等地。

集体致富　从"天下熟足"到"强富美高"

从华西村奇迹，到张家港精神，从苏南模式，到昆山之路，这些都是共同富裕文化的集中体现。

"百姓富""共同富"是"新江苏"建设成效的重要内容和直观反映。截至2016年底，江苏地区生产总值达 7.6 万亿元，城乡居民人均可支配收入分别达到 37173 元和 16257 元。全国县域经济与县域经济基本竞争力百强县江苏占了四分之一。昆山、江阴、张家港、常熟，如今正以超过 2000 亿元的 GDP 领跑全国县域经济。

集体致富的思路也在与时俱进，宿迁市委书记魏国强告诉记者，4 年间，宿迁从两个淘宝村，发展到 6 个淘宝镇、50 个淘宝村，超过 45 万人"触网触电"就业致富。在一批批先富起来的"创客"带动下，网络创业蔚然成风。

徐州市睢宁县沙集镇，是集体用互联网改天换地的另一典型。这个曾经的贫困镇从 2006 年开始，引领村民钻研电子商务，历经 10 年苦心经营，村民的人均年收入从 2000 元增长到 18000 元，创造了"农户+网络+公司"的"沙集模式"。

经济强、百姓富、环境美、社会文明程度高的新江苏，是江苏"十三五"发展的总目标。在"强富美高"总目标的引领下，江苏用百姓富裕、共同富裕描绘发展蓝图。

集体富裕的中国力量

中央要求东部地区"率先探索减少相对贫困、实现共同富裕有效途径"，而在抱团取暖、集体致富的文化基因影响下，江苏没有辜负中央的这一期望。

张家港善港村本是需要扶助的经济薄弱村，在村党委书记葛剑锋的带领下，善港人用集体的智慧，铺就了一条党建引领下的致富路。短短 4 年，就从经济薄弱的扶贫村变成拥有 160 多家区域企业、年销售超 20 亿元、村可用财力达 2400 万元、拥有现代化有机生态农场的康居乡村。

被称为"天下第一村"的江阴华西村，是中国最富有的六个村子之一，在抱团取暖、集体致富的道路上并未停歇。从 2001 年开始，华西村先后整合了周边 20 个村，组成了面积超过 35 平方公里、人口超过 3.5 万人的"大华西"，带动周边共同发展。如今，大华西的人均年收入超过 9 万元，家家过上了富足的生活。

集体富裕，更是引领 13 亿中国人民共同奔小康的中国力量。江阴华西村帮扶下的宁夏华西村，也走上了集体致富的道路。通过多年集体经营，宁夏华西村形成了以枸杞种植、运输业和旅游业为主的产业格局，农民年人均纯收入由不足 600 元增长到现在的 12000 多元，近 200 户家庭年均纯收入破 10 万元大关。

在江苏，抱团取暖、集体致富是深植于土壤中的文化基因，在历史的不同时期，总能发挥出效力。在集体富裕的道路上，一个个鲜活的例子向我们表明了选择集体致富是历史的必然。

（原载于 2017 年 05 月 20 日《光明日报》02 版）

江苏:"富民思维"撬动发展杠杆

"以前农民把土地承包给别人种,一亩一年收 300 多元。土地流转之后,一亩地的年收入达到 700 元。"在江苏省南京市江宁区,谷里街道亲见社区党总支书记朱家斌掰着手指向记者细说土地流转的好处。他告诉记者,得益于政府鼓励农民多渠道创收的政策支持,今年农民收入达到两万多元。最近,他们还办起了家庭农场,让农民的钱袋更快鼓起来。

曾经的江苏,面对着一个尴尬的现象:经济快速发展,百姓的腰包却没有太大变化,人均 GDP 与人均收入的比例处于"失调"状态。有人把这种现象叫作"只长骨头不长肉"。近年来,江苏革新发展思维,提出"藏富于民"的发展思路,并试图以此撬动发展的杠杆。

走进宜兴市万石镇后洪村,"悠悠后洪芹,浓浓田园情"的巨幅宣传牌吸人眼球。连片种植的水芹田边,来自上海、苏州等地的商贩们正在收购装车,人来车往十分热闹。2006 年初,该村干部凑了 28 万元,承包了村里的 60 亩荒地,开始建设水芹基地,带领农民走上了一条发展特色农业的致富路。如今,后洪村水芹种植面积已达 1500 亩,并带动周边地区农民种植水芹 2000 多亩,亩均效益达到 1 万多元,成了远近闻名的"水芹村",村民也走上了致富道路。

"水芹村"是江苏藏富于民的一个缩影。11 月 18 日,中国共产党江苏省第十三次代表大会在南京举行。此次大会上,"富民"成了江苏省委书记李强报告中的关键词,也是代表们热议的话题。过去五年间,江苏将近八成公共财政支出投入民生工程。各级党委和政府清醒地认识到,百姓的活力是经济的潜力,只有百姓富足,社会的发展才能更进一步。"十三五"期间,江苏将继续释放民间财富活力,尤其注重帮扶困难群众和弱势群体,确保小康路上一户不落。

在政府为民致富的同时,百姓也为经济发展贡献着力量。今年36岁的谢晴容已是苏州一家文化创意公司的老总。她说,公司刚起步时一无资金、二无团队,管理也是传统家庭作坊式的模式。最艰难的时候,苏州市政府伸出援手,主动上门帮助他们申请了文化产业类和创新类相关资金,解了燃眉之急。在政府支持下,谢晴容组建并带领团队从产品研发、品牌建设到市场推广等环节不断探索,至今共获得专利23项、著作权60项,创造了上百个就业岗位。"下一步我想成立一个针对大学生群体的文化创意培训班,无偿地将经验与技术教授给有创业梦的年轻人,也算是我回报社会的一种方式。"

高水平全面建成小康社会,最直接、最根本的是提高广大老百姓的富裕程度和生活质量,这是江苏人的一致共识。"聚焦富民,民心所盼。这是我们最应干、能够干、必须干好的事情,也是我们今后五年要打赢的主攻仗。"李强说。

（原载于2016年11月20日《光明日报》03版）

跨越大江的融合

——江苏苏南苏北协调发展之道

大江东去,把江苏拦腰隔断,形成了苏南和苏北。

过去,苏南和苏北隔江相望,经济差距较大。17 年前,记者曾驱车在长江两岸采访,将沿途见闻写成长篇通讯《大江隔断了什么》,发表在《光明日报》1999 年 2 月 7 日的头版。

如今,江苏境内的过江大桥和跨江隧道已有 10 余条之多,苏北地区的GDP 也已突破万亿元大关,各项经济指标的增幅均高于江苏平均水平,经济总量对江苏的贡献率超过 40%。十年间,曾经的经济洼地如何翻身一跃变为增长极? 带着问号,记者再次跨江北上,探寻苏南和苏北协调发展的融合之道。

精准帮扶,携手共进的融合理念

苏北曾落后的原因,除了地域劣势外,"等、靠、要"等观念也是症结所在。是谁拨动了苏北由穷到富的琴弦? 记者来到南北共建的工业园区,在一个个扎根苏北的苏南挂职干部身上找到了答案。

记者到达位于宿迁的宿豫工业园区,工作人员指着张家港大道说:"这是我们修的第一条公路,当初工业园区建设时,这里除了比人高的野草,其他啥也没有。"顺着所指的方向,记者看到几条宽阔的柏油马路纵横交错,路两旁整齐地分布着大大小小的厂房,一个现代化工业园区已具规模。

"没有苏北的现代化就没有江苏的现代化,没有苏北的小康就没有江苏的小康。"正是在这种思路和理念指引下,一场十多年的帮扶计划在江苏大地展开。苏南派干部带资金到苏北挂职;互派挂职干部,少则3年,多则5年;实行精准帮扶,南北共建……如今,在苏北的每个县都能看到苏南干部的身影。

原淮安市副市长高雪坤是昆山人,曾担任过昆山经济技术开发区主任、昆山市常务副市长,是"昆山经验"的缔造者之一,十年前调任淮安工作。在淮安经济技术开发区,引进的企业近一半来自昆山。"我们把昆山成套的成功经验、模式搬移过来了。"高雪坤满怀信心地告诉记者,"先照葫芦画瓢,等有了能力就自己搞创新,我觉得这样发展,要不了多长时间,淮安将会成为另一个昆山。"

高铁纵贯,南北同城的融合红利

"苏北的振兴靠什么?"在南京大学产业经济学专家吴福象看来,苏南的产业资本向苏北转移是主要推动力,而高铁正是催化剂。

徐州是最早享受"高铁福利"的苏北城市,徐州经济技术开发区距离徐州高铁站10分钟车程,这里正上演着智能制造的传奇。

在徐州经济技术开发区,机器人形成产业规模的企业已达20多家,2015年机器人产业实现产值同比增长9%。以传统工业制造闻名的徐州,正大踏步转型升级,传统的装备制造、工业电子等产业加速向高端发展,新兴的高端家电、新能源汽车等新兴产业蓬勃发展,这其中高铁功不可没。

"高铁把客户带进来,也让我们走出去。"徐工集团宣传主管王家樾对此有切身体会,"高铁方便了我们去苏南等制造前沿地区学习,也把这些专家拉来为我们做技术指导和支持。"高铁的便捷带来了人才的流动,为企业走向高端制造提供了更多智力支持,带动了老工业基地的智能化升级转型。

高铁开通以来,徐州商贸业快速发展,社会消费品零售总额3年增速均居江苏省前列,新兴产业产值比高铁开通前翻了两番多,占规模以上工业比重达到37.7%,提高了21.1个百分点。

"苏北过去就是吃了太多交通滞后的苦,许多外商和港台同胞想来投资,一考察交通,没有铁路,望而却步。"在江苏省交通厅厅长游庆仲眼里,即将建成的连淮扬镇铁路和徐宿淮盐铁路,将成为纵贯南北的"脊梁骨"和横穿苏北的"金绶带",真正发挥出江苏南北融合的叠加红利。

跨江联动,产业转移的融合效应

南北经济差距是制约江苏经济协调发展的一个"瓶颈"。2007年江苏开始探索南北共建园区创新实践,鼓励苏南重大产业转移项目落户苏北,推动苏南和苏北跨江联动。

近年来,太仓市与连云港市开展南北共建合作,先后在灌南县建成化工园、高新技术产业园、循环经济产业园。其中,循环经济产业园是在化工园基础上转型升级,通过引进太仓宏达集团,建成以热能发电为龙头,综合纺织印染、食品加工、新型酶制剂的循环产业基地。这是苏南太仓与苏北连云港共建产业园以来在供给侧上的一次变革。

发达地区缺空间,欠发达地区缺机会,两者放到一起就会产生超出预想的乘数效应。

位于苏通大桥北侧的苏通科技产业园,一个"江海生态城、国际创业园"的雏形已经出现。苏州工业园的成功经验、苏南和全球的优质产业,让江北这块50平方公里的土地"点石成金"。现在,南通拥有12个产业合作园区,其中8个与上海、苏州、无锡共建。

目前,江苏已建成44个南北共建园区。5年来,苏南、苏北GDP年均分别增长10.5%、12.2%。在苏南经济发展质量和效益不断提升的同时,苏北对全省经济增长的贡献率由39%提高到44.6%。

（原载于2016年04月07日《光明日报》01版）

看江苏经济如何逆势上扬

"十二五"期间地区生产总值连跨三个万亿元台阶,平均增速达 9.6%;2015 年经济总量突破 7 万亿元,增速达 8.5%,高于全国 1.6 个百分点。

成绩的背后,是江苏发展面临的严酷现实:人口密度全国省区最大,人均环境容量全国最小,单位国土面积工业污染负荷全国最高……沉重的资源环境压力严重束缚着江苏的发展。

如何在"有限"中实现"有为"? 江苏的答案是:向创新要发展。从抓科技、重人才到调结构、促转型,敢为人先的江苏人在实践中摸索出一条高质高效的发展之路。

三重压力

江苏物质资源匮乏,平均 742 人挤在一平方公里土地上,人均水量低于 500 立方米,属极度缺水地区,九成以上的煤炭、原油和天然气依靠外省或进口。

人多地少、资源短缺的现状,还造成巨大的消费压力与环境压力。江苏工业化程度居全国之首,重工业稠密,许多沿海地带都被开发成工业园区,环保形势严峻。

就经济结构而言,江苏经济对外依赖重,其中苏州、无锡等地区尤为突出。在当前全国经济下行压力增大、外资投入持续下降的大环境下,江苏外贸外资的发展步履维艰。

这三重压力成为阻碍江苏经济发展的桎梏。

创新驱动

如何逆势突围? 江苏省省长石泰峰一语中的:向创新要发展。区域创新能力连续 7 年保持全国第一;2015 年全社会研发投入 1788 亿元,占 GDP 比重 2.55%;科技进步贡献率 60%——漂亮的成绩单背后是江苏人敢闯敢创的魄力与胆识。

江苏制药业"两头在外",既不产原料,又缺少市场,但全国百强药企中有 11 家来自江苏。过去五年,中国药科大学承担国家"重大新药创制"科技重大专项课题 26 项,并研发出全球首个将银杏二萜内酯用于防治缺血性脑梗死的药物。

早创新、早转型。江苏华昌化工股份有限公司是苏南化肥产业的龙头老大,公司总经理胡波告诉记者,如今工厂实现了炉渣 100% 回收利用、合成氨蒸汽自足利用等。此外,华昌化工年产 100 万吨新型生态肥料项目在苏北涟水落地,大大优化了产品结构,绿色生产的步子迈得更快更大。

"十二五"期间,江苏新兴产业销售收入突破 4.5 万亿元,占规模以上工业总产值比重近 30%;高新技术产业创造了 40.1% 的工业增加值;服务业占经济总量比重超过 48%,超越第二产业,实现产业结构"三二一"的标志性转变。

三大启示

江苏令人瞩目的发展奇迹,首先离不开创新。江苏省社科院副院长刘旺洪指出:"新一轮转型的核心是创新驱动。"在优化产业结构方面,江苏以"调高、调轻、调优、调强、调绿"为思路:以发展壮大战略性新兴产业调"高";以加快发展现代服务业调"轻";以改造提升传统产业调"优";以提高自主创新能力调"强";以提升经济可持续发展水平调"绿"。

其次,离不开人才对产业发展的推动。东南大学经济管理学院副院长周勤认为,人才结构的优化为产业结构调整提供了智力支持。2015 年,江苏通过实施重大人才工程,引进"高精尖"人才队伍。目前,江苏有两院院士 98 人,入选国家"千人计划"598 人,省"双创"引进人才 3127 人,在江苏的外籍专家超过 10 万人。

最后，也离不开敢为人先、居安思危精神的凝心聚力。南京大学经济学教授刘志彪表示，独特的地域文化造就了江苏人勤劳、稳健的性格。通过将传统文化与现代经济深度融合，大大提升了江苏人的"精气神"，成为江苏经济逆势上扬的有力支撑。

（原载于 2016 年 01 月 30 日《光明日报》01 版）

"强富美高":看江苏如何绘发展蓝图

去年 12 月,习近平总书记对江苏提出了新的发展要求,希望江苏紧紧围绕"两个率先",努力建设经济强、百姓富、环境美、社会文明程度高的新江苏。这份嘱托,赋予了江苏为全国发展探路的光荣使命。

一年来,在"强富美高"目标的引领下,江苏全面深化改革,一步步将总书记描绘的美好蓝图变成现实。今年 1—10 月,江苏规模以上工业增加值增长8.3%,高于全国 2.2 个百分点,领跑东部省份。江苏服务业快马加鞭,占全省GDP 比重超过 48%,首次超过制造业,成为经济发展的主力军。

这一年,面对严峻的经济下行态势,江苏探索出了建设"强富美高"新江苏的经验:行稳致远,踩准速度与质量的平衡点;绿色发展,做好生态与经济的加减法;"三音"齐奏,唱响道德与文明的最高音。黄海之滨,江淮两岸,为了总书记的殷切希望,敢为人先的江苏人,奉上了一系列引人瞩目的"看点"。

行稳致远,踩准速度与质量的平衡点

新常态,经济增速换挡是大势所趋,但换挡不是"高台跳水",而是稳中提速。

物流是经济的血脉。靠海的江苏把航运物流作为经济新增长点,将投资目光聚焦于"一带一路"战略的重要物流基地——连云港。采访中记者了解到,江苏 5 年来累计投入港口建设资金 130 亿元,建成 30 万吨级航道一期工程,赣榆港区、徐圩港区开港运营,拉开连云港港"一体两翼"组合大港框架。目前连云港港口岸区域通关已扩大至陆桥沿线 15 个省区,建成江苏最大集装箱泊位群，并与新加坡港务国际、哈铁快运等 100 多家国内外企业建立了合作关系。

优而新的增量，盘活了存量，稳住了总量，但"稳"是为了更好地"进"，稳中提质的动力来自结构调整、转型发展。

"互联网+"已成为江苏经济转型的一大主题。陈华根原是苏州一家传统不锈钢螺钉厂老板，抓住"互联网+"的机遇，他在 2014 年年底开始筹划建立行业 B2B 平台"工品一号"。如今，不仅本厂产品通过网络拓宽销路，月销售额突破千万元，还为越来越多的供采双方搭建起了桥梁。"互联网+"的机遇为产业转型升级增添了动力，也富了老百姓的口袋。截至目前，苏州电子商务交易额增长 40%，经营性净收入同比增长 8.6%。

早转型、早主动。江苏踩准速度与质量的"平衡点"，呈现出全新发展轨迹。成绩单上，上扬曲线非常明显。2015 年 1 至 9 月，江苏新兴产业销售收入增长 10.6%，高新技术产业产值占比 39.9%，现代服务业增加值占 GDP 比重超过 48%，实现了产业结构"三二一"的标志性转变。

绿色发展，做好生态与经济的加减法

人多地少，资源缺乏，环境容量小，是江苏的特殊省情；人均 GDP 超过 1 万美元，经济加快转型升级，是江苏所处的特殊阶段。面对生态环境和经济发展的双重压力，江苏坚持走绿色发展道路，一手做减法，为生态减负；一手算加法，为经济增值。

为做好减法，江苏以"增产减污"为目标，建立了行业产能总量控制、能耗等量替代、污染物排放减量置换的"双控"制度。位于张家港锦丰镇的沙钢集团成为此举的先践者。近几年，沙钢以烧结脱硫为重点，先后投资 5 亿元实施 6 套烧结机烟气脱硫项目，形成年二氧化硫减排能力 2.4 万吨。同时采用的转炉"负"能炼钢技术，实现年增产 23.12 万吨标煤，成为国内节能增产的标杆企业。

绿色发展离不开生态农业。为了算好加法，江苏以农业废弃物资源再利用为原则，大力发展绿色循环农业，使农业增产和减污并向同行。对单一的规模养殖场，江阴实现了以沼气处理为纽带、以种养结合为重点的单元式小循环模式;对区域内畜禽粪便的资源化利用,江阴主要依靠畜禽粪便集中处理中心,实现农田—畜禽—粪便—有机肥—农田的闭环路径循环利用。目前,江阴市已建成44个沼气设施,预计年产沼气193万立方米、年发电量425万度。同时,建成2个畜禽粪便集中处理中心,年生产优质商品有机肥10余万吨。

"三音"齐奏,唱响道德与文明的最高音

"强富美高"的新江苏,既要有经济上的硬实力,也要有文化上的软实力。在精神文明建设的道路上,江苏三音齐奏,唱响了践行社会主义核心价值观的动人旋律。

定好"主音"——团结奋进的社会氛围必然有一种积极向上的主流价值观。在江苏党政干部办公室、普通百姓家中、书店热销图书区,一套14卷的《社会主义核心价值观研究丛书》时常映入眼帘。这是国内首套全面研究和阐释社会主义核心价值观的著作,由江苏160多位学者精心凝铸而成,对社会主义核心价值观24个字、12个词逐一解读。这是江苏定调社会"主音"的生动探索。

唱好"高音"——榜样的力量是无穷的。江苏注重选树道德模范、身边好人,营造见贤思齐的良好氛围。近年推出的江苏"榜样",既有"时代楷模"赵亚夫、王继才夫妇这样的重大典型,也有南京火车站"158"雷锋服务站等志愿群体。江苏不仅设立了"赵亚夫奖"来表彰农技推广领域的先进个人,还定期选派人员到赵亚夫蹲点的戴庄村集中学习。同时,江苏还成立一批"劳模工作室"。

发好"合音"——扬善乐善,志愿奉献。扬州"红马甲"是全国志愿者先进集体,这支维护市容的志愿者队伍年龄最大的76岁,最小的只有5岁。他们随身携带抹布和扫帚,走到哪里,就把清新整洁留在哪里。在江苏,志愿服务早已成为一种社会风尚。

核心价值观的建设还在路上,但江苏三音齐奏的动人旋律已悠扬传出:截至目前,江苏共有30人当选全国道德模范及获得提名,589人入选"中国好人榜"。在今年2月的"全国文明城市"评选中,江苏3个城市新当选全国文明城市,文明城市的数量共计9个,位居全国第一。

（原载于2015年12月15日《光明日报》08版）

南京高淳发展证明：方向比速度更重要

今年，江苏省南京市高淳区计划在漆桥古村落设立慢食文化体验街区，展示食品制作过程，让游客享受慢食文化。为了保护环境，早在 2003 年，高淳就关停、搬迁沿固城湖而建的 30 多家企业。2010 年，高淳又在桠溪镇建成全国首个国际"慢"城，镇里不建任何快餐店、大型超市、工业企业。而一项最新统计表明，近 10 年间，高淳区 GDP 翻了近三番。这些是高淳区注重生态、"慢中取胜"的结果。

20 世纪 90 年代，高淳坚持不以牺牲环境换取经济增长，GDP 在全市后列。有人质疑："环境好有什么用，吃好穿好才是硬道理。"高淳人也很困惑，不能为了发展经济而破坏环境，可守着碧水青山，一直穷下去，也不是办法。

经过热烈讨论后，高淳人决定，先保环境。区委书记吴卫国说："办一个'三高两低'的工厂，政府一年最多能收进 100 万元，但湖水被污染了，用再多的钱也换不来。相反，如果一座城市的生态价值、人文价值都上去了，这给高淳所带来的效益，又是多少个 100 万呢？"

绿水青山才是真正的金山银山。高淳历任领导都不为短期经济利益而破坏环境，敢于在骂声中"慢"下去。

重视生态发展，高淳人找到了新的经济增长点：把吃的食品变成看的风景，办起金花节、螃蟹节等，通过旅游带动特色农业，大力调整农业结构，建成省农业现代化建设试点区、省园区农业建设先进区。这些无污染工业充分调动了农业、旅游、文化等因素，高淳的经济也活跃起来。

大山深处的桠溪镇，曾是高淳最穷的地方。2006 年，政府把最后一家化工厂迁出了村，并创建全国农业旅游示范点，2007 年，又投入 8 亿元在蜿蜒的山间铺设水泥路、治理环境、对发展乡村旅游的村民给予补贴。如今,一条江苏省内最长的48公里"生态之旅"景观带连缀起6个行政村,串起两万人口的致富路。

随着生态保护的经济效应逐渐显现,人们发现,进入高淳的都是绿色环保的高新技术企业,这大大地提高了高淳整体经济水平。有专家说,这么多年来,高淳没有在治污修复上浪费一分钱,高淳的钱值钱!

好景好收成带来有文化的好生活。路过高淳桠溪镇韩桥村村口时,一群穿神袍,戴头盔和面具,手执各类兵器的村民吸引了记者注意。原来,这是村民在练习"跳五猖"。"跳五猖"是我国古老的舞蹈形式,被誉为民间舞蹈的起源。然而,由于种种原因,它已消失了60余年,濒临绝迹。近年来,富裕的物质生活让农民更加渴望多彩的精神文化生活。在政府的大力扶持下,桠溪镇韩桥村最先组建了"跳五猖"表演队,村民们一有空,就到活动室跳起来。中国民俗摄影协会会长沈澈曾专程到韩桥村看了表演,并称赞"这是全国绝无仅有的"。

高淳还先后恢复了大马灯、中马灯和小马灯等民俗表演。有关专家指出,这一做法在丰富农民精神生活的同时,也抢救了一批艺术价值很高的传统民俗文化项目。

如今的高淳百姓,既鼓了口袋,又富了脑袋,越来越多人成为生态环境的自觉维护者。垃圾分类,用竹篮、布袋买菜,在家门口种草养花。环境至上的观念在高淳人心中扎下根。

"一个地方的发展,必须尊重自然、敬畏自然。"吴卫国说,这是高淳的宝贵经验。看似"慢半拍"的高淳,事实上已快了好几拍。

（原载于 2014 年 08 月 11 日《光明日报》01 版）

一座千年古城的"生态自觉"

　　从成为全国第一批拥有生态规划的城市之一,到为城市生态中心画"保护红线",扬州人践行生态文明的步伐坚定有力;从"联合国人居奖城市"到"环保模范城市",一块块"金字招牌",镌刻着扬州人践行生态文明的清晰足印。

　　"亲水城市水更清,绿杨城郭城更绿。"扬州市委书记谢正义说,"扬州在全省第一个提出'生态强市'发展战略,探索出了一条经济发展、环境优化、民生改善的生态文明建设新路子,彰显了宜居、宜游、宜业的城市特质。"

　　生态扬州,像一枚鲜亮闪耀的勋章,挂在千年古城胸前。

从禀赋到坚守

　　"绿水青山"就是"金山银山"。扬州把生态优先作为经济发展、城市建设和社会运营的第一原则——

　　在当今时代,城市间面临着激烈竞争。要"绿水青山",还是要"金山银山",考量着一座城市的定力。扬州这样作答:

　　2003年11月,扬州人大常委会通过扬州市生态城市建设规划的决议。扬州,成为全国第一批正式拥有生态规划的城市之一。

　　2007年9月,扬州人大常委会通过关于建立城市永久性绿地保护制度的决议。目前,全市已有蜀冈西峰生态公园、万花园、笔架山景区等超过百万平方米的20多块绿地得到永久保护。

　　2013年7月,扬州人大常委会通过了关于切实加强"七河八岛"区域生态环境保护的决议,这片位于城市中心区、面积约51.5平方公里的"大扬州"生态中心被画上了"保护红线"。

……

"在谋划'七河八岛'开发建设之初,先画'保护红线',先确定严控什么、不能干什么,这充分体现了生态优先的原则。"扬州市市长朱民阳说,扬州将生态保护放在优先考量的位置上,并以人大决议的形式将生态优先的理念转变为全民意志。

优良的生态环境是扬州最引以为傲的资源禀赋,扬州在谋划跨江融合发展和苏中崛起的过程中,响亮地提出:"绿水青山"就是"金山银山"。

"以牺牲环境为代价去发展,毫无意义。"我国著名经济学家、南京大学党委书记洪银兴教授说。

在深刻反思后,扬州确立了自己的发展理念:用制度保护生态环境,坚守城市个性和特质。

扬州建立了领导干部任期资源消耗、环境损害、生态效益责任制和问责制,实行重大生态责任事故一票否决制;建立了完善的环境监管机制和动态监测网络,实现对全市环境状况的实时监控……健全的体制机制为保护城市生态、坚守城市特质提供了强大保障。

从资源到资本

把保持和扩充生态功能作为第一准则,扬州擦亮"生态名片"彰显竞争优势——

去年11月26日,美国的《洛杉矶时报》和《国际日报》共同聚焦扬州"七河八岛"。一篇报道中这样描述:"在美丽的扬州江广融合地带,有一片特殊区域,这里水连天,林无边,岛有仙,如一幅幅水墨画。她的名字叫'七河八岛'。"

《国际日报》总编朱易说:"在城市化浪潮风起云涌的当今中国,扬州在城市的最中心地带,竟然留住了自然生态特别完好的湖泊和湿地。我们心生敬意。"

"坚持'四控一禁',严格管理把关""加强水源保护,保证水体质量""推

进生态修复,增色绿杨城郭"……"七河八岛"区域生态环境保护决议全文仅
1800余字,却鲜明地表达了扬州追求经济发展、城市扩张、自然生态"多赢"
的理念以及将生态资源变为城市可持续发展资本的智慧。

绿杨城郭是扬州。绿色,早已成为这座千年古城的鲜明"底色"。今天,
扬州在传承既有的自然资源的同时,不断涵养优化生态环境,不断为城市积
累生态资本。

扬州建立生态环保建设投入保障机制,在每年的土地出让金中,提取5%
专项用于绿化和植树造林,确保环保投入高于GDP、财政收入增长。

在中国社科院发布的《2013年中国城市竞争力蓝皮书》中,扬州可持续
竞争力全国城市排名第33位,宜居城市排名第15位。

从普惠到幸福

喝上干净水、吃上放心菜、呼吸上新鲜空气,"生态福利"提升百姓对一座
城市的"忠诚度"——

去年11月,在《小康》杂志对全国近200个城市开展的调查中,扬州居民
幸福感排名第一,扬州市民对城市的"忠诚度"也位居榜首。

这一骄人成绩源于"基本民生"。正如扬州市委书记谢正义所说,让老百
姓喝上干净水、吃上放心菜、呼吸上新鲜空气,有稳定的就业,是一座城市的
基本民生,做好基本民生是城市党委政府最重要的职责。在《小康》杂志的调
查中,73.2%的扬州人认为未来最理想的居住地仍是扬州。

从最初的解困民生到普惠民生,直至今天的幸福民生,扬州已经连续13
年出台"一号文件",主题词都是"改善民生"。

为了让老百姓喝上放心水,扬州连续五年组织开展集中式饮用水源地专
项整治行动,城市饮用水源地水质达标率稳定在100%。

让森林走进城市,让城市拥抱森林。2011年,扬州荣获"国家森林城市"
称号,成为在平原水网地区建设森林城市的典范。

从2010年开始,扬州结合国家生态市创建,从城市环保向农村环保延
展,实现了城乡污水处理设施、生活垃圾转运体系、医疗废物集中处置和乡村
环境长效管护网络"四个全覆盖",在苏中苏北地区率先通过国家生态市考核

验收。在近年来的城市环境综合整治定量考核中,扬州各项指标均高于全国平均水平;尤其在公众对城市环境保护的满意率方面,扬州连续三年在全省名列前茅。

碧水环抱着千年古城的灵动,蓝天绿地彰显着一座城市的胸怀。一份《扬州市生态文明建设规划》正在编制之中,主题只有一个:全面提升百姓生态福利。

（原载于 2014 年 03 月 06 日《光明日报》16 版）

江苏科技助力发展:苏北短板变长

　　全国有东西差距,江苏有南北问题。然而,徐州、连云港、淮阴、盐城、宿迁这苏北5市经济增幅连续7年高于全省、全国平均水平。5市科技创新异军突起,高新技术产业产值年均增长51.6%,高出全省近30个百分点。靠着科技,其经济结构不断优化,过去的短板变长了。

汇聚科教资源,变"输血"为"造血"

　　地处江苏发展"高地"的苏南地区高校总量占全省70%,以全国0.29%的土地面积创造了全国6.2%的经济总量,而地处"洼地"的苏北地区经济发展则相对滞后。如何拉长短板,实现区域协调发展?"将创新驱动战略向苏北纵深推进,这既是破解苏北发展结构性矛盾的重要举措,也是提升苏北长远竞争力、增创发展新优势的战略之策。"江苏省省长李学勇说。

　　今年下半年,江苏实施"苏北科技与人才支撑工程",出台了《关于加快推动科技资源向苏北集聚的意见》,意在集聚科教资源,推动苏北厚积薄发。"给什么不如给思路,添什么不如添后劲。"在江苏省副省长曹卫星看来,抓住资源配置和要素协同这个"牛鼻子",把科技与人才摆上苏北发展的核心位置,就一定能拉动苏北发展。

　　南京大学和盐城市合作的南京大学盐城环保技术与工程研究院成立仅3年,就已为沿海化工园区内70%的化工企业提供节能减排和技术创新服务,促使每年3000万吨有毒有机化工废水得到有效治理,支撑了沿海100多家化工企业的可持续发展。今年10月,河海大学、南京师范大学等苏南6校,分别与淮海工学院、盐城师范学院等苏北 6 校进行"联姻"。这不仅成功为苏北"输血",更提供了"造血"的原料。

升级传统产业,集聚新兴产业

"这台 1200 吨全地面起重机是全球吨位最大、技术最先进的千吨级全地面起重机。"徐工集团董事长王民告诉记者,它的成功研制,不仅打破国外巨头的垄断,同时其采用的先进技术也可用于其他产业。

11 年前,刚刚脱离亏损状态的徐工集团决定:要在全地面上有所为,有所立,这是企业转型发展的必由之路。随后,徐工集团相继推出了 25 吨、50 吨直至 1200 吨的全地面起重机。这背后,是徐工集团强大的科研力量——徐工集团成立了院士流动工作站,引进 3 名院士,并与 40 余所高校建立了产学研合作关系,签署合作项目近 300 项,合同金额近 2 亿元。

"只有更多传统企业依靠科技、人才实现转型,聚集更多新兴产业,才能实现苏北振兴。"李学勇说。早在 2010 年,江苏就出台了《江苏省传统产业升级计划》,苏北 5 市也相应出台政策、措施引领传统企业升级。如今,苏北传统工业企业都设立了研发机构,科技研发投入逐年提升。

江苏巧妙布局,指出苏北地区应结合地区优势和经济现状,发展新能源、新材料、节能环保产业。"这让我们更加明确了发展方向。"宿迁市委书记蓝绍敏说。通过实施"推进新兴产业千亿计划",被称为洼地中的洼地的宿迁去年新兴产业销售收入突破 450 亿元,增幅居全省第一。

在《关于加快推动科技资源向苏北集聚的意见》里,推动传统企业转型升级和发展新兴产业是重中之重。《意见》提出,"运用高新技术和先进适用技术改造提升传统产业,促进传统产业向产业链高端攀升","打造创新型企业集群,到 2015 年,形成以创新型领军企业、高新技术企业和民营科技企业为骨干的创新梯队"。

创新服务举措,营造优质环境

"党的十八届三中全会提出,科学的宏观调控,有效的政府治理,是发挥社会主义市场经济体制优势的内在要求。在我们看来，强化政府宏观引导和服务功能，营造更加公平、开放、包容的创新环境，是激发创新创业活力的重要途径。"东台市委书记张礼祥道出了苏北决策者的共同心声。

高志刚创办的东台赐百年生物工程有限公司在 2012 年以前没贷过一分钱。"不是不想贷，而是够不上银行的放贷门槛。"高志刚说。东台市科技局领导知晓后，主动找上门来，在"苏科贷"项目帮助下他用知识产权质押贷到 100 万元。正是这笔雪中送炭的资金嫁接了企业的技术优势。一年后，公司专利数量增长近 4 倍，并被获批为国家高新技术企业。

"由省科技厅、财政厅与江苏银行合作推出以专利贷款的'苏科贷'，让一批中小科技企业依靠专利证书拿到了贷款，不再错失市场机遇。"东台市科技局局长杜剑峰说，"2010 年以来，全市已有 93 个项目获批，发放贷款超 1.9 亿元，带动企业科技投入 13 亿元，节约企业融资成本 500 万元。"

江苏通过不断创新服务举措，营造了优质环境。例如完善网络化创业服务体系，引导省级以上科技服务机构和创新服务平台到苏北设立分支机构；强化对苏北科技成果转化中心建设的支持，促进更多技术、人才、资金向苏北集聚……如今，苏北正憋足了劲，借科技发力，寻求新的发展。

（原载于 2013 年 12 月 29 日《光明日报》01 版）

江苏:科技磨砺创新剑

在战略性新兴产业方兴未艾的背景下,谁能在关键产业和核心环节上率先掌握自主创新核心技术,谁就能在未来竞争中处于领先地位。这一方面,江苏显然已走在全国前列。2012 年,江苏区域创新能力连续第 4 年全国第一,在科技的大熔炉里,江苏的创新宝剑淬火加钢,锋利依旧。

江苏,已进入科技创新活跃期,问及秘诀,答案是:"改革"。在以科技体制改革为突破口,推动创新型省份建设的 7 年实践中,江苏科技进步贡献率连年增长,去年已达 56.5%;2012 年,江苏科技研发投入超 1200 亿元,高新技术产业占规模以上工业产值比重超 37%,各项数据均领跑全国。

从主角到配角:政府围着企业转

创新由企业主导才更富效率和活力。江苏的科技体制改革誓要"破除一切束缚创新障碍",落实企业主体地位,激活企业创新发展的一池春水。

有什么样的发展环境,企业就会选择什么样的发展模式。"政府在多大程度上放权,这很关键。"江苏省科技厅厅长、中国工程院院士徐南平说,"深化科技体制改革,政府的中心任务就是推动企业成为创新主体,以配角的新身份为企业优化创新发展环境。"如今,江苏 80%以上研发投入由企业完成,80%以上科技平台建在企业,80%以上引进的高层次人才进入企业。

"角色变换后,要想维护自由和公平竞争的环境,知识产权就显得至关重要,否则,掌握再多技术,也是'竹篮打水一场空'。"江苏省知识产权局局长朱宇说。2009 年,江苏颁布实施《江苏省知识产权战略纲要》,成为全国唯一一个创建实施知识产权战略示范的省份。从第二年开始，江苏的专利申请量和授权量、发明专利申请量等指标连续3年全国第一，并建起一张以政府公共服务为主，市场化知识产权信息、托管、评估、运营等新兴服务机构为辅的知识产权"立体防护网"。

科技插上了腾飞的翅膀，企业活力一触即发。1600多家创新型企业、5100家高新技术企业、5万多家民营科技企业为骨干组成的创新企业集群，成为推动区域创新发展的最大功臣。

科技助推新兴产业3年倍增

思想走在行动之前，江苏提前部署，先人一步，创新求变。

2006年4月，江苏紧急召开全省科技创新大会，明确提出建设创新型省份，并陆续颁布人才、科技、教育规划纲要，确立了人才、科技、教育"三个优先发展"的战略格局。之后的5年，江苏科技进步贡献率以每年1.5个百分点增长，高于全国平均水平。

骄人的成绩单上，崭露头角的新能源、新材料、生物医药等新兴产业功不可没。再次来到泰州医药城，一行人又一次被它的气势所震撼，从2006年启动建设开始，泰州人就瞄准了"中国第一医药城"的目标，通过引进高端人才、研发机构和技术服务平台，直接推动了疫苗、化合药新型制剂等五大类产业项目在医药城的快速集聚。

以泰州医药城为代表的新兴产业让江苏再一次感触到科技的力量，"等不了"也"等不起"的江苏省委、省政府决策层一致认为："科技的力量无可限量，江苏的未来必须靠科技支撑。"

2012年，江苏新能源、新材料、生物技术和新医药、节能环保、软件和服务外包、物联网等六大新兴产业实现销售收入超3万亿元，年均增速超过30%，占规模以上工业销售收入的比重达30%，增加值占GDP比重达18%，远超国家平均水平。

而更令人振奋的是，今年上半年江苏新增国家高新技术企业1099家，增长幅度达20.3%，是近年来增幅最快的一年。

从"1+1"到"1+3":发挥人才引领作用

转型发展,需要创新驱动,而人才是创新创业的第一资源,是科技新突破、发展新途径的引领者和开拓者。智慧的江苏人深谙此理。

入选国家千人计划累计达 385 名,其中创业类国家千人计划的人才数量占全国 29.7%;省域人才竞争力排名全国第二;2013 年,190 项产品被科技部确定为国家重点新产品,数量位居全国之首……

如何集聚高素质科技创新人才? 江苏的答案是将项目、载体、基地三大创新要素与科技人才紧密结合,实现"1+3"四位一体联动。一方面积极建设"国家级高新技术特色产业基地"、"省级科技产业园"、各类"科技企业孵化器",以环境聚集人气;另一方面实施"科技镇长团""校企联盟""千人万企"等项目建设,让科技人才助推经济转型。"高层次人才的聚集已成为江苏转型升级的强大'智慧引擎'。"江苏省委书记罗志军说。

青年人才是科技创新的生力军。去年,江苏专门设立杰出青年基金项目和青年基金项目。两年来,共支持 1550 人,经费总额达 3.9 亿元。

人才的集聚带来的更是科技创新能量的集中释放。南京江宁开发区把引进科技人才作为产业转型升级的源头活水。截至去年,园区已成功吸引了1000 多名海归人员创业,拥有国家"千人计划"人才 27 人,江苏省"双创计划"人才 22 人。在生命科学领域,园区聚集了默克、先声药业、康缘医药等一批国际国内医药龙头企业,并在重大新药创制、人体器官再造等领域取得了重要成果并逐步实现产业化。而这只是人才集聚的一个缩影,在江苏,"产业集聚人才"和"人才引领产业"的良性互动格局蔚然成形。

(原载于 2013 年 10 月 21 日《光明日报》01 版)

多还旧账，不欠新账

——江苏发展生态经济调查

"人间天堂""江南水乡"是江苏享有的美誉。可曾几何时，作为中国经济先行者的江苏，工厂遍地、园区连绵，在创造一个个发展奇迹的同时也付出了环境代价，"欠债太多、负担太重"。有人戏称江苏人"开宝马喝污水，住洋房吸雾霾"。生态环境问题已经成为江苏经济社会发展的"硬约束""一道坎"。

当前，在资源环境压力下，中国经济如何走出经济发展与生态保护双赢之路，备受关注。对此，江苏开始探索：不欠新账，多还旧账，将生态文明作为重要标杆，率先建成全国生态文明建设示范区。

"绿色"：经济新名片

人多地少、资源缺乏、环境容量小的特殊省情；人均 GDP 超过 1 万美元，经济加快转型升级的特殊阶段；发展走在全国前列，经济总量占到全国 1/10，在全国大局中的特殊地位——这"三个特殊"注定了江苏必须先行探索一条代价小、效益好、排放低、可持续的发展新路。

立足省情，把脉问诊，靠"回到从前、停滞不前"来解决今天出现的环境问题并非正路。生态问题本质上是产业结构、发展方式和消费模式共同衍生的问题，必须赋予经济发展以生态尺度，在调结构、转方式、推动经济绿色发展上下功夫，走出经济发展与生态保护双赢的特色之路。

推动绿色发展，构建现代产业体系是主攻方向，增强自主创新能力则是核心环节。

江苏苏南特装集团是江苏省高端装备行业的领军企业,正实施重大工程关键锻件产业化配套技改项目,宽厚板是其中的"拳头产品"。集团董事长马建兴告诉记者,集团在保持环境生态的前提下,宽厚板项目有望在两年内形成 20 亿元年销售额的规模,成为集团新增长点。得益于持续开发新产品,在装备行业整体不佳的形势下,苏南特装上半年主营业务收入增长 70%。按规划,2015 年集团销售有望跻身"百亿级"。

苏南特装集团是江苏推动绿色发展的一个缩影。

统计数据显示,江苏现已有 31 家国家创新型(试点)企业、1580 多家省级创新型企业,汇聚起由 6 万多家高新技术企业、民营科技企业组成的创新企业集群。今年上半年,江苏开发市级以上新产品 14000 多个,企业专利申请量、授权量继续保持全国第一;全省规模以上高新技术产业产值增长 16.3%,新兴产业销售收入增长 19.4%……

"新兴产业正在成为创新的主战场。"江苏省统计局总统计师刘兴远分析,以现代服务业为新增长点的第三产业和以先进制造业为主体的高新技术产业快速增长,表明江苏经济质态进一步优化,绿色成为经济发展的靓丽名片。

在对战略性新兴产业做足加法的同时,江苏也对落后产能"痛下杀手"。

2012 年,江苏单位地区生产总值能耗下降到 0.57 吨标煤/万元,单位地区生产总值用水量下降到 102 立方米/万元。今年上半年,已淘汰小火电机组 16.6 万千瓦,关闭了 605 家产能落后、污染严重的企业……

"推动绿色发展,既能为环境减负,又能为生态增值。"太湖之滨的宜兴周铁镇党委书记裴焕良感触颇深。2007 年太湖蓝藻爆发时,周铁镇 73.2 平方公里的土地上聚集 150 余家化工企业,化工占全镇经济比重高达 85%。五年来,这个"化工之乡""壮士断腕"式的治污、转型,不仅成功转轨为"国家机械装备产业基地",而且凭借优美环境获得"中国人居环境范例奖"。

"绿考":倒逼理念转变

有专家曾一针见血地指出:环境问题的实质是局部与全局、政绩与民生的博弈。只争朝夕的现代化，让很多地方干部有一种停不下来的冲动，赢来了政绩，却忽视、牺牲了环境。由此，江苏在全国率先把绿色发展指标作为考核各地建设全面小康社会、基本实现现代化的"一票否决"指标，完善地方政绩"绿考"机制。将"老大"套上"环保马车"，逼迫领导干部转变发展理念。

今年3月召开的徐州市环保大会上，市委书记曹新平当场宣布：市区今后不再新上、扩建火电、钢铁、煤化工等重化工项目，凡环保不达标企业一律关闭、转产。"曹书记话音刚落，审批就停止了。还是那句老话，千难万难，'老大'重视就不难。"徐州市环保局副局长王斌说。

时不我待。江苏时时对领导干部敲响环保警钟。今年4月，江苏对苏南4市副市长环保约谈的消息引发社会关注。今年一季度太湖流域重点断面水质连续3次出现水质异常波动现象。江苏首次启动了"约谈"机制，对武进、江阴、张家港、丹阳等市（区）政府负责人"环保约谈"，要求两个月内完成排污达标整改。对于限期之内没有整改到位的，将启动"挂牌督办""区域限批"等措施，如半年内仍未完成整改，将直接追究地方政府的责任。值得注意的是，此次江苏环保厅约谈的对象，不是下级环保部门，而是地方政府负责人；除了动用环保法规，还有党纪政纪手段。

日日相继，久久为功。7月20日，江苏出台全国首个《江苏省生态文明建设规划（2013—2022）》，关于生态文明建设的6大类19项45个监测指标和1个评判指标中，有21条"约束性"指标成为各级党委政府的"紧箍咒"，政绩考核"一票否决"。

"红线"：树立生态"标杆"

"九岛耸秀，烟波荡漾日月；十弯逶迤，澄澜抚安心潮。"漫步徐州潘安湖湿地公园，美景如画，令人心旷神怡。谁能想到，这儿原本竟是贾汪区面积最大的采煤塌陷地！贾汪曾是百年矿区，最高峰时有255处煤矿。

将占全区耕地面积1/3的采煤塌陷地创建成景区，努力推动"黑色贾汪"向"绿色贾汪"转型，成为当地政府近年来的自觉选择。台湾著名作家张晓风评价："一潭碧水，用人工的方法，补救了另外一次人工的失误。"

潘安湖湿地公园是江苏生态创建的一个缩影。

面对浑浊的河水、灰霾的空气、污染的土壤,江苏以生态创建为抓手,深入开展城乡环境综合整治,实施"蓝清绿"工程、生态风险防控等活动,积极打造"10 分钟公园绿地便民服务圈""10 分钟体育健身圈"等生态生活保障体系,注入新元素,改造新提升,全力创造一个天蓝、地绿、水净、景美的生态宜居家园。

都说"烟花三月下扬州","绿满扬州"生态创建行动更让精致的扬州城锦上添花。"何时来看都是一幅醉人的生态美景。"扬州市环保局局长金秋芬自豪地说,"假如没有生态创建工程,扬州市环境基础设施至少落后 5 年。"

在多还旧账的同时,江苏生态经济创建也通过划定生态安全红线,严格执法监管等有力措施,力保不欠环境新账。

2012 年,江苏立案查处环境违法案件 3587 起,挂牌督办突出环境问题 504 个,督促全省 2784 家存在较大环境风险的企业开展达标建设。刚刚出台的《江苏省生态文明建设规划(2013—2022)》中,明确划定生态面积不低于全省国土面积的 20%,绝不准越雷池一步。

"我们将通过不懈努力,继续推动生态文明建设走在全国前列,把江苏建设成经济发达与生态宜居协调融合、都市风貌与田园风光相映生辉、人与自然和谐共生的美好家园。"江苏省委书记罗志军说。

（原载于 2013 年 09 月 19 日《光明日报》05 版）

"慢哲学"下的高淳实践

——在"慢"中感受自然与人类的和谐共生、 寻求经济与民生平衡发展

到了高淳,就不想离开。这是所有到过江苏南京高淳区的人们的共同感受。

三分山四分水,灰白色的徽派建筑掩映在青翠的竹林中。住着小楼,开着小馆,这里的人气定神闲,怡然自得。正如搬到桠溪镇当瓜农的台湾建筑师庄清泉所言,"我在这里的山水间感受到了人与自然的和谐。"

令人艳羡的和谐背后,是高淳对发展的独特领悟。"发展的目的不是创造多少 GDP,上多少项目,盖多少大楼,而是让百姓过上幸福美好的日子。"南京高淳区委书记吴卫国说。

为发展定什么调子

为发展定什么调子至关重要。对此,高淳曾有 3 次探索。

第一次是上世纪 80 年代,以"青山绿水换取金山银山"。

过去,高淳很穷,生态环境虽优越,却长期找不到出路。为改变贫穷落后的面貌,高淳兴建了一批工厂,固城湖是高淳的水上交通要道,大批工业企业沿湖而建。在外人看来,高淳发展了,但这些高能耗、高污染、低效益的企业却没能使老百姓的口袋"鼓"起来,高淳人依旧一穷二白。

上世纪 90 年代中期,因工业污染、生活污水、农业污水和湖内养殖的二次污染等原因,高淳人的"母亲河"固城湖水质严重富营养化,全区 70%人口饮用水告急。

形势倒逼下，高淳改变思路，转为"既要金山银山，也要绿水青山"。这是高淳对发展路径的第二次探索。

在各地追着 GDP 跑时，高淳却主动关停搬迁了湖周边 30 多家企业，清除8000 亩围网养殖，组织湖底清淤，湖面捞草，全面实施生态修复工程，并为保护固城湖立规。

在全面修复生态的进程中，高淳逐渐摸出了第三条路——"生态立区"。区长沈剑荣说，"山清水秀但贫困落后不行，殷实富裕但环境退化也不行，'生态立区'就是既要环境美丽，又要人民富裕，这才是真正的发展。"

富与强的辩证

受制于区位、地理等因素，再加上生态修复工程，高淳既没在江苏 80 年代乡镇企业热潮中异军突起，也没在 90 年代开放性经济热潮中突飞猛进，但这却为高淳留下了大片青山绿水。

"生态立区"不是穷守这片山水，而是将山水活化，既要乡村美丽，又要人民富裕。

为此，高淳在全省首推差别化考核机制，将生态、科技、人才、文化、民生等考核指标权重提高至 70%，在产业与生态之间取环境长利、舍经济短利，在政绩与民生之间取普惠于民、舍急功近利，在速度与效益之间取质量优先、舍武断前行，使高淳科学发展的空间效应不断释放。

大山深处的桠溪镇，曾是高淳最穷的乡镇，2006 年，政府把最后一家化工厂迁出了镇，并创建全国农业旅游示范点；2007 年，政府先后投入 8 亿元在蜿蜒的山间铺设水泥路、进行环境治理、对开展乡村旅游的村民给予补贴。

如今，一条 48 公里长的"生态之旅"景观带连缀起 6 个行政村，串起 2 万人口的致富路。

谈起生活的变化，桠溪镇大山村村民芮红星乐得合不拢嘴："4 年前，区里扶持我们开发农家乐，给我家免费刷外墙，还送来桌椅和餐具，现在一年能有十七八万元收入，比我以前在外地做木工翻了一倍多。"

2012 年，高淳区城镇居民人均可支配收入 33380 元，农民人均纯收入15110 元，分别升至全省第 9 位、第 13 位。

与百姓的富裕相比,高淳政府的财政却并不宽裕,全区802平方公里的土地上,70%被划为生态涵养区,不允许开发工业,30%的开发区又坚持拒绝一切有污染的企业,这让政府少了一大笔财政来源。对此,吴卫国说:"我们把'富民'摆在'强区'前面,用'小财政'体现'大民生'。"

富与强,很多地方首先追求的是强,期望在强县、强市的过程中带领百姓富裕,而高淳却以富为先、强为副,以百姓富裕为强县的基石。

慢与快的哲学

2010年,当各地都忙于快速发展时,高淳却在桠溪建成全国第一个"国际慢城"。

确实,从经济总量上看,高淳在江苏众多强县中的排名并不靠前。但是,对于"慢",高淳人的理解却并不简单。

"高淳发展之'慢',除客观区域条件局限所致,更主要的是高淳多年来坚守一个基本价值选择,即将老百姓的基本利益和权益放在首位,凡损害老百姓生存条件、破坏老百姓生产资源以及带给大自然生态灾难的项目,高淳历来不予引进。这是高淳经济长期坚守的底线。"吴卫国说。

有专家指出,高淳发展刻意之"慢",实际上是建立在清醒判读与智慧选择基础上的"稳"。这正是高淳长期坚守科学发展观中所隐含的一种深刻而颇具特色的价值理念,也是高淳不为社会潮流所动,至今保有苏南最难得的生态资源的背后原因。

事实上,这也让高淳储备了后发潜力。

最近,台湾统一企业与高淳签订的项目正式在高淳经济开发区开工,该项目投资15.58亿元,将建成统一企业在内地最大的生产基地。统一企业一名高管告诉记者,他们走遍江南所有打"生态牌"的地方,仍觉得高淳最好。

在"慢城"概念的吸引下,各类投资项目、游客纷纷涌向高淳。近五年,来高淳的游客由98万人次提高到344万人次,旅游收入由5.78亿元提高到30.8亿元。

（原载于2013年08月03日《光明日报》01版）

增长并不等于发展

——管窥江苏的经济增长方式

已经连续两年了,江苏省实际利用外资超百亿美元。2003年江苏新增外资首次超过广东,跃居全国第一位,达到158亿美元,增速超过50%。

外资的巨大贡献使得江苏的经济飞速发展,2003年江苏省全部工业实现增加值6004.65亿元,比1998年增长89%,年均增长13.6%,占全国的份额达11.2%。

但与此同时,许多经济专家对江苏经济提出了"经济增长不经济"的看法。江苏GDP增长与资本投入之比,"九五"期间为1∶1.1,而"十五"变为1∶1.3,2003年更达到了1∶2.86;能源消耗比,"九五"为1∶0.6,而现在是1∶1.65。"九五"期间,GDP每增加一个百分点,耗电是2.5万度,而现在是4.5万度。从这一角度看,江苏近年来的经济效益不是提高,而是下降了。交通、电力全面告急,钢材、棉花、石油等工业基础原材料价格持续攀升,"高投入、高消耗、高排放、难协调、低效率"成了巨额外资推动下的江苏经济不容忽视的现实。

投资扩大却收益降低

江苏2003年对外贸易总额首次突破1000亿美元,增长幅度居沿海地区之冠,成为继广东之后全国第二个进出口额超千亿美元的省份。部分行业资本投入大幅度上升,但总资产贡献率反而下降。如通信设备、计算机及其他电子设备业,2003年与1998年相比,总资产增长2.16倍,而总资产贡献率却下降了 0.28 个百分点。

多年来,江苏省经济高增长主要靠高投入、高物耗、高能耗来维持,经济增长方式没有从粗放经营转到集约经营上来。投资增长率偏高,投资与消费的比例关系极不协调。"九五"以来,江苏省全社会固定资产投资完成额占GDP 的份额不断上升,1995 年为 32.6%,2000 年上升至 34.9%,2003 年攀升到 42.9%。

江苏人多地少,是一个自然资源相对贫乏的省份。随着工业化的快速发展、人口压力的增加和开发强度的增大,经济社会的发展对资源的需求越来越大,资源约束不断增强。同时,资金、能源利用效率却非常低,每千克能源形成的 GDP 仅约为 0.8 美元,而日本和韩国分别为 9.33 美元和 2.6 美元。

记者在苏州采访时了解到,一家儿童玩具厂花 200 多元的材料和能耗费生产的一个玩具在国际市场上仅赚 5 毛钱,然而这个厂却以出口大户被苏州人引以为荣。

从 2000 年起,江苏省原材料、燃料、动力购进价格指数一直高于工业品出厂价格指数,这种高进低出的格局,到今年 5 月为止,已持续近 4 年半。这表明江苏的工业企业在目前的价格形势下,面临着成本加大,利润空间缩小的局面。尤其是煤炭价格急剧飙升,使得以煤为动力的发电、供热、供气等企业成本大增,导致企业经营状况不佳,盈利减少,甚至出现大面积的亏损。如南京某发电厂,今年 5 月份已亏损 400 万元。扬州市燃气总公司,1—5 月因煤炭价格上涨带来的成本增加,造成亏损额达 1389 万元。同样,原油价格上涨,也给以石油衍生品为原料的纺织企业和服装企业带来了经营上的困境。今年 1—5 月份江苏省纺织行业亏损额比去年同期增长 30.3%,服装、鞋帽制造业亏损额同比增长 27.2%。

国际制造业基地隐患重重

纵观江苏经济的发展,有一个不容忽视的问题,就是外贸依存度过高。江苏 2003 年外贸依存度进出口总额与国内生产总值之比达到 76%,一年提高了 20 个百分点,而美国的外贸依存度只有 16%,号称"贸易立国"的日本也只有 18%。令人关注的是,外商投资企业实现的外贸进出口额占江苏全省外贸总额的七成以上,涉外税收占全省 27%,实现的财政收入占全省 20%。这是一组让人感到不安的数字。从江苏来看,加工贸易比重很大,可是国内采购、加工率低,钱是外国人赚的,外贸额度算江苏的。虽然从表面上看似乎是发展了、前进了,但是这种发展和前进,离世界先进水平的差距是很大的,其背后藏着巨大的隐患。

一位过去跑"珠三角"地区现在跑"长三角"的外企经理举了个例子。过去几年,台湾 IT 厂商在广东东莞设厂成风。当税收等政策优惠期一过,台厂就开始撤往苏州等地。回过头去一看,发现原来制造业蓬勃发展的地方,留下的并没有太多的技术含量,因为他们仅仅是生产线而已。

"江苏最有可能成为国际制造业的新基地。"南京大学长三角经济社会发展研究中心执行主任刘志彪教授认为,"以前,外资主要集中在珠三角地区,但是随着地价和商务成本的增加,外资现在更多地开始向长三角尤其向江苏集中,苏南以至整个江苏正在承接国际制造业的转移。"

刘志彪认为,相比上海的国际经济、贸易、金融、航运四大中心的地位,江苏在长三角经济中的定位就应该是国际制造业基地。20 年前,靠近上海的昆山、苏州等地就开始承接上海传统产业的逐渐转移,而现在,苏南以至整个江苏承接的则是国际制造业的转移。但是要注意的是,外商投资高新技术行业,出于加强全球竞争力的战略考虑,跨国公司不愿向相同的产业"外溢"技术,中方无缘接触到技术的内核,由此遏制了产业技术进步和实现技术超越的潜力。即使是一些具有独立知识产权的中、高技术产品,也大都属于低端产品,在质量、性能、外观设计等方面无法与发达国家产品相提并论,对江苏来说仅增加了一些税收,解决了部分劳动力就业,而这种表面的暂时性就业却是用匮乏的能源和原材料换来的。

江苏的出口几乎全部来自制造业,应当考虑这样一个问题,既然国际产业资本能够从珠三角转移至长三角,将来,同样可以从长三角转移至其他地区。像候鸟一样,国际产业资本的特性决定了它永远在寻求最佳的投资性价比地区。品牌是别人的,技术是别人的,利润的大部分也是别人的,江苏更多只起到一个加工车间的作用。当江苏的商务成本上升到难以吸引和留住国际产业资本的时候,能够剩下并足以同别人竞争和夸耀的,还有什么?

要有增长更要有发展

有关经济专家把脉江苏经济时提出,增长不等于发展,增长只是手段,发展才是目的。科学发展观不仅仅强调经济发展的质和量,而且强调经济发展的质和量的统一的最终结果是社会发展和人的全面发展。因此,光用国内生产总值 GDP 的多少来衡量一个地区的发展是不科学的。一味依靠增加投资追求过高过快的经济增长速度,而忽视质量和效益的提高,忽视技术的提高和增长的可持续性,从长远看,必定带来一系列的消极后果和负面效应。

近五年,江苏工业经济增长量中 60% 以上来自于资金追加和劳动的投入,这种经济增长的模式,明显不适应经济发展的需要。当前经济增长数量和质量之间相互背离的现象已比较突出,许多领域出现有增长而无发展的现象,造成结构不合理、社会福利难增进、资源配置低效率等。因此,在经济增长过程中,一定要加快实现增长方式由粗放型向集约型的转变,寻求以效益为中心的经济增长模式,增大技术、科技对经济增长的贡献率,增强经济的综合竞争力和整体素质。

许多有识之士还有一个重要的看法:与外资相比,江苏民营经济的空间还很大,但却明显利用不足。浙江的 GDP 逊于江苏,但浙江人普遍的富裕程度、民营企业的资产规模,却超过江苏。即使是江苏最富的长三角沿江八市,城镇居民平均可支配收入也比浙江沿江六市要低 1000 多元。面对江苏经济增长方式的尴尬现实,有人提出了培育自己的核心技术,建立自己的知名品牌的概念。他们认为决不能一味地只当别人的生产链。因为完全靠加工组装、贴牌生产,随时有被淘汰的危险。

（原载于 2004 年 7 月 19 日《光明日报》B01 版）

——第 15 届"中国新闻奖"二等奖(报刊类)

采沙毁堤何时休

　　滚滚长江东逝水，大浪淘沙古今同。记者最近沿江采访时，发现江中有不少采沙船采掘江中沉积的江沙，两岸干部群众意见很大。

　　大江东流，夹带着从中游冲刷下来的大量泥沙，在下游河床上形成一层细软的江沙。过去，河道管理部门为疏通航道，有计划地对沉积在主航道上的泥沙进行清理、挖掘；而在城市建设大发展的今天，这些沙石的经济价值被重新认识，作为城市建设必需的材料，引来无数采沙船乱挖滥掘，已成为长江航道安全和防汛工作的巨大隐患。

　　近一段时间以来，从安徽马鞍山到南京长江段，采沙船樯桅林立，采挖不止。江流湍急处沙多质好，一经挖掘，江水冲刷，使江流主航道改变方向，有的地段江水冲向岸堤，对坝堤安全造成威胁。前不久，九江永安大堤发生大面积崩岸事件，就与江沙滥掘拥有直接关系。时值防汛时期，江堤险情时有耳闻，如此下去，真有可能长堤毁于一旦。记者在现场看到：大量采沙船汇聚江中作业，堵塞河运航道，使江中船只的航行安全不能确保。更有甚者，有的深层采掘，挖断了江底电缆，对两岸经济的正常运行造成严重影响。

　　江沙的价值到底有多少？据记者向有关部门和采沙船主、沙场老板了解，每只采沙船每天可采沙一万吨，每吨十元，每只采沙船每天可赚取数万利润。

　　江沙于是成了"软黄金"。就是这高额收益驱使不少人加入这"淘金"的行业，采沙风盛极一时。

　　据悉，沿江地方政府曾于1991年发布法令，严禁在江中乱挖乱采，采沙风被遏制了两年之久，但后来日久法弛，采沙船又逐渐多了起来。目前竟然出现了水中巡查人员私下向船主收费,对滥挖现象"睁一只眼,闭一只眼"的怪现象。

记者吁请沿江各地政府和有关执法部门严格执法,适度采挖,确保千家万户的安宁,不要使这种只顾眼前利益、置人民安危于不顾的现象再持续下去了。

(原载于 1998 年 5 月 22 日《光明日报》01 版)

——第 9 届"中国新闻奖"二等奖(消息类)

光　明　谈

论文可以买卖,学术的良心在哪里

交纳数百元乃至上千元,就能在期刊上发表一篇论文,甚至论文的撰写都可以有人代笔。这在高校学生中早已是公开的秘密。多年前,就有研究报告称,我国论文买卖已形成产业,规模达10亿多元。

学术论文本应是学术创新的核心载体,怎会成为明码标价的商品?"买卖论文"属于非法产业,中央和有关部门先后出台了很多政策,并多次予以严厉打击,论文买卖为何屡禁不止? 带着这些疑问,记者进行了采访调查。

学生:不发论文毕不了业

"之前总是听说有人靠编辑部给的稿费生活,没想到现在完全颠倒过来了! 每年在发表论文上就要花掉我5000多元,太心疼了!"东南大学研三学生刘晨光(化名)痛心疾首地说,"入学时得知要在专业核心学术期刊发表一篇论文才能达到毕业要求,我从研一下学期就开始着手准备,但现在一篇核心论文都没有发表,哪有心情找工作,一门心思都在愁论文。"对于学院的论文发表要求,刘晨光颇为无奈。

记者调研发现,将研究生发表论文与学位挂钩的高校,在江苏并非少数。有的学校仅要求在专业相关期刊发表论文,如要求"硕士生在学期间至少应公开发表一份与本学科、专业相关的科研成果"。也有的学校指定了相关期刊范围,例如南京理工大学要求硕士研究生"在统计源期刊公开发表或正式录用学术论文1篇;在国际性学术会议上交流论文并被会议论文集收录1篇"。

同时，一些高校也将研究生发论文的标准下放到学院，以南京师范大学公共管理学院为例，该学院对硕士研究生毕业并没有任何论文要求，也就是说，只要毕业答辩通过且修满学分，就能顺利毕业。但无论要求如何，多数高校要求学生发表的论文以学校为第一作者单位、署名单位或通信单位。

然而，记者深入学生群体调查后发现，原本严肃的学术论文发表，逐渐沦为沾满"铜臭味"的金钱交易。

据报道，为获取不菲的奖学金，南京某高校文学专业研究生一个班上22人有17人花钱发论文。同时，有部分高校研究生奖学金评定与学生发表论文挂钩。某大学公共管理学院的一位同学向记者透露，学院在研究生奖学金评定期间，将按照学生论文发表数量和级别来计算量化分值，一篇省级期刊2分，一篇北大中文核心期刊5分，一篇南大中文核心期刊10分，以此类推，级别越高，分值越大。据了解，河海大学、南京农业大学、南京理工大学等都有类似的奖学金评定制度。

"奖学金就是买卖啊，花点小钱就能拿到1万多块钱的奖学金，大家都挤破了头，毕竟舍不得孩子套不着狼。"南京某大学一名研二学生"得意扬扬"地告诉记者，她刚刚获得了班里的一等奖学金，奖金10000元。"没人愿意这样，但是周围有人买，你不买就吃亏。"

中介和杂志社：有求就有供

南京航空航天大学博士研究生杨帆（化名）告诉记者，如今给期刊掏版面费已是"行规"，如果不给中介或杂志社"进贡"，文章基本上发不出来。

不知道怎么发期刊，不知道该发什么期刊，怎么办？调查中了解到，目前一大批发论文的中介代理活跃在网上和校园里，发论文找中介，几乎成为在校学生发表论文的唯一渠道。记者在百度上搜索"发论文"三字，搜索结果近300万条，全网结果更是多达1560万条。其中，期刊论文搜索排名靠前的是几家大型期刊网站，诸如"发论文网""千里马论文网""万方期刊网"等网站，经询问，这些网站均可代写代发论文。

记者随意打开一家名为"千里马论文网"的网站，映入眼帘的是网站上各种类型的论文题目，不论是经济管理、工业工程还是生物医学、物理化学，各学科论文数不胜数。

更让人瞠目结舌的是，在网页顶端，网站客服的联系方式，如邮箱、手机、QQ、微信等一应俱全。记者随机拨通了一个中介的电话，对方向记者介绍，目前国内论文市场非常火爆，基本上较为知名的期刊刚上架便会被抢购一空，有些杂志的版面甚至已排到了下半年。

记者在网上找到一家期刊代理，表示要找人代写代发管理类论文，客服"兰老师"很快便给出 8 家管理类期刊的名单，上面详细列出了期刊名称、版面、级别、收录网站、作者最低成交价、统一代理价、引用控制率等。比如，某省级刊物，2300 字符一版，代发 900 元，代写发 1450 元；某国家级刊物则要求 4000 字符起发，代发 3000 元，代写发 4600 元。而核心期刊费用很高，基本是 2.5 万元以上，且要花费大概一年时间进行审核，同时还需先付一半定金。当记者询问，是否所有的核心期刊都可以投稿，对方给出了肯定的答复。

记者发现，在一份今年上半年的论文买卖价目汇总表中，一些高等院校的学报，成为期刊买卖市场的"重灾区"。在这张汇总表里，出现诸如"某教育学院学报""某生态工程职业学院学报"等学报的名字。

以某师范大学社会科学学报为例，汇总表中显示的"统一代理价"为 2550 元，而"作者最低成交价"是 2850 元。在这份表格中有一行红色小字：不得低于最低成交价成交，否则取消代理资格。原来，这些论文代理中介，正是通过赚取中间的差价来谋取利益。

"兰老师"表示，这些刊物和学报都是有 CN、ISSN 号、邮发代号的国家正规刊物，既可以被研究生用来应付毕业，也可以被用来参评职称。交易的流程也很简单，由雇主确定论文选题和发表刊物、双方交付定金，然后就是论文写作阶段。如果雇主没有能力或不愿亲自动笔，还可以联系中介寻找写手。根据"兰老师"介绍，论文的写手都是专业领域的"权威老师"，不用担心论文质量问题。一周内，写手会写好提纲和论文正文，然后交给杂志社审核，录用后雇主付清余款。

据了解，一家期刊与多家中介代理合作的情况非常普遍，很多期刊和代理之间已经形成隐秘的"合作"关系。一方面，杂志社在网上寻找中介代理；另一方面，较大的中介代理公司与许多期刊具有长期"合作"关系。客服"仇老师"模糊地说，"跟杂志社是包版合作的关系。"而另一家客服也是含糊其辞，"我们和杂志社是直接对接的，有些中介渠道的稿子优先录用，至于论文质量和重复率，根本不在考虑范围之内，现在杂志社市场化运营，一般都委托我们来寻找'客源'。"

随后，记者在网上又找到一家质量管理杂志。这家杂志有多个网站可以发文，价格不一。记者联系上该杂志的一位编辑，当问到通过代理是否靠谱时，该编辑表示，可以直接和中介联系。"我们这儿一个编辑手里就有二三百个代理。"当谈及论文的内容、重复率标准时，这位编辑居然告诉记者，她不负责这些内容，如果对论文内容有疑问可以直接联系中介。

"仇老师"表示，现在很多杂志都被整版承包出去了。"一些协会主办的刊物并不正规，会将出版物转包给公司或个人。这些中介每年交给刊物负责方一笔钱，然后对方给他们刊发论文。"据了解，材料、金融、医学、经济管理等学科领域是买卖论文的重灾区，"因为这类学科论文发表要求较低，在校学生和从业人员也多。"

论文买卖乱象缘何屡禁不止

研究生买论文以求顺利毕业，这种做法在高校已不是什么秘密。而作为科研指导第一责任人的导师，也心知肚明。而为了帮助学生顺利毕业，甚至有的导师以课题经费的名义，给学生报销版面费和中介费。

有高校教师指出，教育部门并没有明文规定"研究生毕业必须发表论文"。这种硬性要求研究生发表论文的规定，是将学校任务"下移"，把本该学校、教师承担的任务摊派到学生身上。

据了解，不仅是在校研究生，现今多数高校教师职称评定、申请立项都必须发表一定数量的论文。据介绍，学者论文发表量还可能与在校福利和退休后的待遇挂钩，毕竟职称不同差距很大，这使得教师和学者们不得不盯紧自己的论文发表数量。"发不了核心期刊，发几篇'水刊'也能折算成工作量，因此去低水平期刊'灌水'的也多了，甚至有的老师一年发二三十篇，但大多是没有学术价值的'学术垃圾'。"南京农业大学博士生李光辉（化名）说。

掏钱"买卖"的论文总体上内容质量不高，大多是胡乱抄袭、低水平重复，缺乏学术性及创新性。有院士曾直言，我国论文90%以上是垃圾论文。

针对论文买卖,有关部门曾多次打击买卖论文的不法期刊,对其作出停业整顿、警告、通报批评等处罚。2016 年,国务院办公厅出台了《关于优化学术环境的指导意见》,明确指出:"不准利用中介机构或其他第三方代写或变相代写论文,或通过金钱交易在国内外刊物上发表论文。"同年,教育部出台的《高等学校预防与处理学术不端行为办法》指出,"买卖论文、由他人代写或者为他人代写论文","应当认定为构成学术不端行为"之一。但这些政策目前陷入难落实的尴尬境地,买卖论文仍屡禁不止。

论文买卖乱象究竟因何生成? 受访对象普遍表示,"一切指标看论文"的考核评价体系是根源。

当前,对教师、学术研究人员和学生的评价,好多单位用论文发表、发表在什么级别的期刊以及发表的数量等指标来衡量,这在客观上导致旺盛的论文发表需求。据统计,国内现有学术期刊 5000 多种,每年刊发的论文约 100 万篇,但每年专业技术人员因职称评聘、岗位聘用等产生的发表论文的需求约为 480 万篇,如果再算上庞大的在校研究生数量,那么,论文发表需求和有限的学术资源就形成了极为尖锐的现实矛盾。

一面是庞大的论文发表需求,一面是有限的学术期刊数量,僧多粥少,问题就因此而生。"没有人想贴钱发论文,但现在就是这种规定,短期内不可能变化,大家也没办法。"李光辉说。

有业内人士指出,一些单位重视论文发表没有错,因为论文能反映研究成果。但有些单位将发表论文与学位、职称等挂钩,却并不是重视论文本身,而是重视论文发表,甚至作者只需提供期刊封面、目录即可,全然不顾论文的创新价值、学术含金量的评价。同时,一些单位对于"学术规范""学术诚信"只是泛泛规定,对于学术失范、抄袭等的认定、惩罚缺少细化的可操作的条款,这也在一定程度上助长买卖论文的风气。

关于论文买卖的思考

近年来,我国的科研评价制度不断完善,人才分类评价改革已见成效,而一些地方和单位仍然存在"以论文论英雄"的现象,少数单位仍把发表论文作为科研成果评价最重要甚至是唯一标准。但"唯论文导向"不仅不能完全体现科研成果的水平和价值,还会遮蔽和抑制优秀人才的出现和成长。早在十多年前,中国人民大学、北京师范大学、中央财经大学、外交学院等 7 所大学就取消了"研究生毕业必须发表论文"的硬指标,随后,上海交通大学数学系也不再强行要求学生公开发表学术论文。2011 年,复旦大学在部分文科学院开始试点,硕士生无须再在核心期刊发表文章,发表论文不再作为授予学位与否的硬指标。然而,反观各大高校的理工科专业及公共卫生、医学类等专业,却始终难以走出发表论文的泥潭,甚至在某些方面越陷越深。

多数受访者认为,论文买卖破坏了学术生态,造成了虚假、浮躁的科研风气,也浪费了社会资源,对科研创新危害极大,有关部门必须予以规范和治理。

——研究生发表论文不宜作"硬要求"。学术评价不能只有一种方式,更不能硬性地将学位、职称晋升等与发表论文捆绑在一起。"目前不少大学不再'一刀切'地规定研究生论文发表的要求,而是明确指出要根据不同培养目标和不同学科的具体情况实行分类指导。"苏州大学政治与公共管理学院教授叶继红指出,要将论文发表制度中的强制性变成引导性、鼓励性,引导学生自发、自觉地走向研究的道路,为研究生的学习、科研创造有利条件。同时,应运用科学的管理方法,制定公平、合理的研究生奖励制度,奖学金的评比应公开、公平、公正、透明。

——强化对学术期刊的监管。目前,论文买卖已形成分工明确的产业链条,专业写手负责编写论文,网站中介充当掮客,期刊编辑部"里应外合"。论文买卖催生出"灰色产业链",严重损害了学术期刊的形象,腐蚀了编辑队伍,成为学术腐败的温床。因此,有关部门要加强对学术期刊的监督管理,按照相关法规要求,严厉打击论文买卖行为,斩断当前中介和杂志社串起来的灰色产业链。同时,要进一步完善期刊准入和退出机制,建立期刊黑名单制,进行有效管理,并禁止期刊发表论文收取版面费。

——加大对论文写手、买方的打击力度。"长期招募论文写手""兼职写论文",这样的帖子在多所高校的贴吧、论坛等都可见。在一些高校的教学楼、校园公共场所的公告栏也可看到此类广告。有报道称,有人全职做代写论文的"写手",在接单较多的月份,月入可达 3 万元。有的写手是理科专业,但也帮写了不少文科专业论文。"其实专业性的都不太懂,都是网上找资料,为了保证短时间交稿，就将网上的资料摘抄、修改、拼凑一下，换个说法，能过关就行。"对于代写论文、买卖论文的行为，要依据相关规定进行查处，同时要健全相关法规和学术诚信体系，形成完备的制度约束，实行论文造假"一票否决制"。

——继续推进和完善科研人才分类评价制度。对于高校教师，要合理区分科研型教师和教学型教师的职称评价标准，综合考虑其学历、工龄长短、工作业绩以及教学、科研获奖等相关情况，避免让不同类型的教师疲于"一锅炖"的评价机制。对于专业科研人员，要破除"以论文论英雄"的评价机制，建立科学、完善的学术评价体系，防止科研人员迫于职称晋升、业绩提升等压力，搞论文造假、抄袭或代写，鼓励和引导他们做那些周期长、有原创性、前瞻性的课题。

（原载于 2018 年 06 月 22 日《光明日报》05 版）

江苏沛县:垃圾分类再出"金点子"

一座座农家小楼错落有致,一条条水泥马路连村入户,一片片河流湖泊清澈见底……走进江苏沛县,干净整洁的村风村貌让人眼前一亮。道路、河流、房前屋后几辈人留下的垃圾被簇簇绿植取代,昔日的"小农村"变成了如今的"别墅区",不断彰显现代农村新面貌。

近年来,沛县以垃圾分类为抓手,不断加强农村环境治理。分类入户、科技进村、观念扎根……如今,天蓝地绿、水清村美、生态宜居的农村生活环境在沛县逐渐成为现实。

"点赞法"破解垃圾分类难题

走进沛城街道潘阁村,花红柳绿,春意盎然,一幅闲适安逸、整洁有序的农家生活场景扑面而来。

村前道路上,保洁员陈艳玲正挨家挨户收运门前的垃圾。"大家都主动把垃圾收到垃圾桶里,这样我也方便收运。"陈艳玲推起三轮车,干劲十足。

陈艳玲走过处,两只垃圾桶整齐地排列在村民家门口,一个蓝色,一个红色,垃圾桶正面分别标有"可堆肥垃圾"和"其他垃圾"字样。"自从有了这个,邻里再也不乱扔垃圾了,村庄环境也更美了。"陈艳玲笑着说。

垃圾分类对于老百姓是否行得通? 沛城街道城管工作人员曹星介绍:"前期我们深入村民家中普及分类方法,现场示范,简单易懂,一学就会。"

为此当地政府还为每个村配备"考官",而潘阁村的"考官"就是村里的专职管理员唐素梅。她说:"通过每户分类精准度来决定'点赞量','点赞'

越多,奖品越丰厚。"根据"点赞量",村里定期给村民发放香皂、洗衣粉等生活用品作为奖励。

"点赞法"给潘阁村带来的不仅是环境面貌的改变,更大的改变来自百姓内心。潘阁村党支部书记潘正云介绍,目前对于垃圾分类,村民之间也形成了竞争关系,谁家的垃圾分得好,已经成为村民茶余饭后常聊的话题。"垃圾分类凝聚了村心民心,美化了村容村貌,和谐着村风民风,它的影响力正在日渐显现。"潘正云说。

科技进村垃圾富民

村风村貌的悄然巨变,沛县用了整整 7 年。将科技与垃圾分类处理相结合,环境美丽的同时,垃圾分类也成了农业发展的动力源。

走进大屯街道安庄村,村旁的生活垃圾分类处理中心吸引了记者的注意。负责人唐金雪正反复检查发酵池,保证设备良好运行。"可堆肥垃圾在这里面发酵,形成天然的肥料可以直接下地。"唐金雪动作娴熟,操作程序烂熟于心。

垃圾变肥料,产量如何? 据了解,安庄村每年处理可堆肥垃圾达 80 吨,直接生产肥料 40 吨,可以满足 700 亩土地的种植需求。"村民家里种花种菜,需要肥料也可以免费来取,积极性当然高。"唐金雪说。

不仅如此,为了提升垃圾处理效果,安庄村投资 13 万元建设阳光堆肥房,采用阳光太阳能集热技术,垃圾处理效能得到充分提升。

"目前我们正在尝试技术上的再次改良,让肥料成品更精更纯。"安庄村党支部书记宁道龙说。

户分类投放、村分拣收集、镇回收清运、有机垃圾生态处理……目前,沛县先后建成 13 个生态处置中心,日处理农村可堆肥垃圾 130 吨,年消减农村生活垃圾 5 万吨,降解成有机肥 1 万吨,垃圾不出村就可以直接反哺农业、回馈农民。

垃圾分类勾连民生幸福感

"以往垃圾全靠吹,大风刮来天上飞,自从垃圾分了类,水清河绿村更美。"在沛县，这首民谣已经广为流传。

67岁的赵宗爱是安国镇蔡家村村民，看到村庄环境可以带动旅游观光，他有了自己的打算："在外打工赚钱也不易，如今村庄环境美了，可以在家门口做点事。"今年春节，赵宗爱和儿子商量，准备在村子里开一家农家乐。

由垃圾分类带来的好处，也逐渐渗入了百姓的精神生活。蔡家村还将位于村南的一处垃圾废地彻底改造，建起了活动场地，配备健身器材，让村民们有了健身、休闲之所。"你看我们村的生活环境，不比城市的差。"说起这些，赵宗爱笑逐颜开。

体系建立了，长期运行还要有保障。蔡家村结合自身实际，组建了村庄保洁分拣队伍。聘用困难人员加入队伍，党员干部也义务当起环境卫生督察员、垃圾分类员，共同维护村庄环境。垃圾分类，让党员与群众的关系连成一片。

沛县按照不低于当地居民人口千分之一的比例，优先录用当地低保户和困难户，如今3000余名专职保洁员正式上岗。"既可为困难群众增加一份收入，又可以彰显他们的价值，老百姓的积极性一下子就调动起来了。"沛县县委副书记、县长吴卫东表示。

"我们下大决心、花大力气，解决农村环境整治的最根本问题，就是为了让村更美、水更绿，让百姓生活更舒心，让幸福感可持续。"沛县县委书记李淑侠的回答掷地有声。

（原载于2018年03月28日《光明日报》07版）

党建工作戒囫囵吞枣

前些日子回老家过年,正巧赶上县里组织的为老党员同志送冬训资料活动。只见他们带了几个人,送了一大堆资料,一番简单寒暄就匆匆离去,着急赶往下一户党员家。

80多岁的老母亲,原本就不识几个大字,望着送来的一堆资料,犹如"老虎吃天,无从下口"。这实在是扎扎实实走了一个过场。与其这样走形式,倒不如踏踏实实地走进老党员所在的村屋,把他们集中起来,坐到床前、倚在院落,认认真真为他们宣讲中央精神,或者个把小时,或者读一段学习材料,都更起效、更实用。

党中央反复要求,学习不能大而化之,囫囵吞枣。在工作学习中,各级领导干部要多从实际出发,仔细分析,做到因人施策、区别对待,把基层党建工作做实。

（原载于 2017 年 02 月 16 日《光明日报》01 版）

扶贫重在扶志

笔者回老家过年时,了解到政府给每个低收入家庭送去羊羔饲养,但有的贫困户找到村委会说,送羊羔,要送放羊工来。类似的要求还有不少。这种"谁穷谁有理"的思想要不得。

在脱贫攻坚战中,不难看到大多数贫困群众尝到了勤劳脱贫的甜头,走上了脱贫奔小康之路。但也有一部分人单纯"等靠要",难以彻底拔掉思想上的"穷根"。

无志山压头,有志人搬山。扶贫首先要扶志。扶志就是扶思想、扶观念、扶信心,帮助贫困群众树立起摆脱困境的斗志和勇气。只有帮助他们扶起脱贫的志气、挺起脱贫的腰板,才能从根本上铲除滋生贫穷的土壤,真正激发出持久的脱贫致富动力。

（原载于 2017 年 02 月 04 日《光明日报》01 版）

"C刊"变"C扩" 一石激起千层浪

对于"CSSCI",学术圈不会陌生。一般能出现在CSSCI"来源期刊"目录上的刊物简称"C刊",此外C刊还有扩展版,简称"C扩"。因其关系大学及科研机构的学科排名和教师的评优晋升,被称为"中国学术GDP指数"。

日前,南京大学"中国社会科学研究评价中心"公示了最新《中文社会科学引文索引(CSSCI)来源期刊及集刊(2017—2018)目录》。其中,《武汉大学学报(人文科学版)》和《同济大学学报(社会科学版)》从C刊"降格"为C扩,各方争议不断。C刊究竟代表着什么? 此次变动为何又引起如此轩然大波?

两份知名高校学报双双被降格

采访中记者得知,本次C刊目录调整的数据基础是2013—2015年所发表文章的被引成绩,主要依据的是文献计量学的方法。换言之,从"C刊"降格到"C扩",从侧面映射出这两份刊物的影响因子有所下降。

对此,《武汉大学学报(人文科学版)》编辑部在致读者信中这样写道:"被挤出C刊的原因,主要是该刊专注于传统的文史哲三大学科的稿件,而这些学科作者在写论文时不太习惯引用期刊论文。而目前的学术评价和期刊评价体制对于人文科学是严重不公平的,但又无法摆脱这种体制,这既是办刊人的悲哀,更是中国学术的悲哀。"

《同济大学学报(社会科学版)》主编孙周兴更是在私人博客中发表主编声明,表示被降格的原因是"没有服从期刊市场游戏规则,不知道所谓'影响因子'也是可交换和可买卖的,没有采取相关措施提升本刊的'因素因子'"。在博客中,孙周兴甚至对此提出了一些"整改措施"。

C 刊评价不能代替学术评价

影响因子,作为一个反映学术期刊影响力大小的指标,直接决定了一本期刊能否留在 C 刊之列。在《武汉大学学报(人文科学版)》编辑部的致读者信与孙周兴的博文中,都对"影响因子"的评定颇有微词,言语之间透露出对评定体制的不满。C 刊究竟代表着什么? 它又为什么能引起巨大的争议?

"期刊所载文章的被引用次数决定其影响因子。"江苏省社科院《学海》杂志主编胡传胜告诉记者,虽然不能否认数据造假的存在,但如北大学报、清华学报等排名前列的名牌学报是绝不会有此类行径的。"值得注意的是,南京大学的 C 刊目录只是从被引用次数的多少对国内期刊做出排名,这个排名只是被引次数的反映,并没有对期刊做任何价值评价。"

"我们完全是看数据说话。"南京大学中国社会科学研究评价中心副主任沈固朝说,"当我们通过数据发现武汉大学的学报竟然没有进入目录,也是大吃一惊,并做了反复核查。"沈固朝说,虽然不能否认相互引用、有偿引用等数据造假行为的存在,但一旦查实,会予以严厉惩罚。"C 刊评价只是反映了期刊的被引次数,绝没有说谁好谁坏。说到底,高引用不等于高质量,C 刊评价也不能代替质量评价。"

学术评定应拧干"利益水分"

"C 刊不等于学术评判,更不能与职称评定画等号。"在南京大学中国社会科学研究评价中心官网上,明确提示请学术界正确使用该索引。但在现实中,不少高校和科研机构却把它当成了学术评价标准。科研工作者评职称、学生毕业拿学位,都要看 C 刊发表篇数。

为什么学术界如此热衷于评 C 刊? 其中的利益关系不可回避。一些评定为 C 刊的期刊,会预留一定的版面,让有需求的"顾客"花钱买版面,版面费从两三千到上万元不等,不看文章质量看金钱数量。甚至还出现了不少"黑中介",提供代写论文、代发论文的"全程一条龙"服务,给了钱后就等着在 C 刊上发表文章,这类服务报价大多在几万元左右,同时需要提前半年乃至一年以上"预约"版面。

"针对 2017—2018 年 CSSCI 拟入选期刊,表示质疑。"在最新 C 刊目录出来后,中国政法大学光明新闻传播学院教授杨玉圣就发了这条微博。他表示,CSSCI 反映出的两个最重要的问题是利益勾兑问题和学术评价标准的异化问题。

除了经济效益之外,C 刊评定的"马太效应"也是期刊对"评 C 刊"趋之若鹜的主因。投稿者更愿意将论文投给 C 刊,数据显示,20%的期刊占有了 80%的高质量学术论文,这导致强者越强、弱者越弱,最终造成一些学术期刊"关张大吉"。

"纠结 C 刊目录毫无必要,"沈固朝说,"最重要的是完善国内的学术评价体系,切莫再奉 C 刊目录为'金科玉律'。"

(原载于 2017 年 01 月 21 日《光明日报》08 版)

"走心"宣传更具号召力

近日，南京市朝天宫一处 10 多万平方米的旧房拆迁改造，其中工企单位 1.5 万平方米，居民住宅 8.5 万平方米，近 2000 户居民搬迁，无一上访。究其原因，宣传到位是一条宝贵经验。

拆迁伊始，政府就在大街小巷挂出标语："腾旧家搬新家，幸福在咱家""莫听谣言莫上当，自家算好自家账""服务到位，百姓不受累；补偿到位，群众不吃亏"……温暖贴心的标语不仅入眼，更是入脑入心，让百姓真正感到旧房改造是党和政府在为群众办好事。

写标语也须走"群众路线"，要去伪饰、戒虚夸，用真感情说大实话。要将好事办好，关键是走心、贴心、用心。

（原载于 2016 年 12 月 09 日《光明日报》01 版）

家访是个好传统

笔者到一家大型企业调研，发现企业主管领导不在，一问原来去职工家里家访了。

该企业领导的家访活动，缘起一个年轻职工因违反财务纪律被开除后，其家长斥责企业没有管好自己的孩子。由此，该企业形成了一个规定：高管每月至少家访一次，中层每十天至少家访一次，基层领导每三天要去一名职工家里家访。这个规定执行了多年，效果很好。

要做好工作，必须了解情况。家访无疑是了解情况的好办法。无论是企业还是政府部门、学校，管理者都应用好这个办法，推动工作。

（原载于 2016 年 11 月 29 日《光明日报》01 版）

依靠人民走好新长征

习近平总书记在纪念红军长征胜利 80 周年大会上讲了一个故事:在湖南汝城县沙洲村,3 名女红军借宿徐解秀老人家中,临走时,把自己仅有的一床被子剪下一半留给老人。老人说,什么是共产党? 共产党就是自己有一条被子,也要剪下半条给老百姓的人。故事一讲完,雷鸣般的掌声响彻全场,许多老同志都流下激动的泪水。

这让笔者想起老家的故事:1942 年日军侵入山西沁源,当地百姓把水井填死、碾磨炸毁、粮食运走,隐匿到深山老林与敌周旋。日军饥寒交迫,被八路军全歼。大胜之后,毛泽东亲笔为沁源题词"英雄的人民,英雄的城"。

得众则得国,失众则失国。长征的成功,抗战的胜利,人民的支持不可或缺。人民永远是执政者的考官,是历史的创造者。如今,新长征的路途铺展开来,只有与人民群众血肉相连,依靠人民群众,才能在这条路上蹄疾步稳、勇毅笃行。

(原载于 2016 年 10 月 23 日《光明日报》01 版)

让良政尽快到位

　　这是一则真实的故事:一位工科院士习惯从住处打车到实验室,费用是21元。一天他出门后打不到车,就往前走了一段,半路上才打到车,花了13元。当他报销时,财务却以13元打车费不合规范为由予以拒绝。于是,这位院士开始钻研财会知识,两年后竟成为这方面的专家,同事报销科研经费都先找他咨询。

　　科研经费严格管理无可厚非,但流程过细过死会扼制创新活力。前不久,中办、国办印发了科研项目资金管理新规,要求项目承担单位健全科研财务助理制度,针对科研人员反映的"痛点"问题开出"药方"。

　　长期以来,科研经费管理中存在的行政化弊端一直困扰着众多科研人员。要避免"院士"成为"会计",相关部门就应尽快推动良政落实到位,让科研经费真正服务于科研,让专业的人做专业的事。

(原载于 2016 年 10 月 13 日《光明日报》01 版)

低龄留学焦虑该如何破解

电视剧《小别离》火爆荧屏,"低龄留学"也成为热门话题。随着一些家庭经济实力的增强,不少家长开始将眼光投向国外院校,盘算起送孩子出国读书、打造"小海归"的事情。

据教育部门公布的统计数据显示,2015 年中国出国留学总人数已突破52 万,其中低龄留学生占一半以上。伴随着青少年出国热潮而来的,是各方的讨论争议与家长的纠结焦虑。为何一些家长把未成年的孩子送出国门?如何破解低龄留学中的焦虑? 对此,记者进行了采访调查。

小小少年负笈西行

"我在这里有很多同学、朋友,我不想出国。"刚升上初一的宋一凡偷偷告诉记者,"可一想到爸妈为了送我出国读书,把房子都卖了,我就不敢说出我的真实想法。"前年,宋一凡的父母开始商量送孩子出国,经过了长达两年的商讨与准备,最终决定今年年末送宋一凡去美国旧金山德马里拉克中学读书。

"孩子比较内向,一个人在国外我是不放心。"宋一凡的爸爸宋凯坦言,他起初并不赞成孩子出国,除了担心孩子性格外,经济问题也是一大原因。"我们夫妻两人都是普通公司的小职工,省吃俭用一个月也只能剩下三千元,而孩子出国一年的费用要二十多万。"

虽然手头拮据,但为了孩子能有一个好前途,夫妻俩还是达成一致意见,并把名下的一套学区房卖掉作为孩子出国学习的费用。除了给孩子筹备费用,夫妻俩还给孩子报了预科班,查询了英国、美国、澳大利亚等国家的留学政策和当地环境。"儿行千里母担忧。孩子即将一个人远行,爸妈怎能不担心?"宋一凡的妈妈李敏说,为了送孩子出国,不仅掏空了家底,也操碎了心。

争议纷纷焦虑不断

"孩子成绩一般,不如先送出去,希望她镀一层金回来有个好前途。"去年,马俊把十二岁的女儿送去澳大利亚读书。他告诉记者,如今这样做的家庭不在少数,"小区里7户人家的孩子都在十二三岁的时候就出去了,甚至有小学还没上完就送出去的"。

与马俊不同,一些家长对低龄留学的态度始终是"坚决反对"。"经常看到中国留学生在国外出事故,孩子这么小就出国,着实不放心。"初二学生家长陈天斌说,"青少年的心智远未成熟,异国他乡的孤独感会给孩子留下心理阴影。如果要送孩子出国,也应该等成年后再送出去读大学。"

除了各方的不同意见,不断袭来的焦虑也在困扰着家长。通过采访,记者发现"三大焦虑"让不少家长十分纠结:首先,国外学校是否一定比国内的强,如何选择学校与专业;其次,孩子年龄小,人身安全与心理健康令人担忧;再次,高额的费用也让许多家庭望而却步。

个性选择切莫跟风

"根据近几年的统计数据,低龄留学正越来越热。"南京某留学机构负责人钱一告诉记者,2015年该机构处理的赴英就读本科以下课程的学生申请有明显增长,增幅达27.5%;申请赴加拿大读中学的学生数量也增加了53%。"不少孩子直接在外国读完中学课程,再申请那里的大学。"

"低龄留学可以作为一种个性化的选择,不是每个孩子都适合。"南京航空航天大学教授邱建新表示,不少家长把孩子送出国门是"随大流"式的跟风。但需要注意的是,青少年在异国他乡,人身安全、人际关系、心理发展等问题都需要家长提前考虑到,孩子是否该在中小学阶段出国留学,家长应理性对待,切不可盲目跟风。"与孩子充分沟通交流,尊重孩子的意愿,才符合教育的本质要求。"

　　相比低龄留学,邱建新更支持学生出国接受高等教育。"学生在国内完成高中学业,心智和价值观都相对成熟,这个时候在条件允许的情况下出国留学交流可以开阔学生视野,对日后的工作和生活会有很大的帮助。"

（原载于 2016 年 09 月 13 日《光明日报》08 版）

让学生成为课本的主人

——开学第一天江苏新教材使用见闻

"新发的课本比以前有意思！语文书里增加了很多课外阅读，《小王子》最让我喜欢。"在江苏省南京市第二十九中学，初一学生张力博捧着新发下来的语文课本高兴地对记者说。

新学期伊始，江苏省中小学使用了新版教材。新教材在保持课程标准的基础上，回应了立德树人的时代呼唤，在讲求教育质量的同时，更注重学生的个性发展。既注重学习能力，也兼顾素质培养，受到了学生、家长、老师的普遍欢迎。

新教材增加内容多

9月1日是中小学报道的第一天，在南京秦淮外国语学校小学部的教室里，孩子们正开心地翻阅着新课本，记者发现此次新修订的小学一年级语文教材变化颇多。在外观上，新教材尺寸明显放大，并增加了精美的配图。在内容上，新教材在拼音学习上进行了一定的调整，突出了情境和语境的整体设计，更能激发学生学习汉语拼音的兴趣。"教材引导老师拉长拼音教学的时间，降低了汉语拼音学习的难度，更贴近儿童的需要。"语文老师薛艺婷说。

除了语文教材，思想品德教材与历史教材也做了修订与增补。南京雨花台中学政治老师孙经昊告诉记者，新教材更加注重孩子沟通能力的培养，如初中一年级的《道德与法治》分为四个单元：分别是"成长的节拍""友谊的天空""师长情谊"和"生命的探讨"，赋予学生和家长老师更多的互动。

记者了解到，新版历史教材对中国近代史的板块增添了不少内容，还用大量的史实对我国固有的领土和领海主权进行了详细说明，以增强学生的国家主权意识。

小改变带来好处多

"新版的语文书更加注重快乐学习，让孩子在趣味中收获知识。以第二单元为例，莫言的《卖白菜》生动有趣，淡化了说教意味，让孩子们更加享受语文学习。"南京市琅琊路小学老师赵薇说。

在思想品德教材的修订上，新教材更注重对学生法律意识的培育。南京长江路小学名师李璐告诉记者，新书加强了法治教育，鼓励学生从小学法、懂法、守法。"书中增加了单元体验活动，让学生现场体验法律执行的程序。"李璐说，新教材与时俱进，彰显了法治社会的时代特色。

"新课本的改变看似微不足道，其实好处颇多，不仅帮助孩子学习，也可以帮助家长给孩子进行课后辅导。"南京琅琊路小学一年级学生家长宋悦说。

更贴近学生需要

"江苏省此次新修订的教材更贴近学生的需要。"江苏省教育厅基础教育处处长马斌介绍，新版教材的改革主要是为了更好地切合中小学生特点，"拿此次新修订的七年级语文教材来说，在名著推荐与阅读的变化上，由原来的《汤姆索亚历险记》改为现在的《小王子》，对于涉世未深、辨析能力不足的七年级学生来说，《小王子》可能更适应孩子身心健康发展的需要"。马斌告诉记者，学生是课本的主人，主人的需求在不断变化，教材也不能一成不变。

"新教材的最大亮点是更加注重站在儿童的角度考虑问题。"南京晓庄学院教育学院讲师刘霞说，"新教材丢掉了传统的'成人视角'，以'儿童视角'取而代之。就拿《道德与法治》来说，书中的道德模范不再只有'高大上'的英雄，也有日常生活中的榜样，更便于孩子们学习模仿。"

刘霞认为，新教材的优势还在于鼓励孩子走出课堂，践行课本中的教学内容。"新教材添加了不少体验的课程，让学生走出教室，在实践中自我教育，效果更佳。"

（原载于 2016 年 09 月 02 日《光明日报》06 版）

开会不玩手机是底线

近日，一个单位召开年中工作会，会上手机铃声此起彼伏。有的手机虽然调为静音，但与会者在埋头玩手机的样子谁都看得出来。

开会玩手机的现象屡禁不止。如此开会，不仅自己无法进入状态，也会干扰周围人的注意力。这件看似不起眼的小事，关乎整个单位乃至社会的精神风貌。

祸患常积于忽微，智勇多困于所溺。开会玩手机，虽然只是一件小事，但这不仅是对会议主持者的不尊重，也是对本职工作的不负责。我们一直强调对工作要真抓实干，首先就要戒掉那些自以为无足轻重的坏毛病。只有将细节做到位，才能把工作做到位。

（原载于 2016 年 08 月 13 日《光明日报》01 版）

中西药与其互争不如互补

　　近日,福建一名 11 岁男孩因滥用抗生素被查出携带超级细菌"耐甲氧西林金葡菌"。其实,这样的事情在国内已经屡见不鲜。抗生素作为西药的一种,对人体可谓双刃剑。该事件的发生,引起了一部分赞同使用中药的人对西药的质疑,中西药之争因此再起硝烟。中药与西药孰优孰劣? 是道不同不相为谋还是殊途同归? 在中西之间、新旧之间的界限逐渐模糊的今天,中西药之争又该何去何从?

跌宕百年的中西药之争

　　1917 年,时任公立上海医院医务长余云岫发表《灵素商兑》一书,大肆批驳中医经典《黄帝内经》,称其为"数千年内杀人的秘本和利器",揭开了中西医学百年交锋的序幕。近代以来,西医传入我国,在给国人带来医疗便利的同时,也对传统中医药造成了巨大冲击,此后中西医药之争从未间断。

　　中药西药孰优孰劣,普通患者怎么想? 带着疑问,记者走访了江苏南京各大医院。在江苏省人民医院,记者看到,中药取药口乏人问津,而不远处的西药取药口却排起了长队。"吃西药方便、见效快,中药疗程久、见效慢,还要抓药熬制,比较麻烦。"正在取药的患者张振翔对记者说。

　　近年来,中药市场竞争力不如西药已成既定事实:据中投顾问发布的《2016—2020 年中国中成药行业投资分析及前景预测报告》显示,去年我国北上广三地零售药店中,中成药仅占市场总份额的 30%。

　　尽管如此,仍然有不少患者对中药青睐有加。在南京市中医院门诊大厅,专门从山西临汾赶来就诊的贫血患者柴利云对记者说:"吃完两服中药后,贫血症状大大好转,中药能治本,而且对身体的损害小,吃着安心。"

中西医药本无优劣

2015年屠呦呦获诺贝尔生理学或医学奖,青蒿素是中药还是西药? 对此,记者采访了中国药科大学副校长、教育部长江学者特聘教授孔令义。

"现在临床上用的青蒿素大多是它的衍生物,如蒿甲醚、青蒿琥珀单酸酯等都属于化学药物,也就是通常所说的西药。但提取青蒿素的方法是受到传统中药验方的启发,这又说明了中药在医药界的重要地位。"孔令义说,西药多为化学合成的单一成分,比较明确;而中药成分较多且不明确,现在的科技还不能充分阐释清楚,但绝不能因此断言中药是"伪科学"。孔令义提醒,中西药属于不同的医学体系,没有科学迷信之分,更没有优劣高下之别。

"只能说两者的适用症不同。一般来说,西药在急性病症、有明确病因的疾病方面治疗效果显著;中药则在慢性病、功能性疾病方面具有独特优势。西药多由科学家在实验室研发而出,效率高、针对性强;而中药则需要中医从疾病的具体状况入手,来纠正人体的身体状态,见效相对较慢。"

优势互补比肩发展

不少人认为,相较于互相争吵,实现中西药的优势互补才是利国利民的务实之举。南京中医药大学教授王旭东认为,要实现中西药的完美结合,首先应根据不同病种选择不同医药。

"在某些疑难杂症面前,医生应采用中西药结合治疗。"王旭东说,吃中药就好像"改良土壤",西药类似于"铲除杂草"。"特别是在治疗癌症这类重大疾病时,应一方面使用化疗、放疗等西药手段'铲草',一方面用中药改善患者体质,减少副作用。"王旭东还表示,目前市场上常见的银翘解毒颗粒、双黄连合剂等都属于以中草药为原料、经制剂加工而成的中成药,对患者来说方便好用,是中西药结合的有益探索。

医药发展的终极目的是治病救人,在这一点上中西药殊途同归,较之相互排斥,共同发展才更能为患者带去福音。今年 2 月,国务院印发《中医药发展战略规划纲要》,提出要坚持中西医并重,落实中医药与西医药的平等地位。促进中西医结合,发挥中西药各自优势,是当前医药事业发展面临的重要问题。只有兼容并蓄、相互借鉴,才能把中药从"一筐草"变为"一筐宝",让中西医药都为民所用、共治百姓之疾。

(原载于 2016 年 08 月 12 日《光明日报》06 版)

新官理旧事是责任担当

近日，江苏 106 个县领导班子换届完成，江苏省主要负责同志要求所有新到任的县委书记要理旧事。无独有偶，近日一家中央直属单位新上任的领导也提出，要为群众解决历史遗留问题。这种不惧烦难、敢理旧事的魄力，彰显出的是为官者勇于担当的精神。

新人不理旧事，似乎是约定俗成的"规矩"，甚至有的地方因为工作没有交接好，留下一大堆"半拉子工程"。长此以往，难免问题堆积，矛盾激化。能否理好旧事，既是对为官者执政能力与工作水平的考验，更是其价值观念和精神风貌的反映。为官者，对关系到广大群众根本利益的事情，必须有始有终，确保日常工作的延续性，在社会建设中"一张蓝图绘到底"。

（原载于 2016 年 08 月 10 日《光明日报》01 版）

当好扶贫第一责任人

最近,某省一位曾身兼市委副书记和贫困县县委书记两职的官员,在被免去县委书记职务后,不到两周时间又"官复原职",重新回到该贫困县工作。原来,该省规定,凡是所在地区未脱贫的,县委一把手一律不准提拔、不准调动。如此务实的做法值得提倡。

出于各种原因,一些县市领导任职期短,工作调整频繁,致使扶贫政策的延续性大打折扣。应该看到,这是某些地方扶贫成果刚见起色便停滞不前的重要因素。

民生是经济社会发展工作的"指南针"。日前,习近平总书记在宁夏考察时,肯定了当地依靠村党组织带头人和致富带头人实施"双带"工程、帮助群众脱贫致富的做法。在扶贫工作啃硬骨头、攻坚拔寨的冲刺阶段,党政一把手责无旁贷,要当好扶贫开发工作第一责任人。

(原载于 2016 年 07 月 22 日《光明日报》01 版)

治洪须先治谣

连日来,我国南方地区遭遇强降雨的侵袭,多地洪涝灾情严重。可就在抗洪救灾的节骨眼上,少数别有用心的人利用社交媒体散布谣言,如"淹宜兴、保无锡""无锡宜兴市徐舍镇决堤",谣言闹得人心惶惶,比灾情更可怕。

灾害发生的时候往往也是谣言传播高发期。谣言严重干预正常的工作,也容易成为引发社会恐慌的爆点。如江苏响水就曾因一句谣言引发万人半夜大逃亡,江苏射阳也曾因谣言引发近千群众挤兑现金的事件。

如何杜绝谣言?政府要及时公布灾情信息,提高信息的透明度,还要用法律武器惩戒造谣者,公众也得提高辨别能力和求证意识。唯有多管齐下,才能消除谣言危害。

（原载于 2016 年 07 月 09 日《光明日报》01 版）

"熊孩子"更需用心教育

近期,南京引起社会轰动的"熊孩子"事件持续发酵。先是 6 月 14 日,浦口区琅琊路小学威尼斯水城分校的门前聚集了 40 多名学生家长,打出"申请调班"的标语,联名要求劝退班内一名顽皮学生。而后是校方表示,学校无权劝退任何一名学生。近日,被称为南京"鹰爸"的家长毛遂自荐,愿意到学校来管理"熊孩子"。这个"鹰爸"就是曾要求自己仅 4 岁的儿子在零下 13 度的雪地里裸体奔跑的家长。这再一次引起了大家的热议。

6 月 21 日,记者再次致电学校校长徐瑾。徐瑾说,近日,学校聘请了相关心理专家跟班教育,并有学生家长及老师陪读,目前情况已在渐渐好转。

"熊孩子"是天生的吗? 谁应为"熊孩子"买单? 随着计划生育政策的调整,"熊孩子"会不会越来越多? 我们的教育该怎么面对? 人们在不断地反思着。

探寻事实:"熊孩子"的确"熊"

让家长们怨声载道的便是引起此次事件的"熊孩子"冬冬(化名)。记者在琅琊路小学威尼斯水城分校看到,本应有 46 名学生上课的三年级(二)班的教室内,仅坐着 20 名学生。

徐瑾告诉记者,家长们反映的情况基本属实,冬冬在学校经常有一些淘气顽劣的行为,甚至具有攻击性,就连老师也拿他没办法。他曾把颜料涂得同学满身都是;用饭盒把同学的眼睛打青;上课时将黑板上的图钉拿下来戳同学;把同学打得头破血流……在家长与老师的眼中,冬冬就是个不折不扣的"熊孩子"。

"班里有这样一个学生,让我们怎么放心!"家长陈丽对记者说,他们不仅担心孩子的学习受到影响,就连在学校的人身安全都得不到保障。因此希望学校能劝退冬冬,或者调换班级。

针对家长们提出的诉求,徐瑾表示,学校非常理解家长们的感受,但是根据我国义务教育法的规定,学校无权劝退任何一名学生,每一个孩子都有接受义务教育的权利,学校不会抛弃也不会放弃任何一个孩子。

究其原因:"熊孩子"为何"熊"

一个三年级的孩子为何会这样顽皮?究其原因是家庭和学校教育管理的双重失职。

记者了解到,冬冬的父母由于工作忙碌,家中孩子又多,很少有时间管教他。他自小被爷爷带大,现在的日常生活也一直由姐姐照顾。冬冬比姐姐小7岁,还有一个2岁的弟弟。弟弟的出生让冬冬觉得失去了宠爱。冬冬的妈妈说,弟弟从产房抱出来的时候,冬冬还上前打过弟弟。

家庭教育是其他一切教育的基础,父母对孩子性格的形成起决定性作用。"冬冬每次在学校'横行霸道'被状告后,原本工作压力大的父亲总会用简单粗暴的方式教育他。"徐瑾说,一次,冬冬把班上一位同学的头打破了,该同学的父母就带着受伤的孩子去评理,没想到冬冬的父亲掐住冬冬的脖子,差点掐断了气。

在调查中记者还发现,学校在对冬冬的教育问题上也负有不可推卸的责任。冬冬所在的学校是一所建校仅6年的小学,全校90%的在校生均为外地户籍。仅三年级一个学年,冬冬所在的班级就换了四个班主任,前两个教师实在教不下去,后由校长亲自代课,但因校长行政管理工作太忙,又换成一位经验丰富的教师。年轻教师阅历浅,校长公务繁忙,学校又没有配备专门的心理辅导老师,冬冬的"恶行"愈演愈烈。

专家支招:"熊孩子"怎么教

宜宾市"熊孩子"上学途中逃学怕被家长责骂,伪装自己被绑架;成都市

"熊孩子"也曾被家长联名劝退……越来越多的"熊孩子"不仅让老师束手无策，更让家长抓狂无奈。

"父母是孩子的第一任老师，儿童的社会化正是从家庭开始的。"在南京市心理危机干预中心主任张纯看来，冬冬的父母忙于工作，在孩子的教育方面有所缺失，这正是冬冬变成"熊孩子"的主要原因。

张纯说，家长总担心自己的孩子被欺负，其实，孩子之间发生冲突时，家长应以"孩子是否能自己处理问题"为标准，"先让他们尝试着自己解决，解决不了再借助外力，这样有助于孩子独立人格的养成"。

南京晓庄学院教授袁宗金认为，"熊孩子"属于特殊儿童，"他们的教育需要社会各方努力，对于特殊儿童教育的关注，有助于真正实现教育公平。"对于琅琊路小学威尼斯水城分校的处理方法，袁宗金非常认可。此外，他觉得可以借鉴国外中小学教育的"融合教育，随班就读"模式，即每两位特殊儿童配备一名专业教师进行陪读，以确保特殊儿童及其他儿童的正常就学。

中国伦理学会副会长王小锡教授认为，随着我国计划生育政策的调整，双职工双孩子将成为常态，家长工作压力大，对孩子的管理受到精力的影响，加重了学校教育的难度。所以，认真研究中小学教育，适当增加师资配备刻不容缓。

（原载于 2016 年 06 月 22 日《光明日报》06 版）

要"快牛"，不要"蜗牛"

——江苏泰州创"蜗牛奖"治懒政

近日，江苏泰州在全国首创"蜗牛奖"，专门用来"奖励"泰州庸政懒政怠政的部门单位。日前，首批"蜗牛奖"名单公布，12个部门单位被公开曝光，当地官员思想上受到极大震动，纷纷表示要努力服务群众，争做"快牛"，不做"蜗牛"。对此，记者进行了走访调查。

评奖快速的"蜗牛奖"

"'蜗牛奖'的创意源自哪里？""如何筛选评比出'获奖'部门？"对于新鲜出炉的"蜗牛奖"，很多网友纷纷发问。

其实，早在今年1月，泰州市委书记蓝绍敏便在该市市委四届十次全会上首倡"蜗牛奖"，用来颁发给那些推进重点项目不得力、履行行政职能不到位、解决群众关切问题不及时的责任人，以此践行"马上就办"的精神，解决"不作为、慢作为"的问题。这一承诺，极大地调起了公众的期望，几个月来，"蜗牛奖"在网页上的点击量居高不下。

3个月后，"蜗牛奖"应声而出。"'蜗牛奖'评奖过程本身不容拖沓。能否在较短的时间内打磨好细节，拿出一份内外皆能服众的名单，一直是贯穿评奖始终的难题。"泰州市委常委、秘书长张国梁说。

泰州一位处级干部告诉记者，严密简捷的"评选"程序、明显的时效性、超出公众预期的结果证实，"蜗牛奖"赢了。今年年初，泰州设立"蜗牛奖"并出台《泰州市效能建设"蜗牛奖"认定暂行办法》后，泰州市效能办公室通过深入基层走访、受理群众投诉、分析网络舆情、开展工作督察等方式,调查并收集线索。4月6日,泰州召开了"蜗牛奖"认定会议,对前期排查出的"蜗牛奖"待认定对象及事项进行"开门评议",最后对外公布了上榜的部门单位。

权威"榜单"渐增"红利"

泰州市财政局工贸发展处"开放创新、双轮驱动"战略扶持项目资金未按期落实;靖江市新桥镇政府法制科对某企业反映的涉企乱收费问题不认真处理,导致重复投诉……在泰州市效能办公布的"蜗牛奖"获奖名单上,认定对象及认定事由一目了然,共涉及11个事项、12个部门。

许多看到榜单的市民告诉记者,原以为首批"蜗牛奖"获得者最多10个,没想到最终揭晓了12个,这从侧面显示出泰州反"四风"的决心,也给老百姓带来了福音。"门好进了,脸好看了,事也容易办了。"泰州市民曹新平告诉记者,"干部干事效率高了,我们的日子就鲜亮了。"

这一结果,也实现了"蜗牛奖"的设立初衷。江苏省杂文学会副会长周云龙表示:"'蜗牛奖'的设立不是为了批评、惩罚,更多的是为了鞭策和激励。今日心情复杂捧回'蜗牛奖',明朝意气风发摘取'我牛杯'!"南通大学党委副书记江应中告诉记者:"'蜗牛奖'应该是泰州用来提携后进、促进后进变先进,以产生某种积极的转化和变化的手段与方法,顺应了全社会对于政府治理体系和治理能力的关注。"

寻求更科学的治理办法

泰州市表示,设立"蜗牛奖"不搞一阵风,将作为一项常态化工作举措坚持下去,原则上一季度认定公布一次,也可随时认定公布,接受社会各界监督。针对这一做法,也有专家进行了更深的思考。

江苏师范大学教授刘行芳表示,近来,地方官员"不作为、不会为、不想为"的现象有所抬头,必须及时治理。泰州的这一做法,起到了一定的作用,但长期看来应该寻求更科学的治理体系和管理办法。

　　河海大学常州校区教务部部长、公共管理学院副教授叶鸿蔚表示,这种方式短时间内会出现立竿见影的效果,"但综合考虑看来,可以采取民众评议、内部评议等方式,这样才有利于政府建设长期监督制度和干部管理制度。"

（原载于 2016 年 05 月 09 日《光明日报》04 版）

警惕变了味儿的马拉松

今年 3 月 27 日,江苏南京将举办国际山地马拉松,这距南京最近一次举办国际马拉松只有不到 4 个月的时间。在不到半年内,接连两次国际马拉松在这座古城举行,且仅去年一年,江苏省就举办了大大小小 24 场马拉松比赛,"马拉松热"可见一斑。

对于马拉松是利是弊,各方说法不一。有人说它普及了全民健身的意识、提升了城市形象,但也有人说,马拉松实际是披着"体育运动"的外衣,大搞"节庆经济"。对此,记者进行了走访调查。

大干快上　马拉松缘何惹人青睐

去年 11 月 29 日,首届南京国际马拉松举行,来自 20 多个国家和地区的 1.6 万名选手齐聚南京,掀起跑步热潮。

除了火爆的比赛外,赛事的收入也引起人们莫大的兴趣。据悉,此次赛事仅报名费一项收入就高达上百万元,而这只是"小头",更多的收入来自于企业的赞助费和冠名费。至于这笔钱怎么花,南京市体育局一位翟姓干部表示尚不清楚,"就连是否盈利都还在计算中"。

借鉴其他城市的经验,马拉松是"稳赚不赔"的体育赛事。以 2013 年杭州国际马拉松为例,1200 万元的成本,2000 余万元的收入,毛利达 67%。"杭马"起点黄龙体育中心附近的一家酒店,预订率超过 90%,而正常时候只有 50%左右。另有报道显示,在 2013 年厦门国际马拉松赛事期间,各种营业收入高达 2.26 亿元。

"不管办这个马拉松赚了还是赔了，我的感觉只有路堵死了。"因为交通管制导致的道路拥堵，南京出租车司机陈东卫在国际马拉松当天收入锐减，他表示，这场比赛给自己的感觉还是在搞"节庆经济"。

趋之若鹜　赛事火爆几时休

作为国际化大都市的南京，办赛条件与消费市场都不缺，办一两场国际马拉松赛事也无可厚非，但耐人寻味的是近些年来不少县区也赶起了"时髦"。

也是去年，南京市高淳区斥资千万、仿效青奥会做法，办起了国际马拉松，吸引了上万名选手参赛，而这个区的总人口不过 40 余万；云南昭通水富县的面积还比不上上海的一个区，因为赛道不够，"匠心独运"的主办者竟然设计成了国内首个跑两圈的马拉松赛；贵州省镇宁县本不适合举办马拉松赛事，却借着黄果树瀑布的大名，搞起了黄果树国际"半程"马拉松赛……

据调查，马拉松的激增始于 2011 年，2010 年全国还只有 13 场马拉松赛事，2011 年增长到 22 场，2012 年达到 32 场，2013 年为 45 场，2014 年则在 50 场以上。马拉松以年增长约 10 场的速度飞快蹿升，而这些数字还只是在中国田径协会有案可查的，不包括非官方赛事。

与此同时，由于国内的马拉松赛事没有严格的门槛，也为职业化的经纪人钻规则空子提供了空间，给部分赛事埋下了不规范的隐患。从目前来看，不少地方的马拉松赛事仍然是由政府筹钱办赛，但为了追求赛事国际化，而忽略了比赛的服务质量，一些刚起步的赛事连赛时的供给、安保和救护设施都很难保证。

一位曹姓资深跑者曾在网上发帖称，部分赛事现场犹如菜市场，"存衣服、补水、保暖等措施都很难保证。这个时候如果再用高额奖金吸引非洲选手，当然会受到诟病"。也难怪有人调侃国内的国际马拉松都是"黑人跑，白人看，黄人给奖金"。

呼唤回归"体育本位"

尽管前期的"炮仗"放得很响，但是此次马拉松依然遭到一些质疑。有网友反映，南京国际马拉松在路线设置上完全没有反映出六朝古都的特色。在交通方面也有明显欠缺，很多线路找不到接应的车辆。此外，市民无法近距离观看、车辆通行不便、道路严重堵塞等也成为网友争相批评的焦点。

"归根结底，是运作模式出了问题。"南京师范大学体育科学学院教授王庆军表示，政府包揽马拉松，有几条突出的弊端："首先，许多规则制定得太死板，不利于调动参赛选手的积极性；其次，以行政眼光办比赛，缺乏对专业裁判的尊重，给比赛造成负面影响；最后，马拉松容易成为简单的形象工程，脱离体育本位。"王庆军认为，最好还是由民间组织与政府联合办赛，而政府只要扮演好服务者与宏观调控者的角色就好。

也有不少网民认为，马拉松是被"利用"了："好好的体育活动，却沦为地方政府大搞节庆经济的工具。"

南京航空航天大学社会学副教授邱建新认为，马拉松之所以过散过滥，是因为不少地方政府仍然存在浓重的"衙门思维"："首先是利益驱动，某些地方政府打着全民健身的旗号，谋求赛事背后的经济利益，这种经济冲动的背后是政绩冲动。其次，现代人的体育活动是多元多样的，政府单纯模仿别的城市，大搞马拉松，搪塞百姓多样化的健身需要，这是一种懒政思维。"邱建新呼吁，马拉松迫切需要回归到体育本位上去，"只有政府撤去主导者的身份，马拉松才能更纯粹"。

（原载于 2016 年 01 月 22 日《光明日报》09 版）

江苏学校毒跑道到底怎么回事？

　　新学期开学不久，江苏省苏州市元和小学十几名小学生陆续出现了流鼻血、头晕、起红疹等症状，家长纷纷将矛头指向学校新建的塑胶跑道。学生家长李女士说："距离塑胶跑道最近的二年级 4 班，有莫名流鼻血等症状的学生最多，非常可能与塑胶跑道释放的刺激性气味有关。"事发后，校方暂时停课，并拆光了塑胶跑道，这一场风波才逐渐平息。同样在 9 月，江苏无锡、南京、常州等地的小学，也遇到了类似的情况。

有毒跑道为苏南自筹自建项目

　　得知塑胶跑道频频被质疑后，江苏省教育厅第一时间展开调查。10 月 14 日，江苏省教育厅召开新闻发布会对外公布调查结果。"疑似有毒的校园塑胶跑道，均是苏南地区的自筹自建项目，而非省教育厅建设监管。"江苏省教育厅体卫艺处处长杜伟说，江苏省中小学的塑胶跑道建设分为两类：一类属于苏北、苏中地区的"江苏省农村中小学运动场地塑胶化建设工程"；另一类是苏南地区学校自筹自建的塑胶跑道。由江苏省统一建设的塑胶跑道已建成 552 片，在建 113 片，从招投标、施工到验收，都有严格程序，至今"零投诉"，没有发现任何带有毒性的物质。苏南地区自建的跑道出现了问题，主要是添加了塑化剂、芳香烃等，含有有害物质。

　　江苏省教育厅表示，接下来，江苏省"塑胶办"等部门将邀请相关专家，对全省农村中小学运动场地塑胶化工程在建项目和所涉学校，进行全面督查。如发现问题，将责令立即整改，涉及教育系统相关责任人的，将严肃查处，绝不姑息。

有毒跑道源于降低成本

日前，记者采访了相关专家，其中南京林业大学几位不愿透露姓名的专家观点非常鲜明。

首先，江苏的确有许多有毒、劣质塑胶跑道。其原因主要是为了降低成本。如果按照标准，20年前生产一平方米塑胶跑道的价格就需150元以上，20年来，劳动力价格涨了，但采购跑道的价格却降了。如今在江苏每平方米塑胶跑道的采购价格，基本控制在90元至120元之间。于是厂家开始使用一些成本低廉的添加剂，如塑化剂等。有毒劣质跑道就"应运而生"。

其次，裸露的皮肤最好不要接触塑胶跑道。这是因为就算是合格的塑胶跑道，也会含有一定量的重金属，直接接触后，重金属会进入皮肤，对孩子的健康难免造成影响，比如出现过敏等症状。

最后，有毒塑胶跑道敲响了校园安全的警钟。这起事件的教训并不限于塑胶跑道建设这个具体问题，也不限于江苏一地，它给全国的校园基础设施建设监管上了一课。安全和质量监管必须全覆盖、零死角。

到底是谁建造了毒跑道

校园塑胶跑道带有毒素，直接伤害了孩子的健康。网友纷纷质疑，有毒校园塑胶跑道到底是谁建的？

江苏省教育厅体卫艺处负责人告诉记者：首先，全国教育实行的是分级管理，即教育厅不直接管理中小学的人、财、物。市、县、街道、乡镇才是中小学的直接管理部门。所以板子打在教育厅的屁股上是有点冤枉的。其次，有些乡镇、街道，拿着教育的钱，打着为教育办好事的幌子，官商勾结，随意招标，缺少监管是造成毒跑道的主要原因。据介绍，苏州元和小学的有毒塑胶跑道，正是元和街道建设的，建好后交由学校使用。

（原载于2015年10月19日《光明日报》06版）

南京一块近 50 亩"寸土寸金"土地荒废 7 年

在江苏南京明城墙下这个"寸土寸金"的地方,有一块近 50 亩的土地竟荒废 7 年,建在这上面约 25000 平方米的徽式楼房也从 2008 年起闲置至今,杂草丛生,空无一人。而这块土地周边的商品房价每平方米高达 3 万元,这不禁让人发问:如此浪费,究竟谁来买单?

据记者调查,这块土地原本是南京印染厂、南京一棉厂和南京城南发电厂的厂区,由于工厂倒闭、破产或搬迁,土地便交由秦淮区政府开发建设。但这建筑面积达 25000 平方米的楼房建成之后,却并没有派上任何用场,一直荒废至今。而在这气派豪华的闲置土地旁,是矮小破旧的筒子楼与狭窄拥挤的居民区,与之形成强烈的反差。

这块地为何荒废 7 年之久?记者调查发现,正是因为这些厂房姓"公",损失公家的利益看似谁也没有受到伤害,所以问题迟迟得不到重视。但究其本质,最终埋单的还是老百姓。荒了地,"吃了"财政,浪费了纳税人的钱,这让老百姓看在眼里,急在心上。

烂尾工程已被多家媒体报道,为何仍没有引起领导重视?记者在采访中发现,从市政府到区政府,对此都采取"踢皮球"的态度。究其原因,是由于南京前任市委书记和市长双双落马入狱,一大半区委书记、区长提的提、倒的倒、调的调,前后任干部工作不衔接,对于很多烂尾工程和未完工的项目,后继干部不愿过问,遇到问题推诿扯皮,以至于烂摊子得不到收拾。

在南京,因为"后任不认前任账"而导致的烂尾工程并不少见:闲置多年的龙袍安置房项目由于资金链断裂而停工数月;江宁杨柳湖办公房也胎死腹中;湮没在荒草中的麒麟有轨电车项目杳无音信……人们不禁感慨,前任工程后人不理不睬,如此"大手笔"的铺张浪费,实在应当引起重视。

（原载于 2015 年 10 月 09 日《光明日报》03 版）

院士头衔为何如此"天价"？

近日，南京晓庄学院公开招聘高层次人才，对两院院士亮出"高薪牌"，提供购房补贴、安家费、科研启动费等最高 600 万元的待遇。无独有偶，湖北中医药大学开出 200 万元年薪"挖"院士；临沂大学开出科研启动经费 1000 万元，年薪 300 万元，安家费 200 万元等优厚待遇招聘院士。

类似这样高薪招揽院士的消息频频见诸报端，让人不禁质疑：院士头衔"含金量"为何如此惊人？"天价"院士又能带来些什么？对此，记者进行了采访。

院士头衔"含金量"惊人

院士是国家设立的科学技术方面的最高学术称号，一般为终身荣誉。自 2009 年起，中科院给院士的津贴由原来每月 200 元调高至 1000 元。此外，年满 80 周岁的院士升为"资深院士"，不再拥有院士选举投票权，但每年另享有 1 万元"资深院士津贴"。

记者采访了解到，江苏两院院士收入分配机制基本分为以下两类：一类是工资加津贴，如一年工资收入 20 万元左右，另有 24 万元左右津贴；第二类是各高校和科研单位的"土政策"，即所谓年薪制，如某高校规定新引进院士年薪 150 万元，为确保不至于"招来女婿气跑儿子"，新引进院士与学校原有院士享受同等待遇，校内原有院士也享受年薪 150 万元的待遇。这里有一个值得注意的问题是，有些院士本身就是各单位的"头头"，既当领导，又享受高薪，难免引起群众非议。

江苏共有普通高校 134 所，但拥有的院士不过百位。"僧多粥少"的现状让各大高校摩拳擦掌。江苏师范大学为柔性引进的院士量级高层次人才提供的待遇为200平方米的过渡住房，每月10万元生活补贴。南京审计学院招聘的院士最高能拿到350万元的购房补贴。

此外，地方政府重金揽才势头也十分猛烈。如江苏省高邮市对引进的两院院士给予所购房屋全额资助的待遇；泰州市则为引进的两院院士提供3年免费人才公寓，并发放100万元"购房券"。

院士"抢手"本是好事，这意味着社会越来越重视知识和人才，但动辄百万元的高额纳贤之风，同样折射出一个问题，高校和地方把院士当成支撑门面的"招牌"，一味关注院士数量，忽视了自身科研条件与学术氛围的建设。这种盲目的做法无疑背离招贤纳士的初衷。

高薪揽才背后的利益诉求

4年前，华中师范大学原校长章开沅4次请辞与两院院士具有同等待遇的资深教授一职，在学界掀起不小的波澜。当被问及原因，章开沅直言："院士补贴太高，终身待遇不合理。"

除去薪酬待遇，院士可以作为博取私利的"摇钱树"，同样是人尽皆知的"秘密"。记者采访了解到，不少院士都拥有隐形收入：一是从科研项目中"克扣"经费；二是日常评审、兼职等方面的收入。中国第一位退休的院士秦伯益就曾坦言，很多院士热衷拿项目与课题，既能为自己挣钱，让别人挂院士之名申请课题，也能从中获利。院士名气响、面子大，成了不少高校的"广告招牌"。

南京大学和东南大学是江苏省内两所国家重点建设高校，其院士分配机制是"基本工资+津贴"，基本工资享受一级教授待遇每月5000多元，年岗位津贴24万元，另外江苏省委组织部每月补贴1万元，加起来共计42万元左右。这样的收入并不算高，但南京大学有32名院士，东南大学有11名院士，他们人心思齐，一心一意搞科研，成果显著。资深院士冯端告诉记者："真正的院士是拿钱买不来的，因为埋头搞科研的院士不在乎钱的多少，他们看重的是尖端的科研平台和浓厚的科研氛围。"

"院士作为高端人才，享受高待遇无可非议。但近几年，将院士请过来当'花瓶'，赚钞票的问题日趋严重。"在东南大学高等教育研究所所长仲伟俊看来, 社会把院士拔得太高, 各种考察、座谈和评审也对院士邀约不断, 导致地方、高校和研究院竞相用高额科研启动费、安家费以及年薪等争夺院士, 装点门面。

仲伟俊认为, 问题主要出在高校与地方政府上: 一方面, 在现行体制下, 高校拥有院士数量的多寡, 直接影响高校排名、权威性及课题资源的获取, 这导致高校形成 "院士在手好说话" 的管理心态; 另一方面, 近年来, 国家大力提倡科技创新驱动政策, 但落实到某些地方, 就变成了高层次人才的比拼。"院士数量越多, 政绩越大, 领导面子上越好看。说到根子上, 还是利益驱动在作祟。"

国外院士制度引反思

两院院士章程修订数次, 2014 年修订被视为力度最大的一次。新修订后的章程从提名途径、遴选机制、退出机制 3 个方面进行了修改, 但院士津贴依然维持每月 1000 元, 对院士待遇并没有明确规定。

这也为院士待遇的 "漫天飞价" 提供了 "社会土壤", 一方面, 高额的薪酬让不少院士舍不得退休; 另一方面, 高校与地方的 "门面需求" 也不允许院士轻易退休。2013 年 11 月, 年满 80 岁的沈国舫院士向工作了一辈子的北京林业大学表达退休意愿, 但该校以 "无人胜任沈国舫岗位" 为由拒绝了他的请求。

梳理欧美国家的院士制度, 记者发现了迥然不同的状况: 英国皇家学会是享誉世界的科学学会, 但会员没有工资, 更谈不上像中国院士那样高额的薪酬, 他们只有少部分的补贴, 甚至还要自掏腰包做研究。同样, 美国申请科研经费的关键在项目内容, 不少院士实验室因项目内容不过硬而无法得到经费, 难以逃脱 "被淘汰" 的命运。

"院士是学术称号, 也是终身荣誉, 但我国院士头衔被赋予太多学术之外的东西。" 江苏一位不愿透露姓名的高等教育专家告诉记者, 有些上了年纪的院士已无足够精力搞科研, 但学校还是抓住不放, 将其作为申请国家科研资金和提高名声的 "法宝"。而在美国, 院士不退休就得承担教学与科研任务, 不愿意或者无力承担就得退休。这种以学术为本位的精神无疑值得借鉴。

（原载于 2015 年 07 月 25 日《光明日报》04 版）

大学更名　何时不再被政绩左右

高考结束,志愿填报成为家长越来越关注的问题。江苏南京市民张丹妮称女儿想学纺织,原本计划报考南通纺织职业技术学院,但在江苏高校名单中却找不到这所学校。

记者日前在调查中发现,近年来,大学"更名之风"愈演愈烈,不少学校打出"提升教学质量"等旗号。但事实上,很多学校更名只是"换汤不换药"的"面子工程",不仅让考生和家长填报志愿时无所适从,其追求"高大上"和急功近利的思维也不利于大学精神凝聚。

高校更名成为跟风乱象

"'南通科技职业学院'和'南京科技职业学院'是一个学校吗？有什么特色专业？"山西一位考生家长找到记者,说校名让他摸不着头脑。原来,这两所学校分别由南通农业职业技术学院与南京化工职业技术学院更名而来,原本两所优势专业风马牛不相及的学校,更名后仅一字之差,给考生及家长带来困惑。记者就此致电江苏省教育厅发展规划处,对方不以为意:"学校都会在新校名后附上原校名啊!"

记者打开这两所学校的官网,果不其然,大号字体的新校名后,都有个括号,赫然标注着原校名。南通科技职业学院一位姓陈的工作人员告诉记者,去年学校对口单招提前录取批次投放 200 个名额还招不满,更名后今年投放 1000 个名额仍供不应求,他强调更名只是招生人数上涨的原因之一,学校内涵发展才最关键。当记者再次追问那为何要更名时,他说:"高职院校把'农业'等校名改为涵盖范围更广的'科技''理工'是大趋势,其他省这种情况也很普遍。"

近6年来,我国共有472所大学更名,占高校总数的23%。高校林立的江苏近两年也有16所高校更名或升格,今年江苏又有多所高校为更名"摩拳擦掌",经教育部审核后砍掉一部分,但仍有5所学校筹备更名。高校更名不外乎三种情况:一是名号从县市地名到"江苏""华东""中国",地方院校不再"偏居一隅";二是从学校到学院再到大学,高校层次不断升级;三是用"科技""理工"等热门词取代"农业""纺织"等,"综合性"越来越强。

更名潮背后的"追名逐利"

那么,高校频频更名的背后,究竟有怎样的利益诉求?

东南大学高等教育专家仲伟俊认为,高校更名已经成为一种社会现象,主要有两个层面原因:一是社会上普遍认为大学比学院强,学院比学校强,这造成高校逐渐形成"重面子轻里子"的氛围;二是更名不仅能给高校在吸引生源等方面带来利益,还能让部分弱势高校对外交流更有"底气"。

南京晓庄学院教授袁宗金认为,"更名热"背后是大学行政化在作祟。"学校更名升格后,领导的官位和待遇也会随之上升,例如处级升副厅级,副厅级转正厅级,这种官僚主义无疑与大学精神背道而驰。"一位教育行政部门不愿透露姓名的领导说,校名更改之后校牌、公章、标牌等都要更改,造成大量人力财力浪费,也为觊觎教育经费者提供了可乘之机。

记者在采访中发现,江苏不少高校与当地政府将更名升格作为炫耀的资本。谈及去年南通两所高校被冠以"江苏"二字,该市教育局局长郭毅浩曾在公开报道中表示,更名升格标志其学科群建设处于全省一流水平。江苏省教育厅一位主管处长则非常肯定地称,江苏所有更名或升格的高校在内涵建设、人才培养等方面均达预期发展目标。

由此可见,高校更名的背后有地方政府的支持与驱动。"归根到底,是政绩工程在作怪。"袁宗金说,各地级市都希望当地大学级别越高越好,名字越响亮越好,因为高校一旦成为地方品牌,不仅有助于引进、留住人才,更能为主政者的政绩考量添上浓墨重彩的一笔。

高等教育应有形，更应有神

记者梳理发现，2013 年 5 月至 2015 年 4 月，全国 215 所高校获教育部批准更名，占到具有高招资格高校总数的近 10%。其中升格更名的占 80 多所，其他大部分是嫌弃原来的校名太小太窄，追求"高大上"而更名。

对此，南京师范大学教育科学学院教授胡建华认为，更名升格的多是历史不悠久的高职院校，由于人才培养规模质量的提升、师资队伍的发展等因素，达到标准的院校更名升格能够拓展发展空间，是符合教育发展规律的。

但在仲伟俊看来，经济社会发展需要大量技能型人才，高职院校如果争相更名升级，会导致人才培养结构的失衡。"不仅会丢失历史积淀的办学经验，而且也会使人才培养定位与模式模糊不清，培养出来的毕业生既达不到本科院校的水准，技术技能也不如高职院校的学生。"仲伟俊建议，高校的层次类型不能盲目攀高，而要形成梯度，注重内涵，对接需求。

"高校办学质量与校名和级别没有必然关系。高校转型关键不是'挂牌'，也不是'更名升格'，而是办学思想、人才培养模式的改变。"在袁宗金看来，麻省理工学院等高校有着"学院"名号，却是培养诺贝尔奖得主最多的世界名校。袁宗金建议，公众要破除"以名取校"的思维定式，不简单以名字判断学校水平，同时高等教育应淡化高校等级化管理，重视各种层次各种类型的学校，让高校有形更有神。

（原载于 2015 年 06 月 11 日《光明日报》06 版）

以后谁来给牲畜治病

最近，江苏省泗洪县农户王建养的三头猪出现疫情，他跑遍全镇都没找到一位兽医，只有到县城去"搬兵"，当他从县城将兽医接到家时，三头猪都已死亡。王建苦闷地告诉记者，多少年了，牲畜生病找不到兽医看，费尽周折找来的兽医多半是上了年纪的老人，知识结构老化，对疫情变异不清楚，起不了什么作用，不少养殖户只能眼睁睁看着牲畜死去。

王建的遭遇并非个例。近年来，农村畜牧兽医专业技术人员严重短缺，畜牧兽医被认为是身份低、待遇差、没前途的职业。一边是新鲜血液注入不足，一边是畜牧兽医队伍不断老化流失，如此下去，乡镇一级兽医站将面临关门，大量农村牲畜将有病无医。

队伍老化、后继无人，畜牧兽医严重短缺

在江苏省如皋市吴窑镇畜牧兽医站，老兽医吴孝泉已工作整整 30 年，58 岁的他依然每天下乡给牲畜看病，常工作到晚上十点多。吴孝泉告诉记者，兽医站共有 7 个下乡兽医，平均年龄在 50 岁以上，负责给 17 个村的牲畜治病。"已经六七年没来年轻人了，以后谁来给牲畜看病？"吴孝泉担忧道。

今年，兽医站来了一位新人，名叫李旭，是扬州大学动物检验与检疫专业毕业生。终于来年轻人了！可吴孝泉脸上的愁容并未散去。"李旭担任的是管理岗位，新人不下乡，老兽医一个接着一个退了，这可怎么办？"

像吴孝泉这样奔波在一线的老兽医不在少数，农村兽医匮乏情况已岌岌可危。去年上半年，拥有 100 多万人口的江苏省启东市乡镇一级在岗兽医仅有 18 人，平均每个乡镇不到 2 人，常常应接不暇，去年养羊业暴发小反刍兽疫

疫情时,因缺少兽医,当地不少养羊户和规模养殖场"全军覆没",损失惨重。

事实上,畜牧兽医青黄不接已成为影响农村养殖户收入的直接原因。邳州市就曾出现过由于兽医短缺,牲畜疫情没得到有效控制、养殖户集体上访的事件。然而这个问题至今没有引起领导的重视,记者致电邳州市农委,农委相关人员吞吞吐吐,说不出情况来。事实上,不是工作人员刻意隐瞒,实在是乡镇畜牧兽医少得可怜,难以启齿。

记者在采访中了解到,江苏共有1000多个乡镇兽医站,畜牧兽医平均年龄在50岁以上,主要工作已变成了坐在办公室里整理材料、出售兽药、发放疫苗等。在苏中、苏北的多个乡镇,当地兽医站少则十年,多至十几年没进新人。畜牧兽医队伍老化、后继无人现象着实令人担忧!

就业火爆,招生惨淡,年轻人都去哪了

连续六年就业率100%,平均每个应届毕业生有5到8家单位争抢,在兽医学科领先全国的扬州大学,兽医专业的毕业生是单位争抢的"香饽饽",尽管如此,招生依然是学院头疼的事。

"畜牧和兽医专业是扬州大学顶尖的专业,已连续20年遭遇招生冷门,原来每年招收120—150人,一直招不满,去年将20个外省指标调整到50个,又降低了分数线,还是只招到95人。"该校兽医学院党委副书记马雷说,即便有95人,真正到兽医岗位的也不到三分之一。

那么,年轻人都去哪了?

"我们全班20个毕业生只有3个人去了乡镇兽医站,大家觉得基层工作不体面,加上环境差、设备老化,不能将学的东西发挥出来。"刚刚来到常州市遥观镇兽医站工作的扬州大学毕业生秦嘉玲告诉记者,江苏乡镇兽医站的实习生中80%是扬大学生,愿意留下来工作的不足10%,大部分学生选择去宠物医院、制药公司、畜牧养殖场等。

马雷认为,乡镇兽医站待遇低、工作环境差是人才流失的主要原因。"乡镇兽医站的工资普遍较低,每个月拿到手的钱在2500元左右。"马雷说,全国县级以上宠物医院超过10000所,宠物医生少则3名,多则5名,每年收益少则30万元,多则50万元。宠物医生自然成了学生更青睐的选择。

在兽医专业毕业生看来，比工资待遇更让他们担忧的是社会地位和发展前景。"社会对畜牧兽医存在偏见，认为兽医就是走街串巷给动物打针的，家长和学生觉得兽医丢脸。"秦嘉玲告诉记者，以前的乡镇兽医站都有门诊，但现在多被私人承包，主要卖兽药。畜牧兽医没机会坐诊，鲜有机会做一例手术，专业技能也得不到发挥。

江苏省农委重大动物疫病防控办公室主任杨瑛坦言，基层兽医管理体制改革未完全到位，防控工作条件滞后于畜牧业发展需要，部分地区乡镇畜牧兽医站基础薄弱，导致乡镇畜牧兽医队伍人手不足、年龄老化、人才断层。

如何破解畜牧兽医短缺的困境

作为畜牧养殖大国，应该如何破解畜牧兽医短缺的困境，不让人才匮乏成为影响农牧产业发展的"短板"？

政府在加强乡镇畜牧兽医站建设方面做出了一些探索。2014 年起，江苏加强"五有"乡镇畜牧兽医站建设，即有独立建制机构、有固定工作场所、有基本服务手段、有定编专业队伍、有稳定财政保障。一方面，通过财政补贴让每个乡镇兽医站具备报检（免）室、采样化验室等功能室，让仪器设备满足动物免疫、监测等需要。另一方面，通过定期开展兽医技能培训，把在编人员工资及工作经费等全额纳入地方政府财政预算，养老、医疗、社会保险等按当地全额拨款事业单位人员标准统一办理等。

在马雷看来，除了通过编制和稳定薪资，让年轻人看到畜牧兽医的发展前景同样至关重要。马雷建议，不妨让城乡兽医也流动起来。将乡镇兽医站业务技能精良、工作满一定年限的畜牧兽医提拔到城市畜牧站工作，大城市里的兽医则轮流下到乡镇工作，通过"造峰填谷"破解基层畜牧兽医短缺的困境。

南京农业大学动物科技学院教授黄瑞华认为，我国可以适当借鉴国外兽医管理体制成功经验，采用兽医机构垂直管理制度，即官方兽医对动物卫生工作全过程监管，确保兽医卫生执法的系统性和完整性。据世界卫生组织对 143 个成员国调查，近 65% 的国家采取这种制度。黄瑞华提出，这种管理制度有助于打破地区、城乡分割，防止人才、技术、设施重复设置的资源浪费。

（原载于 2015 年 02 月 12 日《光明日报》06 版）

如何管住"盗字"的手

——南京南朝墓碑石刻屡遭偷拓的调查

　　近日,中国古迹遗址保护协会会员方青松向记者反映:南京栖霞区的全国重点文物保护单位南朝萧景墓石刻惨遭污染,情况十分严重。记者赶赴现场发现,文物确实存在被损坏的痕迹,墨汁从墓碑上面"淋"到墓碑底部,墓碑上的碑文也已模糊不清。究竟是什么人在破坏古迹?他们此举的目的何在?"盗字"背后是否存在黑色产业链?对此,记者进行了采访调查。

"国保"文物惨遭"黑手"

　　9 月 25 日下午,南京文物保护志愿者来到位于栖霞区十月村的南朝萧景墓考察,发现这处全国重点文物保护单位遭到损坏。据其中一名志愿者介绍,在高约 6.5 米的萧景墓神道石柱上,黑色的墨迹清晰可见,从上一直"淋"到石柱的基座部位,上面的部分碑文也已被墨汁覆盖。"石柱上当时还有 2 块砖头,我们在附近地面上还捡到一幅留有墨香的字。"方青松说,"我问了周边的百姓,他们说看见有人来这里拓字,架着梯子爬上去的。拓了好多张字之后,就跑了。"方青松推测,那张被志愿者们捡到的字,可能就是不法分子拓完字之后,慌张逃跑时丢在现场的。

　　据方青松反映,近期类似的石刻遭污染事件已发生多起,就在 9 月 20 日,同样是在栖霞区,另一处全国重点文物保护单位萧憺墓石刻也遭遇类似污染。"这些留在文物上的墨迹短时间内难以清除。如果是普通墨水,对文物的破坏还小些,但不法分子往往使用化学成分较大的墨水,一旦浸入到石刻中，会对文物造成不可逆转的'硬伤害'。"一名志愿者告诉记者，不法分子在拓字时野蛮粗暴，在文物上架梯子、垫砖头，如果不及时加以制止，后果将不堪设想。

就在 9 月 25 日当天，方青松向南京市和栖霞区的文物保护部门反映了这些情况，但在 26 号，他再次去现场时，发现萧憺墓石刻旁又立起了高约 5 米的梯子，偷拓者已不见踪影。记者也曾多次到现场调查，发现墓碑上的墨汁一直未被清洗，直到 10 月 6 日，记者再次前往调查，才看到有工作人员在清洗被污染的墓碑。据了解，栖霞区文化旅游局已经做出为萧憺墓石碑安装监控的决定，但记者尚未在石碑周围发现任何监控设施。

黑色产业链：有市场就有偷盗

墓碑上拓印的文字，究竟有多大价值？记者采访了一些书法专家后了解到，萧景墓碑文上的字是价值极高的南朝梁时"反左书"。此字体在现今发现的南朝陵墓神道石柱上仅有二例：其中一处便是南京萧景墓神道西侧的石柱。康有为赞其"戈戟森然，出锋布势""尤为异宝"。梁启超称"南派代表，当推此碑"。根据我国《文物保护法实施条例》规定，复制、拓印一级文物，应当经主管部门审核并报国务院批准，且限量拓印，主要用于研究，绝不允许在市场上销售。

但是调查中记者发现，南京不少地方仍在暗中进行拓片交易。在南京一家古玩店，记者提出想要购买拓片，但工作人员说他们不卖拓片。记者连问了好几家古玩店，没有任何收获。于是记者联系了一位古玩收藏家。他向记者透露，古玩店的人非常谨慎，进行拓片交易一般会用暗语，看记者面生又不会讲暗语，自然不会轻易泄底。他带记者来到一家古玩店，经过一番"交涉"，老板果然同意带记者看拓片。在古玩店的内院，只见墙上挂着各式各样装帧精美的拓片。据老板介绍，根据所拓之字的价值及装帧的程度，拓片价格有高有低，最便宜的几百元，多则上千上万元。"拓片是唯一能够一比一复制实物的方式，尤其是对一些名家书法作品，拓片具有很高的还原度。"古玩店老板对记者说。

"因为有市场，所以偷盗行为屡禁不止。"方青松分析说，南朝古迹萧憺墓周围原本有铁栅栏,并且还上了锁,就是为了避免人为损坏文物。但在 9 月 20 日,当他来这里考察时,发现铁门上的锁被换了。"他们肯定是把锁撬了,换成自己的锁,这样他们就可以随时开锁进去私自拓片了。"方青松告诉记者,至于这个换掉锁的人究竟是谁,无从知晓。有关部门还未采取相关的保护措施,着实让人担忧。

如何让文物远离污染?

在记者调查期间,栖霞区十里村的村民告诉记者,偶尔也会有警察到景区附近巡查,但拓字的行为依旧在发生,珍贵文物"危在旦夕"。

那么,究竟如何避免类似事件再次发生?

在方青松看来,当务之急是要对此次事件进行彻底调查。请文保专家对石柱的破坏情况进行鉴定,对嫌疑人进行追踪,依法没收拓片和作案工具,并根据鉴定结果依法进行处罚,以儆效尤。同时,也要加大文物巡查力度。文保部门必须对野外文物进行立体保护,即文保人员巡查、志愿者巡查以及和当地政府、附近企业、住户形成联动,形成立体保护网络。除此之外,还应建立文物安全预警,利用视频监控和物联网技术,划定文物周边一定区域为安全警示区。通过对文物及周边区域 24 小时不间断的影像记录,对闯入者进行重点监控和安全预警,建立文物"入侵检测系统"。

南京著名文化学者薛冰在评论石刻被污染事件时建议:"像南京这样的历史文化名城,应有单立的文化遗产保护局,作为文物保护法的执法机构。"

记者采访了多位文保专家,总结他们的观点,文物保护尤其是田野文物保护应做到三个方面:一是要完善文物监管的法律制度,严厉打击损坏文物的违法犯罪活动,引导民间力量来保护文物古迹。二是要对文物进行实时监测和预警,对文物易遭受的自然灾害进行提前预防。三是要打击在市场中非法经营盗掘和倒卖文物及文物复制品的违法行为。没有买卖就没有偷盗,对于非法进行文物买卖的场所,必须依法从严从重处罚。

(原载于 2014 年 10 月 08 日《光明日报》05 版)

不设奖牌榜的背后

第二届夏季青年奥运会在南京已正式拉开序幕,来自世界 204 个国家和地区的 3700 多名青年运动员齐聚南京,共话青春梦想,与以往金牌至上的功利思维不同的是,这次,南京青奥会不设奖牌榜。

南京青奥组委会一名负责人表示,过去,为了争第一、拿奖牌,一些人不惜把自己的年龄改掉,选手也被压力压弯了腰。享受过程、尊重友谊的体育精神在一次次类似的事件中被严重扭曲。中国青奥代表团随队官员常耀认为,青奥会是青年人的节日,是世界青年交流和展示风采的平台。摒弃奖牌至上的思维,有利于中国青年运动员体育精神的养成,也有利于青年运动员今后的体育生涯走得更好。

不设奖牌榜的背后,是鼓励分享与合作。正如青奥主题歌所唱,"我们把世界的门打开,让每束阳光都露出来……为了成长一起奋力向前,分享青春共筑未来……"

不设奖牌榜的背后,是为了让运动员享受奥林匹克运动。和奥运会相比,青奥会在竞赛之外更强调文化教育活动。青年的节日、世界文化村、闪亮的青春、触摸南京、新媒体实践和城市文化体验等六大系列、70 多项文化教育活动将打造一个青年人的大聚会。

不设奖牌榜的背后,是青春和梦想的交融。和平、友善、沟通、交流,尊重各民族的文化传统,尽可能多地在世界青少年运动员心里种下融合的种子,是国际奥委会举办青奥会的初衷。来自世界各地的运动员和千千万万个青年志愿者都有一颗奔腾的心,他们渴望在竞技场内场外展示自我、拥抱世界。在青奥会这个大舞台上,世界青年将交流思想、畅谈未来,青奥会将成为友谊的盛会、文化的盛会,中国梦、青春梦和世界梦也将在这里交相辉映。

（原载于 2014 年 08 月 17 日《光明日报》03 版）

浪费无大小之分

——透视日常生活中的隐性浪费现象

点 18 个菜 9 个打包,穿外套开空调,马路铺了挖、挖了铺……中央"八项规定"实行后,党政机关的奢靡之风缩小了市场,然而,记者在调查中发现,各种日常生活中名目繁多的浪费现象却打着"情面""工作"以及"城市建设"等幌子招摇过市,值得警惕。

人情消费何时了

5 月 26 日,中纪委发布了最新调查数据,截至今年 4 月底,因大操大办婚丧喜庆受处分官员达 1300 人,占总受处分官员人数的 10.9%,其中包括两名省部级、74 名地厅级干部。

"别说领导了,就是我们普通老百姓也会借着各种理由请吃请喝,立各种名目收钱。"问及身边是否有用各种理由收礼钱时,江苏省南京市六合区竹镇镇 58 岁的农民王玉凤这样回答。王玉凤给记者算起了账:"1 月,隔壁邻居家孙子满月,我送了 500 块;3 月初,亲戚的孩子结婚,又送了 500 块;5 月,朋友的父亲生病住院,我给了 300 块。"王玉凤说,"没办法,每年都要送出万把块钱的礼钱。"

有调查显示,我国户均人情消费支出占家庭总收入的比重高达 7.9%,农村家庭则达 11.4%;53.2% 的受访者表示人情消费给自己造成了沉重负担,其中 15.6% 的人认为负担"很重"。

曾研究过人情消费的南通大学党委书记成长春表示,"随礼风"的盛行,危害很大,为收礼钱大办宴席,浪费人力、物力,同时助长腐败行为,败坏党和政府的形象,这应引起社会的警惕。中国自古就有"君子之交淡若水,小人之交甘若醴"的古训,在物质生活大为改善的今天,更应该重礼仪、轻礼品,重情感、轻情面,让人际关系更加纯真。

细节性浪费也要狠刹

中央倡导"反对铺张浪费"深入人心,公款吃喝、超标准接待等显性浪费得到了有效控制,"细节性浪费"也在政策上得到了重视,各地也都提出了创建节约型社会的要求,但在实施时却仍常常被忽视。

6月10日,南京的气温达到30摄氏度,而一走进一栋政府办公大楼,一股凉气便扑面而来。记者发现,这栋楼里,大多数房间的空调温度都设在23摄氏度以下,由于温度过低,一些办公人员披着外套。

"既然嫌冷,为什么不把空调关掉?"记者疑惑。

"关了不就热了嘛,穿外套开空调,很舒服。"一名工作人员回答。

而更令人惊讶的是,一天仅有几人"光顾"的卫生间,空调温度竟只有18摄氏度。一栋大楼有10个卫生间,一个夏天得浪费多少度电呢?

而这,只是细节性浪费的冰山一角。"参加一次会议,拿一摞材料,薄的几页、厚的几十页,一个月参加10多次会议,光材料就有好几斤。"在一次政府会议上,一位不愿透露姓名的参会人员告诉记者,每次开完会,他都把材料带回家,但由于有电子版,这些纸质材料根本没有用,最后还是扔在垃圾桶里。

其实,这些浪费完全可以避免。例如会议材料,组织者完全可以有选择地将会议材料做成电子版,提前发给参会者,这样既帮助参会者提前了解会议内容,提高开会效率,又能节省资源,何乐而不为呢?

有专家指出,细节性浪费的根源在于:人们认为办公室的东西是公家的,缺乏从细节上为公节约的理念。其实,只要我们能改变观念、多点务实精神,完全可以避免这些细节性浪费。

重复建设是最大的浪费

一个铁皮房、几件晾晒的衣服、一行"禁止通行"的标语……这是记者6

月 12 日在江苏南京凯旋路隧道见到的场景。这条隧道 2005 年建成开始,就从未通车,至今已荒废整整 9 年。

2005 年,南京为了举办十运会,新建马术比赛场地——南京国际赛马场,而为完善赛马场的配套交通设施,又专门修建了凯旋路隧道。这条隧道造价至少 5000 万元,但由于位置十分偏僻,车流量特别少,因此如果开通隧道,则无论车辆多少,南京每年都要至少花费 20 万元来养护隧道,为了不花冤枉钱,南京市政府只能封闭凯旋路隧道。

虽然隧道处于封闭状态,但是隧道的电力系统、排水系统以及部分照明设施等却必须要正常维护,每年仍要"吃掉"10 万元财政补贴。

荒废的凯旋路隧道只是基础设施浪费的一个缩影。在宿迁市洋河新区赵圩村,记者看到,3 条加起来有四五公里长的沥青马路还没完全修好,就又被泥土覆盖,重新种上了庄稼。该区管委会组宣部相关负责人告诉记者:"这几段道路大约占用了 100 多亩农田,本来是想高标准打造道路,但是相关的土地手续不完备,便根据上级要求进行了整改。"赵圩村一个 50 多岁的农民刨了近 40 厘米深的泥土,只见黑色的沥青路面便露了出来,他说,"这原来都是高产田,但由于现在下面铺了沥青,已经没法种水稻和麦子了"。今年上半年,南京一条南北走向、长约 1.5 公里的马路,半年内两次遭遇"开膛破肚",不仅造成交通阻塞,给公交车辆、行人造成麻烦,也给沿街店铺造成巨大损失。

长期研究公共管理的南京邮电大学副校长王宗荣表示,重复建设旧病一再复发,其原因在于病灶没有根除。不少地方大把大把花钱,想建就建,想拆就拆,浪费钱财不说,更不免让人质疑当地政府是否缺乏长远规划意识和背后的利益动机,消解老百姓对政府的信任。

有关专家表示,中国大量的财产用在了重复建设上,建设—拆除—建设,导致大量的国民财富付诸东流。中央在"十二五"规划里将过去的"国强民富"改变为"民富国强",这意味着一种执政思路的根本改变。一个国家只有所有的老百姓富裕起来,国家才能真正强大,现在到了认真反思这种只顾粉饰业绩而造成大量浪费行为的时候了。

（原载于 2014 年 06 月 14 日《光明日报》01 版）

县乡医院发展,卡在哪儿?

〔镜头〕看看医疗工作中的尴尬:县乡医院空空荡荡,病房闲着,设备摆着,而大城市大医院人如蜂拥,排队 3 小时,看病 3 分钟;县乡医院人才紧缺、进少出多,而新毕业的医学生为进大城市大医院挤破了头,主动下乡行医的少之又少。

深化医改 5 年来,一系列动作真刀真枪。"县级公立医院综合改革试点扩大到 1000 个县,覆盖农村 5 亿人口",政府工作报告中的话语掷地有声,给了县乡医院信心和底气,也让推进县级公立医院的改革成为今年的重中之重。然而,透过镜头,我们看到这张医疗网还不够严密、不够牢靠。

县乡医院的发展卡在哪? 如何啃下"硬骨头"? 近日,记者进行了调查采访。

无奈:"乡亲们不相信我们"

一天清晨,记者来到江苏省人民医院门口,虽然离上班时间还有一个多小时,这儿早已堵满了人。一位女士步履匆匆,"我从安徽赶过来的,已经在这看了 3 天病了"。她不禁抱怨,每个检查项目都要排队,一天最多能查 2 个项目。等到工作人员开门的时候,大家全都拔腿冲了进去,几百平方米的挂号大厅、两侧的楼梯和电梯,瞬间挤满了人。

"不光是患者排队受罪,医生看病也累,现在门诊量激增,我们有时一天要看 100 多人。"江苏省人民医院呼吸内科一名医生坦言,做大医院的医生真不轻松。离开江苏省人民医院,记者又走访了南京市鼓楼医院、江苏省中医院等三甲医院，发现这些医院全部"患满为患"。这些大医院的医生告诉记者，来医院就诊的不少是感冒、发烧等常见病，完全可以在社区医院、县乡医院就医。

那么，县乡医院的情况又如何呢？

盱眙县维桥乡卫生院是全县医疗水平较高的乡卫生院之一，这里共有三栋大楼，实用面积约 2000 平方米，有 B 超、DR、电子胃镜、TCD 等先进医疗设备。按理说，这样一个设备充足的乡卫生院，解决常见病、多发病是绰绰有余的。可是，在记者采访的 3 个小时里，只看到稀稀拉拉几个病人。该卫生院院长王新国说："不是服务不好、技术不行，而是乡亲们不相信我们，再加上这里离县城只有 10 多公里，大家有个头疼脑热就都往大医院跑。"他也无奈了，卫生院的年门诊量还不足两万，这对于有 1.5 万人口的维桥乡来说，相当于每个村民平均一年只去一次卫生院。

有专家指出，大医院"吃不了"、县乡医院"吃不饱"是结构性问题，为解决这一问题，今年，李克强总理在《政府工作报告》中特别强调，要健全分级诊疗体系，让群众能够就近享受优质医疗服务。

在盱眙县人民医院副院长袁书海看来，"就近享受优质医疗服务"，县乡医院大有可为，只要县乡医院硬件买起来，软件跟上去，就可以为大城市看病难分担压力。他给记者算了一笔账，盱眙县人民医院的年门诊量是 38 万，医院里 700 多张病床常年不够用，不少病人只好住在走道里，为了寻求更好的医疗服务，每年有 20% 左右的本地人舍近求远，到南京等大城市就医。为完善硬件设施，县政府与医院共同出资新建了县人民医院新区，新增了 1000 张床位，配备了其他先进医疗设施，新区医院投入使用后，每年到外地就医的本地人将大大减少。但问题是，医生仍远远不能满足需求。"没有高水平专家，大量缺少普通医生。"袁书海说，有了人，很多问题才能得到解决。

瓶颈："想要的人不来，来的人不想要"

为什么近年来医患矛盾不断升级？在袁书海看来，这主要是因为医生与患者沟通太少。"举个例子，以前只有 400 张病床的时候，一个医生只要负责两张病床，现在有 700 张病床，医生还是这么多，一个医生的工作量就要翻近一倍,医生精力少了,时间紧了,与患者的沟通自然也少了。"袁书海分析道。

翻开盱眙县人民医院的人事资料,记者发现,这几年,该院医生数量并没有明显增加,还有不少人离职。"不少同事觉得做医生压力太大,吃力不讨好,陆续改行了,有的考了公务员,有的当了医药代表。"袁书海说。为了招揽人才,盱眙县人民医院与市卫生局反复协调,最终出台了《引进高层次人才实施办法》,并到南京医科大学、苏州大学、安徽医科大学等省内外医学院校参加现场招聘会,引进在职博士1名、硕士11名,医学本科生40名。即使这样,该院目前仍缺少100多名医生。

缺人,盱眙县人民医院绝不是个例。在洪泽县人民医院,内分泌科、血液科等重要科室最多只有一名医生。"没有人,这些科室就没法运转,老百姓也只能舍近求远,跑到大医院看病。"洪泽县人民医院院长周保祥说。

实际上,不少县医院正面临着两难,"想要的人不来,来的人不想要,一方面是重要科室招不到人才,一方面是不断有关系户挤破头也要把自己的孩子送到医院,干些无关痛痒的活儿"。

"大医院待遇好,发展平台好,不要说大学应届毕业生了,就连在县医院工作的医生,也有不少想调到大城市工作。"周保祥坦言。而在乡镇卫生院,想要"得"到个大学生,就更难了。尽管与上级部门争取过,但维桥乡卫生院近年来一个大学生都没有招到,目前,卫生院的11名医生中,最年轻的是37岁,出现了人才断层。

追问:怎么填人才缺口

记者从江苏省教育厅了解到,去年,全省医学本科毕业生超过1万人,硕士、博士毕业生5664人。这些人中,绝大部分都留在了大城市的大医院,只有极少数到县乡医院工作。

如果不能留在大医院,怎么办?"那就做其他工作呗。"南京中医药大学毕业生小陈果断地回答。毕业已经两年的她,目前在一家广告公司工作,与自己的专业毫不相干。

"愿不愿意去县乡医院工作?"

"不愿意。"小陈毫不犹豫地说。大城市的机会多,宁可在这里飘着,也不愿意到县里，更不可能到乡镇去。和小陈有同样想法的医学生还有很多很多。据统计，江苏省每年临床医学毕业生有 3000 人左右，其中有超过 30% 的学生继续读书深造，还有一部分选择了公务员、医药代表、医疗器材等行业。

"培养一名医学生很不容易，少则 5 年，多则 8 年，辛苦培养出来后，却又不当医生，这是极大的资源浪费。"南京医科大学冷明祥教授很心痛。

怎样才能让医学人才学有所用？对此，不少高校已经开始了探索。南京医科大学在连云港设立了康达学院，南京中医药大学在泰州设立了翰林学院，着力培养医学生。"这至少能吸引一批农村孩子在本地读书、就业，扶持县乡医院发展。"南京医科大学校长陈琪说。

政府部门也进行了有益探索。2011 年，江苏省卫生厅下发了《关于对部分三级甲等综合医院对口支援县级医院进行调整的通知》，要求江苏省人民医院、苏州大学附属第一医院等 22 家三级甲等综合医院对口支援 50 家县（市）级医院。

还有专家表示，要破解县乡医院人才困境，不妨借鉴免费师范生政策和城乡教师流动政策。前者是免去一部分医学生学费，但学生毕业后，必须要回到生源所在地的县乡医院工作至少 5 年。后者则是通过政策规定，让在大城市大医院工作满一定年限的医生，流动到县乡医院工作，并从县乡医院推荐医生到大医院工作，通过"造峰填谷"帮助县乡医院走出困境。

（原载于 2014 年 03 月 26 日《光明日报》07 版）

三问殡葬业:路在何方?

——殡葬业暴利如何刹车监督管理怎么保障

又是一年清明时,殡葬业再度成为了百姓的热议话题。近年来,高额的殡葬服务费让不少人惊叹"死不起!"为减轻群众丧葬不合理的丧葬负担,日前,国家发展和改革委员会联同民政部发布了《关于进一步加强殡葬服务收费管理有关问题的指导意见》,提出基本殡葬服务实行政府定价,延伸服务执行政府指导价。

一直走在全国殡葬改革前沿的江苏,在经历了变土葬为火葬的"革命"之后,全省火化率已达100%。但接下来,怎样让普通百姓"死得起"? 丧葬业又将何去何从? 江苏用实际行动给出了答案。

殡葬业暴利根源何在

饱受诟病的殡葬行业暴利问题可谓"老大难"。近日,记者来到南京市鼓楼区九条巷社区,商贩在过道两旁兜售冥币,记者打听了一下,小小的一包零售价竟五六元,而且纸张、印刷都很粗糙,当被问及批发价时,商贩却闭口不答。江苏省民政厅社会事务处副调研员张汉平告诉记者:"由于殡葬服务单位公办和民营并存,基本公共服务与选择性市场服务边界不清,人们往往把殡葬存在的高消费问题归结为政府的垄断经营。"南京市殡仪馆提供的数据显示,在购买骨灰盒的消费群体中,绝大多数选择了民营殡葬机构,"一部分民营殡葬机构并没有得到工商部门的许可,在殡葬用品上存在以次充好、坑蒙拐骗的弊端,广大消费者深受其害。"张汉平说。

记者调查发现,从骨灰盒批发市场到南京市区的一些殡仪服务站,骨灰盒涨价幅度之大令人咋舌。比如,记者随手记录的几款骨灰盒,批发市场上的价格仅几百元,到市区殡仪服务站后竟涨到数千元甚至上万元,涨幅十多倍乃至几十倍,成了名副其实的"天价骨灰盒"。

然而,"天价骨灰盒"不过是殡葬行业暴利的冰山一角,同样天价的还有每平方米数万元、远超"阳宅"的墓地,"现在墓碑的原材料涨价,墓园的绿化、交通建设、增建停车场等都抬高了墓地价格。"张汉平告诉记者。

"这两天,南京迎来了清明节前的扫墓高峰,约有120万人出门祭扫,南京南郊各大墓园堵得一塌糊涂!"南京市殡葬管理处黄隽告诉记者。与南郊墓园人山人海形成鲜明对比的是,南京下关中山码头举行的江祭仪式却异常冷清,两天内只有不到一千人参加。"一头热、一头冷,正反映出了当前殡葬改革的现状。"江苏省民政厅社会事务处处长王龙佳一针见血地说。

"殡葬业暴利挟持了传统文化。"张汉平表情严肃地说,"入土为安"的传统葬俗决定了人们通常都要为逝者寻一块墓地,而厚葬被视作对逝者的尊重,甚至一些逝者家属不惜花高价请班子唱戏,和尚道士念经祈福。这些都明显增加了殡葬消费。

殡葬业暴利如何刹车

在殡葬暴利的背景下,刚出台的殡葬新规将助推殡葬行业回归公益属性。

作为经济较发达的江苏,老龄化问题日益明显。据测算,江苏每年故去人数44万,每人基本丧葬费用(包括冷藏、火化等)为1300元左右,一年则需要资金至少5.7亿元,对此,江苏提出,力争今年年底建立全民普惠的丧葬政策。"我省的惠民殡葬服务是以政府公共财政为保障的。"江苏省民政厅厅长吴洪彪说,"之前确定的基本丧葬费'免单'对象是生前生活特别困难的人员,今后'免单'对象将逐步扩展到全体居民。"

为加快建立和完善殡葬救助保障制度,落实惠民殡葬政策,2011年10月1日,《苏州市免除殡葬基本服务费用实施办法》正式实施,这也意味着苏州成为全国地级市中第一个实现真正意义上惠民殡葬全覆盖的城市。"《办法》

的实施促进了公共服务均等化,减轻了群众办丧负担,之前'死不起,葬不起'的状况将得到较大改观。"苏州市民政局社会事务处处长朱庆华告诉记者。吴洪彪说:"江苏各地将根据财力分步分批实施,到今年底,全省要普遍建立惠民殡葬服务政策,到 2015 年前,全民基本丧葬费全免。"目前,苏州、无锡、镇江、南通、扬州等地已陆续实施免费政策。

江苏把建立惠民殡葬政策作为殡葬改革的有效手段,而绿色殡葬是解决殡葬暴利问题的另一个有力抓手。

来到南通市民政局,记者得知,4 月 3 日上午,南通将在如东洋口渔港举行第 8 次海葬。截至记者采访时,已有 60 多名逝者确定参加海葬,创历次参加人数之最。据该市民政局负责人介绍,自 1996 年以来,南通已组织了 6 次骨灰江葬和 7 次骨灰海葬,有 930 多名先人魂归自然,与长江、大海永存。南通市民政局决定,对逝者为本市户籍的继续免费海葬,并首次给参加此次海葬的每户均发放 1000 元生态环保丧葬补贴费。

"江苏计划今后对选择生态葬、节地葬等方式的群众提供相应补贴,立体式骨灰寄存保管费等也将逐步纳入免费范畴。"王龙佳如是说。

监督管理怎么保障

殡葬业暴利令社会百姓"很受伤"。活得要有尊严、死后要有其所,这是现代文明社会的基本要求,正视群众对殡葬业暴利的积怨与诉求,加强殡葬业监管,是现代社会健康发展的必然要求。

来到南京市殡仪馆,记者看到不远处的墙壁上设立了一块醒目的公示栏,公示内容为遗体接运、火化等服务项目、收费标准、文件依据等。江苏各地对殡葬的各项业务进行了规范管理,实现了殡葬服务项目公开化、价格透明化,普遍实施公示制,接受社会的监督。

随着殡葬市场的开放,从事殡葬服务的个体和单位如雨后春笋般涌现。"这虽然一定程度上弥补了我们殡葬服务的不足,但由于市场管理不规范,出现了不法商家漫天要价等违规行为。"南京市殡改办主任杨玲告诉记者。针对上述现象,南京对于申请开办殡葬服务公司的服务场所、人员等进行了具体细化的要求,提高殡葬服务的准入门槛;已批准成立的殡葬服务公司,则必须签署行业自律公约,自觉做到不欺客宰客、不强制销售丧葬用品等"四不准"。

只有通过政策规范,才能令行禁止,真正取缔殡葬暴利乱象。"我们正考虑联合工商、物价等部门组建一支联合执法队,适时开展殡葬服务市场专项整治活动,集中整治向殡仪服务中介机构提供丧户信息收受回扣及信息费等不正当竞争行为。"张汉平说,"对于殡葬服务公司扰乱市场经营秩序、无照经营、误导服务等行为,必须扼腕治理。"目前,江苏各地价格主管部门都开通了"12358"价格举报电话,受理群众对殡葬服务收费的投诉或举报。

（原载于 2012 年 04 月 03 日《光明日报》02 版）

大树不该被移走

连日来，一条消息在南京炒得沸沸扬扬：随着地铁 3 号线启动建设，13 个站点沿线的 600 多棵行道树需要"让路"。因城市建设需要砍伐、移植树木，在南京早不是什么新鲜事，而此次事件又再次将护绿与城市建设的矛盾推上了风口浪尖。

护绿与砍树，三次较量

对外地人来说，一排排壮观的法国梧桐就是能够带走的最美的记忆；而对南京城的老百姓来说，这些梧桐带来的绿色更是让他们骄傲不已，"南京早在 1997 年就获得'国家园林城市'称号，之后就没落过，这个荣誉含金量很高啊，五年才评一次。"一位南京老市民感慨地说。

荣誉的背后其实有着三次鲜为人知的较量。

第一次较量发生在上个世纪 90 年代初。为了让沪宁高速公路从中山门进城，南京需要大量砍树。此消息一出，南京老百姓纷纷提出来救树，公路工程停工，但令人意想不到的是，第二天早上，市民们发现头天辛辛苦苦营救的大树消失得无影无踪。原来，城建部门把砍树工程放到了晚上。一位有心的记者从中山码头至中山门一路数去，发现少了 3038 棵古老的梧桐树。这次较量以砍树者的全面胜利、护绿人的全面失败告终。

第二次较量发生在之后的三四年。南京要建设一批新大楼，而凡是挡住这些大厦的都"格杀勿论"。很短的时间内，南京全城的百姓都行动起来了，事情闹到了建设部，建设部派专员调查，对南京市有关领导进行了点名批评。

最后,砍树与护树双方达成了妥协:原定砍四排的树砍两排,就这样,约200棵大树幸存了下来。而更令护绿方欢呼雀跃的是,南京各个区县还出台了"砍一种十或砍一种百"的条例,即每砍一棵树,就得在规定的地方重新种上十棵或一百棵树苗。至此,这第二次较量以200棵大树的保留和一部条例的出现而告终,护绿人取得了初步的胜利。

第三次较量同样是在上世纪90年代,较量的主角是政府与专家。1999年7月27日,东南大学教授黄维康接到举报,说有人在瞻园路上砍树。一了解,这些老树共17棵,位于太平天国府,与历史景观交相辉映,但砍树者认为,这些树挡了扩路的道,必须砍。黄教授坐不住了,他立刻联合了南京大学等几位教授与砍树人据理力争,但第二天晚上,他们被市规划局一位副局长告知:"我这个树是砍定了,南京树多得很。"闻听此言,矛盾立刻激化,黄维康等八位教授连夜行动,向《人民日报·华东版》记者发表签名书。而几乎在同时,已有几棵大树被砍倒。紧急关头,8月2日《人民日报·华东版》登出八名教授联合撰写的《这些老树不该砍》的文章。第二天,时任南京市副市长的周学柏批示"保留老树,至于影响到拓宽道路的宽窄问题,留待后人解决"。至此,此次较量以护绿人的全面胜利画上了圆满的句号。

护绿与城建,不可调和的矛盾?

一座城市的气质与修养,既需要历史的积淀,也需要现代的发展。然而两者到底孰轻孰重? 这也是南京今天面临的两难选择——护绿与城建,到底要哪个?

东南大学城市规划院的专家说:"树木比住宅更难培养。因此,开发新建应避开那些镌刻下城市印记的东西,给城市留下独特的人文风貌,而不要搞成'千城一面'。"推理起来也简单,无论是多美轮美奂的仿古建筑,都不可能具备千百年历史底蕴的风骨。中山陵、明故宫之所以受人钟爱,是因为人们对历史的尊重。同理,南京城将要被移走的大树也是无法取代的,即使再补种新树,即使它们再长成参天大树,也不能替代现在这些老树与南京的亲近。一位老南京告诉记者,沿着中山北路去东郊,路两旁的英国梧桐和雪松见证了1929年孙中山遗体奉安大典,"这些树木都是当年从苏州杭州精选的,算到现在都80多个年头了。将这些大树移走,仅从感情上讲就不好接受。"

南京市绿化处一位工作人员告诉记者,当前城市人口、机动车数量快速增长,城市改造势在必行,而这难免会触及各类老东西。南京近年来的发展中有大量的树木由于城市扩建不是被砍就是被移走。"交通是一个城市的'大动脉',适当的时候必须为它让路。"这位工作人员称,之前地铁二号线修建时,为了少移树,他们也对上海路站、大行宫站和逸仙桥站3个站点进行了重新设计。这些更改,让地铁建设成本增加了4000万元。从这个角度来看,大树似乎不得不为城市建设作出"牺牲"。

一边是保护绿树,一边是城市建设,城市发展的天平应该如何平衡?江苏省建设厅厅长、老"海归"周岚认为,法国巴黎的经验可谓两全其美——巴黎在老城之外又建了一座新城,互不伤害、遥相呼应。"不过,我们的城市并不具备这样的扩张条件,唯一的出路只能是科学规划、科学发展。但一段时间以来,城市建设仅仅从建设成本、经济效益的角度出发考虑问题,忽略了'科学'二字,忽视了城市特色和历史文化积淀对城市建设的重要性,这是很要命的事。"周岚忧心忡忡地说。

要面子,更要重里子

家住太平南路附近的张大爷今天一直在嘀咕,"今天修个地铁,砍树;明天扩一条马路,也砍树;后天盖一个商场,还砍树,这样下去,南京还是园林城市吗?"一早起来,他就让孙子上网看看这次梧桐树情况,一查莫名其妙,"我发现周围的树越来越少,可怎么相关部门说南京今年的绿化面积比去年还多呢?"想了很久,张大爷终于明白了,"树少了,树林覆盖面积却增加了,不是统计错误,是树都上山了。"

此次南京梧桐树"被上山"让人想到了"面子"和"里子"。为了"面子"的光鲜,不顾"里子"的质量,南京的教训可不少。

第一次是为了突出沿街建筑亮化城市,道路两旁的树木频频遭到"斩首",有的甚至被砍得只剩下光秃秃的主树干,"大树砍头风气盛行主要源自上世纪90年代中期,为了繁荣太平南路商业街,把沿街店铺和建筑全部露出来,就断然采取了'斩首行动',把一条路上的梧桐树次枝全部砍了,只剩下光秃秃的主干。亮化目的达到了,可树元气大伤,虽然经过 10 年时间,但还是没有恢复到原来的样子,而且有好大一部分大树后来都枯死了。后来,中山南路路边大树为了亮化也全部被斩首,这股砍头风随后开始盛行。"说起南京街头一些因亮化而遭到砍头的大树,南京林业大学汤庚国教授很心痛。

还有一次就是当年南京为举办"十运会",体育场馆建设总投资近 100 亿元,兴建了 13.6 万平方米的奥体中心体育场,把河西新城区附近的树林移走了。一位不愿意透露姓名的人士告诉记者说,十运会落幕后,偌大的奥体中心失去了作用,除非有重大的活动,一般都处于关闭状态,因为一开放,仅电费就是一笔很大的支出。可是那片原本青翠的树林,却再也回不来了。

"最近南京又申办成功了下一届青奥会。"东南大学一位院士说,大量的基础设施建设陆续开工,大部分都要赶到 2014 年青奥会开幕前交工,由于工程量大、时间紧,抢工期赶速度在所难免,这就更需要我们在规划上要科学,切忌动不动就砍树移树,"南京城的树都移到郊区和山上去了,在南京城骑车转悠半个小时都看不到几棵像样的大树,南京还是园林城市吗?"院士与张大爷的担忧如出一辙,这也正是众多南京人的担心。

(原载于 2011 年 03 月 17 日《光明日报》14 版)

"面子"和"里子"

十运会落下了帷幕,东道主江苏成了最大的赢家。然而,在江苏大获全胜的同时,细细想来,仍有一些美中不足,让人反思。

自八运会以来,连续两届全运会都是东道主坐称金牌老大,伴随而起的则是裁判纠纷不断。十运会开赛前,人们寄厚望于江苏,渴望经济实力强、文化底蕴厚、人文素质高的江苏能给全运会带来一个大家气象。然而事与愿违。十运会后,一位采访了5届全运会的老记者失望地说:"这次全运会总体感觉让人有些失望。一些本来有希望解决的问题在此次十运会上不但没有得到解决,反而有发展之势。"

的确,从拳击、跆拳道"白旗飘飘"到柔道"假打重赛",从艺术体操钟铃发难"冠军内定"到天津媒体大呼"董震才是冠军",十运会不和谐声音此落彼起,江苏遗憾地错过了一次表现自己的机会。

再回过头看看十运会上几枚颇有争议的金牌:在比赛中领先的北京马术队,因为队员被取消比赛资格不得不放弃比赛,最终成全了江苏。体操男子吊环决赛,江苏选手黄旭动作结束5分钟后,裁判才迟迟亮出他的得分,最终黄旭以微弱优势战胜了天津队的"吊环王"董震,获得冠军。事实上,黄旭和董震谁得冠军都正常,不正常的是黄旭的亮分太慢,让人生疑。羽毛球女子单打比赛半决赛,香港选手王晨多次对裁判的误判表示不满,江苏与解放军的双计分选手蒋燕皎最后不仅战胜了王晨,还问鼎女单冠军。跆拳道比赛场上,东道主选手赵燕的对手在比赛开始前都纷纷弃权,其中包括奥运会冠军罗微和解放军选手刘蕊两位极具实力的对手,使得江苏选手赵燕几乎不战而夺得金牌。

　　不知江苏人士是否想过:这 4 枚金牌不要又有何妨? 这些争议的出现,使得本属货真价实的金牌也笼罩上作假的云雾。一位资深教练对记者说:"如果江苏是金牌榜第三或第四名,江苏的威望反而会提高一个档次。要了'面子',伤了'里子',这是东道主这次最划不来的。"

　　在十运会举办之初,江苏人民铆足了劲要举办一届成功的全运会,展示江苏的风采。近 4 年来,江苏全省体育场馆建设总投资近 100 亿元,超过了新中国成立 50 年场馆建设的总投入。体育上的拼搏、冒险、精益求精的精神逐渐延伸到江苏经济、社会生活各个方面,形成了一种"体育搭台、经济唱戏"的求精、求美意识。正如江苏省一位领导所说:"十运会虽然结束了,但是十运会带给我们的精神不可丢。十运会后,我们不能让老百姓产生'过完节就拉倒'的感觉。我们想让人民群众天天过节。"

　　　　　　　　　　　　(原载于 2005 年 10 月 29 日《光明日报》04 版)

大学生考试作弊该不该取消学位

　　近一段时期,高校学生考试作弊现象再度成为社会关注的话题,一些地方还出现了作弊学生状告学校的案件。南京农业大学一毕业生,因为大四时的期末考试中夹带纸条进入考场而受到行政处分,被学校取消了学士学位的评审资格。由于这个作弊处分,他将母校告上了法庭。与此同时,部分高校却出台了允许带"小抄"的政策,引起了社会的普遍关注。考试作弊到底该如何处理、如何解决?

作弊痛失学位　学子二告母校

　　去年1月10日,南京农业大学外国语学院2003届毕业生王钟(化名)在一场法语考试中,夹带并偷看与考试内容有关的纸片,被监考老师当场发现。学校作出了给予记过处分的决定。此后王钟重修了法语课,并以86分顺利过关,但是只拿到了《毕业证书》,学校的学位评定委员会在对其进行资格审核时,以他受到过行政记过处分而没有给他授予学士学位。

　　王钟认为,学校此举是依据其制定的《南京农业大学授予学士学位执行细则》中"在校期间受行政记过以上(含记过)处分者,不得授予学士学位"的规定作出的。这个《执行细则》已经超出了《中华人民共和国学位条例》和《学位条例暂行实施办法》所规定的授予学士学位条件的范围。于是在去年9月将南京农业大学告上法庭,要求法院认定南农大不给自己发学位证书违法。法院一审判决认为,国家颁布的《学位条例》和《学位条例暂行实施办法》都没有明确规定颁发学士学位证书的具体标准,而只能由学士学位授予单位制定。学校不授予学位适用法律并无不当,且程序合法,因此驳回王钟的诉讼请求。王钟不服提出上诉。

二审的庭审依然紧紧围绕"学校不授予王钟学士学位是否符合法律规定"展开。王钟坚持认为，根据《中华人民共和国学位条例》第四条规定，达到规定的学术水平者，授予学士学位。他在校期间所有课程全部合格。且学士学位着眼于学生的学术水平和能力，学校不应以他受过纪律处分为由限制甚至取消他获得学士学位的资格和机会。并且引了一则关于浙江大学作弊丢学位的学生姚某告赢学校的报道。学校则拿出教育部关于"坚决刹住高校作弊歪风"的有关文件，说明学校规章制度的制定是合理的。但由于两份证据与此案的争议焦点没有直接关联，均未被二审法院采信。由于教育类的行政案件涉及较为前沿的法律问题，二审法院没有当庭作出判决，后由合议庭合议后，宣判学校败诉。目前，王钟已经拿到他期待已久的学士学位。

作弊的责任该由谁来负

有人认为，作弊是极不道德的行为，损害了学校的声誉和其他学生的利益。也有人认为，"不能把作弊的责任简单地推给学生，也不能简单地把作弊归结为学生的品质问题，学生作弊的背后有着更深刻的教育教学以及管理的问题，学校、老师都有责任。"

学生作弊是有规律的，一般情况下，学生认为没有意思的课或教师的考试形式很随意或要求死记硬背的课才容易作弊，另外与考场组织是否严肃、严密也有一定关系。著名学者、清华大学教授何兆武认为，作弊有个人诚信问题，但老师也是有责任的。大多数考试老师都会给出标准答案，"有标准答案学生就容易舞弊"。同时现在"一考定终身"的制度其实是鼓励学生作弊。

清华大学一教授曾坦言："考试就是知识搬家，从书上搬到大脑，再从大脑搬到考卷。"对一些仅需要了解其基础知识和一般情况的学科，有什么必要非得进行枯燥乏味的考试呢？同时也有人认为社会评价体系就在无形中鼓励学生作弊。从小学、中学到大学，考试分数高就能得到家长和邻居的表扬，自我价值就能得到社会的认可，而这种只看分数的浅层评价本身就是对那些因为一次考试发挥不好而又埋头苦读的学生的彻底否定。此外，用人单位的"学历论""证书论"也加深了作弊行为的泛滥。

考试允许带"小抄"引发争议

近年来,江西、浙江、山东等省的部分高校纷纷推出了"一页开卷"的考试形式。南京河海大学本学期也向全校推行了这种全新的形式,学生被允许在考试时"夹带"一张 A4 型纸,可以事先把自己认为对考试有用的内容"浓缩"在上面,以便在考场里参阅。这项措施一出台,在受到师生们欢迎的同时,也引发一些争议与质疑。

不少大学生对这种考试方式变革表示欢迎。"再也用不着死记硬背那些复杂的公式、公理了,也不用怕考试时因突然忘掉一个重要公式而丢分了。"一位河海大学的学生这样说道。据河海大学教务处处长吴胜兴介绍,夹带小纸条是大学考场中最主要的作弊形式。

"对待作弊,以前是堵的方式,结果还是有人搞夹带,现在变堵为疏,允许带一张 A4 纸,学生就不会再带小纸条了。"吴胜兴说,"这次改革对学生和老师都有好处:学生可以不必死记硬背一些公式公理,而着重培养归纳、理解、创新的能力,厚厚的一大本书,有限的纸,该抄什么,不该抄什么,对学生的理解、归纳能力是个考验;老师也要多动动心思了,允许带纸,出题时你就不能出些单纯靠死记硬背的东西,那么怎样出些比较活的题目,怎样才能考查学生的综合能力,这对老师也是一大考验。"也有学生认为,允许"夹带"纸条进考场容易伤害考试的公平性。他们认为,由于考试课程的知识点非常多,不是一张纸能抄完的,因此选抄知识点就像买彩票一样,偶然性太大。特别是分量重的论述题,在大家付出努力程度相同的情况下,有人抄到了相关的知识点就像中了头奖,这样自然有损公平。而且有些同学根本就不做复习,等考试时拿别人整理抄好的纸条复制一遍,如果碰巧他们"押中"了考题,那对老老实实做复习整理工作的同学来说,就不公平。

对此有关人士认为,就学生来说,如果平时对所学知识没有真正理解、融会贯通,很难在一张纸上提炼出"要点"或"重点";只有平时下苦功,扎扎实实进行专题式、课题式的"研究型"学习,才能真正消化、扩展、延伸和运用所学的知识。对老师而言,要对传统考题反思,过去那种"断章取义"式的出题法行不通了,需要更尽心地备课,不断提高素质,改进教学手段,真正提炼出能检验学生综合能力的有水平的试题。

作弊的"三尺之冰"谁来解冻

各种考试如雨后春笋般出现在我们的身边,而媒体披露的各种考试丑闻更是此起彼伏,令人触目惊心。考试是公平、公正地检验人才、选拔人才的一种手段,而作弊则破坏了这种公平、公正,一方面使"学"有识、"才"有能的人失去机会,另一方面则使那些"学"无识、"才"无能的人有可能得逞,无论将来进入企事业单位,还是进入国家机关,都可能将欺诈手段一并带入,轻一点的会给单位造成损害,重一点的将使国家遭受损失,特别是信誉的损失。

诚实守信是一个人立足社会的基础。对于大学生来说,诚实更多地体现在学业、成绩上,大学不仅是学知识、长能力的地方,更是感悟人生的地方。学校在日常教育中,应当增强考生的诚信观念。在道德建设方面,有的学校设立了无人监考的"诚信考场"。

南京大学教务处夏处长认为,老师和学生衍变成警察与小偷,这本身就是教育的失误。"诚信考场"首先考德,应该提倡。南京航空航天大学高教所所长张辉认为,"诚信考场"应该提倡,它可以起到引导风气和对学生进行诚信教育的作用,最终消除考场作弊。

许多教育专家认为学生之所以作弊,与知识点枯燥难记和考试的内容直接相关。考试过于注重学生的记忆能力,而不是运用能力,造成了作弊盛行。这便涉及到了教育的指导方向问题,是培养知识型的人才,还是创新型的人才。学校在加强对学生的思想教育和人格品质培养的同时,也应改革考试内容、考试方式,倡导科学的教学与考试方法,解决学以致用问题,才能对现有的舞弊现象起到釜底抽薪的作用。

近年来,由"考试作弊"引发的争议不断增多,全国很多地方都发生了学生告母校的案件,一系列的学生告母校案给我们提出这样的疑问:作弊的性质是违纪还是违法? 目前处理作弊的各种规定在法律上生效吗? 如何认定作弊? 如何在法律上处理作弊问题? 这些都是一系列摆在法律面前的难题。但是,由于法律规定尚不明确,使得"作弊纠纷"是否可由法院解决和如何解决难有定论。立法应当进一步完善在这一特殊问题上的解决之道,直至制定专门的《考试法》。

（原载于 2004 年 7 月 16 日《光明日报》03 版）

南京长江大桥缘何青春永驻

近日在一次会议上得知,据专家评估,南京长江大再使用70年也不成问题。想到目前媒体上时而曝光的"豆腐渣"工程,不由得激起了记者浓浓的采访兴趣。

扬国威的"争气桥"

南京长江大桥的魅力,不仅在于它开创了中国人依靠自己的力量建设大型桥梁的新纪元,从而成为中国桥梁史上的一个里程碑,更重要的还在于它已成了新中国"自力更生"建设发展的一个象征。

谁能想到,这样一座扬我国威的"争气桥",却是在三年自然灾害时期开工的。是在"文化大革命"期间完成的。钢梁架设工程进度虽然受到影响,但整个工程的质量是完全可靠的。我们沿桥采访时,巧遇一位老人左手拿着一份报道重庆綦江彩虹桥断裂倒塌的报纸,右手指指点点给行人讲着什么。原来,此人叫龙其谱,建南京长江大桥时的二桥处调度工程师。他含着眼泪激动地告诉我们,当年建桥时,冬天在空旷的江面上,北风凛冽,手摸钢铁能粘掉层皮,夏天烈日炎炎,晒得人大汗淋漓,头昏脑胀。但工人们从不叫苦,谁要敢偷工减料那是要掉脑袋的。

建桥队伍今安在

在南京长江大桥桥堡下,有两幢非常普通的办公楼,这里就是英雄的建桥队伍的总部。这支队伍现有 6000 名正式职工,由于缺少资金,办公楼 30 年都没有很好地改造和维修。1968 年,大桥正式通车后,这支队伍陆续转战大江南北,二处在福建、四处在广东陆续完成了一批优质工程,在当地扎下根,享有盛誉。但是,修建南京长江大桥的辉煌并没有给他们带来多少好处,中标率始终不足 50%。更让人不可思议的是除了国家指令性计划,在全国各地的水上工程市场竞标中,他们几乎没中过几座。这就形成了专业队伍四处漂流修小桥,业余队伍屡屡中标造大桥的怪异局面。

大桥局一位工程师告诉我们,多次投标不中,主要原因是:十分注重质量,成本高于别人;缺乏公关策划,不讨人喜欢。在大桥局二处采访时,我们得知两条消息,该处投标不中的钱塘江三桥,由于技术原因现在已限速、限载;按设计要求,在建的南京长江二桥桥墩双壁钢围堰必须下到新鲜岩面,然后再钻孔,实行双保险。但由于技术原因现在却下不去了,只好请求有关部门高抬贵手,变更设计方案。

一些专家痛心地说:"现在有些工程搞'暗箱'操作,外面几十家工程公司一起投标,实际上比的是谁的价格低,谁的'实力'强而不是谁的质量好,谁的技术强,这样怎么可能创出优质工程呢?"

给子孙后代留下什么

南京长江大桥的建设,树起的不仅是一座桥,也立起了一座中国人自力更生、创优质工程的丰碑。

当年的施工队长宋培起概括地说:"南京长江大桥体现了三个素质:政治素质、职工素质、技术素质。"当年工人梦里都在喊"百年大计,质量第一,建桥树人"。当时,22 号桥墩因为混凝土的配置比例不合格,以致强度不够,出现一道横裂缝,只好炸掉重新浇灌,负责此项工作的刘立国因此受到处分。

当年的工程师万方现已退休在家,提起往事,老人激动不已。他告诉记者:"我印象最深的是大桥建设者兢兢业业、忠于职守、对国家对人民高度负责的精神。"就是在这种建桥精神的鼓舞下,老人在桥梁工程处一干就是几十年。这几年,有不少公司、"包工头"请他去当技术顺向,有人甚至说:"万工,我既给你监理工资,也给你顾问工资,拿双份,你总可以跟我干了吧!"万方总是回答:"你看中的不是我的技术,不是我对质量的执着追求,而是我的经历、我的名声,我绝不能因为高薪而出卖原则。"从大桥工程处出来、我们来到南京市迈皋桥康桥农贸市场。去年,这个市场的钢棚于雪后倒塌,造成2人死亡、10多人受伤,直接经济损失300万元以上。承建这项工程的一位负责人,勉强接受了我们的采访,提到南京长江大桥,他认为时代不同了,过去没有奖金没有回扣,工程也不层层转包。而现在没钱无法办事,一项工程落到自己头上,工程款已被层层剥皮,不偷工减料,就无法生存。

那些操作"豆腐渣"工程的人,拿走的是回扣,是人民的血汗钱,留下的是不平的路、塌陷的桥。

采访后的几点思考

在很多百姓和领导的眼中,"豆腐渣"工程已成为不折不扣的过街老鼠。中央三令五申,国务院领导痛心疾首,下面层层设防,制订条条政策,然而问题却还在发生。

据2月5日报载,投资4亿多,世界同类型桥梁中排第二,正在建设的宁波大桥梁体断裂。又悉,许多在建工程遇到建筑难度后一是考虑资金不足,二是考虑多方利益,最后便是知难而退,要求变更设计方案。试想,如果当年南京长江大桥也因三年自然灾害,吃不饱肚子,再加上"文化大革命"的干扰而更改设计方案的话,这座大桥能有今天吗?

转包工程者狠吃"唐僧肉",承建施工人用汗水换"下水"。将某一项工程比作"唐僧肉"是因为它确实有"油水",然而这种"油水"是人为的,实际上真正干活的人无利可图。采访中得知,近日江宁县一座库房整体倒塌,原因是本来投资1000多万元的工程,经过五道转包,到了干活人手中却只剩下几百万元。这样建成的库房怎么会不倒塌呢?

南京长江大桥并无监理机构。近日来不断听到请外国监理机构来监理中国重点工程的消息,这是必要的。但是,我们更应该从自身的体制、思想教育、作风建设上作文章,在严格执法上下功夫。

（原载1999年2月21日《光明日报》01版）